W0389345

BASTEI
LÜBBE

Taschenbücher von BERNARD TAYLOR
im BASTEI-LÜBBE-Programm:

13 257 Ein Geschenk des Himmels
13 322 Tribunal der Kinder

Bernard Taylor

Haus der Stille

Roman

Ins Deutsche übertragen
von Manes H. Grünwald

BASTEI LÜBBE

BASTEI-LÜBBE-TASCHENBUCH
Band 13 393

Erste Auflage:
Juli 1992

© Copyright 1977 by
Bernard Taylor
All right reserved
Deutsche Lizenzausgabe 1992
Bastei-Verlag Gustav H. Lübbe
GmbH & Co., Bergisch Gladbach
Originaltitel:
Sweetheart, Sweetheart
Lektorat: Dr. Edgar Bracht
Titelfoto: Gruner & Jahr
Umschlaggestaltung:
Quadro Grafik, Bensberg
Satz: KCS GmbH,
2110 Buchholz/Hamburg
Druck und Verarbeitung:
Brodard & Taupin, La Flèche,
Frankreich
Printed in France

ISBN 3-404-13393-5

Der Preis dieses Bandes
versteht sich einschließlich der
gesetzlichen Mehrwertsteuer.

Für meine Mutter und für Tom

ERSTER TEIL

Von einem Ritter aus dem Reich der Geister und der Schatten
gefordert bin ich zum Turnier
zehn Wegestrecken jenseits unsrer weiten Welten Ende,
gar schwer erscheint die Reise mir.

Tom O'Bedlam – Unbekannter Dichter

1

Im Moment kann ich die Sonne nicht sehen; ein Engel ist im Weg.

Während ich mit halb geschlossenen Augen auf dem kurzgeschnittenen Gras liege, läßt sich ein Schmetterling auf dem geschnitzten Kopf des Engels nieder. Er bleibt nur ein paar Sekunden dort sitzen, schließt und öffnet die Flügel, dann flattert er davon, tanzt auf und ab, und schließlich verschwindet er über die graue Steinmauer.

Alles um mich herum vermittelt den Eindruck tiefsten Friedens und gelassener Ruhe. Und so erwartet man es wohl auch. Dieser Ort, so sage ich mir selbst, muß ja schon vom Wortlaut her ein Ort des Friedens sein. *Fried*-hof. Aber ich frage mich oft, ob das wirklich zutrifft...

Ich erinnere mich, wie ich Shelagh damals sagte, ich würde meinen Frieden wiederfinden, wenn ich zurück nach England ginge. Die Ironie meiner Worte tauchte immer wieder quälend in meinen Gedanken auf. Als ob dieser Grabstein nicht schon genug wäre, ist da drüben auch noch der alte Mann, der sich liebevoll über seine Rosen beugt. Diese Rosen sind allerdings nicht weiß. Sie sind rot, blutrot. Aber dennoch, es sind Rosen...

Ja, es ist unendlich ruhig hier. Für einen unbefangenen Beobachter strahlt dieser Ort sicherlich tiefsten Frieden aus. In meinem gequälten Kopf aber kreist die Erinnerung an die Ereignisse, die ich tunlichst vergessen sollte – wenn ich überleben will. Aber es ist unmöglich, *nicht* an sie zu denken.

Der Horror begann nicht erst, als ich nach England zurückgekehrt war. Alles fing schon viel früher an, schon in New York, weit entfernt von hier. Es hatte einige Warnzeichen gegeben, aber ich erkannte sie nicht als solche. Ich war mir damals nur ganz sicher, daß ich zurückkehren mußte, zurück nach England. Und jetzt bin ich mir ganz sicher, daß ich dort hätte bleiben sollen, wo ich damals war – bei Shelagh, in New York. Wenn ich es getan hätte, wäre alles ganz anders verlaufen; ganz sicher aber hätte die Geschichte ein anderes Ende genommen. Aber ich konnte damals einfach nicht bleiben. Nicht solange dieser *unwiderstehliche Drang* in mir war, Colin wiederzusehen.

Ich hatte in Manhattan nie dauerhafte Zufriedenheit gefunden. Aber war es denn die Suche nach Glück, die mich vor acht Jahren aus England vertrieben hatte? Ich weiß es nicht. Es gab keinen bestimmten Grund für meinen Aufbruch. Ich verließ England gewiß nicht mit großen Hoffnungen. Ich ging, weil ich mich unglücklich fühlte, einsam, nicht dazugehörend; aber es gab keinen Grund zu der Erwartung, irgendwo anders die Antworten zu finden, nach denen ich suchte. Ich wählte die Vereinigten Staaten, weil ich die Amerikaner mochte, weil ich keine Sprachprobleme zu erwarten hatte und weil ich glaubte, die Briten seien diesem Volk geistig enger verbunden als irgendeinem anderen. Aber es gab keinen klar definierbaren Grund – es sei denn, Flucht könne als solcher gelten. Und das war es tatsächlich, nehme ich an. Ich bin mir inzwischen nicht mehr sicher, aber ich suchte nicht nach neuen, aufregenden Erlebnissen in der Fremde – es war eher die Flucht aus meinem Leben, das von Versagen gekennzeichnet war.

Wenn ich zurückblicke, frage ich mich erstaunt, warum ich so lange in New York geblieben bin, nachdem ich dort so wenig Erfüllung gefunden hatte – zumindest, bis Shelagh in mein Leben trat. Aber ich hatte immerhin sechs Jahre drüben allein gelebt, ehe sie kam und bei mir blieb. Warum also hatte ich so lange dort ausgeharrt? War es das Bedürfnis gewesen, mir selbst zu beweisen, daß ich ohne Hilfe und Zuspruch meines Vaters im Leben zurechtkam? Nicht etwa, daß er mir je Hilfe und Zuspruch geboten hätte. Vielleicht war alles tatsächlich nur ein hilfloser Es-geht-auch-ohne-dich-Protest meinem Vater gegenüber. Wenn es so war, dann hatte es mir jedoch keine Erfüllung gebracht.

Shelagh aber war während der letzten beiden Jahre ein überzeugender Grund, drüben zu bleiben. Ich wollte mich nicht von ihr trennen. Und wenn mein Bruder Helen nicht kennengelernt hätte, dann würden wir noch immer dort zusammensein . . .

Aber er *hat* Helen getroffen; und dann fing dieses seltsame Zerren in mir an, dieser Drang, der mich nicht mehr losließ, und ich fand keine Ruhe mehr, nachdem er mich einmal befallen hatte.

Ich konnte diese Gefühle niemandem erklären, nicht einmal Shelagh. Ich nehme an, sie betrachtete sie als eine vage Form von Heimweh, und dafür hatte sie kein Verständnis.

»Warum willst du unbedingt zurück?« fragte sie. »Du kannst doch nicht so verzweifelt danach verlangen, deinen Vater wiederzusehen. Oder dein Zuhause.«

»Welches Zuhause?«

»Eben. Und es kann auch nicht die Sehnsucht nach deinem Bruder Colin sein. Ich meine, ihr habt euch doch nur selten gesehen.«

Aber es war Colin. Ich erklärte ihr das damals allerdings nicht. »Ich werde endlich meinen Frieden finden«, sagte ich nach einer Denkpause. Diese Aussage klang ziemlich hilflos, sogar albern, aber Shelagh lächelte nicht.

Wir hatten uns kennengelernt, als sie als Lehrerin an die Privatschule kam, an der ich Geschichte und Englisch unterrichtete. Ich erinnere mich noch gut an unsere erste Begegnung. Als sie an diesem Morgen das Lehrerzimmer betrat, trug sie eine weiße Bluse zu einem hellblauen Trägerrock, und zwei Merkmale ihres Äußeren beeindruckten mich sofort: ihr kupferrotes, volles, schweres und doch glattes Haar, das ihr bis auf die Schultern fiel, und die allerblauesten Augen, die ich je gesehen hatte – beides Zeugnisse ihres irischen Erbes. Von Anfang an fesselte mich die Wärme, die sie ausstrahlte. Tag für Tag spürte ich voller Glück, daß die Gefühle der Zuneigung zwischen uns aufblühten und immer intensiver wurden. Und im Verlauf der folgenden Wochen wuchs unsere Beziehung zu einer Bindung heran, die mehr war als nur Freundschaft; tiefer, reicher, fester; und wie von selbst ergab sich die Entscheidung, daß wir uns nach einer Wohnung für uns beide umsahen und schließlich zusammen in ein Apartment zogen. Von Anfang an war mir bewußt, daß ich niemals vorher so tiefe Gefühle für eine Frau empfunden hatte wie für Shelagh.

»Könnten wir nicht«, fragte ich sie damals, »wenigstens mal

Urlaub in England machen? Wir könnten gleich nach Semesterschluß losfahren.«

»Wir haben uns doch für die Sommerschule während der Ferien gemeldet. Das weißt du doch.«

»Wir könnten das rückgängig machen. Herrgott, ich habe sowieso die Nase voll vom Unterrichten.«

»Wir können jetzt nicht einfach wieder aussteigen«, widersprach sie. »Es ist zu spät. Laß uns warten, bis die Sommerschule zu Ende ist. Sie dauert doch nur einen Monat. Bist du denn wirklich *so* versessen darauf?«

Ich merkte, daß ich gereizt das Gesicht verzog und den Mund verdrossen zusammenkniff. »Heirate mich, Shelagh«, sagte ich und legte damit wieder dieselbe alte Platte auf. »Heirate mich und laß uns zusammen nach England gehen . . .«

». . . Ich dachte, das hätten wir alles längst geklärt . . .«

Ich stieß ein verkrampftes Lachen hervor.

»Es liegt daran, daß ich nicht tanzen kann, nicht wahr?«

Sie sah mir fest in die Augen, und ich konnte nicht die geringste Spur von Belustigung in ihrem Blick erkennen. Dann stand sie wortlos auf und ging in die Küche. Ich schaute ihr nach, und das verkrampfte Lächeln auf meinem Gesicht verflog. Ich ging hinter ihr her, und als ich über den Teppich schritt, wurde mir mein Hinken deutlicher bewußt als jemals zuvor. Ich lehnte mich an den Türrahmen und sah ihr zu, wie sie sich an der Kaffeemaschine zu schaffen machte.

»Es tut mir leid«, sagte ich. »Ich habe das nicht so gemeint, und ich habe dir auch nie so was unterstellt – nicht einen Augenblick.«

»Du bist in letzter Zeit irgendwie anders als sonst«, sagte sie ganz ruhig. »Du hast dich verändert. Im Lauf des letzten Jahres bist du mehr und mehr . . . grüblerisch geworden. In dich gekehrt.« Sie schüttelte den Kopf. »Ich weiß auch nicht . . . Du wirst von Tag zu Tag reizbarer, nervöser, irgendwie auch ängstlicher. Und nachts ist es nicht etwa besser. Du kannst ohne diese verdammten Pillen nicht mehr schlafen. Wenn du sie mal nicht nimmst, wirfst du dich die ganze Nacht unruhig hin und her. Vor einem Jahr hättest du noch gelacht, wenn dir jemand gesagt hätte, du solltest ein Schlafmittel nehmen . . .« Sie wandte sich wieder der Kaffeemaschine zu. »Mein Gott, Dave, du fängst an, auch mich langsam nervös zu machen. Ich weiß einfach nicht, was mit dir los ist, was da in dir vorgeht.«

Ich zog die Schultern hoch. »Es liegt vielleicht an der Schule ... und diesem Ort ...« Ich deutete mit der Hand durch das Apartment. »All das hier ...« Ich zwang mich zu einem Lächeln. »Aber es ist ja nur so ein Schub. Geht sicher bald vorbei. Ich schaffe das schon.«

Sie kam zu mir und legte die Arme um meinen Hals. »Ja ganz sicher, du wirst das schon schaffen.« Sie küßte mich. »Aber ich mache mir Sorgen um dich ...«

»Heirate mich ...«

»Aber Dave, sieh doch ... Ich kenne dich jetzt seit zwei Jahren, und die Hälfte dieser Zeit kam es mir so vor, als ob du in einer anderen Welt leben würdest. Vorher, in unserem ersten Jahr, warst du anders, und ich weiß ...« – jetzt lächelte sie – »ich weiß, oder ich meine zu wissen, daß du zur Zeit nicht du selbst bist.« Sie unterbrach sich nachdenklich. »Nun, ich werde dich heiraten, wenn du wieder mehr du selbst bist. Ich bin mir jedoch zu schade, nur als Lösung für deine Probleme herzuhalten.« Sie sah mich an. »Ich weiß, womit das alles angefangen hat ...«

»... Ja? Womit?«

»Nun ... mit Colin ...«

Mit der Erwähnung meines Bruders hatte sie wieder einmal diesen sensiblen Nerv in mir bloßgelegt. Und ins Schwarze getroffen.

»Ich bin sicher, daß alles damit zusammenhängt«, fuhr sie fort. »Er schreibt, er will heiraten, und schon verfällst du in diesen seltsamen Zustand, bist geistig abwesend, grübelst vor dich hin.«

Ja, sie hatte recht ... Etwa zu dieser Zeit hatte ich festgestellt, daß mich eine quälende Unrast befallen hatte. Wann dieses Leiden begonnen hatte, war mir nicht bewußt geworden, aber jetzt, als Shelagh darauf hinwies, erkannte ich, daß sie recht hatte. Und wenn ich auf das vergangene Jahr zurückblickte, wurde mir klar, wie nervös ich geworden war, wie unfähig, die Alltagsdinge in den Griff zu bekommen, im Klassenzimmer und auch im Privatleben, und wie reizbar und überempfindlich ich während dieser Zeit meistens reagiert hatte. Ja, damit hatte alles angefangen – vor einem Jahr, als Colin Helen geheiratet hatte und zu ihr in ihr Haus gezogen war.

Aber warum war das so? Welchen Zusammenhang konnte es da geben? Sicher aber war, daß damals meine quälenden Kopfschmerzen begonnen hatten, meine immer schlimmer werdenden Angstzustände ...

Im Schlafzimmer holte ich einige der Briefe hervor, die Colin mir geschrieben hatte. Der letzte war mehrere Wochen alt, datiert vom 2. März. Er war sehr kurz – nur die Mitteilung, daß es ihnen beiden gut ging und die Frage, wann Shelagh und ich sie einmal besuchen würden. Früher hatte er viel häufiger geschrieben, und die Briefe waren länger und ausführlicher gewesen ...

Er hatte auch Fotos geschickt: von ihm selbst und von Helen; von der Hochzeit; von ihnen beiden vor ihrem Haus, diesem wunderschönen Cottage. Da standen sie am Tor, Arm in Arm, und lächelten in die Kamera. In den ersten Wochen nach der Hochzeit hatten sie sehr viele Fotos geschickt. Aufnahmen vom Cottage und vom Dorf in Berkshire, Hillingham. Bilder von Colin: Colin lesend, Colin im Garten, Colin am Steuer seines glänzenden roten MG-Sportwagens. Und auf allen Fotos ein glücklich aussehender Colin.

Noch zahlreicher aber waren Fotos von Helen. Ich schaute sie mir noch einmal an und fragte mich, was für ein Mensch sich wohl hinter ihrer äußeren Erscheinung verbarg. Sie war recht groß und schlank. Ihr volles, dunkelbraunes Haar fiel offen über ihre Schultern. Die Augen wirkten fast schwarz im Kontrast zu ihrem hellen Teint, und in ihrem Ausdruck lag etwas, das die oberflächliche Kameralinse nicht ergründen konnte. Ihr Mund wirkte recht groß, die Lippen voll, und die Andeutung eines Lächelns schien Sinn für Humor zu verraten ... War es Sinn für Humor? Sie war recht modisch gekleidet und trug, wenn nicht Bluejeans, lange Röcke oder Kleider, und um den Hals und die Handgelenke hatte sie schwere Modeschmuck-Ketten geschlungen. Sie sah sehr danach aus, als was Colin sie geschildert hatte – eine Künstlerin ... Und das war, wie ich feststellen mußte, eigentlich alles, was ich von ihr wußte. Sie war recht plötzlich in Colins Leben getreten, und sie hatten kaum zwei Monate nach dem Kennenlernen geheiratet ...

Shelagh war mir ins Schlafzimmer gefolgt und sah sich eines der Fotos von dem Cottage an.

»Das ist wirklich ein wunderschönes Haus«, sagte sie lächelnd. »Wenn *du* so ein Cottage auf dem Land haben willst, dann halt mal schön deine Pennies zusammen und kauf dir eins. Dann hättest du wenigstens diesen – Frieden, nach dem du dich so sehnst. Ich sehe dich schon vor mir, wie du der ›Herr Lehrer‹ an der Dorfschule bist und in deiner Freizeit Tomaten züchtest und Mauern aus Natursteinen um dein Gärtchen baust ...« Sie zögerte einen Moment, dann fuhr sie fort: »Du ... freust dich doch für ihn, oder?«

»Für Colin? Natürlich.« Ich freute mich wirklich für meinen Bruder. »Er ist glücklich. Er hat bekommen, was er wollte. Natürlich freue ich mich für ihn.« Er hatte eine attraktive, interessante Frau geheiratet, und wenn Helen auch noch die Eigentümerin eines so schönen Hauses war, dann um so besser für ihn.

Ich nahm ein Foto des malerischen Cottage hoch, und sofort überfiel mich wieder dieses seltsame Gefühl, diese Erregung – wieder spürte ich, wie eine fast physische Kraft an mir zerrte, mich drängte – hin zu ihm, zu Colin.

Colin ...

Ich habe nie verstanden, warum es so war. Oder wie es sich dazu entwickelt hatte. Woher kam diese starke Bindung zwischen ihm und mir? Ich werde es wohl nie begreifen. Ich weiß nur, daß es immer so war, von Anfang an.

Ich glaube, die besondere Bindung zwischen uns ist noch weniger verständlich, wenn man betrachtet, wie wir heranwuchsen. Daß ich, wie Shelagh es deutlich formulierte, Colin kaum richtig gekannt hatte. Aber sie war immer vorhanden, diese enge Bindung. Immer, von Anfang an. Colin und ich. Wie weit wir auch voneinander entfernt waren, immer war da dieses unsichtbare Band zwischen uns. *Natürlich, Zwillinge,* sagen die Leute. Als ob das schon alles erklären würde. Und sie erzählen die seltsamsten Geschichten, um die besondere Beziehung zwischen Zwillingen zu illustrieren. Aber diese Geschichten erklären nichts, gar nichts.

Shelagh, die mich besser kennt, als sie selbst weiß, sagte: »Dave, du darfst dir keine Sorgen machen, weil er in letzter Zeit nicht mehr geschrieben hat. Sein Leben hat sich einschneidend verändert. Er hat über viele neue Dinge nachzudenken. Wart's ab, bald schreibt er dir wieder.

Aber es kam kein Brief von ihm, und meine innere Unruhe wuchs von Tag zu Tag. Ich versuchte, ihn anzurufen, hatte aber keinen Erfolg, und als man mir zum sechsten Mal innerhalb weniger Tage erklärte, daß Colins Telefon gestört sei, gab ich es auf. Ich konnte nichts anderes tun als warten. Und in der Zwischenzeit würde ich versuchen, nicht länger über die Sache nachzugrübeln. Vielleicht würde dann diese nagende Unrast in mir aufhören . . .

Im Mai wartete ich ungeduldig auf unseren Geburtstag. Am 15. Mai wurden Colin und ich zweiunddreißig. Er war einige Stunden vor mir auf die Welt gekommen. Am Montag, dem 15. Mai würde ich ganz sicher von ihm hören.

In der Post am Montag waren eine Rechnung und vier Geburtstagskarten. Eine Karte war von Shelagh, eine vom Direktor unserer Schule, Mr. Jeffries (sind wir Lehrer an dieser Schule nicht eine einzige große glückliche Familie?), eine von meinen Englisch-Schülern der achten Klasse und eine von meinem Vater. Der väterliche Gruß bestand, wie auch alle pünktlich auf die Minute eintreffenden Geburtstagskarten in den Jahren davor, aus einem einzigen Wort: ›Vater‹. Keine Nachricht, keine Glückwünsche.

Kein Lebenszeichen von Colin.

»Vielleicht kommt morgen ein Brief von ihm«, tröstete mich Shelagh. »Man kann ja das Eintreffen einer Postsache bei einer Entfernung von dreitausend Meilen niemals auf den Tag genau abzirkeln . . .«

An diesem Abend gingen wir zur Feier meines Geburtstages – mir war keinesfalls danach zumute! – in unser Lieblingsrestaurant in der Lower East Street zum Abendessen. Ich fühlte mich miserabel. Wortkarg saß ich Shelagh gegenüber, stocherte in dem Fischgericht auf meinem Teller herum, zwang hin und wieder einen Bissen herunter und versuchte, gegen ein seltsames, schmerzhaftes Pochen anzukämpfen, das plötzlich durch meinen Kopf zuckte. Gleichzeitig senkte sich eine Wolke, dick wie ein Vorhang, auf mich herab, legte sich um mich.

»Willst du nicht mehr als das bißchen da essen?« Shelaghs Lächeln wirkte frostig, und ihre Stimme hatte einen ebenso frostigen Unterton.

»Es tut mir leid . . .« Ich hob eine Hand an die Schläfe. »Ich bin sicher kein guter Gesellschafter heute abend.«

»Das ist näher an der Wahrheit als alles andere, was du heute gesagt hast.«

Wir verfielen wieder in Schweigen. Ich hatte kein Bedürfnis, Konversation zu machen, und mir fiel auch nichts ein, was ich hätte sagen können. Ich spürte, daß sie mich besorgt ansah, als der Ober meinen noch halbvollen Teller abräumte. Ich vermied es, sie anzusehen und starrte auf die Tasse, während der Ober den Kaffee einschenkte. Ein fremdes, seltsames Gefühl überfiel mich; Hitze durchflutete mich bis in die Fingerspitzen, die zu prickeln und zu zittern begannen. Das Pochen in meinem Kopf wurde immer stärker, und ich spürte einen enormen Druck hinter meinen Augen anwachsen. Ich schien in einen Dunstschleier eingehüllt zu sein, einen Nebel, der mich fest umschloß und in meine Poren eindrang. Ich beobachtete die Bewegung meiner Hand, als sie wie in Zeitlupe die Zigarette ausdrückte. Und ich sah, wie meine Finger dabei zitterten . . .

Dann wurde der Schleier ein wenig dünner, und ich hörte Shelaghs Stimme durch den Nebel dringen. Ich sah sie abwesend an.

». . . Entschuldigung . . .?«

Sie griff nach ihrer Handtasche, die Lippen zornig zusammengepreßt.

»Ich sagte gerade, daß ich jetzt nach Hause gehe.« Sie hatte inzwischen die Rechnung bezahlt – sie hatte mich zu diesem

Essen eingeladen –, und jetzt suchte sie das Trinkgeld zusammen, schob einige Münzen unter die Rechnung auf dem Teller. »Ich habe dich dreimal was gefragt, aber du hörst mir nicht mal zu.«

»Entschuldige. Was wolltest du wissen?«

»Das ist jetzt nicht mehr wichtig.« Sie klickte ihre Handtasche zu und stand auf. Ihre Stimme wurde zu einem giftigen Flüstern: »Ich habe für heute genug von dir. Und jetzt gehe ich nach Hause. Die Spätnachrichten im Fernsehen sind sicher unterhaltsamer als du.«

»Wie geht es dir jetzt?« Ihr Mund war dicht an meinem Ohr auf dem Kopfkissen.

»Okay. Und dir?«

»Okay.«

Und nach einer kleinen Pause fügte sie hinzu:

»Entschuldige. Ich war nicht nett zu dir.«

»Es tut mir auch leid. Wirklich. Wenn ich dir doch nur erklären könnte, was da plötzlich mit mir los war . . .«

»Versuch es gar nicht erst. Du brauchst mir nichts zu erklären.«

Ich drehte mein Gesicht zu ihr hin und legte einen Arm um ihren Körper. Dann ließ ich meine Hände über ihre Brüste gleiten, und sie drückte sich fest an mich. Meine Hände glitten tiefer, schoben die Seide ihres Nachthemdes beiseite, berührten glatte Haut, ganz sanft, zärtlich streichelnd . . .

Bevor ich Shelagh traf, hatte ich nicht viele sexuelle Erfahrungen gesammelt. Ich schien das irgendwie versäumt zu haben. Weniger als andere junge Männer hatte ich verstohlene Fummeleien auf hinteren Sitzen in Kinos erlebt, und ich hatte *goldene Gelegenheiten,* die sich mir boten, meist nicht genutzt. Mein Hinkebein – und wahrscheinlich auch Tante Mariannes Einfluß – waren wohl schuld daran. Ich habe mich bei sexuellen Kontakten nie richtig wohl gefühlt, habe sie nie richtig genossen, das ist jedenfalls sicher. Ich erinnere mich, daß ich mir ein einziges Mal einen Pornofilm ansah, und er hinterließ bei mir einerseits eine fast unfaßbare, abstoßende Erregung, andererseits aber verwirrte er mich völlig. Anscheinend geschah dieses Geschiebe und Gestoße da oben auf der Leinwand nur, weil sich das Pärchen damit Geld verdienen konnte, und das wüste Gerangel konnte nicht das Verhalten normaler Menschen – zu denen ich mich rechnete – sein.

Mit Shelagh aber war das anders. Bei den körperlichen Kontakten mit ihr verspürte ich diese Konfusion und diese Hemmungen nicht. Ich glaube, alles, was ich über Sex weiß, habe ich von ihr gelernt. Wir liebten uns nach Mustern und Techniken, die wir beide für uns entwickelt hatten. Und in den Grenzen dieser Techniken fühlte ich mich sicher, selbstbewußt. Ihre sexuellen Wünsche entsprachen – meistens – auch meinen, und sie gab mir niemals das Gefühl, daß ich ihren sexuellen Ansprüchen nur unzulänglich genügen würde.

Die eher klischeehaften Liebesgeschichten handeln meist von ›ungezügelter Leidenschaft‹. Ich glaube nicht, daß ich jemals so etwas kennengelernt habe; zumindest nicht, soweit es um Shelagh und mich geht – aber ich habe niemals Schöneres in diesem Bereich erlebt als mit ihr. Wenn unsere Leidenschaft denn ›gezügelt‹ war, dann war es gut so. Sehr gut sogar. Und wenn wir vielleicht auch nicht den Himmel stürmten, es genügte uns. Es genügte ihr und es genügte mir, und wir beiden waren sehr glücklich ...

Wir lagen nebeneinander. Es war vorbei. Shelagh war eingeschlafen, aber ich spürte wieder dieses Pochen in meinem Kopf. Es wurde immer lauter. Ich hatte schon zwei Schlaftabletten genommen, aber sie wirkten offenbar nicht. Eine Hitzewelle durchflutete mich. Hatte ich Fieber? Ja, es war, als ob eine in meinem Körper schwelende Krankheit langsam ihrem Ausbruch zustrebte ...

Schließlich stand ich auf, ging ins Bad und ließ im Waschbecken einen kalten Wasserstrahl über meinen Kopf strömen. Es brachte kaum Erleichterung. Ich fand keine Ruhe. Als die Morgendämmerung kam, lag ich immer noch wach, und ich beobachtete, wie das Licht langsam das Zimmer erhellte, sah im weichenden Dunkel Shelaghs schlanke Umrisse langsam Gestalt annehmen ...

Nach dem Frühstück blieb ich am Tisch sitzen, während Shelagh ihre Sachen für die Schule zusammenpackte. »Nimmst du dir heute frei?« fragte sie.

»Nein. Ich komme später nach. Denk' dir irgendeine Entschuldigung für mich aus, bitte ...«

Sie kam zu mir, legte die Hand auf meinen Kopf.

»Dave, was ist nur mit dir los ...?«

»Nichts. Ich möchte nur auf die Post warten ...«

Als der Postbote schließlich kam, brachte er nur eine einzige Karte. Aber diese Karte war von Colin.

»Ich habe es dir doch gesagt«, meinte Shelagh, als ich ihr später in der Schule Colins Post zeigte. Die Kunstkarte bestand aus einer Reproduktion von Rembrandts *Nachtwache*, und auf der Innenseite, unter dem vorgedruckten Geburtstagsgruß, hatte Colin seinen Namen und den Zusatz ›Brief folgt bald‹ hingekritzelt.

»Nun«, fragte Shelagh und sah mich aufmerksam an, »bist du jetzt endlich zufrieden?«

»Ja, das bin ich.« Aber das war eine Lüge. Colins Karte rief natürlich ein Gefühl der Erleichterung bei mir hervor, brachte jedoch in Wirklichkeit keine Abhilfe gegen das, was *tatsächlich* in mir vorging. Und während der Morgen sich endlos dahinzog, spürte ich in mir eine Spannung, einen Druck anwachsen, als ob mein ganzer Körper von einem dicken Seil umschnürt und zusammengepreßt würde. Und der größte Druck baute sich in meinem Kopf auf, wurde immer stärker. Ich hatte ein fast krankhaftes Verlangen, aus dem Klassenzimmer hinaus ins Freie zu stürzen. Und das hätte auch nicht geholfen – das panikartige Gefühl saß in mir, war Teil von mir; ich konnte es nicht irgendwo zurücklassen.

Der Nachmittag wurde noch schlimmer. Ich war den Schülern gegenüber gereizt und barsch, und sie reagierten darauf, indem sie sich kaum am Unterricht beteiligten. Und die ganze Zeit über umgab mich dieser dunkle Nebel, wurde immer dichter und erstickender, bis ich seinen betäubenden Schleier kaum mehr ertragen konnte.

Aber schließlich brachte ich auch die letzte Unterrichtsstunde hinter mich. Jetzt mußte ich nur noch die wöchentliche Lehrerkonferenz überstehen.

Als sie schließlich begann, peinigte mich der Gedanke, sie würde niemals enden. Jefferies eröffnete die Sitzung in seiner überaus blumenreichen, mit volltönenden Adjektiven gespickten Redeweise, in seinen Stuhl am Kopfende des Tisches zurückgelehnt, die Hände gefaltet, und machte aus den trivialsten Dingen bedeutungsvolle Angelegenheiten. Seine Worte erreichten mich nicht. Ich saß neben Shelagh und sah mir das strahlende Lächeln, die strahlenden Augen und das zustimmende kriecherische Nicken meiner Kollegen und Kolleginnen an. Aber ich war nicht einmal in der Lage, wie sonst das Gefühl der Verachtung für sie aufzubringen.

Die Minuten vergingen. Langsam, so schrecklich langsam. Ich schaute auf die Uhr. Es war inzwischen halb sechs geworden. Mr. Varley, der Sportlehrer, mit viel Muskeln und wenig Gehirn ausgestattet, brachte den banalen Beitrag, daß dem ›Problem Sinclair‹ – einem Schüler, bei dem es ›gewisse Verhaltensschwierigkeiten‹ gab – mehr Aufmerksamkeit gewidmet werden müsse. Ich versuchte zuzuhören, als man Varley Fragen zu diesem ›Problem‹ stellte, aber mein Gehirn spielte nicht mit. Ich saß einfach da, starrte auf die Aktentasche vor mir auf dem Tisch, und der Druck in meinem Kopf war so stark, daß ich meinte, meine Schädeldecke müsse jeden Moment auseinanderbersten. Weit aus der Ferne hörte ich plötzlich meinen Namen, und dumpf erfaßte ich, daß man mir eine Frage stellte. Ich versuchte, mich zu konzentrieren, atmete tief ein, öffnete den ausgetrockneten Mund, wollte etwas sagen. Und dann geschah es.

Nach all den Monaten zunehmender Spannung in mir spürte ich plötzlich tief in meinem Kopf ein knisterndes, sengendes Vibrieren. Die Sprengladung in meinem Kopf schien schließlich und endlich gezündet zu werden. Ich taumelte hoch, wollte davonrennen, als könne ich meinen Körper vor dem, was in meinem Kopf zu geschehen drohte, in Sicherheit bringen. Mein Stuhl polterte zu Boden. Und dann explodierte mein Kopf.

Der Blitz, der durch die Tiefe meines Gehirns zuckte, riß mir den Kopf in den Nacken. Für den Bruchteil einer Sekunde rasten violette Funken und vielfarbige Zacken durch die dunkle Leere meines Gehirns. Ein röhrender Sturmwind tobte in meinen Ohren. Auf meinem Körper lastete ein ungeheurer Druck, so stark, so quälend, daß ich meinte, meine Rippen würden zerquetscht. Dieser schmerzende Druck wich nicht, und dann war es, als ob eine Hand in meine Brust griffe, mein Herz umkralle und drücke... drücke... Dieser schreckliche Schmerz preßte einen Schrei aus meiner Kehle, einen Schrei, der durch das Zimmer gellte und in meinen Ohren widerhallte:

»Tu's nicht...! N-ei-ei-ei-n!«

Durch zuckende Augenlider hindurch sah ich verschwommen Varleys Gesicht vor mir; sah, wie seine groben Züge einen Ausdruck von Erstaunen und Erschrecken annahmen.

Und dann sah und spürte ich nichts mehr.

2

Als ich wieder zu mir kam, beugte sich Shelagh über mich. Mein Kopf lag auf einem Kissen. Ich fuhr mit der Hand an die Seite meiner Schläfe, wo ich eine Schwellung fühlte.

»Jemand sollte Eis holen«, hörte ich eine Stimme sagen. Shelagh hielt meine Hand.

»Es wird alles wieder gut, Liebling, mach dir keine Sorgen«, sagte sie mit zitternder Stimme.

Ich sah sie an. Sie weinte.

»Ich muß hier weg«, stieß ich hervor. »Nach England.«

»Ruhig, ganz ruhig«, flüsterte sie. »Sag jetzt nichts mehr...«

Am nächsten Tag war alles, was von den schlimmen Monaten der Bedrückung bei mir zurückgeblieben war, nur noch der Bluterguß an meiner Schläfe. Von dieser Blessur abgesehen, fühlte ich mich besser denn je. Ich verstand das nicht, aber einen Tag später ging ich wieder zur Schule und erledigte meine Arbeit mit neuem Schwung und dem ungewohnten Gefühl geistiger und emotionaler Unbeschwertheit. Die Verkrampfung und die Anspannung der letzten Monate waren verschwunden – und damit auch die Nervosität und das Pochen in meinem Kopf. Shelagh war über den Wandel meines Befindens sehr erleichtert. Für sie war alles vorbei.

Um so mehr überraschte es sie, als ich ihr eine Woche später sagte: »Ich habe es ernst gemeint mit dem, was ich gesagt habe.«

Shelagh nähte gerade einen Knopf an einen Mantelärmel. Sie blickte erstaunt auf, runzelte fragend die Stirn und ließ die Nadel ruhen.

». . . Was hast du ernst gemeint?«

»Wenn die Ferien am Ende dieser Woche beginnen, werde ich . . . fahren.«

»Ich dachte, das Thema wäre erledigt.« Sie machte eine Pause. »Was erwartest du von mir? Was soll ich sagen . . .?«

»Sag mir, daß du mit mir kommst. Jefferies kann seine Sommerschule auch alleine durchziehen.«

»Es ist zu spät, jetzt noch alles zu ändern.«

»Ich habe es geändert. Ich habe gestern mit Jefferies gesprochen und ihm gesagt, daß ich wegfahre, daß ich ausspannen muß. Er hatte Verständnis.«

»Wir können nicht *beide* weg. Wir können doch nicht *beide* die Kinder im Stich lassen.«

»Du willst also nicht mit mir kommen . . .?«

»Das bedeutet, so nehme ich an, daß du auf jeden Fall weg willst. Auch ohne mich.«

Ich nickte. »Ja.«

Sie sah mich kurz an, dann sagte sie: »In der vergangenen Woche schien alles wieder in Ordnung zu sein. Du warst wieder der alte Dave. Und jetzt fängt alles anscheinend wieder von vorne an.« Sie schüttelte den Kopf. »Ich verstehe das nicht mehr.«

Am späten Freitag abend saß ich in der Diele vor meinen gepackten Koffern. Shelagh machte sich in der Küche zu schaffen. Ich wollte gerade zu ihr gehen, als sie in die offene Tür trat. Sie trocknete sich die Hände an einem Geschirrtuch ab.

»... Ich gehe dann jetzt«, sagte ich unbeholfen.

»Das sehe ich.«

»... Ich rufe dich an, sobald ich drüben bin.«

»Okay.«

Ich öffnete die Wohnungstür, nahm meine Koffer auf und ging zum Aufzug. Als ich den Knopf drückte, hörte ich, daß sie mir nachkam. Ich drehte mich um und öffnete die Arme. Sie schmiegte sich an mich. Ich hielt sie ganz fest und küßte sie.

»Ach, Dave ... Warum machst du das bloß?«

Ich preßte die Lippen aufeinander und hob die Schultern. »Ich weiß es nicht, Shelagh. Ich weiß nur, daß ich es tun *muß*. Es geht mir gut, aber im Grunde hat sich nichts geändert. Ich muß es ganz einfach tun.«

Sie nickte und legte den Kopf an meine Schulter. »Ich verstehe es nicht. Aber wenn du gehn *mußt*, dann kann man es wohl nicht ändern.« Sie hob den Kopf und lächelte mich an, mit einem resignierenden Lächeln, als sei ich ein hoffnungsloser Fall. »Du wirst mir fehlen«, flüsterte sie.

Da standen wir nun und sahen einander an. »Der Lift ist da«, sagte ich schließlich. Sie lachte kopfschüttelnd und schnalzte mit der Zunge.

»Jetzt lebst du seit acht Jahren in der Neuen Welt und hast immer noch nicht gelernt, ›Aufzug‹ statt ›Lift‹ zu sagen. Und dein Akzent ist immer noch so englisch wie am Anfang.«

Hinter mir glitten die Türen des Aufzugs auf. Sie reckte sich hoch und küßte mich, flüchtig und sanft, ein letztes Mal.

»Geh' jetzt, sonst kommst du zu spät.«

Während der gesamten Dauer des Nachtfluges brachte ich es nicht fertig, auch nur einen kurzen Moment zu schlafen. Ich konnte nicht einmal richtig entspannen. In meinem Kopf rumorte ununterbrochen ein einziger Gedanke: Ich gehe zurück, zurück nach England. Zurück zu Colin. Ich würde ihn wiedersehen. Wie er wohl auf mein Telegramm reagiert hatte? Ob er auch so aufgeregt war wie ich . . .?

Ich erinnerte mich an meinen Abschiedsbesuch bei Colin, damals, vor so vielen Jahren, als ich nach New York aufgebrochen war. Da wir uns vorher, unser ganzes Leben lang, so selten gesehen hatten, konnte ich nicht hoffen, daß dieses letzte Treffen ein Ausgleich für all die verlorenen Jahre sein könnte. Ich stand mit ihm auf der Straße vor dem Restaurant, in dem wir zusammen Mittag gegessen hatten, während um uns herum die Büroarbeiter zurück zu ihren Schreibtischen eilten. Colin stand vor mir, ein Spiegelbild meiner selbst, und dennoch fast ein Fremder. Und doch spürte ich dieses feste Band zwischen uns. Aber wir standen da und redeten, wie auch während des ganzen Essens, nur über unwichtige Dinge – unwichtig bei diesem für uns so wichtigen Treffen. Er erzählte von seiner Arbeit als Architekt, ich von meiner Tätigkeit als Lehrer, und jeder von uns reagierte auf die Erzählungen des anderen mit Platitüden. Wir hatten nicht den Mut, auch tiefergehende, intimere Dinge auszusprechen.

Ein Gefühl der Trauer über den Verlust unseres Zusammengehörigkeitsgefühls hatte mich damals überfallen, und ich hatte den Drang verspürt, die Befangenheit zu durchbrechen, in der wir verharrten. Ich wollte Colin umarmen, wenigstens den Arm um ihn legen, ihm nahe sein, wenn auch nur für einen Augenblick, so wie ich es mir mein Leben lang gewünscht hatte. Aber ich tat es nicht. Natürlich nicht. Ich stand hilflos da. Und Colin stand mir genauso hilflos gegenüber. Wir lächelten, grinsten uns an und versprachen, miteinander in Kontakt zu bleiben. Und in mir stieg wieder der Zorn gegen meinen Vater hoch. Colin und ich hätten *zusammen* aufwachsen können, eigentlich sogar *müssen*. Wir hätten unsere Kindheit, unsere Spiele, unsere Freunde, unsere Abenteuer und Geheimnisse miteinander teilen können. Dann hätte eine natürliche, nie in Frage gestellte Bindung zwischen uns entstehen können. Aber diese besondere Nähe zwischen Brüdern oder Freunden war uns vorenthalten worden. Noch bevor ich ein Jahr alt war, hatte man mich nach Bristol gebracht, zu Tante Marianne, der kinderlosen, verlassenen, strengen Tante Marianne, die mich großziehen sollte. Das Ergebnis war, daß ich jetzt, viele Jahre später dastand, und mich von meinem Zwillingsbruder verabschiedete, den ich kaum kannte. Allerdings, wenn ich es recht überlege, hätten wir nicht zwangsläufig getrennt *bleiben* müssen – nicht mehr als Erwachsene jedenfalls. Aber das war wahrscheinlich mein Fehler, wie ich feststellen mußte. Wenn ich mutiger, selbstbewußter gewesen wäre und weniger Angst und Respekt vor der scheinbar überwältigenden Vollkommenheit und Überlegenheit meines Bruders gehabt hätte, dann hätte ich das ändern können. Natürlich waren mir immer wieder Ausreden eingefallen: Es war ein langer Weg von Bristol nach London, und ich hatte mich – übrigens bis vor zwei Jahren, bis ich Shelagh traf –, immer davor gedrückt, ein Auto steuern zu müssen. Mein Bein, natürlich. So kam eines zum anderen, und auf den von uns eingeschlagenen Wegen kamen Colin und ich nur selten zusammen. Aber trotz allem, ich liebte meinen Bruder. Ich liebte ihn, obwohl ich ihn kaum kannte.

Vielleicht wollte ich ihm mit meinem Abschiedsbesuch, dem Treffen in diesem leider ziemlich schäbigen Restaurant, meine Zuneigung zum Ausdruck bringen. Ich weiß es nicht mehr. Aber ich sah, daß es ihm ähnlich ging wie mir. Ich merkte es daran, wie er mit den Fingern über sein Kinn strich – eine meiner eigenen Verlegenheitsgesten. Und ich sah, daß er den Tränen nahe war, als wir uns schließlich förmlich die Hände schüttelten. Er ließ meine Hand erst nach einem langen, langen Augenblick los und stieß dann seine Faust fast zärtlich gegen meine Schulter – seine Art der Umarmung. Dann sagte er ›auf Wiedersehen‹, mit einer Stimme, die das Echo meiner eigenen war.

Der Abschiedsbesuch bei meinem Vater bekräftigte und verstärkte meinen Zorn auf ihn.

Gleich nach dem Treffen mit Colin fuhr ich zu ihm. Er öffnete die Tür, schaute auf meinen Regenmantel, den Koffer und den Plastikbeutel in meinen Händen und sagte: »Aha, du gehst also.« Dann ging er zurück ins Zimmer und setzte sich in seinen Sessel vor den Fernseher. Diese Art der Begrüßung überraschte mich nicht.

Ich stand ein paar Sekunden im Flur und überlegte, ob ich

einfach wieder gehen sollte, aber ich überlegte ein wenig zu lange, um einer solchen Geste noch Effekt zu verschaffen, und schließlich ging ich hinter ihm her und setzte mich auf die Armlehne eines Stuhles.

»Ich habe mich mit Colin getroffen«, sagte ich. »Um mich zu verabschieden . . .«

Es dauerte ein paar Sekunden, bis er meine Worte registrierte. Anscheinend waren die Bilder auf dem Fernsehschirm interessanter als meine Anwesenheit, und er ließ sich nur widerwillig davon ablenken.

»Er ist ein guter Junge«, sagte er dann, ohne mir den Kopf zuzuwenden. Das ist typisch für dich, wirklich typisch, dachte ich verbittert.

Auf einem Schränkchen standen Fotos von meiner Mutter. Meine Mutter als Mädchen; meine Mutter vor einem Gittertor; meine Mutter mit ihm zusammen, sein Arm um ihre Hüften, beide lachend; eine Studiofotografie von ihr. Alle Aufnahmen stammen aus der Zeit vor meiner Geburt. Und sie waren auch alles, was ich über sie wußte. Schon vor langer Zeit hatte ich gelernt, nicht *ihn* um mehr Informationen über meine Mutter zum bitten.

»Keine Gartenarbeit heute«, sagte ich schließlich, nur um überhaupt etwas zu sagen. Er warf einen kurzen Blick durchs Fenster auf den strömenden Regen. »Sieht nicht so aus, nicht wahr?«

Ich stand auf. ». . . Ich muß jetzt gehn.«

»Wann fährt dein Zug?«

»In einer Stunde . . .« Ich ging zur Tür und nahm meine Sachen auf. »Ich laß dich wissen, wie's mir geht. Ich schreibe dir, sobald ich mich drüben eingerichtet habe.«

»Mach das. Wird mich interessieren.« Seine Stimme hatte so schrecklich unbewegt geklungen. Als ob ich nur schnell mal nebenan zum Einkaufen ginge.

Ich hatte ihm tatsächlich geschrieben. Zweimal. Er hatte keinen der Briefe beantwortet.

Colin aber hatte Verbindung zu mir gehalten, regelmäßig –

zumindest bis nach seiner Heirat. Erst danach wurden seine Briefe kürzer und seltener, schließlich kam keiner mehr. Aber bis dahin hatten wir regelmäßig unsere kleinen Neuigkeiten ausgetauscht. Ich erzählte ihm von Shelagh, wie ich sie getroffen hatte, meine Gefühle für sie, und etwas später schrieb er mir ausführlich von seiner Begegnung mit Helen. Schon bald danach, nur wenige Wochen später, teilte er mir mit, daß er sie heiraten würde.

Wenn diese Nachricht für mich schon recht überraschend kam, so muß sie für meinen Vater ein Schock gewesen sein. Ich bin sicher, er hatte geglaubt, Colin würde für immer bei ihm bleiben – und wenn ich es mir recht überlege, hatte ich das auch geglaubt. Wie selbstverständlich war ich davon ausgegangen, daß Colin nicht heiraten würde. Und ganz bestimmt hatte er es zu Hause bei meinem Vater gut. Natürlich, Colin hatte eine ganze Reihe kurzlebiger Liebschaften gehabt – die merkwürdigen Kosenamen in seinen Briefen bewiesen das –, die aber nie zu einer engeren Bindung führten. Ich war überzeugt gewesen, es würde so weitergehen. Aber dann betrat Helen die Szene.

Helen. Ein Fragezeichen für mich. Aber sie mußte eine ganz besondere Frau sein, wenn Colins Heirat nicht nur als Flucht in die Freiheit aus der Umklammerung durch meinen Vater zu verstehen war. Was ich aber nicht annehme. Wahrscheinlich war Helen anders als alle Mädchen, die Colin vor ihr gekannt hatte. Natürlich war ich sehr neugierig darauf, sie kennenzulernen. Ich brannte darauf, die Frau zu treffen, die sich als stark genug erwiesen hatte, in wenigen Wochen Colins Bindung an meinen Vater zu durchbrechen. Und wenn ich daran dachte, wie glücklich mein Bruder den Schilderungen in seinen Briefen nach mit ihr war, dann wurde meine Neugier noch gesteigert. Und was für Briefe hatte er in der Zeit vor und nach der Heirat geschrieben! Sie flossen über vor Glück und optimistischen Ausblicken auf die Zukunft. Erst kurz nach Weihnachten waren die Nachrichten spärlicher geworden und dann im frühen Frühjahr ganz ausgeblieben. Bis auf seine Geburtstagskarte – aber auch der darin angekündigte Brief war nicht gekommen ... Nun, jetzt saß ich im Flugzeug auf dem Weg zu ihm. Wir brauchten jetzt keine Briefe mehr ...

Als wir endlich gelandet waren, folgte ich, verschlafen und unrasiert, den anderen Passagieren durch die Paßkontrolle und den Zoll, und schließlich kamen wir zum Ausgang, vor dem eine Traube erwartungsvoll die Köpfe reckender Menschen die ankommenden Reisenden musterte. Ich ging zögernd auf sie zu und ließ meinen Blick, zitternd vor Aufregung und Vorfreude, über die Gesichter wandern. Colin war nicht da. Nun, tröstete ich mich, in meinem Telegramm hatte ich ihn nicht gebeten, mich am Flughafen abzuholen, und ich hatte es ja auch erst kurz vor meinem Abflug abgeschickt. Meine Enttäuschung ließ ein wenig nach. Ich tauschte ein paar Dollar gegen Pfunde ein und fuhr dann mit dem Bus zum Terminal. Dort ging ich in eine Telefonzelle und wählte die Nummer des Cottage. Immer noch gestört. Als ich den Hörer aufgelegt hatte, stand ich da, müde und auch ein wenig verärgert. Um mich herum hatten alle Leute ein Ziel und eine Bestimmung, während ich nur herumstehen und nervös an meiner Zigarette ziehen konnte. Aber meine Aufregung legte sich dann doch. Ich konnte ja nicht einmal sicher sein, daß Colin und Helen im Cottage waren. Sie waren vielleicht verreist und hatten mein Telegramm gar nicht bekommen...

Ich überlegte einen Augenblick, ob ich nicht einfach nach Hillingham fahren sollte, in der Hoffnung, die beiden in ihrem Cottage anzutreffen. Aber was tun, wenn sie nicht dort waren? Ich würde dann in einem kleinen, fremden Ort, in dem ich niemanden kannte, festsitzen... Nein... eine solche Fahrt ins Ungewisse würde ich besser nicht riskieren... Am besten war wohl, zunächst einmal zu meinem Vater zu fahren.

Aus irgendeinem Grund versuchte ich nicht zu ergründen, warum ich froh war, eine Ausrede für einen Besuch bei ihm zu haben. Während des langen Fluges war mir durch den Kopf gegangen, daß ich ihn nicht treffen wollte. Nein, ich legte keinen Wert darauf. Ich wolle nicht wieder diese Gleichgültigkeit in seinen Augen sehen und in seiner Stimme hören. Die Konfrontation mit ihm würde mich unglücklich machen, das wußte ich. Es hatte sich ja wahrscheinlich nichts geändert. Nein, er brauchte nicht einmal zu wissen, daß ich in England war. Es war ihm ja sowieso egal...

Das alles war mir durch den Kopf gegangen, aber da war ich nun, drückte meine Zigarette aus, stieg in ein Taxi und gab dem Fahrer die Adresse meines Vaters in Hampstead an. Von einer telefonischen Ankündigung meines Kommens sah ich ab; wahrscheinlich würde er wieder etwas sagen oder auch nicht sagen, was mich davon abhalten könnte, zu ihm zu fahren ... Ich starrte aus dem Fenster des Taxis hinaus auf die fremd gewordenen Straßen Londons. Ich war ein Narr, das war mir klar. Ich gab nicht auf, konnte nicht aufgeben. Er war mein Vater. Zweiunddreißig Jahre ging das nun schon, und ich hatte immer noch nicht gelernt zu erkennen, wann man aufgeben sollte.

Als ich die Treppen zum Eingang hochhinkte, vermied ich den Blick auf die Fenster – vielleicht schaute er zufällig raus. Ich klingelte und wartete. Schaute auf die Uhr. Es war kurz nach halb drei. Läutete wieder. Schließlich hörte ich ihn kommen, und dann stand er vor mir.

Er sah mich an, sagte nichts, drückte dann aber mit einer raschen Bewegung die Tür weiter auf. Ich folgte ihm durch die dunkle Diele ins Wohnzimmer. Dort starrte ich auf seinen Rücken, während er aus dem Fenster hinaus in den Garten sah – auf dieselben Blumen, dieselben Büsche wie früher, wie ich bemerkte.

»Wie geht es dir?« fragte ich.

Er reagierte nicht, so als hätte ich nichts gesagt. Ich hatte recht, dachte ich, nichts hat sich geändert – selbst nicht nach acht Jahren der Trennung. Aber ich hatte ja nichts anderes erwartet, oder? Nein, aber ich hatte gehofft ...

»Du hast keine Zeit verschwendet, nicht wahr?« sagte er dann, ohne sich zu mir umzudrehen.

Ich verstand ihn nicht. »Ich bin zu einem Urlaub hergekommen«, sagte ich. »Ich dachte, ich sollte mal kurz bei dir reinschauen. Ehe ich Colin besuche ...«

»Ja«, sagte er, »geh' und besuche Colin.«

Und hier bin ich jetzt. Bei Colin. Und wahrscheinlicher sind wir uns näher als jemals zuvor, seit der Zeit im Mutterleib. Wir sind jetzt wirklich wieder vereint. Er wird nicht weggehen, und ich auch nicht.

Ich lege mich hin, so wie er liegt. Ich höre den Gesang der Vögel und rieche den Duft der Blumen. Ich schließe die Augen im Licht der Sonne und spüre ihre Wärme auf meinem Gesicht. Ich habe das Ziel meiner Rückkehr erreicht – ich bin bei Colin.

Der Unterschied zwischen uns ist nur der, daß ich *auf der Erde liege und Colin unter* ihr.

3

Als mein Vater sagte, Colin sei tot, dachte ich zuerst, ich hätte mich verhört. Ich starrte ihn an. Seine Züge blieben ausdruckslos, aber die Trauer in seinen Augen verriet mir, daß ich richtig gehört hatte. Meine Lippen zuckten, wollten sich zu einem hysterischen Lächeln verziehen, und ich konnte das Zittern meiner Hände, meiner Augenlider und meiner Zähne nur dadurch unterdrücken, daß ich die Hände ineinander verkrampfte, die Augen zudrückte und die Zähne fest aufeinanderbiß.

Als ich schließlich die Augen wieder öffnete, sah ich, wie sehr mein Vater sich verändert hatte. Nicht nur, daß er gealtert war; es war viel, viel mehr. Er stand schweigend da, hinter der Lehne des Sessels, und krallte die dünnen Finger wie knorrige Baumwurzeln in den Stoff. Sein Gesicht war von tiefen Falten durchfurcht, und die rotgeränderten Augen starrten blicklos auf das Fenster hinter mir. Dann sah er mich an, ließ den Blick nach unten wandern, zu meinem geschädigten Bein, und schaute wieder weg.

Ich sank auf das Sofa hinter mir. Ein Weinkrampf schüttelte mich, Tränen quollen unaufhaltsam aus meinen Augen. Als ich wieder sprechen konnte, fragte ich stammelnd:

». . . Wann . . .?«

»Die Beerdigung war vor einer Woche.«

»Wie ist es passiert . . .? War er – krank?«

»Ich möchte nicht darüber sprechen. Es ist vorbei.«

»Ich muß es aber doch wissen.«

»Ich will nicht darüber sprechen, auch mit dir nicht. Aber was ich dir sagen muß . . .« Er beugte sich vor und öffnete eine Schublade des Bücherschrankes. Er zog einen kleinen Schlüsselbund daraus hervor, aber er glitt ihm aus den zitternden Händen und fiel auf den Teppich. Ich hob ihn auf.

»Wofür sind die . . .?« fragte ich verstört.

»Sein Haus in Hillingham. Es gehört dir.«

»Mir . . .? Das Cottage?«

»So steht's in seinem Testament. Wahrscheinlich ist inzwischen ein Brief an dich von der Bank in Hillingham unterwegs, die Leute von der Bank sind seine Testamentsvollstrecker.« Er nickte zu den Schlüsseln hin. »Das sind Reserveschlüssel, die hatte er bei mir gelassen.«

»Und *so* hätte ich also von seinem Tod erfahren?« fragte ich wütend. »Von seiner *Bank*?« Er antwortete nicht. Ich schaute auf die Schlüssel in meiner Hand. »Wie auch immer«, sagte ich dann, »es ist Helens Haus. Wieso soll ich es bekommen? Was ist mit ihr?«

»Sprich nicht mit mir über sie.«

Aus dem Tonfall seiner Stimme und an seinem Gesichtausdruck erkannte ich, daß er Helen nicht mochte. Sie vielleicht sogar haßte. Und aus seiner Sicht hatte er ja auch Gründe dafür. Er hatte geglaubt, Colin für immer bei sich behalten zu können, und dreißig Jahre lang hatte Colin auch allen äußeren Einflüssen widerstanden. Und dann war diese Helen gekommen und hatte ihm Colin weggenommen. Und jetzt war er tot. Ja, deshalb haßte er sie wohl. Ich fragte mich, was Colin eigentlich für diesen alternden Mann empfunden hatte, der jetzt zusammengekrümmt in seinem Sessel kauerte und den Mund zu einem dünnen, verbitterten Strich zusammenkniff. Hatte Colin ihn geliebt? Vielleicht. Aber seine Liebe zu Helen war stärker gewesen.

An dem Schlüsselbund war ein kleines Schild mit der Aufschrift *Gerrads Hill Cottage* befestigt. Ich fingerte nachdenklich daran herum.

»Du kriegst auch alle seine anderen Sachen«, hörte ich meinen Vater sagen. »Später. Auf jeden Fall gehört dir das Haus. Ich wünsch' dir viel Freude damit.«

»Aber was ist mit Colins Frau?«

»Frau.« Er spuckte das Wort regelrecht aus. »Sie braucht es nicht.« Sein Mund verzog sich wütend. »Ich muß dich bitten, sie in meinem Beisein nicht mehr zu erwähnen, dieses neurotische ... Miststück mit dem aufgesetzten Künstlergehabe.«

Ich starrte ihn verständnislos an. Hatte Helen ihm so viel Böses angetan, daß er jetzt derart vor Gift sprühte? Hatte er denn zu keinem anderen Menschen außer meiner Mutter und meinem Bruder Gefühle der Zuneigung entwickeln können?

»War er krank?« fragte ich noch einmal.

Nach einer langen Pause antwortete er: »Colin hatte einen Unfall. In seinem Auto ...«

Das war es also. So banal. Colin, mein Bruder, würde als einer unter vielen in der jährlichen Unfallstatistik erscheinen.

»Wenn er bei mir geblieben wäre, würde er noch leben«, sagte mein Vater tonlos. »Aber er mußte sich ja von diesem ... dieser Frau einfangen lassen und ... zu ihr gehn. Dabei wußte er doch kaum was von ihr.« Er schüttelte angewidert den Kopf. »Er zog zu ihr – schon vor der Hochzeit, meine ich –, aber da war noch ein anderer Mann, ihr ... Liebhaber. Der war auch noch in dem Haus.«

»Hat Colin dir das erzählt?«

»Das war nicht nötig. Ich *hab's gesehen.* Bin zu ihnen gefahren. Hab' den Kerl getroffen. Ein Faulenzer. Auch ein ... Maler, wie sie.« Er sagte das wie eine Obszönität.

»Colin hat mir nie von ihm geschrieben.«

»Das ist ja auch nichts, was man überall herumerzählt, oder? Der Kerl blieb aber nicht mehr lange, nachdem Colin eingezogen war. Irgend was ist vorgefallen zwischen den beiden, glaube ich.«

»Ich kann es immer noch nicht glauben, daß ... daß Colin tot ist«, sagte ich. »Ich will es einfach nicht wahrhaben.«

»Nein«, sagte er leise. »Es ist nicht leicht.«

Er tat mir leid. Obwohl er meine Anteilnahme nicht brauchte und sicher auch keinen Wert darauf legte. Aber ich hatte plötzlich Mitleid mit ihm.

»Wann bist du angekommen?« fragt er. Seine Stimme klang müde, das Sprechen schien ihn anzustrengen.

»Gerade erst. Ich komme direkt vom Flughafen ...« Kein unvoreingenommener Beobachter hätte aus unserer Unterhaltung schließen können, daß er mein Vater war! Ich wußte nicht einmal, wie ich ihn anreden sollte. ›Vater‹ klang zu formell und wie ein Scherz, aber ›Papa‹ wäre ganz bestimmt eine absurde Lüge ...

»Du hättest in Amerika bleiben sollen«, sagte er. Seine Stimme nahm jetzt eine sanftere Tonart an. Versuchte er etwa, ein wenig freundlicher zu mir zu sein? Ich wußte es nicht – ich kannte ihn einfach zu wenig. »Du kannst dir gar nicht vorstellen, was das für ein Schock für mich war«, fuhr er nach einer Pause fort. »Du ... du bist jung. Du bist noch widerstandsfähig ...« Er schüttelte resigniert den Kopf. Ich hatte geglaubt, ihn nie verstehen zu können, aber vielleicht war da jetzt ein Anfang ... Vielleicht brauchte ich ihn gar nicht zu verstehen. Vielleicht sollte ich ihn einfach akzeptieren, so wie er war. Mein Zorn auf ihn verebbte. Er war einfach nur blind mir gegenüber gewesen – voller Empfindsamkeit, aber ohne Verständnis.

»Ich kann von dir nicht erwarten, daß du mich verstehst«, sagte er. Und dann: »Wie könntest du auch? *Er war ... alles für mich ...*«

Das Gefühl des Mitleids und der Verzeihung in mir erstarb.

»Wo willst du bleiben?« rief er mir nach, als ich zur Diele ging.

Ironischerweise hatte ich gehofft, hier bei ihm über Nacht bleiben zu können. Hatte gehofft, Colins Tod hätte uns einander nähergebracht. Nein, daran war nicht zu denken. Ich wollte nur noch raus, weg von ihm.

»Ich melde mich wieder«, sagte ich. Ich stand vor der Eingangstür und nahm mein Gepäck auf. Er kam hinter mir her.

»Wohin gehst du?« Ich öffnete die Tür und trat hinaus in die Sonne. Zuckte die Schultern. »Nach Hillingham, denke ich.«

»Hillingham.« Er nickte. Sagte giftig: »Du willst wohl keine Zeit verschwenden, nicht wahr?«

In Paddington nahm ich einen Zug nach Reading. Von dort, so hatte man mir gesagt, konnte ich mit dem Bus nach Hillingham fahren. Während ich auf den Bus wartete, trank ich in einem Pub einen Scotch mit einem winzigen Eiswürfel und fragte mich, was ich mit dieser Reise eigentlich erreichen wollte. Colin war nicht im Cottage. Colin war tot. Weshalb sollte ich also hinfahren? Aber ich blieb auf dem gemaserten Plastikhocker sitzen, nippte an meinem Whiskey und behielt die Uhr im Auge. Natürlich würde ich zum Cottage fahren. Ich mußte schließlich irgend etwas tun. Kurz nach sechs erreichte ich Gerrads Hill. Der freundliche Taxifahrer, der mich vom Dorf hierhergebracht hatte, wendete und fuhr zurück. Da stand ich nun allein auf dem Grasstreifen am Straßenrand, das Gepäck zu meinen Füßen, und schaute über die Hecke auf das Cottage.

Es war wunderschön, viel schöner als auf irgendeinem der Fotos, die Colin geschickt hatte, und für eine Weile stand ich ganz ruhig da und genoß seinen Anblick. Alles war so *vollkommen*, dachte ich, so *harmonisch*. Da war das hohe, steile Dach mit grünen Moosstreifen zwischen den Ziegeln; da waren die Dachfenster und die stabilen Steinmauern, die Rosen, die sich an den Wänden emporrankten und in Überfülle auch das Eingangstor im Bogen überspannten; da waren die bunten Farben des Gartens, der das Haus umschloß und sich hinter ihm weit ausdehnte; und da waren die Konturen des Hauses selbst, geschwungen, schön, nicht pedantisch gerade, und alle Mauern schienen zu bezeugen, daß der Erbauer persönlich Hand angelegt hatte, Stein für Stein, Ziegel für Ziegel. Ich dachte an die häßlichen Wohnblocks, die ich auf der Zugfahrt nach Reading gesehen hatte – große, hohe Gebäude mit uniformen Wohnungen, riesige Betonklötze, die auch nach tausend Jahren in Wind und Wetter noch keinen Hauch von Schönheit oder Charme aufzuweisen haben würden ... Nicht so dieses Haus. Dieses Haus, so hatte Colin geschrieben, hatte ihm ein Gefühl des Friedens und des Glücks vermittelt. Jetzt verstand ich ihn. Um mich herum war nur der Gesang der Vögel und das leise Rauschen der Blätter zu hören. Das einzige Geräusch der Zivilisation stammte von dem Taxi, das gerade um die Kurve vor dem Dorf verschwand. Vor mir stand das Cottage. Helens und Colins Cottage. Und jetzt meines.

Ich stieß das Gartentor auf und betrat unter dem Rosenbogen hindurch das Grundstück. Auf einem Plattenweg ging ich an der Eingangstür vorbei zur Rückseite des Hauses. Dort erstreckte sich, leicht ansteigend und von Blumenrabatten umgeben, ein saftig grüner Rasen bis hin zu einem Obstgarten. Die Luft war erfüllt vom Duft der Blumen.

Der zweite Schlüssel, den ich ausprobierte, paßte ins Schloß der Hintertür, und ich trat ins Haus – ganz leise, als ob ich seine Bewohner stören könnte.

Ich befand mich in der Küche. Alles war sehr sauber und ordentlich. Irgend jemand hatte sehr gründlich geputzt und aufgeräumt.

Der nächste Raum, etwa von derselben Größe wie die Küche, war das grün tapezierte Eßzimmer. Von dort kam ich in die Diele. Eine geschwungene Treppe führte nach oben. Ich ging hoch und sah mir das Badezimmer und die drei Schlafzimmer an. Das Haus war verwirrend groß.

In einem Schlafzimmer, das anscheinend *ihres* war, standen auf einem Regal neben dem Bett mehrere Fotografien, alle von Colin – nein, das letzte in der Reihe war ein Foto von mir, wie ich sah. Shelagh hatte es vor etwa einem Jahr aufgenommen. Da stand ich mit einer Zigarette in der Hand und grinste in die Kamera. Meine Haare waren damals viel länger als heute, stellte ich fest.

An den Wänden rundum hingen Ölbilder, alle unten rechts mit *R. Helen Cartwright* signiert. Die Bilder waren gut, offensichtlich nicht das Produkt irgendeines Sonntagsmalers, sondern das Ergebnis echten Talentes. Zwei der Gemälde in der Nähe des Bettes erweckten mein besonderes Interesse. Das eine war eine Studie des Gartens; ich erkannte den Rasen, das weiße Mäuerchen vor dem Obstgarten, die Rosensträucher davor, wenn auch auf dem Bild die Blüten noch nicht geöffnet waren. Und da waren auch die Sträucher und die Silberbirke auf dem Rasen, die ihren purpurnen Schatten auf die Längsseite des Hauses warf.

Auf dem anderen Bild waren zwei junge, fröhlich lachende

Menschen in einem Garten zu sehen; einem unbekannten Garten diesmal, dargestellt durch eine Fülle von Grün; blaue und rosa Farbtupfer für eine unspezifische Blumenpracht. Die beiden Menschen waren wohl Helen und Colin – idealisierte Darstellungen, aber ich erkannte Colin an dem dichten schwarzen Haar und der schlanken Gestalt. Helens Pinselführung war sehr leicht und flüssig. Der bildliche Ausdruck wurde durch schnelle, skizzenhafte Farbstriche erzielt, so daß man Einzelheiten erst aus einiger Entfernung und im Zusammenhang mit dem Gesamteffekt auffassen konnte. Dennoch erkannte ich deutlich das Rotkehlchen – war Helen so romantisch? – das über den Köpfen der beiden flatterte.

Fast alle anderen Bilder waren figürliche Darstellungen vor dem Hintergrund städtischer Motive – Relikte aus Helens Zeit an der Kunstschule, nahm ich an. Ein Kind im Schnee; eine Frau im Park; menschliche Silhouetten, die sich scharf gegen den Hintergrund grauer Mauern abhoben. Ich stand lange vor den Bildern und bewunderte ihre Komposition und ihre kraftvollen Farbtöne. Wenn diese Arbeiten Helens Persönlichkeit widerspiegelten, dann würde mir diese Frau sympathisch sein.

Auf einer Kommode standen mehrere Keramikstücke, zwischen denen zur Dekoration ein paar vorzüglich gezeichnete Blumenskizzen aufgestellt waren. Eine Patchwork-Tagesdecke war über das Bett ausgebreitet; Hunderte von gestreiften, karierten, gepunkteten, blumigen Sechsecken waren mit unendlicher Sorgfalt und Geduld aneinandergenäht worden. Helens künstlerisches Schaffen war in diesem Raum vielfach dokumentiert.

Als ich das Zimmer verlassen wollte, drehte ich mich unter der Tür noch einmal um und sah zurück auf die Fotografien und die Bilder. Wie ein Nadelstich durchzuckte mich plötzlich ein seltsames Gefühl des Unbehagens. Es verflog aber sofort wieder, und ich ging die Treppe hinunter zurück ins Erdgeschoß.

In der Diele ging ich nach rechts und kam ins Wohnzimmer. Es war ein großer Raum, der sich über die ganze Breite des Hauses erstreckte. Die Tapete war in einem dunklen, warmen Grau gehalten. An einer Wand stand ein Klavier, auf der gegenüberliegenden Seite war ein Kamin von Büchern umrahmt. Ich ließ meinen Blick über die Titel gleiten – Kunstbände, Romane, historische und biologische Werke, Bücher über berühmte Gerichtsverfahren und aufsehenerregende Kriminalfälle.

Neben dem Sofa, unter einem schweren antiken Schwert an der Wand, stand ein kleines Tischchen, darauf eine Vase mit Rosen. Ganz frischen Rosen. Am Fenster zur Straßenseite sah ich eine weitere Vase mit Blumen. Auch sie waren frisch.

Ich ging zu den Rosen und beugte mich über sie. Sie waren weiß und dufteten köstlich. Ich schloß die Augen und sog den Duft ein. Irgendwie kam mir alles so unwirklich vor. Ich hatte das beklemmende Gefühl, ich sollte nicht hier sein. Es war *ihr* Haus, Colins und Helens. Und es sollte wieder Helen gehören, wie es ihr vor der Heirat mit Colin gehört hatte. Aber mein Vater hatte gesagt, Helen brauche es nicht, und mir fiel wieder der seltsame Ausdruck in seinen Augen ein, als er das gesagt hatte.

Ich konnte den Gedanken, ein Eindringling zu sein, nicht loswerden. Und doch fühlte ich mich, seltsamerweise, keinesfalls wie ein Fremder in diesem Haus, dessen Atmosphäre eine Freundlichkeit und Wärme ausströhmte.

Der Duft der Rosen schien den ganzen Raum zu erfüllen. Sanft berührte ich die zarten, milchweißen Blütenblätter. Sie waren nicht ganz weiß, wie ich bei näherem Hinsehen feststellte. Um den Rand verlief ein dünner, kaum sichtbarer rosafarbener Streifen. Hatte Helen die Rosen hierhergestellt? Sie mußte es getan haben. Und erst vor kurzer Zeit. Aber wo war sie jetzt? Wenn sie nicht hiergeblieben war, wohin war sie gegangen? War sie im Dorf bei Bekannten oder Freunden? Plötzlich tauchte das Bild vor mir auf, wie sie ins Cottage kam, den Arm voller Blumen aus dem Garten, und wie sie Rosen in einer Vase arrangierte . . .

»Sie sind wunderschön, nicht wahr?«

Die Worte drangen so überraschend in die Stille des Hauses, daß ich erschrocken herumfuhr.

»Entschuldigung«, sagte die Frau. »Ich wollte Sie nicht erschrecken.« Ihre Stimme war leise, scheu, und die Aussprache war eingefärbt vom Dialekt und der bedächtigen, langsamen Sprechweise des West Country. Sie stand unter der Tür, ihr Gesicht lag im Schatten, und die Gestalt war nur als dunkle, schmale Silhouette gegen das Licht aus dem Fenster hinter ihr zu erkennen. Aber ich erkannte ihr dunkles Haar, das ihr bis auf die Schultern fiel. Ich lächelte.

»Ich fragte mich schon, wann Sie kommen«, sagte ich.

4

»Guten Tag, Mr. Warwick.«

Sie trat auf mich zu, und im hellen Licht sah ich jetzt, daß es nicht Helen war.

»Ich bin Jean Timpson.« Sie legte den Kopf ein wenig schief und lächelte mich scheu an. »Sie sind sicher erstaunt, daß ich hier bin. Aber ich komme jeden Tag mal her und schaue nach, ob alles in Ordnung ist.«

». . . Ach so, ich verstehe«, sagte ich und lächelte zurück. In Wahrheit verstand ich rein gar nichts.

»Ich habe Sie wahrscheinlich erschreckt, nicht wahr?« Ihr Blick huschte unruhig über mein Gesicht, blieb aber nirgends haften. »Für mich war es kein Schock – Sie zu sehen, meine ich. Für einige Leute wär's das, glaube ich – Sie sehen wirklich genauso aus wie er. Aber er hatte mir ja gesagt, daß Sie eines Tages mal kommen würden.« Es schien ihr unmöglich zu sein, mir in die Augen zu sehen. Ihr Blick, wenn er meinen einmal traf, wich sofort aus und richtete sich auf einen imaginären Punkt an meiner linken Schulter.

Eine warme, erdhafte Ausstrahlung ging von ihr aus. Ihre Zähne wirkten sehr weiß im Kontrast zu der sonnengebräunten Haut. Die Nase und die nackten Unterarme waren von Sommersprossen gesprenkelt. Ihr Haar, viel zu lang für eine Frau ihres Alters – ich schätzte sie auf Ende Dreißig –, war leicht gekräuselt und wurde von einem hellblauen Band, in der Farbe zur Bluse passend, zusammengehalten. Das Haarband, auf dem

Kopf geknotet, paßte nicht zu ihrer Gesamterscheinung – es ließ sie fast wie ein zu groß geratenes Kind aussehen. Ich lächelte sie erneut an. »Ich freue mich, Sie zu sehen, Miss Timpson.«

»Jean. Alle nennen mich Jean.«

Ein peinliches Schweigen folgte, und mir wurde plötzlich bewußt, daß jemand die Uhren im Haus aufgezogen haben mußte. Ich hörte ihr Ticken.

»Werden Sie hier im Haus bleiben?« fragte sie.

»Vielleicht – für ein paar Tage. Ich bin gerade erst angekommen.«

Sie nickte. »Aus Amerika. Ich weiß. Ihr ... Ihr Bruder hat oft von Ihnen gesprochen.« Nach einer Pause fuhr sie fort: »Ich bin jeden Tag hergekommen und hab' gekocht, geputzt und alles in Ordnung gehalten ...« Wieder Schweigen, dann: »Möchten Sie eine Tasse Tee?«

»Danke, sehr gerne.«

Erfreut wandte sie sich ab und ging in die Küche. Ich folgte ihr und setzte mich an den Tisch. Als der Tee fertig war, stellte sie eine Tasse vor mich hin und nahm sich selbst auch eine. Sie trank ihn im Stehen, und ihre Silhouette hob sich dunkel vor den Blumen und dem Gras jenseits des Fensters ab. Sie sagte recht unvermutet: »Wissen Sie, Sie sehen wirklich genauso aus wie er. Und haben auch dieselbe Stimme, dieselben braunen Augen und dasselbe schwarze Haar.« Sie senkte die Augen. »Ich sollte das nicht sagen. Sie an ihn erinnern ...«

»Das macht nichts.« Ich trank den Tee aus, stand auf und trug die leere Tasse zum Spülstein.

Sie sagte: »Wenn Sie noch mehr Tee möchten ...« und dann unterbrach sie sich abrupt. Ich sah, daß sie auf meine Füße starrte, sie hatte mein Hinken bemerkt. Sie hob die Augen, sah mich an, dann aber hastig, schuldbewußt wieder zur Seite.

»Sie sehen«, sagte ich, »ich bin nicht *genau* wie er.«

Sie tat mir leid. Sie war dieser Situation nicht gewachsen. Ich wandte den Blick ab, weg von ihrer Verlegenheit, und sah hinaus in den Garten. Schließlich sagte sie: »Ich ... ich nehme an, Sie sind hungrig, nicht wahr?«

In der Tat hatte ich schon lange nichts mehr gegessen, bis jetzt allerdings noch keinen Hunger verspürt.

»Ja, wirklich, das bin ich.«

»Ich geh' nach Hause und hole Ihnen was.« Sie griff nach ihrem Korb.

»Nein, bitte«, protestierte ich, »ich kann doch ins Dorf gehen.«

»Es macht mir nichts aus. Wir wohnen gleich unten am Hügel. Dauert nur ein paar Minuten.« Sie ging zur Tür. Ich machte einen schnellen Schritt auf sie zu.

»Mein Bruder ... Wissen Sie, wo er ... beerdigt ist?« Die letzten Worte blieben mir fast in der Kehle stecken.

»... Auf dem Friedhof auf der anderen Seite vom Dorf.« Sie sprach sehr langsam, suchte sichtlich nach Worten. »Wenn Sie den Hügel runterkommen, halten Sie sich rechts, immer der Hauptstraße nach. Über die Brücke und den Marktplatz. Dann immer geradeaus.« Sie hatte die Tür geöffnet und stand auf der Treppenstufe. »Geh'n Sie gleich dahin?«

»Ja, das möchte ich eigentlich.«

»Es ist nicht gekennzeichnet – das Grab, meine ich. Nicht richtig. Kein Name.« Sie ging an mir vorbei zurück in die Küche, riß ein Blatt von einem Notizblock an der Wand und schrieb mit einem Bleistift, der an einer Schnur daneben hing, etwas darauf. »Hier ...« Sie gab mir den Zettel. »Das Grab liegt direkt auf der anderen Seite der Mauer. Man kann es nicht verwechseln. Es ist das neueste dort. Ein paar Meter neben dem Pfad, links vom Eingang.« Ich sah auf den Zettel, auf die Zahlen, die sie in ihrer kindlichen Schrift aufgeschrieben hatte. Mit den Äußerlichkeiten des Todes war ich nicht vertraut. »Ist das alles, was Sie mir geben können? Ein paar Zahlen? Die Nummer seines Grabes?«

Sie warf mir einen kurzen, scheuen Blick zu und ging dann wieder durch die Tür. »Ich bin gleich zurück. Aber lassen Sie sich Zeit. Sie können Ihr Dinner kriegen, wann Sie wollen.«

»Sagen Sie mir noch eines ...«

»... Ja?«

»Ist Helen – Mrs. Warwick – in Hillingham?«

»Nun ... ja, ... natürlich ...«

»Mein Vater sagte mir, daß sie...« Ich unterbrach mich, begann von neuem: »Mein Vater sagte, das Cottage würde *mir* gehören. Mein Bruder hätte es mir hinterlassen...«

Sie nickte nur. Meine Worte ergaben anscheinend keinen Sinn für sie.

»Nun«, fuhr ich fort, »ich verstehe das nicht. Es war doch *ihr* Haus. Und sie sagten gerade, sie wäre in Hillingham...«

»Ja...« Ihre Stimme brach ab.

»Sie ist doch hier, oder?«

»Ja, aber ich meinte... auf dem Friedhof.«

Ich saß immer noch in der Küche, als sie eine Viertelstunde später wieder zurückkam.

»Ich dachte, Sie wären weggegangen«, sagte sie.

»Ich bin ziemlich müde«, murmelte ich. »Ich gehe morgen früh.«

Aber es war nicht nur meine Müdigkeit, obwohl ich sie tatsächlich spürte, die mich davon abhielt, zu den Gräbern zu gehen. Es war vor allem meine Angst, mit der Realität konfrontiert zu werden.

Sie packte die Lebensmittel, die sie mitgebracht hatte, in den Kühlschrank. Aus dem Eßzimmer drang das zarte Schlagen der Uhr zu uns herüber. Es war sieben Uhr. Ich verglich die Zeit mit meiner Armbanduhr. In New York war es jetzt erst zwei Uhr nachmittags. Ich hatte Shelag noch nicht angerufen.

»Funktioniert das Telefon immer noch nicht?« fragte ich.

Sie schüttelte den Kopf. »Es ist anscheinend endgültig kaputt. Eine sehr lästige Sache.« Sie deutete mit dem Kopf in Richtung des Dorfes. »Bei der Brücke ist eine Telefonzelle. Ein paar mehr gibt's vor der Post...«

»Ich warte bis morgen.«

Sie sagte nichts mehr und beschäftigte sich flink und geschickt mit der Zubereitung eines Salates. Das Tageslicht erstarb langsam. Ich fühlte mich verloren und verlassen. In diesem apathischen Zustand hätte ich mich sogar der Führung eines Blinden anvertraut...

»Wie kam das Cottage zu seinem Namen?« fragte ich schließlich, nur um Konversation zu machen. »Weil der Hügel so heißt, nehme ich an?«

»Nein, der Hügel wurde nach dem Mann genannt, der das Cottage gebaut hat – Gerrard.« Sie zeigte zur Wand, und dort sah ich an einer nicht verputzten Stelle einen Mauerstein mit einer Inschrift. Ich trat näher und las: A. G. Dann ein von einem Pfeil durchbohrtes Herz, dann wieder: A. G. Darunter die Jahreszahl 1796.

»Ganz schön alt . . .« kommentierte ich.

»Der Kern des Hauses, ja. Gerrards Sohn hat das Haus ein paar Jahre später weiter ausgebaut.«

Ich deutete auf das erste ›A‹: »Arthur? Alan?«

»Adam. Adam Gerrad. Er war Schmied. Ihr Bruder hat gesagt, er müßte ein ziemlich langer Kerl gewesen sein.«

»Woher wollte er das denn wissen?«

»Weil die Zimmerdecken und die Türrahmen sehr hoch sind für ein Haus aus der Zeit. Gerrard hätte es für sich passend gebaut, meinte er.« Sie zuckte die Schultern. »Das hat jedenfalls Ihr Bruder gesagt. Ich kenne mich in solchen Sachen nicht aus.«

»Stammen Sie aus dieser Gegend?«

»Ja. Aber ich hab' nicht immer hier gelebt.« Sie konzentrierte sich auf den Inhalt einer Bratpfanne. »Als ich noch jünger war, bin ich weggezogen. Nach Marshton Ridge. Aber vor ein paar Jahren bin ich zurückgekommen . . . Seitdem wohne ich wieder bei meinem Vater.«

Ich nickte ihr zu. »Haben Sie die Frau meines Bruders gut gekannt? Ich habe sie nie kennengelernt.«

»Sie ist nach Hillingham gekommen, während ich weg war. Als ich zurückkam, hat sie mich gefragt, ob ich ihr nicht ein bißchen zur Hand gehen wollte bei der Hausarbeit.«

»Und das haben Sie seitdem auch immer gemacht . . .?«

»Nun . . . zunächst mal bin ich nicht lange geblieben, weil . . .« Ihre Stimme schwankte. »Aber später hab' ich wieder angefangen – als Ihr Bruder herkam. Er war sehr nett. Beide waren sehr nett. Sie hab' ich erst richtig kennengelernt, als sie geheiratet hatten.« Sie seufzte leise. »Sie war wirklich eine . . . liebenswerte Frau.« Welch ein Unterschied zu dem, was mein Vater über Helen gesagt hat, dachte ich. Dann fiel mir der

Mann wieder ein, der mit Helen hier gelebt hatte, ihr ›Liebhaber‹, wie mein Vater ihn genannt hatte. Ich zögerte einen Moment, aber dann fragte ich doch:

»Haben Sie den Mann gekannt, der vorher hier gewohnt hat? Bevor mein Bruder kam?«

Zuerst dachte ich, sie würde meine Frage nicht beantworten, aber dann sagte sie, ohne mich anzusehen:

»Alan De Freyne. O ja, ich kannte ihn. Aber er blieb ja nicht mehr lange, nachdem Ihr Bruder hergekommen war.«

»Wer war er, dieser De Freyne?«

»Ein Freund – oder ein Verwandter von ihr, nehme ich an . . .« Das Thema behagte ihr nicht, das spürte ich deutlich. Ich versuchte, die Unterhaltung in eine andere Richtung zu lenken.

»Ich habe nie etwas von Marshton Ridge gehört.«

»Ja ja, das verstehe ich. Ist ein kleines Dorf. So ungefähr wie Hillingham. Jeder kennt jeden. Und wenn die Leute mal nichts zu tratschen haben, dann erfinden sie einfach was.«

Ihre Stimme klang verbittert. Das erstaunte mich. Ich sah sie an, aber sie hatte den Kopf abgewandt.

»Warum sind Sie zurückgekommen? Ging Ihnen Marshton Ridge auf die Nerven?«

»Ja, so ungefähr.« Sie warf mir ein flüchtiges Lächeln zu. »Warum ruh'n Sie sich nicht ein bißchen aus? Ich rufe Sie, wenn das Essen fertig ist.«

Ich stand auf. »Ich bin zu neugierig, nicht wahr?«

»O nein, nein«, sagte sie, aber ich wußte, daß ich recht hatte. Meine letzten Fragen waren ihr peinlich gewesen. Ich wollte sie nicht noch mehr in Verlegenheit bringen und ging zur Tür.

»Wenn Sie einen Drink haben wollen, drüben steh'n verschiedene Flaschen . . .«

»Das ist eine gute Idee.« Ich machte mir einen Scotch-Soda mit viel Eis und ging ins Wohnzimmer. Dort setzte ich mich in einen bequemen Sessel und legte die Füße auf einen Hocker. Ich brauchte die Ruhe und den Drink.

Das Essen, Steak mit Kartoffeln und Salat, schmeckte köstlich. Als ich fertig war, ging Jean Timpson nach Hause, versprach aber, am nächsten Tag wiederzukommen. Ich machte alle Lichter aus und ging hoch ins Schlafzimmer. Dort fand ich meine Koffer geöffnet und zum Teil ausgepackt. Mein Schlafanzug lag akkurat ausgebreitet auf dem aufgedeckten Bett.

Ich nahm ein sehr warmes Bad, das mir guttat, zog den Bademantel an und hinkte, mit dem linken Fuß auf den Fußballen, zurück in das dezent tapezierte Schlafzimmer. Trotz des Kaffees fühlte ich mich so schläfrig, daß ich überlegte, ob ich eine Schlaftablette nehmen sollte. Ich entschied mich dann doch dafür; schließlich hatte ich ja schlechte Erfahrungen gemacht. Ich knipste die Bettlampe aus und stellte mich im Dunkeln ans Fenster. Unten flimmerten die gelben Lichter des Dorfes in der Sommernacht. Ich gähnte, zog die Vorhänge zu und legte mich ins Bett. ›O Colin . . .‹, flüsterte ich in die Dunkelheit. Dann schlief ich ein.

Als ich aufwachte, drang helles Sonnenlicht durch den Spalt der Vorhänge. Ich hatte vergessen, den Wecker auf dem Nachttisch zu stellen und meine Armbanduhr aufzuziehen. Ich zog meine ausgebleichten Jeans an und ging nach unten. Auf der Uhr im Badezimmer sah ich, daß es kurz nach acht war. Ich machte mir einen Kaffee und nahm ihn mit in den Garten. Die Morgensonne schien so hell, und die Luft war so warm und klar, wie ich es in New York mit seinem feuchten, dumpfen Klima, an das ich mich nie hatte gewöhnen können, kaum einmal erlebt hatte. Ich setzte mich auf eine Holzbank am Rand des Rasens und schlürfte an meinem Kaffee. Später, sagte ich mir, würde ich ins Dorf und zum Friedhof gehen. Und Shelagh anrufen. Aber bis dahin war noch viel Zeit – in New York war noch tiefe Nacht. Zunächst einmal konnte ich den wunderschönen Morgen in mich aufnehmen, das Gras unter meinen nackten Füßen spüren und das neue Gefühl der Freiheit genießen.

Drüben in einem runden Beet entdeckte ich die Rosenbüsche mit den milchweißen Blüten, wie ich sie im Haus vorgefunden hatte. Ich ging hin und sog ihren Duft ein, der mir schon so vertraut war. Als ich mich aufrichtete, hörte ich Jean Timpsons Stimme hinter mir.

»Guten Morgen . . .«

Ich wandte mich um und lächelte sie an. Sie hielt den Korb in ihren Händen hoch.

»Ich habe Ihnen ein paar frische Eier fürs Frühstück mitgebracht.«

»Sie verwöhnen mich.«

Dasselbe sagte ich eine halbe Stunde später noch einmal, als sie mir am Eßtisch Rühreier mit Toast servierte. Das Frühstück war wirklich köstlich. Als ich fertig war und mich von ihr verabschieden wollte, um zum Friedhof aufzubrechen, hielt sie eine Gartenschere und Papier in der Hand.

»Ich dachte . . . na ja, vielleicht . . . vielleicht wollen Sie ein paar Blumen mitnehmen . . .«

»Daran hätte ich auch selbst denken können«, sagte ich. »Danke.« Ich sah ihr zu, wie sie von verschiedenen Büschen rosafarbene, gelbe und weiße Rosen schnitt und dann den Strauß sorgfältig in das braune Papier wickelte.

»Aus ihrem eigenen Garten«, murmelte sie, als sie mir den Strauß übergab. »Ich glaube, das hat einen besonderen . . . Sinn für die beiden . . .«

Ich spürte ihre Augen auf meinem Rücken, als ich die Straße hinunterging. Kurz vor der Kurve am Fuß des Hügels drehte ich mich noch einmal um, und tatsächlich, sie schaute mir immer noch nach. Dann aber verschwand ihre blaue Bluse hinter der Hecke. Jean Timpson gab mir einige Rätsel auf . . . Wollte sie auch weiterhin, während der ganzen Zeit meines Aufenthaltes, bei mir ›nach dem Rechten sehen‹? Ich war mir nicht so sicher, ob ich sie ständig um mich herum haben wollte. Andererseits wäre das aber auch kein großes Problem – ich würde ja nicht sehr lange im Cottage bleiben . . .

Ich hielt mich an ihre Anweisungen und folgte der gewundenen Straße bis in die Ortsmitte. Schneller als erwartet erreichte ich den Marktplatz. Als ich gestern nachmittag mit dem Bus hier angekommen war, hatte ich in meiner erwartungsvollen Stimmung nicht viel von meiner Umgebung wahrgenommen. Jetzt holte ich das nach. Das Dorf, größer, als ich gedacht hatte, machte den Eindruck, als ob es Neuerungen lange Zeit widerstanden hätte. Es gab einige kleine Hotels, die üblichen Pubs und dazwischen eine Reihe von Geschäften, und nur die in ihren Schaufenstern ausgestellten Waren bezeugten den Fortschritt der Zeit – neben den anderen Zeugnissen dieses Jahrhunderts: den Autos und den unvermeidlichen Fernsehantennen auf den verwitterten Hausdächern.

Ich war darauf vorbereitet, daß die wenigen Leute, denen ich begegnete, mich mit erstaunten, neugierigen Augen musterten. Meine Ähnlichkeit mit Colin mußte auf die Dorfbewohner ja überraschend und verwirrend wirken. Aber es würde sich sicher schnell herumsprechen ...

Über den Häusern ragte der Turm der kleinen Kirche auf, und nach einer Kurve lag sie vor mir, umgeben von dem Friedhof mit seinem grünen, grünen Gras und den Grabsteinen, die wie ungerade Zähne wirkten. Ich ging zum Tor.

Jean Timpson hatte recht, das Grab war leicht zu finden und nicht zu verwechseln. Ich erkannte es sofort an der frischen Erde und der Vase mit Rosen und herrlichem blauen Rittersporn – Jean Timpsons Werk, dachte ich. Auch die Nummer auf dem kleinen Schild stimmte mit der auf dem Zettel überein.

Ich schaute auf das Grab und stellte mir vor, wie Colin da unten lag, mit Helen an seiner Seite. Ich kniete nieder und steckte meine Blumen zu den anderen in die Vase. Der vereinte Duft der Blüten war sehr stark, fast betäubend.

Colin ...

Das Atmen fiel mir schwer. Meine Tränen ließen das Bild der Blumen verschwimmen ...

Nach einiger Zeit stand ich auf und klopfte meine Hose sauber. Auf dem Pfad zwischen den Gräbern kam ein älterer Mann auf mich zu. Er ging sehr langsam, hatte offensichtlich kein besonderes Ziel, und er ließ die Augen ernst und wie in eine Art von Besitzerstolz über die Gräber gleiten. Als ich ihn ansah, nickte er mir ein schweigendes ›Guten Morgen‹ zu. Er blieb neben mir stehen und sah auf das Grab hinab, vor dem ich so verloren stand. Dann blickte er mich an. Seine Augen waren kühl, unbewegt. Tod, Gräber, Trauer waren nichts Neues für ihn. Ich sagte nichts. Noch immer liefen Tränen über mein

Gesicht, und ich wußte, daß ich die Fassung verlieren würde, wenn ich jetzt sprechen würde. Ich wandte mich ab, wollte Zeit gewinnen. Er wartete. Er hatte das alles schon viele Male erlebt. Als ich ihn schließlich wieder ansah, waren seine Augen voller Mitleid und Verständnis.

Sein Name sei Harrier, sagte er, und er sei der Totengräber. Ob er mir irgendwie helfen könne . . .?

»Danke, . . . nein . . .« Man konnte mir jetzt nicht helfen.

»Hab' sie nicht gekannt«, sagte er. Sein Akzent war sehr ausgeprägt.

»Mein Bruder und seine Frau . . .«

Er nickte. Dann murmelte er einen Abschiedsgruß und wollte gehen. Ich hielt ihn zurück.

»Ich habe erst gestern von der Sache erfahren – von dem Autounfall. Ich weiß immer noch nicht genau, wann es passiert ist.«

Er sah mich erstaunt an, dann zog er ein kleines Notizbuch aus der Tasche und blätterte es durch.

»Am sechzehnten Mai«, sagte er dann.

Ich starrte ihn an. Sein Blick wurde besorgt, ängstlich.

»Es geht Ihn'n doch gut, Sir, oder?«

»Ja. Ja, danke . . .« Der sechzehnte Mai. Der Tag nach meinem Geburtstag. *Unserem* Geburtstag. »Wissen Sie auch die Uhrzeit?« fragte ich und wußte die Antwort im voraus.

»Um elf Uhr abends rum.«

Um elf Uhr abends. In New York war es dann sechs Uhr nachmittags. Die Lehrerkonferenz . . . Zu dieser Zeit war Colin gestorben. Als ich neben Shelagh am Tisch im Lehrerzimmer saß und Varleys Stimme durch den Raum dröhnte. Da war es passiert, da war Colin mit seinem roten MG verunglückt und gestorben. Und in der Sekunde seines Todes hatte es diese Explosion in meinem Kopf gegeben. Ich konnte mich so deutlich daran erinnern. An dieses entsetzliche Einschnüren meiner Brust, diesen krallenden Druck auf dem Herz, dieses tückische, stechende Zucken durch meinen Kopf, das mich schließlich wie einen gefällten Baum zu Boden geschmettert hatte . . .

Colin und ich – wir waren enger miteinander verbunden gewesen, als ich es je geahnt hatte.

Ich deutete auf das Grab zu meinen Füßen. »Die Beerdigung war vor einer Woche, hat man mir gesagt...«

Er nickte. »*Seine*, ja.«

»*Seine* Beerdigung?« Was meinte er damit? »Wollen Sie damit sagen, daß sie getrennte Beerdigungen hatten?«

Er öffnete wieder sein Notizbuch, blätterte es durch. »Da ham' wir's. Freitag, der zwölfte. Sie is' zehn Tag' vor ihm beerdigt wor'n.« Er nickte bestätigend. Ich starrte ihn ungläubig an. Das verstand ich nicht.

»Ich dachte... ich meinte...« fing ich an, dann atmete ich tief durch. »Was ist denn mit ihr passiert? Wie ist sie denn gestorben...?«

Er zögerte, dann sagte er: »Ich... ich kümmer' mich ja bloß um alles hier, Sir. Da frag'n Sie besser jemand and'res.« Er drehte sich um, murmelte einen kurzen Gruß und ging über den schmalen, winkligen Pfad davon.

5

Jean Timpson war nicht da, als ich zum Cottage zurückkam. Ich ging in den Garten und setzte mich auf eine Bank auf dem Rasen. Ich mußte über das, was mir der Totengräber gesagt hatte, nachdenken. Es war fast zu viel, um es zu verkraften...

Eine Bewegung unter den Blumenstauden riß mich aus meinen Grübeleien. Es war eine kleine Katze, fast noch ein Kätzchen. Vor ihrem glänzenden schwarzen Fell schien das Rot der Mohnblumen heller zu leuchten. Ich streckte die Hand nach ihr aus und lockte sie:

»Komm, Kätzchen... komm...«

Die Katze blieb mit erhobener Pfote stehen und sah mit einem wachen, abschätzenden Blick zu mir herüber. An der Kehle hatte sie einen schneeweißen Fleck. Sie ignorierte meinen Kontaktversuch und huschte in Richtung Obstgarten davon.

Ich lehnte mich wieder zurück und warf im Sonnenlicht einen blinzelnden Blick auf das Cottage – *mein* Cottage. Es war ein Haus, wie ich es mir immer gewünscht hatte. Ein Traumhaus. Aber daß ich es auf diese Weise erworben hatte ...

Eine Amsel saß auf dem Schornstein, schwarz gegen den hellen Himmel, und sang. Immer wieder dasselbe Lied, klare Töne und trillernde Kaskaden hintereinander, wieder und wieder. Ihr müheloser, reiner Gesang paßte so wunderbar zu allem, was mich umgab – die Bäume, die Blumen, das Haus, der Garten. Sicher hatte sie auch für Colin gesungen ... Unter dem Schornstein knickte das Dach in einem unregelmäßigen Bogen ab und reichte tief nach unten, bis zu den Stockrosen und dem Geißblatt, das sich um die Tür und die Fenster rankte. Entlang eines Teiles der Hausmauer erstreckte sich ein Steingarten, in dem blaue, weiße und rote Blüten in dichter Fülle zwischen den Steinen wucherten. Alles sah so perfekt aus, paßte so gut zusammen. Ich seufzte, streckte mich und zog die Jacke aus, um die warme Sonne auf meine Unterarme scheinen zu lassen.

Drüben, links von mir, am Ende der kiesbedeckten Einfahrt, stand ein kleineres Gebäude, in dem früher wohl einmal die Ställe gewesen waren. Ich ging hin und sah es mir näher an. Ein Teil war zu einer Garage ausgebaut worden, ein kleinerer Teil in einen Geräteschuppen und der verbleibende, größere Rest des Gebäudes in ein Studio – Helens Studio. Ich ging hinein.

Auf Regalen rundum standen Gläser, Flaschen, Bücher, Zeichenmappen und allerlei anderer Kram. Auf einem Tisch lagen Tuben mit Farbe, in einer Kaffeekanne steckten Pinsel und Messer zum Auftragen von Farbe. Die Staffelei stand vor dem großen Nordfenster, wo der Lichteinfall am günstigsten war. Einige Skizzen waren als Zeichenvorlagen an ihrem Holzrahmen festgesteckt. Aufgespannt auf der Staffelei war das unvollendete Gemälde eines Gesichtes. Jemand hatte es mit rohen Zickzackstrichen durchkreuzt.

Ich ging zurück in die Küche und sah, daß Jean Timpson gekommen war. Sie war damit beschäftigt, das Mittagessen vorzubereiten. »Wird nicht lange dauern«, sagte sie, und ich merkte, daß es ihr unangenehm war, wenn ich ihr bei der Arbeit zuschaute.

»Möchten Sie einen Drink?« fragte sie.

»Ja, gerne. Einen Gin-Tonic.« Sie nickte. »Setzen Sie sich irgendwo hin, ich werd' ihn Ihnen bringen.«

». . . Okay.« Damit begab ich mich ins Wohnzimmer.

Auch dort hingen Bilder von Helen an den Wänden. Ihr Stil war unverkennbar, ich brauchte nicht mehr auf die Signatur zu schauen. Aber da waren auch Bilder von anderen Künstlern. Zum Beispiel ein großes, abstraktes Gemälde im Hardedge-Stil in aufdringlichen blauen und roten Farbtönen. Es war flankiert von der Fotografie einer älteren Frau mit vielen Katzen um sich herum und von dem recht primitiven Ölgemälde einer Frau und eines Mannes. Beide waren noch jung. Die Frau wirkte irgendwie gehemmt, aber hinter ihrer Scheu meinte ich auch Freundlichkeit und Fröhlichkeit zu erkennen. Sie saß auf einem Stuhl, der große, schwarzhaarige, finster wirkende Mann stand schräg hinter ihr, den linken Unterarm von ihrer Schulter verdeckt. Die Frau hielt einen Rosenstrauß im Schoß. Im Hintergrund sah man das Cottage. Das Bild war nach meiner Einschätzung wahrscheinlich das Werk eines Sonntagsmalers. Es hatte einen gewissen kindlichen Charme, und in der akribischen Ausführung der Einzelheiten – dem Ring an ihrem Finger, ihrer Brosche, den Knöpfen an seiner Jacke – lag eine liebenswerte Naivität.

»Hier ist Ihr Drink . . .«

Jean Timpson brachte meinen Gin-Tonic.

»Danke. Sie haben sogar an die Lemone gedacht . . .«

Sie lächelte mich in ihrer scheuen Art dankbar an. »Das ist ein schönes Bild, nicht wahr«, sagte sie dann und zeigte auf das Ölgemälde.

». . . Ja. Er sieht allerdings recht . . . finster aus. Und sie macht einen so netten Eindruck . . . Wer waren sie?«

»Die Temples. Robert war sein Name. Seine Frau hieß Bronwen. Sie war eine gebürtige Gerrard. Er war nicht gut zu ihr, ganz bestimmt nicht. Verschwand einfach, ließ sie sitzen. Und sie starb.«

»An gebrochenem Herzen, meinen Sie? Ich dachte, das gäbe es nur in alten englischen Volksliedern.«

Sie sah mich verständnislos an. »Man hat sie tot aufgefunden . . .« Dann wandte sie sich der Fotografie mit der Frau und den vielen Katzen zu. »Das war Miss Merridew. Sie mochte Katzen.«

»Ja, das sieht man.« Ich konnte ein Lächeln nicht unterdrücken. »Und das da«, – ich deutete auf das abstrakte Gemälde – »wer hat das gemalt?«

»Oh . . . Alan De Freyne.«

Etwas in ihrer Stimme ließ mich aufhorchen. Ich drehte mich um und sah sie an, aber ihr Gesichtsausdruck verriet keine besondere Regung. Sie zeigte auf eine gerahmte Stickerei an der Wand. »Seh'n sie mal . . . wie schön das gearbeitet ist . . .«

Ich las die gestickten Verse:

Fallt, Blätter, fallt; welkt, Blumen, dahin;
Lang sind die Nächte jetzt, nur kurz die Tage.
Ein jedes Blatt bescheret sel'ge Wonnen mir,
Schwebt es herab vom Baum des Nebelherbstes.
Wie werd' ich lächeln, wenn ein Kranz aus Schnee
Erblüht, wo sonst die Rosen eitel schwelgen;
Wie werd' ich singen, wenn des Morgens Dämmer
Hinüberführt in einen neuen düst'ren Tag.

Darunter stand, in denselben akkuraten Stichen und denselben harmonischen Farben: *Von Margaret Lane, 1904.*

»Sehr seltsam«, scherzte ich. »Ich dachte bisher, das Gedicht sei von Emily Brontë«.

Mein Humor kam bei Jean Timspon nicht an. »Oh, das heißt ja nur, daß es von ihr *gestickt* wurde«, sagte sie. »Ihr Bruder mochte das Gedicht nicht besonders, glaube ich. Er hat es abgehängt und in den Keller gestellt. Ich hab' es vorgestern wieder aufgehängt. Die Wand sah ohne es so – unvollständig aus.« Sie sah mich schuldbewußt an. ». . . Es stört Sie doch nicht, oder . . .?«

»Natürlich nicht.«

»Im Keller steh'n noch viele Sachen rum«, fuhr sie fort. »Von den verschiedenen Leuten, die im Laufe der Zeit mal hier gewohnt haben. Ihr Bruder hat oft da unten rumgestöbert – ein paarmal war auch der Antiquitätenhändler dabei. Ich fürchte, da ist ein arges Durcheinander, ich bitte um Entschuldigung dafür. Aber Ihr Bruder hat gesagt, ich soll mich nicht drum kümmern, ich bräuchte dort nicht aufzuräumen.« Ihr Blick glitt wieder zu der Stickerei. »Die hat auch kein glückliches Leben gehabt. Und ein trauriges Ende...«

Schweigen. Dann sagte ich: »Ich war auf dem Friedhof. Wie ist Helen gestorben?« Diese Frage war ihr offensichtlich äußerst unangenehm. Sie drehte sich zum Fenster um und sagte viel zu laut und viel zu schnell: »Sie haben Ihre Jacke auf der Bank liegen lassen. Es wird bald regnen, glaube ich.« Und schon war sie auf dem Weg nach draußen.

Ich holte sie kurz vor der Bank ein.

»Sie haben mir nicht gesagt, daß Helen zu einer anderen Zeit als Colin starb. Der Totengräber hat mir erzählt, daß sie zehn Tage vor Colin beerdigt wurde. Ich dachte, sie wären zusammen bei dem Unfall ums Leben gekommen. Warum haben Sie mir das nicht gesagt?«

Sie zuckte die Achseln, griff nervös nach meiner Jacke und hielt sie mir hin. Ich bohrte weiter: »Das ist alles, was er mir gesagt hat... Wie ist Helen gestorben? Was ist mit ihr passiert?«

»...Sie... sie hatte einen Unfall. Ist gestürzt...« Sie hob den Kopf, und ich folgte der Richtung ihres Blickes.

»...Etwa... vom *Dach*?«

»Es war ein Unfall.«

Ich sah auf den Steingarten. »Und dort ist sie hingestürzt...? O mein Gott...!«

Jean Timpson trat einen Schritt zurück, wollte weg von mir. »Bitte«, sagte ich ganz ruhig, »bitte sagen Sie mir, was passiert ist.« Sie schluckte. »Was hat sie da oben gemacht?« beharrte ich.

»Sie hatte ein Kätzchen. Girlie. Ein kleines, schwarz-weißes Tier...«

»Ich habe es herumlaufen gesehen...«

»Also... das Kätzchen kletterte aufs Dach und kam nicht mehr runter. Mrs. Warwick wollte es holen... Sie stellte eine Leiter an die Dachrinne und stieg hoch. Auf der anderen Seite vom Haus. Dort ist's nicht so hoch. Dann zog sie sich an den Ziegeln hoch, bis ganz oben hin, und dann... dann rutschte sie ab...«

»Waren Sie dabei, als es passiert ist? Haben Sie es gesehen?«

»Nein . . .« Und dann sagte sie hastig: »Es war nicht meine Schuld. Es war schon spät. Ich dachte, sie würde schon schlafen.«

»Aber Sie waren im Haus, als es geschah?«

»Ja . . .« Ihre Stimme wurde lauter, fast schrill. »Aber ich wußte nicht, was passiert war. Ich hab' nicht gewußt, was sie da draußen gemacht hat. Ich hab' nur die Geräusche gehört – das Rufen nach der Katze, den Schrei. Als ich raus kam, war alles . . . vorbei.«

»Es war schon spät, sagten Sie?«

»Ungefähr zehn oder halb elf . . .«

»Und wo war mein Bruder?«

»Oben beim Dickicht, hat er gesagt. Er hat den Schrei gehört, genau wie ich . . .«

»Was war das für ein Schrei? Was hat sie geschrien?«

»Sie hat um Hilfe geschrien, glaube ich . . .« Sie unterbrach sich, fuhr dann fort. »Ich sollte sie im Auge behalten. *Und das hab' ich auch versucht.* Ich bin drei Nächte bei ihr geblieben. Kam aber kaum zum Schlafen. Dauernd stand sie auf, lief rum, machte dies, machte das . . .« Sie rieb sich die Augen mit den Handballen. »Ich hab's versucht.« Ihre Stimme wurde wütend. »Aber keiner hat mir gesagt, was vielleicht passieren könnte . . .« Sie sah mich an, blickte dann schnell wieder weg. »Ich sag' nichts Schlechtes über Tote. Und ich hab' Mrs. Warwick gern gehabt. Wirklich. Aber es stimmt schon, sie war . . . *seltsam* in den Tagen vor ihrem Tod. Man wußte nicht, was man mit ihr anfangen sollte . . .« Sie fing an zu schniefen und drückte ein Taschentuch gegen die Nase. »Ich hab' nach ihr geguckt oben im Schlafzimmer. Dachte, sie schläft. Dann bin ich in die Badewanne gestiegen. Hatte zum ersten Mal an dem Tag Zeit für mich selber. Ich war sicher, daß alles in Ordnung ist. Hätte nie gedacht, daß so was passieren könnte. Ich hätt' sie doch nie auf die Leiter steigen lassen! Nie! Aber ich hab' ja nicht gewußt, daß sie . . .«

»Was hat mein Bruder denn zu dieser Zeit draußen gemacht?«

»Hat sich unterhalten, nehm' ich an. Ich weiß nicht . . .«

»Unterhalten? Mit wem?«

»Mit Mrs. Barton. Sie war an dem Abend zu Besuch da. Als ich rausgerannt bin, waren beide schon bei ihr. Er hielt sie im Arm . . .« Sie kniff die Augen zu. »Mrs. Warwick hat noch gelebt, als ich rauskam. Es war schrecklich. So viel Blut! Ich hab' gesehen, wie sie gestorben ist.« Sie starrte jetzt auf den Steingarten, als ob sie die Szene noch einmal durchleben würde. »Ich hab's an ihren Augen gesehen. Ich hab' gewußt, daß sie tot ist.«

Tränen strömten über ihr Gesicht.

Und die ganze Zeit über sang die Amsel. Ununterbrochen.

6

Ich schwieg. Irgendwo in den Bäumen flog eine Ringeltaube mit klatschenden Flügelschlägen davon. Dann hörte ich nur noch das Trillern der Amsel. Und das Weinen der Frau.

»Es war ein Unfall«, schluchzte sie. »Das haben sie bei der Verhandlung festgestellt.«

»Sie brauchen sich doch keine Vorwürfe zu machen . . .« Ich fühlte mich recht hilflos.

Jean Timpson legte die Hand auf den Mund, um ihr Schluchzen zu unterdrücken. »Ich hab' ihren Schrei gehört, aber ich kam nicht schnell genug raus.«

»Es ist doch jetzt vorbei . . .« Ich streckte die Hand nach ihr aus, ließ sie dann aber wieder fallen. ». . . Weinen Sie doch nicht mehr . . .«

»Aber ich weiß, daß er gedacht hat, es wäre meine Schuld. Muß er ja. Ich sollte doch auf sie aufpassen . . .«

»Was hat er danach getan . . . Colin?«

»Er hat mich fortgeschickt.« Sie stand da wie ein kleines Mädchen, dem man die Puppe weggenommen hat.

»Was meinen Sie damit?«

»Meinen Vater auch. Dad hat den Garten in Ordnung gehalten. Ihr Bruder . . . er hat uns fortgeschickt und gesagt, wir bräuchten nicht wiederzukommen. Er bräuchte keine Hilfe mehr, hat er gesagt. Aber das stimmte doch gar nicht! Es hätt' sich jemand um ihn kümmern müssen. Er war so verzweifelt, ihm war's egal, was um ihn rum passiert ist ... Er ist schließlich weggefahren, kam aber bald wieder zurück. Und dann ist es passiert ... er war tot.« Sie weinte noch heftiger. Weinte sie über sich selbst oder über Colin, fragte ich mich.

»Wer ist Mrs. Barton?«

»Eine Freundin von ihnen. Eine Witwe. Sie hat im Dorf gewohnt, dann zog sie weg, nach London. Manchmal kam sie her und hat sie besucht. Nach dem Tod von Mrs. Warwick ist sie auch noch mal gekommen. Aber es hätt' jemand *dauernd* bei ihm sein müssen.« Sie seufzte tief, zog die Schultern hoch. »Ich hab' ihn nur noch dreimal gesehen, nachdem Mrs. Warwick tot war. Einmal, als ich am nächsten Tag zu ihm gegangen bin und gefragt hab', ob ich was tun kann, da hat er gesagt, er käm' allein zurecht. Dann ... bin ich nicht mehr zum Haus gegangen – bis er ... auch tot war ... Danach hab' ich gedacht, ich müßt' mich wieder ums Haus kümmern ... Ich hab' ihn dann nur noch bei der Verhandlung und bei Mrs. Warwicks Beerdigung gesehen.« Ihre Augen starrten ins Leere. »Er sah schrecklich aus. Wie ein Schlafwandler. Mrs. Barton war bei ihm. Und der Doktor.«

»Der Doktor aus dem Dorf?«

»Ja, Doktor Reese. Mrs. Warwick war bei ihm in Behandlung. Sie haben ihn sofort geholt ... als sie gestürzt war ...«

Nach einem Moment des Schweigens drehte sie sich um und ging zur Haustür. Dort drehte sie sich noch einmal um und sagte, jetzt wieder mit kontrollierter Stimme:

»Ich ... ich bin so froh, daß Sie da sind, Mr. David ...«

»Ich komme morgen früh wieder vorbei«, sagte Jean Timpson, als ich nach dem Abendessen beim Kaffee saß. »Es könnte ja sein, daß Sie mich brauchen.«

»Das ist nicht nötig«, protestierte ich zaghaft, »ich komme auch allein zurecht.«

»Ich bin dran gewöhnt. War ja immer hier. Für die beiden.

Und ich mach's gern . . .« Sie wartete auf meine Reaktion, den Blick auf meine linke Schulter gerichtet. Ich brachte es nicht fertig, sie zu enttäuschen. »Okay«, sagte ich lächelnd. »Wir müssen uns natürlich noch über Ihre Bezahlung unterhalten.«

»Oh, das ist nicht wichtig . . . Ich will Dad sagen, er soll auch mal zu Ihnen kommen, wenn's Ihnen recht ist. Vielleicht möchten Sie, daß er sich um den Garten kümmert.«

»Sehr gut. Ich habe keine Ahnung von Gartenarbeit.«

»Genau dasselbe hat Ihr Bruder anfangs auch gesagt. Aber dann wollte er's lernen.«

»Ich kann ja nicht hier *bleiben*, ich muß zurück nach New York.«

»Na ja, vielleicht gefällt's Ihnen hier so gut, daß Sie nicht mehr weg wollen.«

Ich dachte an Shelagh. »Nein«, lächelte ich. »Ich muß bald zurück. Sehr bald sogar.« Und dann fügte er hinzu: »Aber ich werde eines Tages wiederkommen.«

Als Jean Timpson gegangen war, fiel mir ein, daß ich Shelagh *immer noch nicht* angerufen hatte. Ich hatte den Tag einfach so verbummelt. Nun, das mußte eben bis morgen warten.

Neben dem Eßzimmer lag Colins kleines Arbeitszimmer. Ich hatte es mir bisher noch nicht näher angesehen. Ich öffnete die Tür, knipste das Licht an und vertrieb damit die sanfte, graublaue Dämmerung. Da stand ich nun also in seinem Refugium. Der Schreibtisch, die Bilder an der Wand, die Regale voller Fachbücher, die Papierrollen (wahrscheinlich Baupläne), die Schreibmaschine auf der polierten Schreibtischplatte – alles sehr sauber und ordentlich. Das Zimmer war so, wie ich es mir vorgestellt hatte. Neben dem Telefon auf dem Schreibtisch lag ein Stapel ungeöffnete Post. Schuldgefühle sind nicht angebracht, sagte ich mir, als ich die Post durchsah; es *muß* ja sein. Ein paar Rechnungen (Gas, Strom, usw.), die Einladung zu einer Party in London (Termin längst verstrichen), eine Postkarte von einem Mann namens Hal, der in Rom eine wunderschöne Zeit erlebte, mehrere Reklamesendungen – und mein letzter Brief. Es berührte mich seltsam, ihn nach der langen Reise von New York hierher ungeöffnet in der Hand zu halten. Es gab auch noch drei oder vier Briefe von Leuten, von denen ich nie etwas gehört hatte und die wohl auch, nach dem Inhalt zu urteilen, im Leben von Colin und Helen keine große Rolle gespielt hatten. Auch mein Telegramm lag ungeöffnet da. Und mehrere Geburtstagskarten. Eine kam mir bekannt vor; sie war von Shelagh und mir. Eine andere von meinem Vater, sehr herzlich gehalten. Eine weitere, auf der nur stand: *In Liebe – E.* Und eine von Jean Timpson mit Hasenkindern auf der Vorderseite. *Herzlichen Glückwunsch zum Geburtstag von Jean,* hatte sie geschrieben. Insgesamt enthielt die Post nichts Bedeutsames, und wenn man sie als Gradmesser betrachtete, hatten Helen und Colin wohl ein sehr ruhiges Leben geführt. Ich steckte die Post wieder zusammen ... Wer war *E.*?

Da lag noch eine Papierrolle auf dem Schreibtisch, und als ich sie auseinanderzog, entpuppte sie sich als Plan für ein Wochenend- oder Sommerhaus. Eine Arbeit für sein Architekturbüro, nahm ich an.

Als ich schon gehen wollte, sah ich unter dem Fenster zwei Koffer mit Colins Namen stehen. Ich hob den ersten an; er war voll. Auch der zweite. Ich öffnete die Schnappverschlüsse. Wer auch immer diese Koffer gepackt hatte, er hatte es in großer Eile getan. Die Sachen waren offensichtlich wahllos aus Schränken und Schubladen gegriffen und in die Koffer gesteckt worden. Kleidung, Unterwäsche, unfertige Baupläne; aber auch Colins Paß, seine Geburtsurkunde, verschiedene andere Dokumente. Es sah fast so aus, als hätte er das Haus für immer verlassen wollen – und das in großer Eile. Auf der Flucht?

Oben vor der Kellertreppe drückte ich mehrmals auf den Lichtschalter, aber das Licht funktionierte nicht. Ich ging zurück zur Küche und fand nach einigem Suchen eine Taschenlampe. Zurück auf der Kellertreppe schaltete ich sie an und stieg vorsichtig die steilen Stufen hinunter. Am Fuß der Treppe blieb ich stehen und ließ den Lichtkegel durch den Kellerraum gleiten.

Ich verstand jetzt, warum Jean Timpson von einem ›argen Durcheinander‹ gesprochen hatte. Der Raum war vollgestopft mit Plunder, den die Bewohner des Hauses über viele Jahrzehnte hinweg ausrangiert hatten: Schachteln, Kisten, Truhen, alte Bilder, Bilderrahmen, Lampen und die verschiedensten Möbelstücke waren kreuz und quer durcheinandergestapelt. Es würde Tage dauern, dieses Gerümpel zu sortieren – wenn man es überhaupt versuchen wollte.

Ich quetschte mich zwischen einem riesigen Geschirrschrank, einem alten Wäscheständer und einem Stapel Stühlen hindurch und öffnete wahllos den Deckel einer Truhe. Der Geruch von Mottenkugeln stieg mir in die Nase. Die Truhe war vollgepackt mit alten Kleidern – Kleider, die nie mehr jemand tragen würde, für immer weggepackt und sinnlos vor Mottenfraß geschützt. Eine große Kiste daneben enthielt stapelweise alte Bücher. Die Autoren und Titel auf den verfärbten Einbänden sagten mir nichts. Als ich das oberste Buch wieder auf den Stapel zurückfallen ließ, stieg ein Staubwirbel auf, und der Geruch von moderndem Papier drang unangenehm in meine Nase.

Ich drehte mich um, wollte zurück – da fiel der Lichtstrahl auf zwei runde Augen, die mich anstarrten. Ich erschrak so, daß ich zurückfuhr und mit dem Ellenbogen schmerzhaft an die Ecke des Geschirrschrankes stieß. Ich fluchte laut. Dann sah ich, zu wem die Augen gehörten. Was zum Teufel machte die Katze hier unten? Langsam ließ das wilde Klopfen meines Herzens nach. Ich lockte:

»Komm' her, Kätzchen ... komm ...«

Sie bewegte sich nicht. Mir fiel der Name wieder ein, den Jean Timpson genannt hatte, und ich säuselte:

»Girlie ... komm' her ... komm, Girlie ...«

Sie rührte sich immer noch nicht, blieb kauernd, sprungbereit hocken, das Maul zu einem lautlosen Fauchen verzogen, und starrte mit bewegungslosem, haßerfülltem Blick in den Lichtstrahl.

Und dann erkannte ich, daß es gar nicht Girlie war. Ich sah mir das Tier aus der Nähe an; sah jetzt das ausgestopfte tote Rotkehlchen in den vertrockneten Klauen, sah das staubige, räudige Fell und die Leere in den runden Glasaugen – unter seiner Kristallhaube ein vermoderndes, zerfallendes Denkmal für Mrs. Merridews Katzenliebe.

Es gab auch noch andere ›Schätze‹ aus Mrs. Merridews Zeit: Mehrere Fotografien in zerbrochenen, staubigen Rahmen. Und ich fand ein weiteres Sticktuch aus der Nadel von Mrs. Margaret Lane – so sorgfältig und mühevoll gearbeitet und nun so bedeutungslos. Diesmal mit einem Gedicht von Keats; ich erkannte die letzte Zeilen aus *Der Abend von St. Agnes:*

Verschwunden sind sie, ach, vor langer Zeit.
Die Liebenden entflohen in den Sturm.

Eine wirklich ausgezeichnete Arbeit – jetzt aber ausgebleicht und zerfasert unter dem zerbrochenen Glas.

Ich ließ den Lichtstrahl langsam herumschwenken. Er fiel auf eine weitere Truhe. Zierliche Blumen und die Buchstaben *BDG* waren in den Deckel geschnitzt. Daneben lehnte ein Stapel Ölgemälde umgedreht gegen die Wand. Noch mehr Bücher. Ein riesiger Messingtopf ... Und dann ging die Taschenlampe aus.

Vergeblich schob ich mit dem Daumen den Einschaltknopf vor und zurück – nichts tat sich. Schließlich gab ich es auf und suchte vorsichtig meinen Weg durch das Gerümpel zur Treppe und wieder hinauf ins Licht und in die frische Luft.

In der Abenddämmerung saß ich mit einem Scotch im Wohnzimmer und genoß entspannt die Stille.

Eigentlich sollte ich jetzt mit Colin und Helen hier sitzen ... Wir würden uns unterhalten, unsere Drinks schlürfen, und die Zeit würde so schnell verfliegen, daß wir nicht merkten, daß die Dunkelheit schon hereingebrochen war. Vielleicht würde Helen auf dem Klavier alte Volkslieder spielen, wir würden dazu singen, unsere Stimmen vereinen, uns näher kommen – Colin und ich; würden die aus den Jahren der Trennung herrührende Entfremdung und die peinliche Verlegenheit zwischen uns endgültig überwinden, einen Ausgleich für die verlorenen Zeiten finden und nie mehr diese Fremdheit zwischen uns beiden aufkommen lassen ... Aber ich würde ihn nie mehr sehen. Er war tot. *»Er ist tot«*, sagte ich laut vor mich hin. Schwermütig dachte ich an die Vergänglichkeit des Lebens – und fragte mich, warum der Tod so endgültig war ...

Colin ... Aufgeplatztes Fleisch, quellendes Blut, zerfetzte

Organe – das Ende des Daseins; man ist nur noch ein *Ding*, seelenloses, verrottendes Fleisch ... tot. Und auch Helen war tot. Das alles war mehr, als ich verarbeiten konnte. Ich wußte, was geschehen war, aber ich konnte es nicht begreifen.

Aber ich verstand jetzt, warum Colin nicht mehr geschrieben und nicht einmal meinen letzten Brief geöffnet hatte. Es war eher verwunderlich, daß er trotz seines Kummers daran gedacht hatte, mir eine Geburtstagskarte zu schicken ... Ich konnte mir vorstellen, wie er sich abgesondert und jeden Kontakt zur Außenwelt vermieden hatte. Alles andere hätte seinen Schmerz und seine Verwirrung nur noch vergrößert. Ich hätte genauso reagiert, da war ich sicher.

Hatte Helens Tod, so fragte ich mich, in irgendeiner Weise auch zu seinem eigenen beigetragen? Wenn sie nicht gestorben wäre – würde er dann hier bei mir sitzen, mit mir reden und mir zulächeln ...? Wenn es tatsächlich einen Zusammenhang zwischen Helens und Colins Tod gab, dann konnte ich den Groll meines Vaters gegen Helen, selbst den Haß auf sie, verstehen. Arme tote Helen, die sich selbst jetzt noch, in ihrem Grab, soviel leidenschaftliche Feindschaft zugezogen hatte, wo doch alles, nach dem sie sich gesehnt hatte, Liebe und Verständnis gewesen waren ...

Es wurde immer dunkler im Zimmer. Draußen im Garten glänzte silberner Mondschein auf den Blättern und Blüten. Ein fahler Lichtstreifen fiel auch ins Zimmer, auf Margaret Lanes Sticktuch und die Rosen am Fenster. Ich machte die Lampe neben mir an, und ihr Licht überstrahlte das Bild des Gartens vor dem Fenster. Da saß ich nun, umgeben von den Relikten der Geschichte dieses Hauses durch viele Jahrzehnte – vom alten Porträt des Ehepaares Temple an der Wand bis hin zu den frischen Zigarettenstummeln in meinem Aschenbecher.

Wahllos holte ich ein Buch aus dem Regal und blätterte es durch. Berichte über große und weniger große Verbrechen. Bekannte und weniger bekannte Namen. Christie, Haigh, Madeleine Smith. Falschmünzer, Diebe, Mörder. Menschen, die sich durch Taten der Leidenschaft oder der Habgier eine eigene Art der Unsterblichkeit erworben hatten. Colins Name stand auf dem Deckblatt. Ich legte das Buch neben eine kleine weiße Statuette, einen Ritter auf seinem Schlachtroß. Helens Initialen standen auf der Fußplatte. Helen und Colin – sie waren überall.

Als ich meine Zigarette zu Ende geraucht hatte, machte ich alle Lichter aus und ging nach oben. Jean Timpson hatte mein Bett aufgedeckt. Auf dem Kopfkissen lag eine wunderschöne Rose – weiß, mit einem blassen Hauch von Rosa an den Rändern der Blütenblätter. Ich nahm sie hoch und genoß ihren Duft. Ich war überrascht, aber im stillen war ich Jean Timpson dankbar.

Als ich mich hinlegte, hing der Duft der Rose noch im Kopfkissen. Ich fühlte mich wohl. Dann fiel mir ein, daß ich mein Schlafmittel vergessen hatte. Zum Teufel mit ihm – vielleicht kam ich heute nacht ohne es aus.

Das war mein letzter klarer Gedanke, bevor ich einschlief.

Am nächsten Morgen nach dem Frühstück ließ ich Jean Timpson beim Abwasch zurück und ging ins Dorf. Eigentlich hatte ich ihr für die nette Geste mit der Rose danken wollen, es dann aber vergessen.

Auf dem Marktplatz rief ich aus einer Telefonzelle die Störstelle an und meldete den Ausfall des Apparates im Cottage. Als ich den Hörer auflegte, fragte ich mich, warum ich das eigentlich getan hatte; bis das Telefon repariert war, war ich sicher schon längst wieder in New York. Wenn sie es allerdings gleich in Ordnung brachten, hatten Shelagh und ich vielleicht doch noch für kurze Zeit eine leichtere Kontaktmöglichkeit.

Ich brauchte nicht lange nach der Bank zu suchen, die sich um Colins Angelegenheiten gekümmert hatte; es gab nur eine im Dorf. Mr. Jennersen, der Direktor, kondolierte mir und bestätigte, daß die Bank von Colin zum Testamentsvollstrecker bestimmt worden sei. »Wir haben Ihnen das mitgeteilt«, sagte er nach einem Blick in einen Aktenordner. Ich erklärte, daß der Brief wahrscheinlich erst nach meiner Abreise aus New York dort eingetroffen war. Er nickte und reichte mir einige Schriftstücke über den Schreibtisch. »Das Testament Ihres Bruders. Wie Sie sehen, sind Sie der alleinige Nutznießer.«

»Ja . . .« Ich las das Papier nicht. Versuchte es gar nicht. Ich konnte nicht. Nicht jetzt.

»Es ist klar und einfach«, sagte Mr. Jennersen. »Das Haus gehört Ihnen und nach Abzug verschiedener Auslagen – die Beerdigung, Verwaltungsgebühren, Erbschaftssteuer – geht letztlich auch das Barvermögen an Sie über. Eine nicht unbeträchtliche Summe.«

»Geld?« fragte ich. »Ich dachte, mein Bruder hätte nicht viel Geld gehabt.«

»Aber seine Frau. Sie war, wie Sie es vielleicht nennen würden, ›recht wohlhabend‹. Alles geht in Ihren Besitz über.«

»Ich wußte nicht, daß sie . . . wohlhabend war. Ich wußte nur, daß sie nicht für ihren Lebensunterhalt arbeiten mußte – außer durch ihre Malerei, meine ich.«

»Ich glaube, sie war recht erfolgreich. Aber das war nur ein Teil ihres Einkommens. Sie hatte ein paar sehr profitable Aktien geerbt.«

Es war ein bißchen zu viel, das alles auf einmal zu verkraften. »Ich erbe also das Haus *und* das Geld«, sagte ich, immer noch recht fassungslos.

»Bis das rechtsgültig ist, dauert es allerdings noch zwei bis drei Monate.«

»Ich wohne aber schon in dem Haus.«

Er lächelte. »Das ist kein Problem. Ich hoffe, es gefällt Ihnen. Ein wunderschönes Haus, dieses Cottage.« Ich nickte zustimmend. Er fuhr fort: »Haben Sie die Absicht, für immer hier zu bleiben?«

»Ich muß bald wieder nach New York zurück.«

»Nun, wenn Sie sich entschließen sollten, das Cottage zu verkaufen – wir arrangieren das gerne für Sie . . .«

»Danke. Ich werde darüber nachdenken.«

Ich verabschiedete mich von Mr. Jennersen. Seiner Beschreibung folgend überquerte ich den Marktplatz und fand den Eingang zum Haus von Doktor Reese. Ich läutete. Seine Frau, eine große und gepflegte Erscheinung, öffnete die Tür. Sie wußte sofort, wer ich war, obwohl sie sich bemühte, ihre Überraschung zu verbergen. Ich sagte ihr, daß ich den Doktor sprechen möchte. Sie antwortete, daß seine Sprechstunde in wenigen Minuten beginnen würde, ich möge doch im Wartezimmer Platz nehmen.

»Ich bin nicht krank«, sagte ich. »Ich möchte ihn nicht ... dienstlich sprechen ...«

Sie zögerte einen Moment, dann sagte sie lächelnd: »Ich schaue mal nach, ob er vor der Sprechstunde noch ein paar Minuten für Sie Zeit hat.« Sie führte mich in ein kleines, sonniges Zimmer mit Blick auf den Marktplatz und ließ mich allein. Nach wenigen Minuten kam der Doktor herein, ein großer, rundgesichtiger, fröhlicher Mann, offensichtlich direkt aus dem Bad, denn er tupfte mit einem Papiertuch ein paar Bluttröpfchen vom Kinn ab. Er lächelte mich an, wir schüttelten uns die Hände, und er forderte mich auf, doch Platz zu nehmen. Irritiert sah er auf meinen Fuß, aber er ließ sich nichts anmerken.

»Ich habe leider nicht viel Zeit«, sagte er entschuldigend und setzte sich auf die Armlehne des Sofas. »Was kann ich für Sie tun?«

»Es geht um meinen Bruder – und seine Frau ...«

Er nickte mit traurigem Gesicht. »Natürlich. Lassen Sie mich Ihnen sagen, wie leid mir das alles tut.« Ich dankte ihm für sein Mitgefühl, und er fuhr fort: »Ich habe Ihren Bruder nicht sehr gut gekannt. Wie Sie wissen, war er ja nur etwa ein Jahr hier. Mrs. Warwick kannte ich besser. Ich habe sie ... gegen Ende mehrmals wegen einiger kleiner Verletzungen behandelt. Nichts Schlimmes, Verbrennungen, Schnitte ... Sie hat sich seltsamerweise häufiger solche Verletzungen in ihrem Studio zugezogen. Ist wohl Berufsrisiko, nehme ich an. Öfter sah ich sie natürlich wegen des Babys.«

»Ein Baby ...?«

»Sie war im dritten Monat schwanger, als sie starb.«

»Sie war ... schwanger ...?« stammelte ich. Und als ich mich wieder gefaßt hatte: »Und in diesem ... Zustand klettert sie mitten in der Nacht auf ein Dach ...?«

Mit einem Achselzucken gab er mir zu verstehen, daß er sich auch nicht immer die Handlungen der Menschen erklären konnte. »Sie haben sich bei ihrer Beerdigung um meinen Bruder gekümmert ...?« fragte ich schließlich.

»Ja. Er war natürlich in einem miserablen Zustand. Ich hatte ihm vorgeschlagen wegzugehen, das Haus für eine Weile zu verlassen, um Abstand von all seinen bedrückenden Assoziationen zu gewinnen; wenn nicht für immer, dann wenigstens für einen Urlaub. Das Haus war kein guter Ort für ihn, nicht unter diesen Umständen. Dieses Haus – es hat schon so viel Unglück dort gegeben.«

»Was wollen Sie damit sagen? Daß ihm das Haus auf die Nerven ging, ihn unglücklich machte? Daß er irgendwie für seinen ... für sein Ende selbst verantwortlich sei ...?«

»Sind wir das in der einen oder anderen Weise nicht alle?« fragte er zurück.

»War noch jemand in den ... Unfall verwickelt?«

»Nein. Zumindest, soweit man das feststellen konnte. Es war niemand bei ihm im Wagen, und es war auch kein anderes Auto beteiligt.« Er schaute auf die Uhr, aber ich ließ nicht locker. »Wie ist es passiert? Wissen Sie das? War er ... betrunken?«

»Nein. Das war er nicht.«

»Sehen Sie, ich stelle diese Fragen nur, weil ich kaum etwas über diese Sache weiß. Aber ich *will* es wissen, das müssen Sie verstehen.«

»Nun, es war ein sehr ... ungewöhnlicher Unfall. Es sieht so aus, als ob er die Einfahrt des Cottage mit hoher Geschwindigkeit runtergerast wäre, und mit seinem Sportwagen konnte man ja nach kurzer Zeit hohe Geschwindigkeiten erreichen. Nach der Ausfahrt raste er quer über die Straße und prallte frontal gegen die Rotbuche, die da steht. Man hat mich erst ein paar Stunden später hingerufen. Er war tot.«

Mich durchzuckte das grausige Bild, wie Colin da zerquetscht und voller Blut im Wrack seines Wagens liegt, und ich dachte wieder daran, wie ich in der Schule in New York seinen Tod miterlebt hatte und zusammengebrochen war.

»Der Totengräber hat mir erzählt, daß er etwa um elf Uhr starb ...«

»Ja ... Ein Taxifahrer aus dem Ort fand ihn. Ich traf zusammen mit dem Krankenwagen an der Unfallstelle ein.«

»Wäre er zu retten gewesen, wenn man ihn eher gefunden hätte?«

»Nein«, sagte er leise. »Er war sofort tot, da können Sie sicher sein.«

Ich seufzte. »Es erscheint mir so ... *ungerecht*. Sie waren so glücklich miteinander. Und wie Sie sagen, erwarteten die beiden ein Kind ... Alles war doch in bester Ordnung ... Ich kann es nicht begreifen ...«

Er nickte nur. Dann sah er wieder auf die Uhr. Ich hatte noch viele Fragen, aber ich kam seiner höflichen Entschuldigung zuvor und verabschiedete mich. Auf dem Weg zur Tür fragte ich dann doch noch: »Man hat mir erzählt, meine Schwägerin wäre kurz vor ihrem Tod in einem ... seltsamen Zustand gewesen ...?«

»Wer hat Ihnen das gesagt?«

»Die Frau, die den beiden den Haushalt führte. Jean Timpson.«

Er nickte resigniert. »Sehen Sie, wenn man einige Jahre in so einem kleinen Ort gelebt hat, dann weiß man, daß es immer Gerede gibt. Gerüchte verbreiten sich wie Bakterien. Manchmal können sie sogar zerstörend wirken ...« Er wirkte verlegen und fügte schnell hinzu: »Ich versuche nur, Ihnen vorzuschlagen ...«

»Alle Gerüchte zu ignorieren, nicht wahr?«

Er nickte zögernd.

»Welche Art von Gerüchten?« fragte ich. »Worüber?«

»Hören Sie, Ihr Bruder und seine Frau waren ein sehr nettes junges Paar. Beide sind tragisch ums Leben gekommen. Eine schreckliche Sache, aber sie ist nun mal passiert. Und jetzt ist alles vorbei. Die Verhandlungen sind abgeschlossen, es ist *wirklich* alles vorbei. Zu Ende ...«

»Die Verhandlungen ... Ich nehme an, die Untersuchungsergebnisse lauteten ›Unfall‹ oder ›Unfall mit tödlichem Ausgang‹, nicht wahr?«

»Ja.« Und nach kurzem Zögern: »Natürlich.«

Als wir durch die Diele gingen, fragt er: »Ich nehme an, Sie gehen bald nach Amerika zurück?«

»Nun, hier hält mich nichts mehr. Außer dem Haus. Aber deshalb bin ich ja nicht hergekommen ...« Seine Augen waren auf meinen Fuß gerichtet, als ich auf die Tür zuging.

»Was ist mit ihrem Fuß passiert?« fragte er. »Ein Unfall?«
»Nein. Ich habe diese Behinderung von Geburt an.«
»Oh . . .« Was hätte er auch sonst sagen können? Dann lächelte er mich an. »Kümmert sich Jean Timpson auch um Sie?«
»Sehr sogar.« Ich lächelte zurück. »Sie versteht ihr Geschäft. Macht gute Arbeit.«
»Da bin ich sicher.« Er nickte mir zum Abschied zu. Ich dankte ihm, wir schüttelten uns die Hände, und dann trat ich hinaus auf die ausgetretene Treppe.
Als sich die Tür hinter mir geschlossen hatte, blieb ich noch einen Moment stehen. Ich hatte gehofft, daß mein Besuch bei Doktor Reese einiges von dem Durcheinander in meinem Kopf beheben würde. Doch weit gefehlt! Ich hatte ein paar Antworten auf meine Fragen bekommen, aber sie hatten nur noch mehr Fragen aufgeworfen. Ich war verwirrter denn je.

7

Auf dem Küchentisch lag eine Notiz in Jean Timpsons kindlicher Handschrift: *Bin zum Einkaufen. Komme bald zurück und mache Mittagessen.*
Ich zog meine Shorts an, nahm eines von Colins Büchern und ging in den Garten. Auf dem Rasen breitete ich eine Decke aus und legte mich in die warme Sonne. Ich fing an, die Geschichte von Doktor Crippen und seiner bemitleidenswerten, unglücklichen, theaterbesessenen Frau zu lesen, aber sie erschien mir recht banal. Ein trockener Bericht ohne Übertreibungen, ohne Überraschungen und ohne Geheimnisse. Ich klappte das Buch zu, steckte es unter eine Ecke der Decke, stand auf und ging über den Rasen zum Obstgarten.
Er war nicht sehr groß und hatte eine unregelmäßige Form. Sein hinterer Teil lief in einer Form aus, die der Stiefelspitze Italiens ähnlich war. Über die Hecke hinweg, die ihn dort begrenzte, sah ich weitere Bäume – keine Obstbäume, sondern

Ulmen, Birken und Eschen. Ich stieg durch eine Lücke in der Hecke und befand mich jetzt in einem kleinen Wald. Hier war, im Gegensatz zu dem gepflegten Garten, die Natur sich selbst überlassen worden, und im Laufe der Zeit war ein wucherndes Dickicht entstanden. Auch die Gerüche waren anders als im Garten; kein Duft von Rosen und Mohn, sondern ein Gemisch aus subtilen, unbestimmten Gerüchen, dunkel, schattig, feucht. Hatten sich Colin und Mrs. Barton in der Nacht, als Helen starb, hier getroffen . . .?

Ich suchte meinen Weg dort, wo die Bäume am weitesten auseinanderstanden. Es ging bergab, und nach etwa fünfzig Metern kam eine steile Böschung. An ihrem Fuß lag ein schmaler Grasstreifen, und dann stand ich vor einem großen Teich. Hinter einem Schirm von Weiden am jenseitigen Ufer erstreckten sich Getreidefelder, weit über die Hügel hinweg.

Ich ging in einem weiten Halbkreis am Ufer des Teiches entlang, dann wandte ich mich nach links und ließ ihn hinter mir. Ich stieg den Hang hoch, zwischen dicht stehenden Bäumen hindurch, und kam bald wieder auf ebenen Boden. Der Wald grenzte hier an die Südseite des Obstgartens.

Unvermutet lag eine kleine, sonnenbeschienene Lichtung vor mir. Auf einem gepflasterten Rechteck stand eine kleine Steinbank. Davor, so schien es, hatte jemand vor kurzem die Erde umgegraben. Rundum wuchsen Rhododendronbüsche und üppig rankende Rosensträucher, die zwischen dem Farn und dem wuchernden Gebüsch wie verlorene Eindringlinge wirkten. Jemand hatte sich, irgendwann in der Vergangenheit, hier einen versteckten Schlupfwinkel geschaffen . . .

Ich überquerte die Lichtung und kam wieder in den gefleckten Schatten der Bäume. Drüben, links von mir, lag jetzt der Garten, nicht mehr der Obstgarten. Ich folgte einem schmalen, halb zugewachsenen Pfad, der mich durch das Unterholz und dann unter einem Rosenbogen hindurch auf das vertraute Gelände des Rasens und der Blumenbeete zurückführte. Ich ging zu meiner Decke, und gerade als ich sie aufhob, kam Jean Timpson um die Ecke des Hauses. Sie schob einen hellblauen Kinderwagen voller Lebensmittel vor sich her.

»Warten Sie, ich helfe Ihnen«, rief ich ihr zu. Mit ein paar

Schritten war ich bei ihr und hob einen Plastikbeutel mit Gemüse aus dem Wagen. »Sehr praktisch, der Kinderwagen«, sagte ich.

»Oh, den benutze ich schon seit Jahren«, erklärte sie. »Er war mal neu . . .« fügte sie dann hinzu. Seltsame Logik.

Wir trugen gemeinsam die Lebensmittel in die Küche. »Das Zeug reicht bestimmt für einen ganzen Monat«, sagte ich. »Dabei fahre ich in ein paar Tagen wieder zurück . . .«

Sie sah mich schuldbewußt an. »Na ja, es wird nichts verderben. Besser zu viel als zu wenig.«

Mir fiel ein, daß ich vergessen hatte, bei der Bank Travellerschecks einzulösen. Das mußte ich nach dem Essen nachhholen. »Wir müssen miteinander abrechnen«, sagte ich. »Und Sie müssen mir sagen, was ich Ihnen für die Arbeit schulde.«

»O nein, nein . . . Nur für die Einkäufe. Ich . . . ich bin froh, daß ich was zu tun habe.«

»Aber nicht umsonst. Es ist sowieso nicht richtig, daß Sie dauernd hier sind und sich um mich und das Haus kümmern. Sie haben sicher genug anderes zu tun?«

». . . Wollen Sie mich nicht hier haben?«

»Nein, nein, darum geht es nicht«, protestierte ich. »Aber was ist mit Ihrem Vater? Wer sorgt für ihn?«

»Oh, um den kümmer' ich mich natürlich auch. Wenn er mich brauch', bin ich für ihn da.«

»Nun schön . . .« Mehr konnte ich nicht sagen. »Okay . . .« Ich zögerte noch einen Moment, dann schlenderte ich wieder hinaus auf den Rasen.

Nach dem Essen ging ich ins Schlafzimmer, um meine Travellerschecks zu holen. Beim Kramen in meiner Brieftasche fiel mir wieder ein Foto von Colin in die Finger, das ich besonders mochte. Es zeigte ihn hinter seinem Schreibtisch. Obwohl es ein wenig dunkel war, sah man den glücklichen Ausdruck auf seinem Gesicht, wie er da vor seinen Papieren und Büchern saß und in die Kamera lächelte. Als ich das Foto schon zurückstecken wollte, fiel mir plötzlich etwas auf. Ich sah näher hin. Dann ging ich nach unten in sein Arbeitszimmer.

Der Schreibtisch sah noch immer so aufgeräumt aus, wie ich ihn vorgefunden hatte. Keine Unordnung wie auf dem Foto. Die Bleistifte und Kugelschreiber lagen ordentlich in ihren Schalen, die Schreibmaschine war sauber abgedeckt. Aber es war nicht diese Ordnung, die mich beunruhigte.

Ich öffnete die oberste Schublade des Schreibtisches und untersuchte den Inhalt. Weitere Stifte, Zeichenutensilien des Architekten Colin, Akten, Papiere über verschiedene Bauprojekte. Aber nichts von dem, was ich suchte.

Die zweite Schublade war verschlossen, aber einer der Schlüssel neben dem Telefon paßte. Unter einem Wust von Papieren fand ich ein verschnürtes Bündel Briefe. Ich zog den obersten Brief heraus, ohne das Band zu lösen. ›*Colin, mein Liebling, mein Liebster*‹, las ich . . ..

Ein Liebesbrief von Helen. Mein Herz begann zu klopfen, als ob ich bei einer verwerflichen Tat ertappt worden wäre. Ich steckte den Brief wieder unter die Verschnürung, legte das Bündel an seinen Platz zurück und schob schnell die Schublade wieder zu.

Zurück im Schlafzimmer öffnete ich alle Schubladen und Schranktüren, aber ich fand nicht, was ich suchte . . .

Ich setzte mich auf die Bettkante und dachte nach. Hier in diesem Zimmer hatten sie geschlafen, sich geliebt. Ich schaute mir noch mal die Fotos auf der Kommode an.

Auf den Bildern vom Inneren des Cottage, die Colin mir nach New York geschickt hatte, waren überall Fotografien von Helen zu sehen gewesen. Auf seinem Schreibtisch, an den Wänden fast aller Räume und auch auf der Kommode hier im Schlafzimmer.

Und jetzt war keines mehr da. Nirgends im Haus.

Armer Colin . . . Hatte ihr Anblick ihn so gequält . . .? Ich sah ihn vor mir, wie er schmerzerfüllt durch das Haus lief und Helens Fotografien von den Wänden nahm und irgendwo versteckte. Er hatte sie mehr geliebt, als ich angenommen hatte . . .

Nachdem ich ein paar Travellerschecks eingelöst hatte, ging ich in eine Telefonzelle und ließ mir von der Vermittlung Shelaghs

Nummer geben. Als sie abhob und ich mich gemeldet hatte, hielt sie sich nicht lange mit Begrüßungsfloskeln auf. »David, um Gottes willen, *was ist passiert?* Du hast versprochen, mich sofort nach deiner Ankunft anzurufen!« Ihre Stimme klang blechern und verzerrt, wie es bei einer Entfernung von dreitausend Meilen nicht anders zu erwarten war. Ich sagte ihr, daß es mir leid täte, aber das Telefon im Cottage wäre immer noch gestört, und im übrigen würden mit ein paar schwerwiegende Dinge durch den Kopf gehen.

»Sehr schön«, sagte sie spitz, »ein paar Dinge gehen dir durch den Kopf. Und ich bin keines davon?«

»Du klingst wie die Inkarnation des bösen Weibes.«

»Von wo rufst du jetzt an?«

»Aus einer Telefonzelle im Dorf.«

»Na ja, okay. Ich bin froh, daß du wenigstens jetzt anrufst. *Endlich* anrufst. Wie geht es dir? Wie war das großartige Wiedersehn mit Colin?«

Ich brachte kein Wort hervor. Ich schluchzte, und Tränen quollen mir aus den Augen. Weit entfernt hörte ich Shelaghs warme, besorgte Stimme. »David! David! Liebling, um Gottes willen, was ist passiert?« Ich erzählte ihr alles, stammelnd, weinend, gefangen in der Enge der Telefonzelle. Bis ich endlich die Kontrolle über meine Stimme zurückgewonnen hatte, sagte ich: »So, jetzt ist alles wieder okay . . .«

»David . . .?«

»Ja . . .?«

»Komm zurück. Komm nach Hause.«

»Ja.« Wie eine Marionette nickte ich vor mich hin. Ich fühlte mich ausgelaugt. »Ja, ja . . .«

»Es hält dich doch nichts mehr dort, oder doch?«

». . . Nein, jetzt nicht mehr . . .«

»Dann komm nach Hause.«

»Ja. Morgen. Morgen komme ich zu dir.«

»Rufst du mich vorher noch mal an?«

»Ja, das mach' ich.«

Als ich aufgelegt hatte, steckte ich mir eine Zigarette an und dachte nach. In dem fleckigen Spiegel neben der Bedienungsanleitung für das Telefon sah ich, daß meine Augen noch gerötet waren. Ich verließ die Zelle und warf die Zigarette weg. Dann ging ich über den Marktplatz zu dem kleinen Reisebüro, an dem ich auf dem Hinweg vorbeigekommen war. Ich buchte einen Flug nach New York für den nächsten Tag. Als das erledigt war, ging ich zurück zur Telefonzelle und gab Shelagh die Ankunftszeit durch. Ich war sehr zufrieden mit mir, daß ich den Entschluß zur Rückkehr gefaßt hatte. Und wenn ich an Shelaghs Reaktion dachte, an das Glück in ihrer Stimme, dann war ich noch zufriedener . . .

Ich sah sie vor mir, als ich über den Marktplatz ging. Sah ihr rotes Haar im Wind, ihre blauen Augen, ihr Lächeln des Willkommens. Shelagh, das war die Realität. Vielleicht nicht völlig die Realität, wie ich sie mir gewünscht hatte, aber dennoch, sie war die Wirklichkeit. Meine Wirklichkeit. Was sollte ich noch hier? Nichts. Wer war hier mein Freund? Niemand. Hier gab es nur *Erinnerungen* an die beiden Menschen, von denen ich mir ein bestimmtes Bild gemacht hatte.

Wenn ich morgen von hier wegging, war es ja kein Abschied für immer. Eines Tages würde ich zurückkommen, zusammen mit Shelagh, und wir würden gemeinsam das Cottage, das Dorf und die Umgebung erkunden und entdecken. Wir beide zusammen, wie sich das gehörte. Und es würde *unser* Cottage sein, wie es Helens und Colins Cottage gewesen war. Nicht meines alleine. Und wenn diese Zeit gekommen war – vielleicht im nächsten Sommer –, dann hatten die Erinnerungen, die jetzt noch so schwer auf dem Haus lasteten, sich hoffentlich verflüchtigt.

Ein dunkelblauer Ford hielt neben mir. Es war Doktor Reese. Er kurbelte das Fenster herunter und lehnte sich zu mir hinaus.

»Kann ich Sie mitnehmen?« Immer diese übertriebene Rücksichtnahme wegen meines Fußes! Nun ja, vielleicht war es auch anders. Vielleicht war ich nur übertrieben sensibel. Ich dankte ihm und setzte mich auf den Beifahrersitz.

»Ich fliege morgen zurück nach New York«, sagte ich und schaute in die Landschaft.

»Das ist sicher das beste, was Sie tun können. Kommen Sie zurück, wenn Sie nicht mehr von allem so . . . berührt sind. Dann werden Sie das Cottage genießen können.«

Ich nickte zustimmend. Wir schwiegen, und schon waren wir vor dem Cottage. Er hielt vor dem Rosenbogen. Wir schüttelten uns die Hände, ich dankte ihm und stieg aus. Ich schaute seinem Wagen nach, bis er in der Kurve am Fuß des Hügels verschwand, ging dann am Haus vorbei und warf einen Blick auf den Garten. Jean Timpson kam aus der Hintertür und warf Abfall in den Mülleimer.

Ich nickte ihr zu. »Sie haben mir mal gesagt, Ihr Vater hätte für meinen Bruder den Garten in Ordnung gehalten . . .«

»Ja.«

»Könnte er heute nachmittag vielleicht kurz einmal zu mir kommen? Nur für ein paar Minuten?«

»Ja, sicher . . .«

»Es ist nämlich so . . . Ich fahre morgen.«

». . . Zurück nach New York?«

»Ja.«

»Oh . . .« sagte sie mit zusammengepreßten Lippen.

»Ich muß zurück.«

»Ich hab' gedacht, Sie würden noch ein bißchen . . . länger bleiben.« Sie stand mit hängenden Schultern da. »Wann müssen Sie denn weg?«

»Nachmittags.« Und als Trost für ihre sichtbare Enttäuschung fügte ich hinzu: »Es wäre schön, wenn Sie mir vor der Abfahrt noch ein kleines Mittagessen richten könnten.«

»Natürlich.« Sie wollte gehen, dann fiel ihr noch etwas ein: »Ach so, das Telefon geht wieder. Die Störungsstelle hat angerufen und einen Test gemacht, als Sie im Dorf waren.«

»Großartig«, sagte ich, »jetzt, wo ich es nicht mehr brauche.«

Mir fiel wieder ein, daß ich ihr noch Geld schuldig war. Ich zählte ein paar Noten aus meiner Brieftasche ab und drückte sie ihr in die Hand. Sie nahm sie widerstrebend und steckte sie in die Schürzentasche. Ihr Blick war wieder einmal auf meine linke Schulter gerichtet.

»Es ist schade, daß Sie geh'n«, sagte sie. »Jedenfalls danke ich Ihnen.«

»Wofür?«

Sie zog die Schultern hoch. »Na ja . . . daß ich herkommen durfte.«

Nachdem sie zurück ins Haus gegangen war, folgte ich dem gepflasterten Pfad bis zum Kiesweg vor der Garage. Dort drehte ich mich um und sah die Auffahrt zum Eingangstor hinunter. Das also war Colins letzte Wegstrecke gewesen. Auf der gegenüberliegenden Seite der Straße, die vor dem Haus vorbeiführte, sah ich die mächtige Rotbuche, gegen deren Stamm sein Wagen geprallt war. Ich ging zu ihr hin und ließ meine Hand schaudernd über ihre Rinde gleiten. Der Baum hatte dem Aufprall so leicht widerstanden – nur ein paar Kratzer waren zurückgeblieben, mehr nicht, während Colins Körper an ihm zerschmettert und sein Leben ausgelöscht worden war. ›Ein ungewöhnlicher Unfall‹, hatte Doktor Reese gesagt. Wie wahr! Täglich sterben Menschen auf den Straßen und Autobahnen, ihr Tod gehört zur Normalität – aber Colin war praktisch auf der Zufahrt zu seiner eigenen Garage gestorben, nur ein paar Meter vor seiner Haustür.

Ich ging wieder zur Rückseite des Hauses, schlenderte ziellos unter dem Rosenbogen an der Längsseite des Gartens hindurch und kam zu der Lichtung im Dickicht. Dort setzte ich mich auf die Steinbank und steckte mir eine Zigarette an. Vielerlei Fragen gingen mir durch den Kopf. Aber ich mußte sie beiseite schieben, mußte sie vergessen. Was geschehen war, war unwiederbringlich vorbei. Aus und vorbei. Morgen würde ich wieder bei Shelagh sein. Denk' daran und an nichts anderes, nahm ich mir fest vor.

Jemand rief meinen Namen. Eine männliche Stimme. Ich drückte den Stummel meiner Zigarette aus und ging zurück in den Garten. Ein kleiner, drahtiger alter Mann kam mir mit scheuem Lächeln und ausgestreckter Hand über den Rasen entgegen. Sein dichtes graues Haar war kurz geschnitten, und aus dem tiefbraunen Gesicht blitzten helle, lebhafte Augen. Das mußte Jean Timpsons Vater sein. Wir begrüßten uns und schüttelten uns die Hände. Ich sagte ihm, daß ich mich freuen würde, wenn er und Jean sich während meiner Abwesenheit um das Haus und den Garten kümmern würden. »Es wäre schade, wenn das alles hier nicht mehr so schön wäre wie jetzt, wenn ich zurückkomme«, sagte ich.

Er nickte. »Machen Sie sich darüber keine Gedanken. Wir

kümmern uns drum.« Und nach einer Pause: »Ihr Bruder und seine Frau . . . ich hab' die beiden sehr gemocht. Traurige Sache. Sehr traurig.« Er seufzte und schaute auf die Blumenbeete. »Er und ich, wir haben uns ganz gut gekannt. Und er kannte sich auch schon gut aus mit all dem hier . . .« Er deutete mit der Hand durch den Garten. »Mrs. Warwick hat das nicht so arg int'ressiert, die hätt' alles einfach wachsen lassen, aber Ihr Bruder, der hat begeistert im Garten rumgewerkelt. War schön zu sehen, daß das jemandem so'n Spaß gemacht hat – alles rauszufinden übers Wachsen der Pflanzen und was man so machen muß . . .« Er zeigte auf ein ungepflegtes, von Unkraut überwuchertes Beet links des Pfades. »Als wir angefangen haben, sah fast der ganze Garten so aus. Es dauert 'ne Weile, wenn's mal längere Zeit liegengeblieben ist.«

»Ja, und ich möchte nicht, daß es wieder dazu kommt. Jetzt ist alles so schön!«

Er ging über den Rasen zu einem Beet mit jungen Rosenstöcken. Ich schlenderte hinter ihm her. Er ging in die Hocke und sah sich die Stöcke näher an. Nickte anerkennend.

»Warten Sie's ab«, sagte er, »in einem Jahr sind das Prachtstücke. Sehr saurer Boden hier. Gut für Rosen.«

Es waren die weißen Rosen – wie ich eine auf meinem Kopfkissen gefunden hatte. »Sie sind wirklich besonders schön«, sagte ich.

»O ja . . . Die drüben vorm Haus sind schon 'n bißchen zu alt. Aber die hier . . . Warten Sie's ab . . .« Er zerrieb ein Blatt zwischen den schwieligen Fingern. »Sehr kräftige junge Pflanzen.«

»Sie kennen sich in diesen Dingen gut aus, nicht wahr?«

Er lächelte. »Na ja, man kann ja nicht sein ganzes Leben auf dem Land wohnen und nichts von Pflanzen verstehn.«

Wir gingen Seite an Seite zum Obstgarten. Er zeigte hoch in die Bäume. »Die müßten dringend geschnitten werden. Ist schon viel zu lang' nichts mehr gemacht worden. Die alte Miss Merridew hat sich zum Schluß nicht mehr drum gekümmert, und dann war's Haus fast 'n Jahr leer, eh's Ihre Schwägerin gekauft hat. Und ich hab' ja schon gesagt, die hat für'n Garten nicht viel übrig gehabt.«

»Und wie war's mit De Freyne?« fragte ich. »Hat er sich für den Garten interessiert?«

Seine Antwort war sehr kurz. »Ich glaub' nicht.« Dann lächelte er, aber es war ein gezwungenes, verlegenes Lächeln. »Na ja, die zwei waren Künstler, und die sind ja meistens nicht sehr praktisch veranlagt, nicht wahr? Er zeigte auf einige Rosenzweige, die sich an den Ästen eines Apfelbaumes hochrankten. »Seh'n Sie, wo man auch hinguckt – überall Blüten. Aber alles außer Kontrolle geraten und verwildert.« Er seufzte, dann lächelte er jedoch, und diesmal, das sah man ihm an, mit echter innerer Freude. »Es gab aber mal einen ganz tollen Gärtner hier, das kann ich Ihnen sagen – Gerrard.«

»Welchen meinen Sie? Es gab ja mehrere Gerrards.«

»Ich meine Bill. Den letzten Gerrard – wenn man seine Tochter nicht mitzählt. Der hatte einen grünen Daumen! Vor allem bei den Blumen. Unglaublich!« Er deutete mit der Hand in alle Ecken des Gartens. »Wissen Sie, früher gehörte ja viel mehr dazu.« Er zeigte jetzt über die Obstbäume und das Dickicht hinweg in die Ferne, zu den Feldern hinüber. »Das ganze Gelände hat mal zum Cottage gehört. Auch die Felder. Ist im Laufe der Zeit immer kleiner geworden. Stückchenweise verkauft, verscherbelt. Bis nur noch das hier übrig war.«

»Das kleine Waldstück . . .« Ich zeigte auf das Dickicht, in dem ich auf die wild wuchernden Rosen und Rhododendronbüsche gestoßen war. »Das kleine Waldstück da drüben gehört doch noch zum Cottage, oder?«

»O ja, das gehört Ihnen, natürlich. Aber damit kann man nicht viel anfangen. Vielleicht abholzen, den Garten vergrößern, wenn Sie's wollen.« Seiner Stimme war anzuhören, daß er das selbst nicht für eine gute Idee hielt.

»Nein, ich mag es so, wie es ist.« Ich sah die Lichtung vor mir, die Steinbank, auf der ich eben noch gesessen hatte. »Ein Stück des Dickichts scheint schon jemand gerodet zu haben. Es ist umgegraben.«

»Ja, richtig. Dort, wo das alte Sommerhaus stand.«

»Ein schöner Platz für ein Sommerhaus. Sehr einsam, ringsum abgeschlossen.«

»Ja. Bill Gerrard hatte es für seine Tochter gebaut. Ihr Bruder wollte auch wieder ein Sommerhaus an derselben Stelle bauen. Hat er jedenfalls gesagt.«

»Ach so . . .« Mir fielen die Pläne ein, die ich auf Colins Schreibtisch gesehen hatte.

»Hatte schon alles abgesteckt, fing auch an rumzubuddeln, ist aber nicht weit gekommen. Ich nehm' an, er hat andere Sachen im Kopf gehabt.« Ich sah ihn bei diesen Worten schnell an, aber seine Miene blieb ausdruckslos.

Ich wechselte das Thema. »Das Haus hat eine ganze Reihe von Besitzern gehabt, nicht wahr?«

»O ja . . .« Er begann sie an den Fingern abzuzählen. »Zuerst Adam Gerrard, der hat das Haus und die Ställe gebaut. Die Anbauten ans Haus kamen erst später dran. Dann sein Sohn Tom, und dann sein Sohn William – Bill, der mit dem grünen Daumen. Bill war anders als sein Vater und sein Großvater. Wollte kein Mädchen aus der Gegend hier heiraten. Kam eines Tages mit 'ner Braut aus Wales an. Sie hatten keinen Sohn, nur eine Tochter.«

»Bronwen«, sagte ich. »Die Frau auf dem Bild im Wohnzimmer, neben dem dunkelhaarigen Mann.«

»Richtig. Temple war sein Name.« Er nickte vor sich hin. »Der war Bills rechte Hand.« Er lachte plötzlich glucksend. »Rechte Hand«, wiederholte er, immer noch kichernd. »So hat man ihn auch im Dorf genannt: ›Rechte Hand Temple‹ – sicher auch deswegen, weil er keine rechte Hand mehr hatte, oder nur noch Teile davon. Ein Unfall mit der Axt. Ich glaub', der Bill Gerrard hat sich irgendwie verantwortlich gefühlt. Hat ihn bei sich behalten. Hat ihn sogar seine Tochter heiraten lassen.«

»Aber er – Temple – hat sich doch später aus dem Staub gemacht und Bronwen allein gelassen, nicht wahr?«

»Ja, der Kerl ist nach Amerika abgehauen. Kaum drei oder vier Jahre nach der Heirat. Mit 'ner Magd von 'ner Farm hier aus der Gegend . . .« Er stockte, schüttelte leicht den Kopf. »Oh, Sie wollen sicher so traurige Geschichten von früher nicht hören . . .«

Anscheinend meinte er, die traurigen Ereignisse der Gegenwart würden mich schon genug belasten. Aber Dinge, die so lange zurückliegen, bewegen mich nicht. Meine Trauer über

Colins Tod war überwältigend, und was immer Timpson mir von anderen Leuten aus früheren Zeiten erzählte, es waren für mich nur Geschichten, Märchen, die keinerlei Emotionen weckten. »Ich möchte alles über diesen Ort hier erfahren«, sagte ich. Er nickte. »Ja, natürlich, das hab' ich mir gedacht. War mit Ihrem Bruder genauso.«

Durch das satte Grün der Blätter sah ich die Mauern meines Hauses. Was hatte mir Doktor Reese gesagt? ›*Ich hatte Ihrem Bruder vorgeschlagen wegzugehen, das Haus für eine Weile zu verlassen, um Abstand von all seinen bedrückenden Assoziationen zu gewinnen . . .*‹ Hatte Reese geglaubt, diese Gedankenverbindungen hätten Colin tatsächlich bedrückt . . .? Ihn depressiv gestimmt . . .? Ich hatte bisher in diesem Haus nur eine Atmosphäre der Wärme verspürt und das Gefühl, willkommen zu sein.

»Erzählen Sie mir davon – von diesen traurigen Ereignissen in der Vergangenheit . . .«

»Sie meinen die Geschichten über die Temples und die Lanes . . .?«

»Ach ja, richtig – Margaret Lane. Was ist mit ihr passiert?«

Er zeigte zum Dickicht hinüber. »Das Sommerhaus brannte nieder: Sie war drin und kam nicht mehr raus.«

»Mein Gott, das ist ja schrecklich! Aber wie konnte es denn dazu kommen?« Ich dachte an ihr Sticktuch an der Wand im Wohnzimmer. »War es ein Unfall . . .?« Sie hatte ihre düsteren Todesahnungen stickend in allen Regenbogenfarben verewigt.

»Das hat man nicht rausgekriegt. Keiner weiß es genau. Es gab damals ziemlich viel Gerede, aber Sie wissen ja, wie das ist. Es gibt immer Gerüchte, wenn so was passiert.« Er seufzte leise. »Wirklich eine traurige Gesichte. Sie waren noch ein ganz junges Pärchen, hatten gerade erst geheiratet. Waren noch nicht lange im Haus. Nachdem es passiert war, ist er – John Lane – ein bißchen . . . na ja, seltsam geworden, verstehn Sie? Ging kaum mehr aus dem Haus. Wollte mit keinem mehr was zu tun haben.«

»Woher wissen Sie das alles? Die Geschichten werden anscheinend von einer Generation zur anderen weitererzählt, nicht wahr?«

»Ja. Vor allem natürlich, wenn's was Aufregendes ist.« Er lachte wieder glucksend. »Meine Familie lebt schon lange hier, und früher hatten sie kein Radio und keine Glotze.«

Wir gingen langsam zurück. »Wenn Sie *alles* über Ihr Haus und das Dorf wissen wollen«, sagte Timpson, »dann müssen sie mal mit dem alten Jim Pitkin reden. Der weiß noch viel mehr als ich. Seine Familie lebt seit Ewigkeiten hier. Waren Bauern. Er macht jetzt allerdings was anderes, hat 'nen Laden im Dorf. Ant'quitäten. Was der über Hillingham nicht weiß, das lohnt sich nicht zu wissen.«

»Ich werde ihn mal besuchen«, versprach ich.

Wir näherten uns dem Tor des Obstgartens. Vor der Hecke stand eine kleine Steinsäule, halb verdeckt von den Zweigen eines großen Rosenbusches. Ich zog ein paar der Zweige zur Seite und sah mir die Säule näher an. Sie schien sehr alt zu sein.

»Das war mal 'ne Sonnenuhr«, erklärte Timpson. »Ging kaputt, als ein Ast draufgekracht ist. Im schlimmsten Sturm, an den man sich hier in uns'rer Gegend erinnern kann. Das war im Sommer 1902. Meine Mutter hat mir oft davon erzählt. An dem Morgen ist auch ›Rechte Hand Temple‹ abgehauen.« Er unterbrach sich, fuhr dann fort: »Er hat auch allen Grund dazu gehabt, nehm' ich an.«

Ich ließ die dornigen Zweige los und sah ihn an. »Was meinen Sie damit?«

»Na ja . . . Wenn er seinen Kopf retten wollte . . .«

»Wegen seiner Frau . . .? Wegen Bronwen?«

»Ja . . . Ein paar Tage später kam jemand ins Haus und hat sie gefunden. Lag auf dem Boden. Tot. Muß schrecklich ausgesehn haben – die Kleider naß und voll von halbtrock'nem Schlamm und Dreck und Blättern.«

»Da muß ich Jean falsch verstanden haben«, sagte ich erstaunt. »Ich dachte, Bronwens Tod sei . . . nun, romantischer gewesen. Eher ein Tod aus . . . Kummer, wegen eines . . . gebrochenen Herzens.«

»Gebrochenes Herz? Nein, nein, gebrochener Schädel wär' richtig. Ihr Schädel war eingeschlagen.«

»Und man nimmt an, ihr Mann hätte das getan . . .?«

»Ja. Aber sie haben ihn ja nicht geschnappt. War zu spät. Er war verschwunden, als man sie gefunden hat. War schon längst unterwegs nach Amerika.«

»Woher will man denn wissen, daß er nach Amerika ging?«

Er sah mich von der Seite an. »Also, wenn Sie mehr drüber wissen wollen, dann müssen Sie den alten Jim Pitkin fragen.«

Ich lächelte über seine plötzliche Verschlossenheit. Wir gingen durch das Tor des Obstgartens und kamen auf den Rasen. Mein Haus lag vor mir im Sonnenlicht. Wunderschön. Friedlich. Sein Anblick machte es schwer, es mit den Tragödien, die sich darin abgespielt hatten, in Verbindung zu bringen. Margaret Lane war auf schreckliche Weise in dem brennenden Sommerhaus ums Leben gekommen; Bronwen Temple hatte jemand den Schädel eingeschlagen und sie allein und verlassen sterben lassen. Und dann Helen ... Und dann Colin ... War es möglich, so fragte ich mich, daß die Ereignisse in der Vergangenheit eines Hauses Einfluß auf das Leben seiner späteren Bewohner haben konnten? Ich dachte an Helens ›Unruhe‹ und ›seltsames Benehmen‹. Es war nicht nur bei ihr aufgetreten. Auch bei John Lane. Und bei Colin ...

»Erzählen Sie mir ein wenig von Miss Merridew«, sagte ich. »Was war sie für ein Mensch? Gibt es auch von ihr eine besondere Geschichte?«

»Sie kam nach den Lanes ins Haus. Lebte über sechzig Jahre drin. Eine verdammte Klatschtante, aber sonst ganz nett. Ziemlich verschrobenes Weib. Bei ihr drehte sich alles um die Katzen.«

Ich blieb stehen und schaute zum Dach des Hauses hoch. Dann runter auf den Steingarten. Sah diese schreckliche Nacht vor mir. Helen fällt. Schlägt auf. Colin hält sie in seinen Armen. Die andere Frau daneben ...

»Kannten Sie die Freundin der beiden, Mrs. Barton?« fragte ich.

»Die hat mal im Dorf gewohnt.« Er machte eine Pause und wechselte dann das Thema: »Jean ist sehr enttäuscht, daß Sie schon wieder wegfahren. Mr. Warwicks Tod hat sie arg mitgenommen ...« Wieder schwieg er. Dann sagte er in einem Tonfall, der keinen Widerspruch duldete:

»Sie ist ein gutes Mädchen, meine Jean. Aber sie ist halt ... einsam. Hat 'ne ganze Menge durchgemacht.«

Was hat sie durchgemacht, fragte ich mich. Einsamkeit? Traurigkeit? Schwierigkeiten irgendwelcher Art? Ich nickte verständnisvoll. Er fuhr fort:

»Sie hat keine echten Freunde. Nicht im Dorf. Will mit den Leuten nichts zu tun haben. Na ja, ich eigentlich auch nicht. Es gibt halt Sachen, die die Leute nicht verstehn. Natürlich haben sie damals mit Jean geredet, ist ja klar. Vorher hat kaum mal einer ›guten Tag‹ zu ihr gesagt, aber als es passiert war – das mit Mrs. Warwick, da kamen sie dauernd mit Fragen an, wollten alles mögliche von ihr wissen.« Er schüttelte den Kopf. »Sie hat aber nichts gesagt. Hat den Mund gehalten. Hat die Leute denken lassen, was sie wollten.«

Welche Fragen hatten die Leute gestellt? Und worüber hatte Jean den Mund gehalten? Ich hätte nachhaken sollen, statt dessen fragte ich:

»Hat Jean irgendeine regelmäßige Arbeit?«

»Nein, nicht mehr. Früher hat sie mal eine Zeitlang bei einem Bauern gearbeitet. Ziemlich lange sogar. Aber dann war's aus damit. Schade.«

Wir gingen schweigend weiter. Hinter uns sang eine Drossel. Ihr Lied machte die Stille um uns herum noch spürbarer. Ich blieb stehen, um dem Gesang zuzuhören, und drehte mich um. Auch Timpson blieb stehen. »Ein wunderschöner Gesang«, sagte ich. Die Drossel war vor dem Blätterdach eines Apfelbaumes deutlich zu sehen. Der alte Mann nickte. »Ja. Macht vom Anseh'n nicht viel her, aber so ist's bei fast allen guten Sängern unter den Vögeln.«

Wir gingen weiter und kamen schließlich vor das Eingangstor. Dort besprachen wir die Konditionen für seine Arbeit im Garten und einigten uns sehr schnell auf einen Stundenlohn. Er würde mir nach meiner Rückkehr sagen, wie viele Stunden er gearbeitet hatte.

»Ich kann erst in ungefähr einer Woche anfangen«, sagte er. »Aber Sie können sich drauf verlassen, ich mach' alles, was gemacht werden muß.«

Wir schüttelten uns zur Besiegelung unserer Vereinbarung die Hand, und dann ging er, aufrecht wie ein Sergeant bei der Parade, die Straße hinunter.

In der Küche stellte ich den Wasserkessel für einen Kaffee auf den Herd, setzte mich an den Tisch und schlüpfte aus meinen Sandalen. Ich genoß die Kühle der Fliesen an den nackten Fußsohlen. Mein rechtes Bein schmerzte ein wenig. Oben hörte ich Jean Timpson mit dem Staubsauger hantieren. Gerade als ich das heiße Wasser über den Kaffee in der Tasse goß, läutete das Telefon.

Das helle, ratternde Klingeln, ganz in meiner Nähe, kam so plötzlich und unerwartet, daß ich heftig zusammenzuckte, und kochendheißes Wasser spritzte auf meinen Daumen. Ich fluchte, verspritzte noch mehr Wasser auf meine Hand und ließ beinahe die Tasse fallen. Ich drehte mich um – natürlich viel zu schnell –, wollte die Tasse abstellen, aber da schlängelte sich plötzlich die Katze zwischen meinen Füßen hindurch, und sofort verlor ich das Gleichgewicht. Ich wollte mich auf dem Tisch abstützen, fegte dabei aber das Milchkännchen vom Tisch, und es zersplitterte auf den Fliesen in tausend Scherben. Ich verlor den Halt, fiel hin, schwerfällig und unbeholfen, und Kaffeepulver und Wasser spritzten durch die Küche. Da lag ich nun auf den Fliesen, die Füße in den Querleisten eines Hockers verfangen, und aus einem tiefen Scherbenschnitt am linken Unterarm sickerte Blut. Die Katze hatte sich, erschreckt durch das Gepolter meines Sturzes, davongemacht. Das Telefon läutete wieder.

Schließlich kam ich wieder auf die Füße und nahm den Hörer.

»Hallo?« Die Stimme eines Mannes drang aus der Muschel.

»Warwick, du verdammter Bastard«, sagte die Stimme haßerfüllt.

8

Ich war so verblüfft, daß ich den brennenden Schmerz in meinem Arm vergaß.

»Wer sind Sie?« stammelte ich schließlich. »Was wollen Sie von mir?«

»Spiel' nicht den Unschuldigen«, sagte die Stimme, »du verdammter Bastard.«

»Wer sind Sie? Was wollen Sie?« Meine Hände begannen zu zittern.

»Die Nadel auf deiner verdammten Schallplatte hängt anscheinend«, sagte die Stimme höhnisch. Und nach einer Pause: »Na, bist du jetzt zufrieden? Jetzt hast du ja erreicht, was du gewollt hast.«

»Hören Sie«, sagte ich wütend, »ich weiß nicht, wer Sie sind, und ich weiß auch nicht, wovon Sie reden.«

»Hast dich schon eingenistet inzwischen, was? Und alles gehört jetzt dir. Und du hast deine Freiheit . . .«

». . . Wer sind Sie?« Meine Hand am Telefonhörer war naß von Schweiß. Mein Herz klopfte wild.

»Ich hab' von ihrem Tod gehört. Ein *Unfall*. Daß ich nicht lache. Paßt dir gut in den Kram, was? Alles bestens geregelt, denkst du. Aber freu' dich nicht zu früh.«

»Hören Sie«, sagte ich, und langsam bekam ich mich wieder unter Kontrolle, wohl gerade noch rechtzeitig. »Ich habe keine Lust, mir Ihr sinnloses Gequatsche noch länger anzuhören. Wer sind sie – einer von diesen Spinnern, die Leute erschrecken wollen?« Jetzt erst merkte ich, daß Blut von meinem Arm auf den Boden tropfte. »Wenn Sie mir was zu sagen haben, dann kommen Sie her und sagen es mir persönlich.«

Ein kurzes, gehässiges Lachen. »Das hättest du gern, was? Na ja, vielleicht komme ich eines Tages mal zu dir. Aber du kannst ganz sicher sein, du hörst noch von mir.« Und nach einem kurzen, drohenden, tödlichen Schweigen:

»Du wirst mir dafür büßen, Warwick.«

Der Hörer wurde aufgelegt, und ich stand da, hörte nur noch das Freizeichen, und mein Blut zeichnete Muster auf den Boden.

Jean Timpson goß heißes Wasser in eine Schale, gab ein desinfizierendes Mittel dazu und wischte mit einem Baumwolltuch, das sie in die Lösung tauchte, sanft das Blut von meinem Arm und den Rändern der Wunde. Dann legte sie eine Mullkompresse auf den Schnitt und umwickelte sie mit einer Binde. Ich rief Doktor Reese an und berichtete ihm von dem Unfall und der Wunde am Arm. Er sagte, es wäre am besten, wenn er sich die Wunde ansehen würde und fragte, ob ich es schaffen würde, zu ihm zu kommen.

»Es ist mein *Arm*«, antwortete ich gereizt.

Ich ging ins Schlafzimmer, um mein blutverschmiertes Hemd zu wechseln. Wieder fiel mir auf, wie sorgfältig und ordentlich Jean Timpson meine Wäsche in den Kleiderschrank und die Kommodenschubladen verstaut hatte. Schade – nach der Rückkehr vom Doktor würde ich alles wieder in die Koffer stecken.

Auf dem Treppenabsatz sah ich noch einmal zurück. Colins Bild lächelte mir aus dem Rahmen auf dem Nachttisch zu.

Jean Timpson war damit beschäftigt, die Spuren meines Sturzes zu beseitigen. Ich schaute ihr einen Moment zu, dann sagte ich:

»Ich habe im ganzen Haus keine Fotografie von Helen gesehen.«

»Nein ...« Sie kniete auf dem Boden und fegte die Scherben zusammen.

»Aber es gab doch welche – auf seinem Schreibtisch, im Schlafzimmer. Ich habe sie auf den Fotos, die er mir geschickt hat, gesehen. War er denn so ... außer sich nach ihrem Tod?«

»Bitte?«

»Mein Bruder ... er hat alle Fotos von Helen Warwick weggeschafft ...«

»Ach so, ja ...«

»Ich meine ... war er denn so durcheinander, so außer sich, als sie gestorben war?«

»Ich war nach ihrem Tod nicht mehr im Haus, erinnern Sie sich nicht? Ich hab's Ihnen doch erzählt.«

»Ja, natürlich ...«

»Er hat mich weggeschickt.« Sie drehte mir den Rücken zu,

und ich konnte ihr Gesicht nicht sehen. Ich ging zur Tür, aber ihre Stimme hielt mich zurück, gerade als ich nach der Türklinke griff.

»Die Fotos waren schon ... *vorher* weg.«

»... Vorher ...?«

»Er ... er hat sie weggenommen, bevor Mrs. Warwick ... bevor sie ... vor dieser Nacht.«

»... Sind Sie da sicher ...?«

Sie nickte, stand auf und schaute auf das Kehrblech in ihrer Hand. Ich hörte das leise Summen des Kühlschrankes.

»Sie hat geheult, Mrs. Warwick, das hat sie ... Ich hab' gehört, wie sie gesagt hat: ›Alle meine Fotos, wo sind sie, was hast du mit ihnen gemacht ...‹ Irgend so was hat sie gesagt.«

»... Und ...?«

»Nichts.« Sie zuckte mit den Schultern. »Er hat nichts gesagt. Sie hat ihn noch mal gefragt, aber er hat keine Antwort gegeben.«

»Aber er *muß* doch etwas gesagt haben.«

»Nein. Nein, er hat sich rumgedreht und ist weggegangen.«

»Dann wollen wir uns das mal ansehen«, sagte Doktor Reese und wickelte die Binde auf. »Haben Sie den Verband gemacht?«

»Nein. Jean Timpson.«

Er nickte anerkennend. »Gute Arbeit.« Er sah sich den Schnitt an. Nickte wieder. »Wenn Sie was machen, dann machen Sie's gründlich. Muß genäht werden. Mehrere Stiche.«

»Was heißt mehrere?«

Er grinste. »Weil Sie's sind, nur sieben oder acht.«

»Verdammt.«

Es klopfte, und Doktor Reeses Frau kam herein. Sie lächelte mich an, stellte ein Tablett mit Teegeschirr auf dem Tischchen neben mir ab und entfernte sich wieder. Es standen zwei Tassen auf dem Tablett, wie ich bemerkte. »Ich habe wohl Ihre Teepause unterbrochen«, sagte ich.

»Das kommt bei einem Arzt manchmal vor.« Er deutete auf das Geschirr. »Bedienen Sie sich.«

»Geht das auch auf Rechnung des Nationalen Gesundheitsdienstes?«

Er lachte glucksend, nahm einen Schluck Tee und legte steriles Verbandzeug, antiseptische Nadeln und sonstige Dinge zurecht, die ich wohlweislich nicht genauer in Augenschein nahm. Ich sah auch nicht hin, als er mit seiner Arbeit anfing, sondern wandte den Kopf ab. Er hatte große Hände mit dicken Fingern, aber sie taten ihre Arbeit erstaunlich sanft und geschickt. Während er mit der Nadel herumwerkelte, summte er leise vor sich hin.

»Welches Material benutzen Sie zum Nähen?« fragte ich, um mich vom Geschehen abzulenken.

»Seide.«

»Nicht Katzendarm?«

»Nimmt man das nicht für die Bespannung von Tennisschlägern? Oder als Saiten für Violinen?« Er summte fröhlich weiter.

Ich fragte: »Was meinen Sie, war Helen so richtig glücklich mit meinem Bruder?«

Seine Hände stockten. Das Summen hörte auf. Aber er sagte nichts. Ich hakte nach: »Wissen Sie das?«

»Warum fragen Sie mich so etwas?« Er nahm seine Arbeit wieder auf. »Wissen *Sie* das denn nicht? Er war schließlich *Ihr* Bruder.«

»Ich dachte, ich wüßte es, aber inzwischen komme ich mehr und mehr zu der Überzeugung, daß ich gar nichts weiß.«

Die Stiche waren fertig. Er legte einen leichten Verband an und verschloß ihn mit Klebeband. Dann begann er, seine Instrumente aufzuräumen. »Wie fühlt es sich an?« fragte er.

»Gut . . .« Ich ließ nicht locker: »Vielleicht gibt es wenigstens eine Sache, zu der Sie mir etwas sagen können . . .«

»Und was wäre das?«

»Warum antworten alle Leute, an die ich mich wende, so . . . ausweichend? Der Totengräber, Jean Timpson, Sie . . . Wenn ich den Leuten Fragen stelle, reagieren sie seltsam, und ich bekomme kaum einmal befriedigende Antworten. Warum ist das so? Gibt es irgend etwas, das ich nicht wissen soll?«

Er fing an, sich die Hände zu waschen. »Hören Sie«, sagte er, »Sie fliegen morgen nach New York zurück. In ein paar Tagen, spätestens ein paar Wochen, liegt alles, was Sie hier erlebt haben, weit hinter ihnen, und dann werden Sie die Dinge ... rationaler betrachten können ...«

Ich schüttelte verständnislos den Kopf. »Da haben wir es wieder. Immer dasselbe. Ich bekomme keine klare Antwort auf eine klare Frage.«

»Fragen ...« Er verzog den Mund. »Warum lassen Sie die Sache nicht ruhen? Ihr Bruder und seine Frau haben ihren Frieden. Ich weiß, daß das ziemlich schwülstig klingt, aber es ist wahr. Welche Schwierigkeiten die beiden auch hatten, sie sind jetzt vorbei. Erledigt. Warum belassen Sie es nicht dabei? Ihre Fragen helfen den beiden nicht mehr. Und Ihnen selbst helfen sie ganz bestimmt auch nicht.«

»Es gibt aber Dinge, die ich wissen will, wissen muß. Helen war in einem sehr schlechten Zustand, bevor sie starb – ich will wissen, warum. Wie mir Jean Timpson sagte, war ihr Zustand so schlecht, daß man sie nicht einmal allein lassen konnte. Und noch etwas – mein Bruder hat alle Fotografien von Helen im Haus entfernt.«

»Das überrascht mich nicht. Ihr Tod hat ihn völlig aus dem Gleis geworfen.«

»Er hat die Fotos *vor* ihrem Tod weggeräumt.«

Er sah mich an, sagte aber nichts. Dann wandte er sich ab und griff nach einem Handtuch. Er trocknete sich die Hände, sehr langsam, sehr gründlich.

»Warum?« fragte ich. »Warum hat er das getan? Das möchte ich wissen. Was hat sie ihm angetan, daß er so reagiert hat? Sie war in Behandlung bei Ihnen. Sie müssen doch etwas darüber wissen.«

Er hängte das Handtuch an einen Haken. Sagte nichts. Ich fragte in das Schweigen hinein: »Kannten Sie Mrs. Barton?«

»... Das ist eine Frau, die mal hier im Dorf gewohnt hat.«

»Ist das alles, was Sie mir über sie sagen können? *Ich* weiß mehr von ihr. Ich weiß, daß sie in der Nacht, als Helen starb, im Cottage war.«

»Das ist kein Geheimnis. Was wollen Sie sonst noch über sie wissen? Sie ist Witwe. Vorname Elizabeth ...«

Elizabeth. Ich dachte an das *E* auf Colins Geburtstagskarte.

»Sie lebt jetzt in London, hat man mir erzählt«, sagte ich.

»Ja. Ihre Adresse kenne ich allerdings nicht.«

»Das ist kein Problem. Ich bin sicher, daß ich die Anschrift im Cottage irgendwo finde . . .« Mir war inzwischen klargeworden, daß ich mit ihr in Kontakt treten mußte, wenn auch vielleicht zunächst einmal nur brieflich – mit dieser Frau, die anscheinend so eng mit Colin und Helen befreundet gewesen war. »Ich werde mit ihr Verbindung aufnehmen«, sagte ich.

Er nickte kurz, was mir aber nichts sagte. »Als Helen meinen Bruder traf, lebte sie mit einem anderen Mann zusammen«, nahm ich den Faden wieder auf. »Kannten Sie ihn?«

»Nun, Alan De Freyne lebte zwar *im* Cottage, aber ich weiß nichts davon, daß er dort *mit* ihr gelebt hat.«

»Kannten Sie ihn?« Ich blieb hartnäckig.

»Ja. Er war mein Patient. Ich kannte ihn recht gut. Ein gutaussehender, blonder Mann. Um die vierzig . . . War auch Maler, glaube ich.« Er warf mir einen verstohlenen Blick zu. »Warum stellen Sie Fragen über *ihn*? Er war nicht hier, als diese . . . Geschichten passiert sind . . .«

»Trotzdem, ich möchte auch mit ihm in Kontakt treten.«

»Was hätten Sie davon? Ich sagte Ihnen doch schon – er war nicht mehr hier, als die . . . Unfälle geschahen.« Als ich nicht reagierte, fügte er hinzu: »Er war wirklich schon längst weg. Ich kann Ihnen sogar das genaue Datum seiner Abreise sagen. Ich erinnere mich daran, weil es der Geburtstag meiner Frau war. Der 28. April.« Er holte einen dicken Terminkalender aus dem Regal. »Wir wollten an diesem Abend zum Essen ausgehen, aber Alan De Freyne war nicht zu einem Termin gekommen . . .« Er blätterte die Seiten durch. »Hier ist es. 28. April, 18 Uhr 15 – der letzte Patient an diesem Tag. Ich wollte auf jeden Fall rechtzeitig mit meiner Frau wegkommen, also rief ich im Cottage an, was denn los sei. Ihr Bruder war am Telefon. Er sagte mir, De Freyne wäre an diesem Morgen abgereist.«

»Der 28. April – das war doch nur vier oder fünf Tage vor Colins und Helens Hochzeit. Warum ist De Freyne so plötzlich abgereist – ausgerechnet dann?«

Reese zuckte die Schultern. »Das weiß ich genauso wenig wie Sie. Ich war ziemlich sauer auf den Kerl, er hätte mich ja wenigstens anrufen und den Termin absagen können.« Er legte den Terminkalender zurück ins Regal. »Ich nehme aber an, daß Ihr Bruder nicht sehr traurig über sein Verschwinden war.«

»Warum sagen Sie das?«

»Ich glaube, die beiden kamen nicht sehr gut miteinander aus«, sagte er zögernd.

»Wieso?«

»Nun, ich *weiß* sogar, daß es so war. Nur eine Woche vorher hatten die beiden anscheinend einen ganz schönen Krach.«

»Woher wissen Sie das?«

»De Freyne hat es mir gesagt.« Er sah mich an und hob die Schultern. »Warum soll ich es Ihnen nicht erzählen? De Freyne war wegen einer kleineren Sache bei mir in Behandlung, und als er wieder mal zu einer Untersuchung kam, hatte er eine aufgeplatzte Lippe und ein blaues Auge. Ich fragte ihn, wie das denn passiert wäre, und er sagte, er hätte eine Schlägerei mit Ihrem Bruder gehabt.«

». . . Sagte er auch warum?«

»Nein, und ich habe ihn auch nicht danach gefragt.« Er runzelte die Stirn. »Hören Sie, ich würde all diesen Dingen nicht zu viel Bedeutung beimessen.«

»Wie kann ich das, wenn ich bis vor kurzem noch dachte, Colin und Helen wären sehr glücklich miteinander gewesen?«

»Ihr Bruder hatte den Krach mit De Freyne, nicht mit Helen«, sagte er trocken.

»Aber De Freyne hat mit den beiden zusammen in einem Haus gelebt, also war auch Helen betroffen. Das muß doch so sein.«

»Nicht unbedingt.«

»Egal, ich werde das rausfinden. Sobald ich seine Adresse habe, werde ich ihm schreiben.«

»Warum? Was versprechen Sie sich denn davon, hinter ihm und Elizabeth Barton herzujagen? Was glauben Sie denn, dabei gewinnen zu können?«

»Klarheit. Ein bißchen Ruhe in meinen aufgewühlten Geist.«

»Das verstehe ich nicht.«

»Dann will ich es Ihnen erklären . . .«

Und das tat ich. Gott weiß warum, aber ich tat es. Ich

erzählte ihm von dem Anruf. »Wer immer das gewesen sein mag«, sagte ich, »er hält mich für Colin. Und er glaubt, Colin sei verantwortlich für Helens Tod. Denkt, Colin hätte Helen umgebracht . . . wegen ihres Geldes.«

Reese hörte mir sehr aufmerksam zu. Als ich fertig war, wartete er einen Augenblick, dann sagte er:

»Aber *Sie* wissen, daß das nicht wahr ist.«

»Natürlich weiß ich das.« Ich stützte meinen Kopf in die Hand. »Mein Gott, ich weiß einfach nicht mehr, was ich tun soll.«

»Nichts. Tun Sie nichts. Das war doch nur ein Verrückter, das ist alles. Die Welt ist voll von solchen Spinnern. Vergessen Sie ihn.«

»Wie kann ich das denn? Nein, das geht nicht.«

Er seufzte und schüttelte den Kopf. »Das ist das Schlimme an der Sache. Sie erfahren ein paar Dinge, basteln sich daraus eine Geschichte zusammen und schreiben dann auch noch das Ende selbst. Es tauchen ein paar Fragen über Alan De Freyne und Elizabeth Barton auf, ein Spinner ruft Sie an – und schon konstruieren Sie aus dem Nichts einen ganzen Roman.«

»Nein, nicht aus dem Nichts. Es reicht den Leuten für Vermutungen, für Geschwätz. Sie selbst haben mir gesagt, daß es Gerüchte gibt.«

»Nun . . . ja . . .«

»Über Colin?«

Er nickte widerstrebend. »Was erzählen die Leute über ihn? Dasselbe wie in dem Anruf?«

»Nein, nein . . .«

Ich glaubte ihm nicht. »Was dann? Hat es etwas mit Elizabeth Barton und . . . ihm zu tun?«

Sein Schweigen sagte mir alles.

»So ist es also. Die Leute meinen, Colin und diese Frau hätten ein Verhältnis miteinander gehabt.«

»Sie ist eine junge, attraktive Frau, und das sehen die Leute natürlich auch«, sagte er, als wolle er die Gerüchte rechtfertigen.

»Und die Leute meinen immer noch, es hätte dieses Verhältnis gegeben?«

»Nein, nicht mehr, nehme ich an. Man ist immer wieder überrascht, wie großmütig die Menschen über Tote urteilen und wie freundlich sie über sie sprechen.«

»Aber sie haben es *damals* geglaubt. Das ist doch der entscheidende Punkt.«

»Die Leute glauben und sagen alles mögliche. Aber nichts davon muß ja wahr sein.«

Ich dachte wieder an den Anruf. Der Mann war davon ausgegangen, Colin hätte Helen wegen ihres Geldes umgebracht. Und jetzt war ich auf ein zusätzliches Motiv gestoßen: Elizabeth Barton. Ich starrte auf die Tischplatte. »Was denken *Sie* denn über die Sache?« fragte ich schließlich.

»Gar nichts. Ich denke nicht darüber nach. Ich bin Arzt, und ich versuche, meine Arbeit so gut wie möglich zu machen. Und selbst wenn es für Ihre Ohren extrem frömmelnd oder schmalzig klingen mag, die Pflicht eines Arztes ist es nun einmal, zu *helfen*, nicht aber, die Dinge noch schwerer zu machen, als sie sowieso schon sind.«

»Aber es stimmt doch alles nicht, was die Leute da hineininterpretieren. Colin hat Helen geliebt. Ich bin mir da ganz sicher. Seine Briefe ... *mich* hätte er nicht täuschen können, niemals. Nein, er hat sie tatsächlich geliebt. Die beiden haben sich geliebt, ganz bestimmt.«

»Sehr gut. Halten Sie daran fest. Wenn Sie das glauben, dann brauchen Sie sich nicht länger mit all diesen Spekulationen herumzuquälen.«

Ich spürte, daß er mich ansah, aber ich erwiderte seinen Blick nicht. Dann sagte er:

»Es hat eine Untersuchung gegeben. Und eine Verhandlung. Das wissen Sie. Das Ergebnis war: ›Unglücksfall mit tödlichem Ausgang‹.«

»Mir geht es nicht um das Ergebnis dieser Verhandlung«, sagte ich. »Mir geht es darum, was die Leute im Dorf rumerzählen. Was sie denken. Und sie denken, Colin hätte Helen umgebracht. So ist es doch, nicht wahr?«

Ich wartete seine Reaktion nicht ab. Ich nahm meine Jacke und ging.

9

Draußen auf dem Marktplatz blieb ich stehen und fragte mich verlegen, warum ich zum Schluß so heftig reagiert hatte. Dann ging ich weiter, zum Friedhof.

Langsam schlenderte ich zwischen den Gräbern hindurch, las hier und dort die Inschriften auf den Grabsteinen, die Namen, die Daten – Zeugnisse der Trauer, der Erinnerung, der Liebe, des Selbstmitleids, der Schuld . . .

Da waren die gepflegten Gräber mit frischen Blumen und geharkter Erde, ohne jegliches Unkraut, und da waren die vergessenen Gräber mit schrägen Grabsteinen, von Gras und Unkraut überwuchert. Gräber, auf denen nie mehr Rosen, nie mehr Narzissen wachsen würden und deren Inschriften von Moos und Flechten gnädig verdeckt wurden.

Dieser Friedhof erzählte so viele traurige Geschichten. Die kleinen Grabsteine der Kinder, wo man schlucken mußte, wenn man las: *SIMON. Sechs Jahre alt. IN DEINE HÄNDE, O HERR* (verwelkende Gänseblümchen auf dem Grabhügel); die staubigen Plastiktulpen; die leeren, rostenden, umgekippten Blechvasen; das wie aus Seife geschnitzte Engelchen, das in reuigem, immerwährendem Gebet sanft lächelnd den Kopf neigte . . .

Ich fand auch einige Gräber der Gerrard-Familie, Erwachsene und Kinder. Sie gehörten zu den vergessenen Gräbern; die Inschriften waren schon verblaßt und erodiert, aber noch lesbar. Ich stieß auch auf das Grab des letzten Mitglieds der Familie: *BRONWEN DENISE TEMPLE. Geboren 1867. Gestorben 1902.* Nur einige Meter daneben lag das Grab von Margaret Lane, der Stickerin. Auch sie eine Vergessene. Sie war im Alter von fünfundzwanzig Jahren gestorben. Neben ihr lag ihr Mann, John Lane. Er hatte sie nur um vier Jahre überlebt. Ich sah die arme Margaret vor mir, wie sie in dem brennenden Sommerhaus umkommt, und ich dachte an die melancholischen Verse, die sie so akkurat gestickt hatte:

Wie werd' ich singen, wenn des Morgens Dämmer
hinüberführt in einen neuen düst'ren Tag.

Ich fragte mich, warum sich eine so junge Frau mit derart schwermütigen Gedanken beschäftigt hatte. Andererseits war es ja aber auch nichts Besonderes; ganz gewiß war Emily Brontë, die Dichterin der Verse, selbst auch kein Ausbund an Fröhlichkeit gewesen.

Ich setzte mich auf eine Bank und rauchte. Eine Zigarette nach der anderen. Der Abend war recht mild. Ich dachte an Jean Timpsons Tränen, als wir auf dem Rasen gestanden und die Amsel so unbeschwert singen gehört hatten. Und ich dachte darüber nach, was Reese mir gesagt hatte – und was er nicht gesagt hatte. Alles verdichtete sich zu einer klaren Erkenntnis: Die Ehe meines Bruders war keinesfalls so idyllisch gewesen, wie ich angenommen hatte. Ich hatte bei Reese darauf bestanden, daß Colin und Helen sich sehr geliebt hatten, aber ich mußte mich jetzt fragen, ob das stimmte, ob sie sich *überhaupt* geliebt hatten ... Da war nicht nur die Sache mit De Freyne, die in einem handfesten Krach und De Freynes Abreise geendet hatte; da war auch die Erkenntnis, daß Colins Beziehung zu Mrs. Barton im Dorf zu Munkeleien geführt hatte. Und ganz sicher war es nicht bei zarten Andeutungen über ein mögliches Verhältnis zwischen den beiden geblieben ...

Schließlich stand ich auf und ging zu dem Grab meines Bruders und seiner Frau.

Dort stand ich lange, lange Zeit, an die Friedhofsmauer gelehnt, und ließ die Stille auf mich einwirken. Das Mondlicht wurde immer heller, aber die Umrisse der Grabsteine um mich herum verschwammen. Nur dort, wo das Licht reflektiert wurde, glänzten ihre Flächen in einem diffusen, blassen Schimmer. Colins und Helens Grab, noch ohne Stein, war nur als dunkler, verschwommener Erdhügel zu erkennen.

»Du solltest einen Stein haben«, flüsterte ich meinem Bruder zu. »Du mußt einen Stein haben. Und du wirst einen Stein bekommen.«

Und jetzt hat er einen Grabstein. Er ist sehr schlicht, aber er gefällt mir. Nächstes Jahr wird man keine Blumentöpfe mehr brauchen; die Blumen, die ich gepflanzt habe, werden aus der Erde wachsen. Und ich werde noch mehr Blumen pflanzen. Ich bin mir allerdings noch nicht im klaren darüber, welche; vielleicht Rosen. Aber ich weiß nicht, ob das richtig wäre – ob *sie* das möchte.

Das Grab sieht so neu aus. Die Blumen sind neu, die Erde ist neu, der Grabstein ist neu. Der Stein ist noch so neu, daß die Buchstaben, die kunstvoll in ihn eingemeißelt sind, noch ganz scharfe Ränder haben.

Ich beobachte, wie auf dem anderen Stein eine kleine Spinne hochklettert, am Rand entlang. Eigentlich klettert sie nicht, sie spaziert mühelos nach oben. Ich lege mich auf den Rücken und behalte sie im Auge. Sie verläßt den Rand und krabbelt langsam über die Vorderseite des Steins. Überquert *Geboren am*, steigt hoch zu ihrem Namen, wird langsamer, klettert über das *H*, über das *E*, und dann kauert sie sich in der Rinne des *L* zusammen. Dort ist sie im Schatten. Es ist ein sehr heißer Tag.

Am Fuß von Gerrards Hill sah ich im Mondlicht Jean Timpson auf mich zukommen. Als wir aufeinandertrafen, lächelte sie mich in der bekannten Pose an – Kopf leicht schräggelegt, Augen auf meine Schulter gerichtet. Ich lächelte zurück.

»Guten Abend«, sagte ich.

»Guten Abend«, erwiderte sie und ließ ihren Korb von einer Hand in die andere pendeln. »Ich dachte, ich sollte mal reinschauen . . .« Sie nickte zurück zum Cottage. ». . . Nur gucken, wie's Ihnen geht . . . ob Sie was brauchen.«

»Mir geht es gut, danke.«

»Was macht der Arm?«

»Acht Stiche.«

»Mein Gott . . .«

»Ist aber in Ordnung.«

Sie nickte und wollte an mir vorbei. »Also, ich muß gehn, mein Vater wird sich schon fragen, wo ich bleib'.«

Ich hatte aber noch einige Fragen an sie. »Sie haben mir gesagt, Mrs. Barton wäre mit meinem Bruder bei Helens Beerdigung gewesen.«

». . . Ja . . .«

»Kam Sie auch zur Beerdigung meines Bruders?«

»Nein.«

»Aber sie waren doch befreundet . . .«

»Sie war aber nicht da. Ich hab' sie bei der Beerdigung nicht geseh'n. Das letzte Mal, als ich sie geseh'n hab', das war damals, in der . . . letzten Nacht . . .«

»In welcher letzten Nacht?«

Sie fummelte am Griff ihres Korbes herum und trippelte von einem Fuß auf den anderen.

»In welcher letzten Nacht?« wiederholte ich.

»In der Nacht, als er gestorben ist.«

»Sie war damals hier?«

Sie nickte, preßte die Lippen zusammen.

»Aber Sie haben doch gesagt, Sie wären nicht im Cottage gewesen. Woher wollen Sie das dann wissen?«

Sie wandte sich um, zeigte den Hügel hinauf. »Bei den Bäumen dort hinter dem Haus ist eine kleine Lichtung – man kann sie von der Straße aus nicht seh'n. Aber ich kann sie von meinem Schlafzimmer aus seh'n.«

»Und . . .?«

»Sie war in dieser Nacht da. Ich hab' ihr Auto geseh'n. Es war dort geparkt.«

»Sind Sie da ganz sicher?«

»Ja, natürlich.«

»Wieviel Uhr war es?«

»Kurz vor zehn.«

Ich wollte die nächste Frage stellen, aber sie kam mir zuvor: »Und das Auto stand auch noch um elf Uhr dort.«

Ich wartete, und sie fuhr tatsächlich fort: »Das war genau die Zeit, als ich das Krachen hörte. Damals wußte ich natürlich noch nicht, daß es der . . . Aufprall seines Autos war. Ich war ziemlich früh ins Bett gegangen: das Geräusch hat mich geweckt, und ich stand auf und guckte raus. Der Mond schien sehr hell. Ihr Auto war noch da, aber sonst konnt' ich nichts seh'n. Ich dachte, ich hätt' mir das Geräusch vielleicht nur eingebildet.«

»Der Krankenwagen ist erst zwei Stunden später gerufen

worden. Von einem Taxifahrer. Wenn Mrs. Barton da oben war, wie Sie sagen, warum hat *sie* dann nichts unternommen?«

Jean Timpson zuckte die Schultern. »Das weiß ich nicht ... Sie war auf jeden Fall da.« Sie grub den Daumennagel in den Korbhenkel. Sah mich nicht an.

»Weiß sonst noch jemand, daß sie da war?«

Wieder nur Schulterzucken.

»Haben Sie es jemandem erzählt?«

»Nein.«

»Haben Sie es etwa bei der Verhandlung auch nicht erwähnt?«

»Ich war nicht bei der Verhandlung. Sie haben mich nicht aufgefordert, hinzukommen.«

»Aber ... aber haben Sie denn nicht gedacht, Sie müßten das ... jemandem mitteilen?«

»Das ging mich nichts an. Eigentlich nicht.«

»Eigentlich ...?«

»Wir kümmern uns nicht um die Sachen and'rer Leute, mein Vater und ich.«

»Dann haben Sie also auch nichts von dem Gerede im Dorf gehört. Über meinen Bruder und ... Mrs. Barton ...?«

Sie sah auf den Boden. Als sie antwortete, war ihre Stimme leise, voller Resignation und Bitterkeit.

»Das paßt zu ihnen da unten im Dorf. Geschwätz, Geschwätz ... Sie lassen keinen in Ruhe.« Sie hob den Kopf. »Da war nichts. Gar nichts. Das weiß ich ganz genau.« Ihre Bestimmtheit rührte mich, und ich war ihr für den Glauben an die Ehrenhaftigkeit meines Bruders dankbar.

»Vielleicht können Sie mir etwas anderes sagen ...«

»Was?«

»Wie ich mit Alan De Freyne in Verbindung treten kann ...« Ihr Gesichtsausdruck verhärtete sich, noch ehe ich zu Ende gesprochen hatte.

»Nein, das weiß ich nicht«, sagte sie. »Und ich will es auch nicht wissen.«

So hatte ich sie noch nie gesehen. So voller Zorn – und Schmerz. Zögernd sagte ich:

»Das klingt, als ob Sie De Freyne gut gekannt hätten ...«

»Ja, ich habe ihn gekannt.« Und nach einer Pause: »Leider habe ich ihn gekannt.«

Ich sah ihr noch einen Moment nach, dann ging ich weiter, zum Cottage. Meine Füße taten mir weh.

In der Küche fand ich einen hübsch gedecken Tisch vor. Schinken, Käse, Butter, Brot und Gurken. Es war ein neues Gefühl für mich, so bemuttert zu werden. Ich war nicht hungrig und aß nur ein paar Happen.

Dann ging ich ins Schlafzimmer. Zwei Dinge fielen mir sofort ins Auge: zum einen meine Koffer – fast fertig gepackt auf dem Boden; und zum anderen die Rose auf meinem Kopfkissen. Für das Kofferpacken war ich dankbar. Von der Rose war ich eher unangenehm berührt.

Es war seltsam, aber trotz der vielen Gedanken, die mir durch den Kopf kreisten, trotz der neu aufgetauchten Fragen, die mich so verwirrten und quälten, schlief ich sofort ein – ohne Schlafmittel.

Am nächsten Morgen rief ich gleich nach dem Aufstehen Doktor Reese an. Seiner Stimme hörte ich an, daß ich ihn geweckt hatte.

»Was kann ich für Sie tun?« fragte er argwöhnisch.

»Ich habe noch eine Frage zu dem, was Sie mir neulich gesagt haben . . .«

». . . Ja . . .?«

»An dem Abend, als mein Bruder starb – Sie sagten mir, ein Taxifahrer hätte ihn gefunden . . .«

»Das ist richtig. Er rief mich an und auch den Rettungsdienst. Warum fragen Sie?«

»Wußten Sie, daß an diesem Abend jemand bei Colin war?«

Schweigen.

»Ich habe herausgefunden, daß Elizabeth Barton bei ihm war, als es passierte«, sagte ich. »Warum hat *sie* nicht bei Ihnen angerufen – oder den Rettungsdienst alarmiert? Sie sagten mir, er wäre schon etwa zwei Stunden tot gewesen, als Sie hinkamen . . .«

»Ja.«

»Elizabeth Barton war in der Nähe, als er gegen den Baum raste. Aber sie tat nichts. Er lag *zwei Stunden* da, und keiner hat sich um ihn gekümmert. Man hätte ihn vielleicht retten können.« Meine Stimme wurde laut vor Zorn. »Er hätte *gerettet* werden können . . .«

»Ich habe Ihnen doch gesagt, daß man nichts mehr für ihn tun konnte. Er war sofort tot. Ich kann das beurteilen.« Er machte eine Pause, dann fragte er: »Sind Sie sicher, daß Mrs. Barton bei ihm war?«

»Ja.«

»Das ist . . . seltsam . . .«

»Ja, das ist *sehr* seltsam.« Ich hätte jetzt gerne sein Gesicht gesehen. War er tatsächlich so erstaunt, wie er klang? Ich wollte auflegen.

»Also . . .«

»Was macht Ihr Arm?« fragte er. »Dem geht es gut, danke.« Mir fiel ein, daß ich unser Gespräch in seinem Haus recht unhöflich beendet hatte. »Ich fürchte, ich stand ziemlich unter Dampf, als ich von Ihnen wegging . . .«

»Vergessen Sie es. Ich verstehe, daß Sie sich aufgeregt haben.«

»Ich habe Ihnen noch nicht einmal gedankt – geschweige denn die Rechnung bezahlt.«

»Es gibt keine Rechnung.«

»Natürlich werde ich Ihnen die Behandlung bezahlen. Bitte schicken Sie mir eine Rechnung.«

»Das geht auf Kosten des Hauses. Vergessen Sie auch das.« Er klang jetzt sehr entspannt. »Ich wünsche Ihnen eine gute Reise. Schicken Sie mir mal eine Postkarte aus New York.«

»Oh, ich vergaß, Ihnen das zu sagen. Ich habe meine Absicht geändert. Ich bleibe hier.«

10

Um halb zwölf rief ich Shelagh an. Ihre Stimme klang verschlafen. Ich hatte sie anscheinend aufgeweckt, und sie nuschelte gähnend:

»David, weißt du eigentlich, wieviel Uhr es hier ist?«

»Es tut mir leid«, sagte ich, »aber ich wollte dich unbedingt erwischen, eh' du aus dem Haus gehst.«

»Es ist halb sieben morgens. Wo sollte ich um *diese* Zeit hingehen?« Eine kurze Pause, dann: »Irgendwas stimmt nicht. Was ist los?«

»Nichts ... Nur ... ich komme heute nicht.«

»Was ist passiert?« Ihre Stimme klang jetzt sehr wach.

»... Ich muß ... hier noch ein paar Dinge klären.«

»Was für Dinge?«

»Hör zu ... ich schreibe dir das am besten ...«

»Nein, komm mir bloß nicht so ... Ich will nicht, daß du mir schreibst, ich will, daß du nach Hause kommst.«

Nach Hause ... »Tut mir leid, Shelagh, ich kann nicht kommen. Noch nicht.«

»Was ist eigentlich los? Geht es dir gut? Gut genug, um noch länger allein da drüben zu bleiben?«

»Alles okay. Ich bin wieder ganz in Ordnung, glaub's mir.«

»Wie kann ich das glauben? Wenn ich daran denke, in welchem Zustand du gestern warst ... Du hast doch einen schlimmen Schock erlebt. Ich kann dir doch nicht abnehmen, daß alles in Ordnung ist.«

»Ich bin ... Hör zu, ich rufe dich später wieder an. Das Telefon im Cottage geht wieder ...« Ich versuchte, meine Stimme ganz normal und überzeugend klingen zu lassen. »Leg dich wieder hin ...«

»Versuch nicht, mich auf diese primitive Art einzulullen«, sagte sie. »Dave, ich bitte dich, komm heim, geh weg von diesem Ort. Er ist nicht gut für dich.«

»Es ist alles in Ordnung. Wirklich.« Wir fingen an, uns im Kreis zu drehen.

»Nun, was glaubst du denn, *wann* du heimkommst?«

»... Bald ...«

»Wie bald?«

Ich suchte nach Worten, gab es auf. Schließlich sagte ich: »Geh wieder ins Bett, Shelagh. Ich liebe dich. Ich rufe bald wieder an.« Und bevor sie noch etwas sagen konnte, legte ich den Hörer auf.

Schon vorher hatte ich das Architekturbüro angerufen, bei dem Colin gearbeitet hatte. Ich wußte, daß er nach seiner Heirat den Vertrag mit der Firma geändert hatte und nur noch in Teilzeitarbeit, als freier Mitarbeiter, für sie tätig gewesen war. Ich hatte von einem seiner Kollegen, einem Mr. Ingham, erfahren, daß Colin nach der Hochzeit immer seltener im Büro erschienen war und daß man ihn in den Wochen vor seinem Tod kaum mehr zu Gesicht bekommen hatte. Das letzte Mal hatte Mr. Ingham ihn einige Tage vor Helens Tod gesehen. Das war alles, was er mir sagen konnte ...

Danach hatte ich beim Reisebüro angerufen und meinen Flug nach New York storniert.

Jetzt, nach dem Gespräch mit Shelagh und der Absage des Fluges überkam mich ein Gefühl der Ruhe und des Friedens. Ich wunderte mich darüber. Ich blieb hier, weil mich eine ganze Reihe ungeklärter Fragen quälte, eine beunruhigender als die andere, und doch hatte ich dieses Gefühl der Erleichterung, der Zufriedenheit. Irgendwie stand es nicht im Zusammenhang mit allem anderen. Es war eine Sache für sich, ganz getrennt von den bedrückenden Ereignissen. Seltsam. Ich fand keine Erklärung dafür.

Und ich spürte wieder diese Wärme und den Frieden, die vom Cottage und seiner Umgebung ausgingen. Nein, nicht ganz so stark wie früher – irgend etwas Störendes rumorte in meinem Unterbewußtsein. Was? Ich fand es nicht heraus und grübelte nicht länger darüber nach.

Ich saß an Colins Schreibtisch, den bandagierten Arm auf die polierte Holzplatte gestützt, und genoß die Wärme und Geborgenheit, die mich umgab. Ich schaute durch den Raum, nahm seinen sanften Geruch nach poliertem Holz auf, und von draußen strömten die Düfte des Gartens herein – von Gras, von Blättern, von Blumen. Der Stuhl knarrte leise. Alles zusammen – die Stille, die Gerüche, der Anblick all des Schönen um mich herum – rief ein tiefes Gefühl des Wohlbehagens bei mir hervor. Ich würde eines Tages nach New York zurückgehen. Natürlich. Das mußte ich ja. Aber jetzt nicht. Noch nicht. Später einmal.

In einer Schublade des Schreibtisches fand ich Colins Adreßbuch. Alan De Freynes Name suchte ich vergeblich, aber Elizabeth Barton war eingetragen. Unter dem Namen stand eine durchgestrichene Adresse in Hillingham, darunter eine Anschrift samt Telefonnummer in London. Ich wählte die Nummer, kam auch durch, aber es hob niemand ab. Ich würde es später noch einmal versuchen . . .

Durch das Fenster sah ich links neben dem Pfad das unbearbeitete Beet. Es war von Unkraut überwuchert. Colins unvollendetes Werk.

Das Säubern des Beetes war nicht so einfach, wie ich mir das vorgestellt hatte. Als ich mich zum Essen an den Tisch setzte, hatte ich kaum die Hälfte der Arbeit erledigt, Schwielen an den Händen und Schmerzen im Rücken. Dennoch, es hatte Spaß gemacht. Und ich war sehr zufrieden mit mir.

Und Jean Timpson war zufrieden mit mir, äußerst zufrieden sogar. Weil ich dablieb. Als sie mir das Essen vorsetzte, deutete sie auf meinen verletzten Arm und nickte zum Garten hinaus. »Sie sollten es nicht übertreiben«, sagte sie.

Später brachte sie mir den Kaffee ins Wohnzimmer.

Als sie wieder gehen wollte, hielt ich sie auf. »Einen Moment noch«, bat ich.

Sie blieb wartend stehen, und entgegen aller guten Vorsätze platzte ich sofort mit der wichtigsten Frage heraus: »Was meinen Sie . . . War meine Schwägerin . . . war sie unglücklich mit meinem Bruder . . .?«

Sie gab keine Antwort. Ich hatte Verständnis für sie. Meine Fragerei mußte ihr langsam auf die Nerven gehen. Seit meiner Ankunft hatte ich sie fast ununterbrochen mit Fragen gequält, in alten Wunden gerührt, die sie schmerzten. Was ich tat, wieder und wieder, war grausam – es rief bei ihr Erinnerungen an böse Zeiten wach, an die Schuld, die sie vermeintlich auf sich geladen hatte. War es da verwunderlich, daß sie die Hände ineinander verkrampfte und dann sinnlos an ihrem Haarband herumzupfte?

»Sehen Sie«, sagte ich, »ich *muß* Sie das fragen. Sie sind einer der wenigen Menschen, die regelmäßig Kontakt mit ihnen hatten. Ich weiß niemanden sonst, außer vielleicht Mrs. Barton und Doktor Reese. Aber Sie kannten die beiden wahrscheinlich am besten . . .«

Sie nickte.

»Doktor Reese hat Helen anscheinend eine Zeitlang behandelt«, fuhr ich fort.

»Ja. Sie konnte nicht schlafen.«

»Und deshalb ging sie zu Doktor Reese?«

»Na ja, es ist doch ganz normal, daß man eine Medizin haben will, wenn man nicht schlafen kann.«

»Wie schlimm war es?«

»Zum Schluß konnte sie überhaupt nicht mehr schlafen. Und das hat sie fertiggemacht, man hat's ihr angesehen. Einmal hab' ich gehört, wie sie den Doktor anrief und um Schlaftabletten gebeten hat. Der wollte ihr aber anscheinend keine geben, wie ich an ihrer Reaktion geseh'n hab'.«

»Wie hat sie reagiert?«

»Sie war sehr . . . ärgerlich. Hat den Hörer aufgeknallt.«

»Wußten Sie, daß Helen schwanger war?«

Sie nickte.

»Vielleicht wollte der Doktor ihr deshalb kein Schlafmittel geben.«

»Das glaub' ich auch.« Sie wand sich unter meinem Blick, wollte weg, das sah ich ihr an. Ich schaute auf das Bild der Temples an der Wand. »Wie es *ihm* wohl in den Staaten ergangen ist?« murmelte ich vor mich hin. Ich dachte an mein Leben dort drüben, an meine Abreise aus England, die verächtliche Verabschiedung durch meinen Vater. Wir hatten einiges gemeinsam, Temple und ich, stellte ich fest. Beide hatten wir Amerika als Fluchtort gewählt. Waren seine Gründe für die Flucht wichtiger gewesen als meine? Hatte er drüben ein neues Leben beginnen wollen – oder war er geflohen, um dem Henker zu entgehen? War er *zu einem Neubeginn an einen Ort* oder *vor den Folgen einer Tat* geflohen?

Ich wandte meinen Blick dem Sticktuch mit dem Gedicht von Emily Brontë zu und überflog noch einmal die Verse. Es wunderte mich nicht, daß Colin das Tuch von der Wand genommen und irgendwo versteckt hatte. So schön Margaret Lane es auch gestickt hatte, ich wollte auch nicht dauernd so depressive Gedanken vor Augen haben. Schließlich ließ ich den Blick weiterwandern, zur Fotografie von Miss Merridew mit ihren Katzen. Und da fiel mir Girlie ein, Helens Kätzchen.

»Sie haben mir gesagt, Helen wollte ihre Katze vom Dach holen . . . Haben Sie das selbst gesehen?«

Jean Timpson schüttelte den Kopf. »Nein, das hab' ich nicht. Aber das ist ja nicht wichtig. Es war so.«

»Woher wollen Sie das so genau wissen?«

»Ihr Bruder . . . er hat's mir gesagt.«

Ich setzte meine Arbeit im Garten fort und schaffte es letztlich, daß wenigstens ein Teil des Beetes vom Unkraut befreit und glattgeharkt war. Dann rief ich noch einmal bei Elizabeth Barton an. Diesmal kam das Besetzt-Zeichen. Ich legte auf und ließ mir von der Auskunft die Telefonnummer der beiden einzigen De Freynes geben, die im Londoner Telefonbuch standen. Jedoch war keiner der beiden der, den ich suchte, wie sich herausstellte. Ich war enttäuscht, aber die Erfahrung hatte mich ja gelehrt, daß man nicht mit leichten Lösungen der Probleme rechnen durfte, sondern daß man geduldig an ihnen arbeiten mußte . . .

Nachdem ich geduscht hatte, rief ich den Taxibetrieb im Dorf an und bestellte einen Wagen zur Fahrt nach Reading. Auf dem Bahnhof dort brauchte ich nicht lange auf einen Zug nach London zu warten. Von Paddington aus nahm ich die U-Bahn nach Turnham Green, und mit Hilfe eines Stadtplanes stand ich bald darauf vor einem hübschen kleinen Haus mit Pflanzenkübeln beiderseits des Eingangs. Ich läutete, und eine recht attraktive Frau in einem dünnen Pullover und Bluejeans öffnete die Tür.

Erkennen blitzte in ihren Augen auf. Hinter ihr erschien eine zweite Frau. Sie sah mich an, riß die Augen auf, hob die Hand erschrocken zum Mund und stieß einen entsetzten Schrei aus.

Ich kam nicht dazu, etwas zu sagen. Die geschockte Frau riß der anderen die Tür aus der Hand und schlug sie mir vor der Nase zu.

Auf dem Rückweg von Reading ging ein Schauer nieder. Es regnete nur ein paar Minuten, aber drüben im Westen türmten sich weitere Regenwolken auf.

Ich sah meiner Rückkehr ins Cottage mit einiger Ungeduld und voller Unruhe entgegen. Hinter mir lag ein fehlgeschlagener Versuch, Elizabeth Barton zu sprechen. Ich hatte noch zweimal geläutet und längere Zeit gewartet, aber es hatte sich nichts mehr gerührt. Ganz offensichtlich war ich ein höchst unwillkommener Besucher ... Der Vorfall überzeugte mich aber noch mehr, daß ich Elizabeth Barton sprechen mußte. Irgendwann einmal würde sie mir meine Fragen beantworten *müssen* ...

Im Moment aber konnte ich nichts weiter tun. Ich mußte erst einmal Ordnung in meine Gedanken bringen. Vor mir lag mein Cottage, meine Zuflucht – ruhig und sicher. *Dort* würde ich mich zu Hause fühlen, dort war ich willkommen.

Als ich ankam, war Jean Timpson nicht da. Das war mir recht. Ich war froh, das Haus allein für mich zu haben. Es war erst kurz vor fünf. Ich machte mir ein Käsesandwich und eine Tasse Tee und ging in den Garten. Die Wolken im Westen sahen bedrohlich aus, aber hier war der Himmel noch klar, die Luft noch trocken. Es wehte eine kühle Brise. Als ich mit dem Sandwich und dem Tee fertig war, nahm ich meine Hacke und ging hinüber zu dem Unkrautbeet, um weiterzuarbeiten. Auch hier war anscheinend am Nachmittag einmal ein Regenschauer niedergegangen, denn die Erde war tiefbraun gefärbt. Vielleicht schaffte ich es, morgen mit der Arbeit fertig zu werden. Dann konnte man mit der Bepflanzung beginnen. Was in das Beet gepflanzt werden sollte, mußte ich allerdings noch mit Timpson besprechen.

Und dann, als ich vor dem Beet stand, sah ich die großen, unbeholfenen, runden Buchstaben, die jemand in die Erde gekratzt hatte:

WILLKOMMEN DAHEIM

11

›Jean Timpson‹, fragte ich mich im stillen, ›was treibst du denn da für Spielchen? Was soll das denn?‹

Der Anblick der Worte hatte mich erschreckt, fast ein panikartiges Gefühl hervorgerufen. Mein Herz klopfte – nicht aus Furcht, das glaubte ich wenigstens, es sei denn aus Furcht, nicht mit dieser Situation fertig werden zu können ...

Während ich noch auf die beiden Worte starrte, schob sich die erste Gewitterwolke vor die Sonne und ließ die dunkelbraune Erde fast schwarz erscheinen. Und dann hörte ich, ganz schwach, das Läuten des Telefons im Haus.

Ich lief hin.

Es war Shelagh.

»Was ist los?« fragte ich sie.

»Ich will nur hoffen, daß *du* mir das sagen kannst. Ich möchte wissen, ob du dich inzwischen entschieden hast. Wann kommst du heim?«

Draußen fing es an zu donnern, und erste Regenstreifen liefen über die Fensterscheiben.

»Ich weiß es nicht«, sagte ich.

»Aber du mußt doch wenigstens eine grobe Vorstellung haben, zum Donnerwetter ...«

»... Nein, ich weiß es wirklich noch nicht ...«

»Das klingt alles so verdammt nebulös. Was ist nur los? Ich bitte dich, Dave, komm zurück. Du gehörst da nicht hin.«

Sie hatte nicht recht. Ich gehörte hierher. In mein wunderschönes Cottage, wo der Regen ans Fenster klopfte und die

Birken und Ulmen draußen im aufkommenden Wind ächzten. »Es geht mir ganz ausgezeichnet«, sagte ich.

»Ich finde das alles langsam irgendwie ... krankhaft. Verrückt. Beim letzten Anruf konnte es dir nicht schnell genug gehen, von dort wegzukommen, und jetzt scheinst du überhaupt nicht mehr zu wissen, was du willst.«

»Bitte, versuch doch, mich zu verstehen.«

»Das tu' ich ja. Aber – was hast du denn eigentlich vor? Was hast du für Pläne? Spiele ich überhaupt noch eine Rolle dabei?«

»Natürlich.«

»Aha – und was für eine?«

»O Shelagh ...« Mehr brachte ich nicht aus der Kehle.

»Bist du noch dran?« fragte sie.

»Ja.«

»Ach, zum Teufel mit dem ganzen Mist ...«

Und dann legte sie auf.

Ich goß mir einen großen Scotch ein, setzte mich in meinen bequemen Sessel und sah zu, wie der Wind draußen durch die Zweige der Bäume fegte und in plötzlichen Böen Regenschauer gegen die Fenster schleuderte. Ich dachte an all die Menschen, die in diesem Zimmer gesessen und in den Regen hinausgeschaut hatten: an den ersten Gerrard und seine junge Frau; an seinen Sohn und an seinen Enkelsohn mit der Braut aus Wales; und an deren Tochter Bronwen, die ›Rechte Hand Temple‹ geheiratet hatte, der aber die Bauernmagd liebte; und an die Lanes – Margaret mit ihrem Mann John – deren junges Glück so schnell zerstört worden war; und an Miss Merridew mit den vielen Katzen; und an Helen – Helen und De Freyne; dann Helen und Colin; und jetzt ich ...

Als ich den zweiten Drink leergetrunken hatte, hörte es auf zu regnen. Ich öffnete die Küchentür und genoß die frische, vom Regen reingewaschene Luft und die süßen, intensiven Gerüche des Gartens. Ich ging hinaus, auf dem Pfad am Rand des Rasens entlang, und atmete die wunderbaren Düfte eines Gartens kurz nach dem Regen ein.

Auf dem Beet, vor dem immer noch meine Hacke lag, waren keine Spuren der eingekratzten Worte mehr zu sehen. Der Regen hatte sie ausgelöscht. Oder hatte ich sie mir nur eingebildet . . .? Hatte es sie nie gegeben? Die beiden schweren Whiskys zeigten ihre Wirkung, und ich wußte nicht mehr so recht, ob mein Verstand noch richtig arbeitet. Jedenfalls erschien es mir plötzlich nicht mehr wichtig, ob die Worte da unten auf der Erde oder nur in meiner Vorstellung existiert hatten . . .

Ich mußte lächeln. Auch wenn Jean Timpson die Worte in die Erde gekratzt und damit eine gewisse Grenze überschritten hatte, es war das netteste, originellste Willkommen gewesen, das man mir je bereitet hatte.

Später am Abend, als Jean Timpson gegangen war, setzte ich mich vor den Fernseher. Alles war noch so wie früher: In einer politischen Sendung behauptete die Oppositionspartei, sie habe die Lösungen für alle Probleme des Landes; danach kam, keineswegs so amüsant, eine Dokumentation über die immer steiler ansteigende Kriminalitätsrate; und dann schienen in einem Fernsehspiel die Leute die Fragen anderer fast ausschließlich mit Gegenfragen zu beantworten. Ich wechselte den Sender, gerade noch rechtzeitig, um den Höhepunkt eines Horrorfilms zu erwischen, in dem eine Schlacht um die unsterbliche Seele eines armen Mädchens tobte. Literweise spritzendes Blut, blitzende Kruzifixe, gellende Angstschreie. Ich überließ das arme Mädchen seinem unausweichlichen Schicksal, schaltete das Gerät aus und ging ins Schlafzimmer. Auf meinem Kopfkissen lag wieder eine weiße Rose.

Als Jean Timpson am nächsten Tag um halb sechs kam, lag ich auf dem Teppich im Wohnzimmer und versuchte mich an einem Puzzle, dessen Teile ich auf einem großen Tablett ausgebreitet hatte. Mein linker Arm schmerzte leicht unter dem Verband. Vielleicht hatte ich mich mit der Gartenarbeit ein wenig übernommen.

Zuvor hatte ich einen Brief an Shelagh begonnen, ihn aber dann zerrissen. Ich wußte nicht, was ich ihr schreiben sollte – oder besser, ich wußte nicht, *wie* ich das ausdrücken sollte, was ich ihr sagen wollte. Danach hatte ich es mit einem der *Echten*

Kriminalfälle aus Colins Bibliothek versucht – einer weiteren, wenn auch recht gut untermauerten Theorie zu dem ewigen Mysterium, auf welche Weise Charles Bravo sein schreckliches Ende in Balham gefunden hatte. Aber das alles lag mir zu weit entfernt in der Vergangenheit ... Nachdem ich das Buch zurück ins Regal gestellt hatte, war ich auf das Puzzle gestoßen.

Ich hatte es im Schlafzimmer gefunden. Die beiden hatten es wohl für regnerische Tage gekauft. Ich nahm es mit ins Wohnzimmer und schüttete die Teile auf das große Tablett. Erinnerungen an meine Kindheit, an vergangene Puzzle-Tage, überfielen mich. Jene Tage, als die anderen Buben draußen auf den Bäumen herumkletterten und durch die Felder streiften – und ich nicht mitmachen konnte ...

Das Bild auf dem Deckel des Puzzles war die Reproduktion des Gemäldes *Die Schaukel* von Fragonard. Eine Frau in rosafarbener Robe saß auf einer Schaukel. Ihre Unterröcke blähten sich im Wind der Schaukelbewegung. Ein Mann im Hintergrund, nur schemenhaft zu erkennen, schob die Schaukel an. Man sah ihm aber an, daß er mit Freude bei der Sache war. Im Vordergrund, mitten in einem Rosenbusch, lümmelte sich genüßlich ein anderer Mann. Es schien ihm mächtig Spaß zu machen, der Frau auf die nackten Beine und unter den Rock zu schauen. Er lächelte. Und die Frau lächelte auch. Sie schien genau zu wissen, daß der Mann zwischen den Rosen ihr lüstern zuschaute. Das linke Bein der Frau sah mißgestaltet aus – der Oberschenkel war viel zu lang. Wie hatte ein Maler des Rokoko nur so etwas malen können? Mit dem anderen Bein schleuderte die Frau ein zierliches scharlachrotes Pantöffelchen in die Luft. Das Bild war schrecklich romantisch, ja fast kitschig. Es hätte gut auf eine Pralinenschachtel gepaßt. Aber seine Farben waren hübsch, und der Garten, in dem das ausgelassene Trio sein fröhliches, laszives Spielchen trieb, vermittelte mir – wie mein eigener – ein Gefühl des Friedens.

Jean Timpson klopfte an und kam herein. Ich lächelte ihr aus meiner Bodenlage fröhlich zu.

»Ich mache mir einen faulen Tag«, sagte ich.

Sie lächelte in ihrer scheuen Art zurück und ließ, wie immer, den Blick sofort zur Seite gleiten. Diesmal nicht auf meine

Schulter, sondern auf das Puzzle. »Mrs. Warwick hat es gekauft. Sie meinte, sie könnte sich damit beschäftigen, wenn sie mal einen ruhigen Tag hätte... Ich glaub' aber nicht, daß sie's jemals geschafft hat...«

Eine traurige Erkenntnis leitete sich von dieser Aussage ab. So viele Menschen machten jeden Tag so viele Pläne, für die es niemals eine Erfüllung gab. Der Tod hatte kein Verständnis für getroffene Arrangements.

»Ich mache ein bißchen sauber und richte dann Ihr Essen.« Sie lächelte mich wieder in der bekannten Art an und verschwand in der Küche. Ich konzentrierte mich darauf, die Puzzlestücke für das mißgestaltete Bein der Fragonard-Dame zu finden. Wir hatten etwas gemeinsam, diese Frau und ich – obwohl sie über ihren Körperfehler nicht besonders betrübt zu sein schien, und auch die beiden Männer auf dem Bild schien es nicht zu stören. Ich war so in meine Arbeit vertieft, daß ich nur nebenher wahrnahm, wie Jean Timpson im Zimmer herumhuschte und Blumen in die Vasen am Fenster stellte.

Ich stand schließlich auf und ging ins Schlafzimmer, um eine neue Schachtel Zigaretten zu holen. Ich sah, daß Jean Timpson im Zimmer gewesen war und mein Bett gemacht hatte.

Und ich sah auch die neue Rose auf meinem Kopfkissen...

Es war eine wunderschöne Rose. Der Kelch gerade erst geöffnet, wunderschön geformt, kleine Regentröpfchen wie Brillanten auf den Blättern.

Ich nahm die Blume mit nach unten und lehnte mich an den Rahmen der Küchentür. Ich hielt mir die Rose unter die Nase, so daß Jean Timpson sie nicht übersehen konnte.

»Der Regen«, sagte ich, »verstärkt den Duft der Rosen...«

Sie wandte sich um, sah die Blume an, dann wieder zur Seite. Während sie Geschirr und Besteck einräumte, sagte sie: »Rosen waren Gerrards Spezialität. Bill Gerrards...« Sie schaute wieder kurz auf die Blume in meiner Hand, aber ich konnte ihrem Blick keine besondere Regung anmerken. »Sie sind sehr schön, nicht wahr?« sagte sie.

Im Wohnzimmer stellte ich die Rose zu einem Strauß in eine Vase, zu ein paar anderen von derselben milchweißen Sorte und einigen blaßgelben einer größeren Art. Dann versuchte ich, die

Blumen des Puzzles zusammenzukriegen, war dabei aber nicht sehr erfolgreich. Nach einem kräftigen Gin-Tonic machte mir das nicht viel aus . . .

Als das Telefon kurz nach Mitternacht klingelte, hatte ich noch ein paar Drinks geschlürft. Ich fühlte mich ziemlich mitgenommen und wollte gerade ins Bett gehen.

»David . . .?«

Shelagh. Ich antwortete ihr, meinem Zustand entsprechend, übertrieben ungezwungen, aber mir war sofort klar, wie unpassend das war: »Oh, hallo, wie geht's denn so?«

»Gut, sehr gut.« Ihr Tonfall war sehr reserviert. »Und wie geht es dir?«

»Auch gut. Wie war der Tag?«

»Es ist noch zu früh, das abschließend zu beurteilen.« Pause. »Und wie war *dein* Tag?«

»So lala. Ganz okay, glaub' ich.«

Wieder Stille. Dann: »Es ist nicht zu glauben, was wir für ein Zeug daherreden.«

»Was meinst du . . .?«

»Du weißt genau, was ich meine. David, was treibst du nur da drüben? Weißt du inzwischen, wann du zurückkommst?«

Ich wollte ihr sagen, daß ich das noch nicht wußte, aber ». . . hicks . . .« – ein Schluckauf erwischte mich im unpassendsten Moment. Ich atmete tief durch. »Nein . . . Ich weiß es noch nicht.«

»Du bist betrunken!«

»Shelagh, ich bitte dich . . .«

»Ich weiß nicht, was zum Teufel mit dir los ist. So langsam fange ich an, mir alle möglichen Gedanken zu machen.«

Es brach aus mir heraus: »Nun, hier gibt es etwas, über das ich mir *keine* Gedanken mehr zu machen brauche . . .«

»Über was? Was meinst du damit?«

». . . Vergiß es.«

Wieder ein kurzes Schweigen, dann: »David, Darling, dieser Anruf kostet zuviel Geld, als daß wir die Zeit mit seltsamen Spielchen verplempern sollten. Also, was ist los?«

»Colin . . . und Helen . . . Hier gibt es Leute, die . . . die meinen, Helens Tod wäre kein . . . Unfall gewesen. Sie glauben, Colin hätte sie . . . umgebracht.«

». . . *Was?*«

»Es ist wahr. Ich denk' mir das nicht aus, es ist wahr . . .«

»O Darling . . .« Ihre Stimme war plötzlich voller Wärme und Mitgefühl. »Darling, komm nach Hause. Du hast genug durchgemacht. Komm heim. Mir zuliebe. Du fehlst mir so sehr . . .«

»Du fehlst mir auch. Aber ich kann noch nicht weg von hier. Noch nicht.«

»Warum nicht? Was willst du denn erreichen?«

»Ich . . . ich will die Wahrheit herausfinden. Alles aufdecken. Dem Gerede ein Ende machen.«

»Sag mal . . . nimmst du das alles nicht viel zu ernst? Ich meine . . . du stehst doch anscheinend unter einer schlimmen Anspannung . . .«

»Das mag sein, aber das steht mit meinem Wunsch nach Wahrheit in keinem Zusammenhang.«

»Sei dir da nicht so sicher. Warum . . . na ja, warum redest du nicht mal mit jemandem darüber. Mit jemandem, der . . . Verständnis hat . . ..«

»Ich spreche ja mit *dir.*«

»Nein, ich meine . . . mit einem Arzt, vielleicht . . .«

»Aha, jetzt versteh' ich. Du denkst, ich spinne . . . Ich müßte zum . . . Psychiater. Wenn du das ernst meinst, dann haben wir noch lange miteinander zu reden, und dein Anruf wird sehr teuer . . .«

»Ich will dir doch nur *helfen.*« Ihre Stimme zitterte. Stand sie kurz vor dem Weinen?

»Shelagh, hör zu . . .«, sagte ich ganz sanft, »ich muß das durchstehen. Bitte . . . hab' Geduld mit mir, steh es mit mir zusammen durch.«

»Okay, David.« Sie klang müde, resignierend. »Wie du meinst.«

Am nächsten Morgen hatte ich einen ausgewachsenen Kater. Ich wachte spät auf, mein Hals war trocken und der Kopf schwer. Jean Timpson war schon da und hatte mein Frühstück gerichtet.

Danach fühlte ich mich besser. Ich ging hinaus in den Sonnenschein und genoß wieder die Düfte des Gartens. Als ich mich dem Beet näherte, an dem ich gestern gearbeitet hatte, sah ich, daß eine neue Botschaft in die Erde gekratzt worden war:

BLEIB HIER

Diesmal ließ ich die Worte nicht stehen. Nein. Ich nahm den Rechen und harkte die Buchstaben weg. Jeden einzelnen. Ich hatte die Nase voll von diesem Quatsch. Beim ersten Mal konnte man das noch als Scherz betrachten, sogar als originellen Willkommensgruß, aber jetzt war das Maß normaler Verhaltensregeln überschritten. Ich hatte gewiß genug andere Dinge im Kopf, als mich mit dem seltsamen Benehmen eines frustrierten Bauernmädchens zu beschäftigen.

Es fiel mir schwer, ihr unbefangen zu begegnen, als sie das Essen servierte. Als ich damit fertig war, ging ich ins Wohnzimmer und beschäftigte mich wieder mit dem Puzzle, dessen Teile immer noch auf dem Tablett und auf dem Teppich herumlagen. Es war höchstens zu einem Achtel fertig. Ich fummelte ziemlich gedankenlos mit den Teilchen herum, fand hier ein Stückchen vom Himmel, da ein Stückchen von den Unterröcken der Frau; aber ich war nicht bei der Sache.

Jean Timpson kam herein und ging zu der Blumenvase am Fenster. Ich sah nicht auf.

»Schade . . .«, hörte ich sie murmeln.

Jetzt blickte ich hoch. Sie stand kopfschüttelnd vor der Vase.

»Diese Rosen«, sagte sie, »sie sind schon verwelkt. Sie halten sich nicht so lange wie die anderen.«

»Ja . . . Schade.« Ich wandte mich wieder dem Puzzle zu. Ich spürte ihren Blick im Nacken. Mein gleichgültiger Ton mußte ihr aufgefallen sein. Dann ging sie aus dem Zimmer, die verwelkten gelben Rosen in der Hand.

Ich war wenig aktiv an diesem Tag. Nach einem Spaziergang durch die Felder ging ich ins Dorf. Ich wollte hierbleiben, hatte ich Shelagh gesagt, um Colins Unschuld zu beweisen und den

Klatsch im Dort zum Schweigen zu bringen. Aber außer meinem Versuch, Elizabeth Barton zu sprechen, hatte ich kaum etwas unternommen. Ihre seltsame, unerwartete Reaktion auf mein Erscheinen hätte mich, das war mir klar, besonders motivieren müssen, an der Sache dranzubleiben, nachzuhaken – aber ich hatte in den vergangenen Tagen nichts anderes getan, als im Haus und im Garten herumzufaulenzen. Es sah fast so aus, als ob das allein der Zweck meines Hierseins wäre . . .

Aber morgen . . . morgen würde ich anfangen, das nahm ich mir fest vor. Ja, morgen würde ich wirklich an die Sache rangehen . . . Aber im Moment war ich froh, daß der Rest des Tages mir gehörte – mir allein . . . Ich beschleunigte meine Schritte und eilte zurück zu meinem sicheren Hafen oben auf Gerrards Hill.

Jean Timpson war gegangen, als ich ankam. Ich machte mir ein recht frühes Abendessen und genoß mein Alleinsein. Schließlich machte ich die Lichter aus und ging nach oben. Meine Füße fanden wie von selbst den Weg auf den Stufen. Ich war erst knapp eine Woche in diesem Haus, und doch kam es mir vor, als sei ich schon immer hier gewesen . . .

Im Schlafzimmer knipste ich die Nachttischlampe an, nahm die Rose vom Kopfkissen und kroch unter die Decke. Es war halb zwölf. Meine Schlaftabletten lagen immer noch unbenutzt da; ich würde auch für diese Nacht keine brauchen . . .

Ich schlief wohl sofort ein. Ein schrilles Klingeln weckte mich. Ich streckte die Hand nach dem Wecker aus, aber dann merkte ich, daß das Klingeln von der Haustür kam. Es war kurz vor eins. Wer zum Teufel wollte mich um diese nachtschlafende Zeit noch besuchen?

Das Klingeln wurde immer intensiver, fordernder. Ich stand auf und schlüpfte in meinen Bademantel.

Auch auf dem Weg die Treppe hinunter dauerte das Läuten an. Schrill. Wie eine Alarmglocke. Aber ich erkannte es nicht als Alarmsignal . . .

Ich öffnete die Haustür, und das Licht der Dielenlampe fiel auf die Gestalt auf dem Treppenabsatz. Ich trat überrascht einen Schritt zurück.

»Nanu«, sagte Shelagh, »willst du mich nicht hereinbitten?«

ZWEITER TEIL

Wahnwitzige, Poeten und Verliebte
Sind Eingebildete der schlimmsten Art:
Sie seh'n mehr Teufel,
als die weite Hölle faßt.

Ein Sommernachtstraum
William Shakespeare

12

Wir saßen am Küchentisch, und Shelagh lächelte mich über den Rand ihrer Kaffeetasse an. Ich konnte es immer noch nicht fassen – sie war wirklich zu mir gekommen. Da saß sie mir gegenüber, in gelber Bluse und Jeans, attraktiv, gepflegt.

»Ich habe jetzt schon Angst, deiner Haushilfe zu begegnen«, sagte sie. »Sie wird merken, daß wir nicht in verschiedenen Betten geschlafen haben.«

»Das macht nichts. Sie wird sich daran gewöhnen müssen.«

Sie nickte lächelnd. Wurde ernst. »Du kannst dir gar nicht vorstellen, in was für eine Panik ich geraten war. Ich dachte, du wärst ernsthaft krank. Ich hab' mir solche Sorgen gemacht!«

»Schließlich hat dann die Alarmglocke so laut geschrillt, daß du aus der Sommerschule geflüchtet und hergekommen bist ... Um meine Seele zu retten, nicht wahr?«

»Ja, so etwa. Du hattest doch ein paar ganz schöne Schläge einstecken müssen. Und dann dein Anruf, als du so aufgelöst warst und all das komische Zeug gesagt hast ... Ich hatte natürlich keine klare Vorstellung, wie ich dich hier vorfinde ... Ein Nervenbündel, dachte ich.«

»Und was denkst du jetzt?«

Sie sah mich prüfend an. »Du machst eigentlich einen ... ruhigen und beherrschten Eindruck. Ich war ziemlich sicher, daß du ein seelisches Wrack wärst. Und wenn man dich jetzt anschaut ... Du bist braungebrannt und siehst besser aus, als ich dich je gesehen habe.«

Sonnenlicht fiel ins Zimmer, streichelte ihren Arm. Ich griff nach ihrer Hand und drückte sie fest. »Und du verschwindest jetzt nicht gleich wieder, nachdem du gesehen hast, daß es mir gut geht, nicht wahr?«

»... Heißt das, daß du tatsächlich noch länger hierbleiben willst?«

»Ja. Das habe ich dir doch schon gesagt.«

»Nun denn«, sagte sie nach einigem Zögern, »nachdem ich mich bei Jefferies für die Sommerschule abgemeldet habe, sehe ich keinen Grund für eine eilige Rückkehr. Und das hier ist ja wirklich ein wunderschöner Ort . . .«

Ich lehnte mich in meinem Stuhl zurück und streckte die Arme aus. Ein Glücksgefühl durchströmte mich bis in die Fingerspitzen. Jetzt erst, ganz plötzlich, fühlte ich mich zum ersten Mal seit meiner Ankunft in England wirklich glücklich. In der vergangenen Nacht, nach Shelaghs Ankunft, hatten wir noch stundenlang zusammengesessen und geredet und geredet, fast bis um drei, und wir waren uns mit jeder Minute näher gekommen, hatten wieder zueinander gefunden.

Bis auf Jean Timpsons seltsames Benehmen hatte ich Shelagh alles erzählt, was seit meiner Ankunft geschehen war – die Entdeckungen, die Schocks, den Ablauf der Ereignisse. Ich war in Tränen ausgebrochen, und sie hatte mich in ihre Arme genommen und gedrückt, ganz fest. Und damit war das Schlimmste vorbei. Ich hatte einen Menschen gebraucht, der Anteil nahm, der mich verstand, sich um mich sorgte – und das konnte nur Shelagh sein. Jetzt, da sie bei mir war, würde alles gut werden.

In der warmen Morgensonne war ich noch sicherer als in der Nacht, daß wir beide, Shelagh und ich, gemeinsam alle Probleme lösen würden.

Wir ließen die Kaffeetassen stehen und gingen Hand in Hand hinaus in den Garten. Stolz zeigte ich ihr meinen neuen Besitz, führte sie auf dem Pfad über den Rasen, vorbei an den Blumenbeeten, zeigte ihr das Nest des Fliegenschnäppers und nannte, stolz auf mein neues Wissen, die Blumen beim Namen. Dann gingen wir in den Obstgarten, wo wir immer wieder stehenblieben, um dem Gesang der Vögel zu lauschen. Wir duckten uns unter den Ältesten der Zwergapfelbäume hindurch, bogen ab in das Dickicht und kamen schließlich zum Ufer des Teiches.

Während des ganzen Weges war es für mich ein großes Vergnügen, Shelaghs Entdeckerfreude zu beobachten. Ihre erstaunten, freundlichen ›Ohs‹ und ›Ahs‹ gaben mir das Gefühl, auch alles zum ersten Mal zu sehen. So war es auch in dem Haus gewesen, als wir von Zimmer zu Zimmer gegangen waren. Ich hatte kaum etwas gesagt, wenig erklärt, ihr nur zugesehen. In Colins und Helens Schlafzimmer war Shelagh lange vor den Bildern an der Wand stehengeblieben und hatte anerkennend genickt. Sanft hatte sie das komplizierte Gewebe der Patchworkdecke auf dem Bett gestreichelt.

»In diesem Haus gab es sehr viel Liebe«, hatte sie gesagt und sich von meinem Grinsen nicht irritieren lassen. »Ich meine das ernst. Ich weiß, das hört sich geschwollen an, aber es ist wahr. Dieses Haus atmet eine Atmosphäre der Liebe, das fühle ich ganz deutlich. Überall.«

Typisch Shelagh.

»Ich fürchte, sie mag mich nicht«, flüsterte sie mir zu.

»Quatsch. Warum soll sie dich nicht mögen?«

Als Shelagh gerade den Verband an meinem Arm wechselte, war Jean Timpson gekommen, um mein Mittagessen zu kochen. Ihr Blick sprach Bände. Ich machte die beiden miteinander bekannt und sagte dann, um von vorneherein keine Mißverständnisse aufkommen zu lassen: »Shelagh wird bei mir bleiben, hier im Haus, wahrscheinlich so lange, bis ich . . . bis wir wieder zurück in die Staaten gehen.« Jean Timpson lächelte hölzern, verkrampft. Warum? Aus Verlegenheit, weil Shelagh und ich, ein unverheiratetes Paar, zusammen hier wohnen würden? Möglich. Oder war es nur Befangenheit einer fremden Person gegenüber? Wahrscheinlich auch, wenn man das nervöse Zupfen an ihrem lilafarbenen Haarband betrachtete. Aber was auch immer es war, ich war nicht gewillt, ihm Bedeutung beizumessen.

»Sie ist ganz in Ordnung«, sagte ich in gedämpftem Ton zu Shelagh. Sie saß am Klavier, und ich stand in Erwartung eines Musikstückes hinter ihr. Gerade war Jean Timpson, Besen und Putzlappen in der Hand, mit einem leisen, linkischen ›Entschuldigung . . .‹ an uns vorbeigehuscht.

»Meinst du nicht, sie könnte auch ein wenig eifersüchtig sein?« murmelte Shelagh. »Sie hat dich den ganzen Tag für sich gehabt, und dann taucht plötzlich so ein Weibsbild aus Amerika auf und macht dir das Frühstück und steckt dir die Zigaretten an. *Und so weiter.*« Sie grinste mich bei den letzten Worten an, wurde dann aber wieder ernst. »Wenn man sich das überlegt – sie könnte ja auch meinen, sie hätte dich schon viel länger.«

»Das verstehe ich nicht.«

Sie sah mich an. »Du siehst *genau* wie Colin aus, also ...«

»... könnte es für sie so sein, als ob Colin nie weggewesen wäre, meinst du ...?«

Sie hob die Schultern. »Ist nur so ein Gedanke«, flüsterte sie. »Vielleicht bin ich auch nur zu argwöhnisch. Aber ich glaube, sie ist tatsächlich ein bißchen eifersüchtig. Wenn ich an den kalten Blick denke, mit dem sie mich heute morgen gemustert hat, als sie reinkam und mich bei dir sah ...«

»Das bildest du dir nur ein.«

»Na ja, wir werden ja sehen.« Sie blätterte die Notenhefte mit den romantischen Deckblättern – Herzchen, Blümchen und Sonnenuntergänge – auf ihrem Schoß durch. »Jedenfalls«, fügte sie an, »ich beklage mich nicht. Sie hat sich gewiß gut um dich gekümmert.« Dann grinste sie mich wieder an. »Und da kam ich herangeeilt, voll der guten Absichten, beseelt von dem Drang, als dein Schutzengel rettend einzugreifen, eine Mischung aus Florence Nightingale und Pollyanna ... Und jetzt muß ich mir wohl eine andere Rolle suchen.« Ich lachte und streichelte ihr Haar. Sie wandte mir ihr Gesicht zu, ich beugte mich herab und küßte sie. Leise sagte sie: »Ich hätte nie gedacht, daß ich dich so vermissen würde. Aber, verdammt noch mal, es ist so.« Ihr Blick verschmolz mit meinem. »Ich habe einfach nicht gewußt«, sagte sie, »wie sehr ich dich liebe.«

Sie lächelte ein wenig verschämt und wandte sich wieder dem Klavier zu. »Es ist kühl hier drin«, sagte sie und fing an, Cole Porters *Night and Day* zu spielen. Gottlob sah sie mein Lächeln nicht, das ich nicht unterdrücken konnte – aber ihre Versuche, Klavier zu spielen, hatten mich schon immer amüsiert. Vielleicht, weil sie hartnäckig nicht davon abließ, obwohl sie selbst wußte, wie mittelmäßig ihr Spiel war. Während ich ihrer Folterung des Evergreens zuhörte – Cole Porter würde sich im Grabe herumdrehen! –, kam ich zu dem Schluß, daß ›mittelmäßig‹ wohl noch ein zu großzügiges Urteil war. Ihr Stil, wenn man von einem solchen sprechen konnte, war gekennzeichnet von Unregelmäßigkeit, was bedeutete, daß sie die einfachen Stellen schnellstmöglich herunterhämmerte, die schwereren Partien aber extrem langsam spielte. Ich hielt die Luft an, als sie eine falsche Taste erwischte, und sie sah grimmig zu mir hoch: »Wehe du sagst was«, fauchte sie.

»Ich sage doch gar nichts.«

»Das ist genauso schlimm.« Sie ließ die Finger auf den Tasten, die Augen auf den Noten. »*Du* kannst *gar nicht* spielen. Ich kann wenigstens *ein bißchen* spielen.«

»Sie haben recht, Mrs. Eyre«, sagte ich und gab mein Bestes, Orson Welles' Stimme zu treffen, »Sie spielen *wirklich* ein *bißchen*.«

Unbeirrt klimperte sie weiter, jetzt etwas dramatisch-bombastischer. »Oh, Mr. Rochester«, flötete sie, »Sie galanter, schmeichelnder Bastard Sie.«

Ich grinste nur.

Kurz vor dem Essen setzte ich mich draußen auf die Bank auf dem Rasen, während Shelagh im Wohnzimmer Cocktails für uns mixte. Als sie kam, reichte sie mir einen Wodka-Martini und wartete, bis ich nach dem ersten Schluck meine Zustimmung nickte. »Ich hatte ein kleines Schwätzchen mit Jean«, sagte sie.

»Oh.«

Sie setzte sich neben mich. »Nur mal ein erster Versuch, nett zu ihr zu sein. Ich wäre froh, wenn wir uns ein bißchen anfreunden würden.« Sie seufzte. »Aber sie macht es einem nicht leicht.«

»Ich nehme an, du wirst letztlich doch ganz gut mit ihr auskommen.«

»Na, da bin ich nicht so sicher.« Sie nahm einen Schluck von ihrem Drink. »Und weißt du was . . .? Ich hatte recht.«

»Womit?«

»Sie sagte, dich hierzuhaben wäre für sie so gewesen, als ob dein Bruder nie . . . weggegangen wäre . . .« Sie sah mich aufmerksam an, wollte meine Reaktion beobachten.

»Was hat sie sonst noch gesagt?«

»Nicht viel. Vielleicht war ich zu überhastet, zu vorschnell... aber ich komme nicht so recht klar mit ihr. Sie ist *so arg* scheu, so zurückhaltend, unzugänglich...«

»Wart's ab«, sagte ich.

Wir tranken unsere Cocktails aus, hörten dem Gesang der Vögel zu und beobachteten, wie die Schatten länger wurden und langsam über den Rasen wanderten.

»Dieser Ort ist der Himmel«, sagte Shelagh. »Ich kann gut verstehen, daß Colin ihn so sehr geliebt hat.«

Ihre Worte rissen mich aus meinen glücklichen Träumen, und ich reagierte nicht darauf, sondern überließ mich wieder der warmen, friedlichen Stimmung um uns herum. Dann aber stieß Shelagh einen überraschten, freudigen Schrei aus und beugte sich zu der kleinen Katze herunter, die aus dem Nichts aufgetaucht war und mit hoch aufgerecktem Schwanz um ihre Füße strich.

»Na so was, wo kommst du denn her?« säuselte Shelagh und hob die Katze in ihren Schoß. Sie streichelte sanft über ihr Fell, und die Katze schnurrte leise und drückte ihre Nase gegen Shelaghs Hände.

»Sie heißt Girlie«, sagte ich. »Sie gehört zum Haus.«

Jean Timpson trat aus der Küchentür und kam über den Rasen auf uns zu. Das Dinner sei fertig, informierte sie uns. Ich nahm unsere Gläser, während Shelagh weiter verzückt mit der Katze herumspielte und sich deren Fell ans Gesicht drückte.

»Sie gehörte Mrs. Warwick«, erklärte ihr Jean Timpson. »Nachdem sie beide... nicht mehr da waren, lief die Katze weg. Ich dachte, sie käme nicht zurück.« Sie lächelte. »Die hat gern Gesellschaft und mag's, wenn man sie streichelt.«

»Ich hoffe, sie bleibt jetzt bei uns«, sagte Shelagh. Ich aber dachte an das Kätzchen da oben auf dem steilen Dach, wie es sich festkrallt, abzurutschen droht, wie Helen die Leiter holt, hochsteigt...

»Ich habe einen Lammbraten gemacht«, wandte sich Jean Timpson an Shelagh. Sie vermied zwar den Augenkontakt mit ihr – bei wem tat sie das nicht? – aber dennoch meinte ich zu erkennen, daß sie freundlich zu Shelagh sein wollte. Das freute mich. Es gäbe, sagte sie uns dann, Obstkuchen mit Sahne zum Nachtisch ... »Wenn Ihnen das recht ist ...«, fügte sie hinzu.

»Das klingt großartig«, ging Shelagh auf sie ein. »David wird Ihnen bestätigen, daß ich eine richtige Schlecktante bin.«

»Und was für eine«, bekräftigte ich. »Eis, Schokolade ... alles, was es so gibt ...« Ich lachte. Aber ich sah Helen oben am Kamin, sah sie den Halt verlieren, abrutschen, fallen ...

»Komm, du Träumer ...« Shelagh boxte mir sanft in die Rippen. Sie setzte die Katze ab, die sofort über den Rasen davonlief. »Komm, laß uns zum Essen gehn.«

Nach dem Essen spazierten wir zum Dorf und gingen in einen hübschen kleinen Gasthof mit Blick über den Fluß. Wir holten uns Bier an der Theke und setzten uns an einen alten Eichentisch draußen im Garten. Eine leichte Brise wehte vom Wasser herauf; klare, saubere Landluft, keine Spur von Abgasen oder sonstigen Verschmutzungen.

Shelagh holte Zigaretten aus ihrer Handtasche und zog dabei drei Briefe mit hervor. Sie gab sie mir. »O weh, die hab' ich ganz vergessen. Sie kamen an, als du schon weg warst. Auch noch andere Post, aber die konnte man leicht als Reklame oder Rechnungen erkennen. Ich ging davon aus, daß du die hier nicht brauchst.«

»Sehr richtig.«

Einer der Briefe war von einem alten Freund, ein anderer vom Besitzer unseres Apartments in New York. Beide waren unwichtig. Der dritte Brief, ein Luftpostbrief mit englischem Poststempel, stammte von der Bank im Dorf und war vom Direktor höchstpersönlich unterschrieben. Mr. Jennersen drückte sein Bedauern zu Colins Tod aus und informierte mich über den Inhalt seines Testaments. Das waren für mich keine Neuigkeiten mehr.

Shelagh sah mich erwartungsvoll an. Ich steckte den Brief in meine Jackentasche. »Er ist von der hiesigen Bank«, erklärte ich ihr, »es geht um Colin.« Ich konterte ihren ernsten Gesichtsausdruck mit einem Lächeln. »Alles in Ordnung. Es macht mir nichts mehr aus.«

»Wirklich nicht?«

»Nein. Jetzt nicht mehr. Bis auf . . .« Ich starrte auf die Tischplatte.

»Bis auf was?«

»Bis auf . . . diesen Telefonanruf. Ich habe dir ja davon erzählt. Ich kriege ihn nicht aus meinem Kopf.«

»Dave . . .« Sie legte die Hand auf meinen Arm. »Helens Tod war ein Unfall. Es spielt doch keine Rolle, was ein paar lästernde, böswillige Leute denken!«

»Doch, es macht was aus.«

»Nein. Es kommt nur darauf an, was *du selbst* denkst. Und was du *weißt*.«

Ich nickte. Shelagh fuhr fort:

»Und du weißt, daß die beiden glücklich miteinander waren . . . oder nicht?«

»Ich bin mir nicht sicher.«

»Na, denk doch mal an seine Briefe. Er klang so glücklich.«

»Du darfst nicht vergessen, daß ich in der zweiten Hälfte des Jahres, in dem sie zusammen waren, kaum mehr etwas von ihm gehört habe. Und gar nichts mehr, als es dem Ende zuging.«

»Du denkst also, sie wären eventuell nicht so recht glücklich gewesen – Helen wäre vielleicht sogar so unglücklich gewesen, daß sie . . . sich selbst umgebracht hat . . .?«

Ich gab keine Antwort. Starrte auf mein Bier.

»Du hast Angst, nicht wahr?«

». . . Hör auf, Shelagh.«

»Du bist derjenige, der aufhören muß.« Sie funkelte mich an. »Du *hast* Angst. Weiß der Teufel, was in deinem Kopf vorgeht, was dir deine wilden Phantasien vorgaukeln.«

»Du vergißt diesen Telefonanruf«, sagte ich. »Der Anrufer . . . der Kerl ist *sicher*, daß Colin sie . . . umgebracht hat . . .«

»Und du fängst langsam an zu grübeln und denkst, er könnte vielleicht recht haben – so ist es doch, oder?«

13

»Du solltest so etwas nicht in Erwägung ziehen«, sagte ich steif und abweisend.

»Warum nicht?« sagte sie sehr ruhig. »Das ist es doch, was in deinem Kopf rumort.« Sie drückte meine Finger. »Und du mußt dir klar darüber werden, wie lächerlich das ist.« Sie brach ab, hakte dann nach: »Es ist doch lächerlich, oder etwa nicht?«

Ich klammerte mich an ihre kühle Logik. Es war genau das, was ich brauchte.

»Ja.«

»Dave, so *ist* es. Es ist *wirklich* lächerlich. Du stocherst herum, quälst dich, suchst Antworten. Und wenn du welche findest – *wenn* du welche findest, vielleicht ja auch nicht – dann wirst du feststellen, daß du dich ganz umsonst vor Kummer verzehrt hast. Es gibt für alles Erklärungen, vernünftige, logische Erklärungen, und es wird sich herausstellen, daß keine einzige von ihnen darauf hinausläuft, daß irgendeine schreckliche Wahrheit über ... Colin ans Tageslicht kommt.«

»Du glaubst das *wirklich*? Ich *möchte* es gerne glauben. So schrecklich gerne.«

»Ja, ich glaube das wirklich.«

»Aber dieser Anruf ...«

»Mein Gott, da ist jemand, dem das anscheinend Spaß macht. Jemand, der deinen Bruder nicht leiden konnte, soviel ist doch klar. Und so einen Typ willst du ernst nehmen? Vergiß ihn.«

Ich nickte. Sie hatte recht.

»Und denk daran«, fuhr Shelagh fort, »es hat eine Verhandlung gegeben. Dort hat man alle Fakten auf den Tisch gelegt, hat sie untersucht. Dazu sind solche Verhandlungen schließlich da.«

»Ja.«

»Das leuchtet doch ein, oder?«

»Ja.«

Und es stimmte. Es leuchtete ein, machte Sinn. Ich lächelte sie an. »Ich brauchte jemanden, mit dem ich sprechen kann.

Oder besser, ich brauchte jemanden, der *mit mir* spricht. Mir ist klar, daß ich die Sache nicht richtig betrachtet habe.«

»Das ist völlig verständlich. Unter *den* Umständen. Ich wäre sicher die Wände hochgegangen.« Und nach einem kurzen Schweigen: »Und was hast du jetzt vor? Was willst du tun?«

»Was meinst du damit?«

»In dieser Sache. Colin. Helen. Alle deine Fragen. Deine Besorgnisse.«

Ich drückte ihre Finger fester. Klammerte mich an die überzeugende Logik ihres gesunden Menschenverstandes.

»Ich werde es vergessen«, sagte ich.

»Sehr gut.« Sie lächelte mich liebevoll an.

Ich trank mein Glas leer.

»Möchtest du noch eins?« fragte sie.

Nein. Laß uns nach Hause gehen.«

Wir tranken unseren Kaffee im Garten – im Mondlicht, in der sanften, warmen, duftenden Abendluft. Dann führte ich sie an die Seite des Gartens, unter dem Rosenbogen hindurch, durch den Schatten des Dickichts und den schmalen Pfad entlang zu der Lichtung, auf der Bill Gerrard das Sommerhaus für seine geliebte Tochter gebaut hatte, in dem dann, Jahre später, die arme Margaret Lane qualvoll verbrannt war. Wir setzten uns auf die Steinbank.

Ich spürte ein immer stärkeres Glücksgefühl. Ich war entspannt wie lange nicht mehr.

»Du möchtest gerne hierher zurückkommen, nicht wahr?« fragte Shelagh. »Um für immer hier zu bleiben?«

»Wenn du bei mir wärst . . .«

Unsere Augen trafen sich im schwachen Licht des Mondes. Ihre Hand schlich sich in meine. Ich dachte an die Gründe, die mich veranlaßt hatten, in Hillingham zu bleiben. Sie waren nicht mehr wichtig. Nur Shelagh war wichtig.

Und sie hatte wirklich recht gehabt: All die Gedanken, die Sorgen, die ich mir gemacht hatte, um Colin, um Helen – sie *waren* lächerlich.

Ich legte den Arm um ihre Schulter und zog sie an mich. Sie

kuschelte den Kopf an meine Brust. Ich zog noch einmal an meiner Zigarette und warf sie dann auf dem Steinboden vor meine Füße. Ich sah zu, wie die Glut immer kleiner wurde und schließlich verlosch. Und wie diese Glut wollte ich alle diese Fragen, alle diese Zweifel über meinen Bruder und seine Frau verlöschen lassen. Auch Doktor Reese hatte recht gehabt. Er hatte gesagt, es sei alles vorbei. Und es *war* alles vorbei. Ich konnte Colin oder Helen mit meinen Nachforschungen nicht mehr helfen. Ich dachte an De Freyne und an Elizabeth Barton ... Ich würde sie nicht mehr belästigen ... Jetzt nicht mehr. Wo auch immer De Freyne steckte, ich würde nicht länger versuchen, ihn aufzuspüren. Warum auch? Was hatte ich davon? Und Elizabeth Barton, die so sehr erschrocken war, als ich unerwartet vor ihrer Haustür aufgetaucht war ... Was auch immer die Gründe für dein Erschrecken, deine Angst waren, sagte ich ihr in meinen Gedanken, ich lasse dich in Ruhe. Ich stochere nicht mehr in der Vergangenheit herum ...

»Ich *werde* nichts mehr unternehmen«, sagte ich. »Ich lasse es sein – die Sache mit Colin. Was ich dir gesagt habe – die Wahrheit rausfinden. Ich *kenne* die Wahrheit. Laß die Leute erzählen, was sie wollen. Ich will versuchen, das alles zu vergessen. Und ich *werde* es vergessen.« Ich lächelte Shelagh an, um meine Worte zu untermauern und meine neugewonnene gedankliche Freiheit zu demonstrieren. »Das einzige, was ich will – ich will es genießen, mit dir zusammen hier zu sein. Laß uns unser Leben leben. Colin ist ... *tot*.«

Ein überwältigendes Gefühl der Erleichterung ergriff mich. Es war, als ob ich eine alte Fessel gesprengt hätte, als ob alte Knoten sich gelöst hätten, abfielen, als ob das Blut endlich wieder frei durch meine Adern pulsieren könnte. Ich mußte es endlich akzeptieren, daß Colin, mein Bruder, von mir gegangen war, daß ich ihn für immer verloren hatte. Vielleicht hatte ich zu lange in seinem übergroßen, fernen Schatten gelebt. Jetzt aber war der Schatten verblaßt. Ich würde meinen eigenen Weg gehen.

Und jetzt empfand ich auch die Schönheit der Nacht. Über uns glitzerte die Milchstraße am klaren Himmel, und um uns herum raschelten die Blätter im Wind.

»Das ist ein wunderschöner, einsamer Platz«, murmelte Shelagh. »Eines Tages möchte ich hier auch ein Sommerhaus haben.«

»Du willst also auch eines Tages hierher zurückkommen?«

»Wie könnte ich anders?«

Ich küßte sie. »Dann sollst du auch dein Sommerhaus bekommen.«

Bevor Shelagh Anstalten machte, ins Bett zu gehen, ging ich hoch und schaute ins Schlafzimmer. Durch das offene Fenster drang der Duft des Gartens, aber es lag keine Rose auf meinem Kopfkissen. Ich hatte es nicht anders erwartet. Jean Timpson hatte offensichtlich verstanden. Es war auch höchste Zeit.

Als ich wieder nach unten kam, saß Shelagh mit gekreuzten Beinen vor dem Puzzle.

»Du bist noch nicht arg weit gekommen«, sagte sie, und ich stimmte ihr zu. »Ein widerliches Weibsstück«, meinte sie dann und zeigte auf das Bild auf dem Deckel des Puzzlekastens. »Und der Kerl guckt ihr direkt auf die Unterhose.«

»Manchen Männern macht das anscheinend Spaß.«

»Vielleicht hat sie gar keine Unterhose an, und der Widerling grinst deshalb so lüstern.«

»Ekliges Volk.« Ich zog sie hoch. Sie legte die Arme um meinen Hals und küßte mich zärtlich.

»Laß uns ins Bett gehen«, flüsterte ich.

Im Schlafzimmer zündete ich eine Kerze an und knipste die Nachttischlampe aus. »Nur das Kerzenlicht und der Schimmer des Mondes«, sagte ich. »Das ist hell genug.«

Ich legte mich zu ihr. Sie drängte sich an mich, und wir umschlangen uns, enger, immer enger, unsere Körper glühten aneinander. Ich küßte sie, besitzergreifend, fordernd, zärtlich, und sie stöhnte leise, lustvoll, das Schnurren einer gestreichelten Katze, zog mich noch näher an sich.

»Ich liebe dich«, flüsterte sie heiser an meinem Hals. »Ich liebe dich. O Liebling . . . Liebling . . . Dave . . .«

Ein Windstoß, kurz, plötzlich, heftig, fuhr über meine Schulter, ließ die Kerze flackern, löschte sie aus. Ich erstarrte, hielt inne, verlor den Rhythmus, ein Dirigent, der aus dem Takt gerät. Shelagh war nur noch ein fahler Schatten im kalten Licht des Mondes.

»Hör nicht auf, . . .bitte hör nicht auf«, flüsterte sie.

14

Auf dem Rückweg vom Friedhof gingen wir in den Antiquitätenladen, an dem ich bei meinen Besuchen im Dorf schon mehrmals vorbeigekommen war. Sein Angebot reichte von billigem Schund bis zu einigen erlesenen Stücken. Nur der hübsche viktorianische Rasierbecher mit grün-blauem Muster und die Porzellanstatuette, eine bizarre Darstellung der Umarmung Ledas und ihres Schwanes, gefielen mir gut.

»Sie ist großartig«, sagte ich.

»Sie ist derb.«

»Das macht nichts. Ich mag sie.«

»Dann kauf sie dir.«

Das Preisschild klebte am Boden der Statuette. »Ich werd's mir überlegen.« Ich gehöre nicht zu den Leuten, die leichtfertig mit ihrem Geld umgehen.

»Wir müßten sie sowieso jedesmal verstecken«, grinste Shelagh, »wenn eine jungfräuliche Tante zu Besuch kommt.«

»Wir haben keine jungfräulichen Tanten.«

»Trotzdem.«

Sie kramte weiter in dem Zeugs herum – wie ein Huhn, das auf dem Boden nach Körnern kratzt. »Sie haben so viele Sachen«, sagte sie zu dem alten Mann, der hinter einem riesigen alten Schreibtisch saß. Er schaute auf, sah Shelagh an, dann wanderte sein Blick zu meinem Bein. Er nickte als Antwort auf Shelaghs Feststellung mit dem grauen Kopf und lächelte, wobei sich sein Gesicht in tausend Fältchen verzog. Er sah sehr gepflegt aus in seinem braunen, altmodischen Anzug, dem schneeweißen Hemd und der korrekt geknoteten dunklen Krawatte mit grünen Streifen. Aus dem sympathischen, zerfurchten Gesicht blitzten lebhafte Augen, und als er mich jetzt wieder ansah, war ihr Ausdruck sehr freundlich. Seine Sprache war stark vom Dialekt des West Country gefärbt. »Ich wußte gleich, wer Sie sind«, sagte er zu mir, »gleich als Sie reinkamen.«

Ich lächelte ihn an. »Ich kenne Sie auch. Vom Namen her. Sie sind Mr. Pitkin, nicht wahr?« Er nickte erfreut. »Unser Nachbar, Mr. Timpson, hat mir von Ihnen erzählt.«

»Aha. Nun, hier im Dorf kennen mich wohl alle. Ich bin ja schon länger hier als die meisten...« Er schwieg einen Moment. »Ich hab' Ihren Bruder ein paarmal getroffen. Hab' ihn ganz gut kennengelernt.«

Shelagh kam zu uns und hielt eine Porzellandose mit Gänseblümchenmuster in der Hand. »Was kostet die bitte?« Er betrachtete die Dose und nannte dann den Preis. Shelagh rechnete ihn in Dollar und Cents um und sagte dann: »Ich nehme sie.« Er stand auf und holte ein Stück Packpapier, und jetzt sah ich, daß er auf dem linken Bein leicht hinkte. Nicht so stark wie ich, aber dennoch, er hinkte. Wahrscheinlich war das auch der Grund für sein Interesse an meiner humpelnden Gehweise.

»Das da sieht aus wie ein Werk unserer traurigen Margaret«, sagte Shelagh zu mir und zeigte auf ein eingerahmtes Sticktuch an der Wand.

»Woher willst du das wissen? Bei diesen Dingern sieht doch eins aus wie das andere.«

Der alte Mann schaltete sich ein. »Nein, sie hat recht«, sagte er und lächelte Shelagh an. »Wenn Sie Margaret Lane meinen, haben Sie recht. Es stammt von ihr.« Shelagh sah mich mit ihrem ›Hab'-ich-dir's-nicht-gesagt-Blick an und hob gespielt arrogant die Augenbrauen. Mr. Pitkin fuhr fort: »Mrs. Merridew hat mir die Stickerei verkauft. Sie hängt schon jahrelang hier. Ich hab' auch noch eine andere von Ihrer Schwägerin gekauft – bevor sie geheiratet hat. Sie hat alles Zeug, das sie nicht mehr haben wollte, mal aussortiert. War 'ne ganze Menge, was die vorigen Bewohner so alles über die Jahrzehnte gehortet hatten. Ich hab' nicht viel davon brauchen können, hab' nur ein paar besonders nette Stücke gekauft.«

»Haben Sie sie gut gekannt?« fragte ich und sah aus den Augenwinkeln, daß Shelagh einen zornigen Blick auf mich abschoß. Sie mußte natürlich denken, daß ich wieder anfing, Fragen zu Helens Tod zu stellen – trotz der ausdrücklich erklärten Absicht, es nicht mehr zu tun.

»Ich hab' alle Leute gekannt, die in dem Cottage da oben gewohnt haben, seitdem ich ein Kind war. Und jetzt bin ich sechsundachtzig Jahre alt. Ich glaub' nicht, daß hier im Dorf mal was passiert ist, von dem ich nichts weiß.« Er seufzte auf. »O ja, es hat sich viel verändert – und nicht alles zum Besseren. Sie nennen das Fortschritt. Na ja. Heutzutage kommen und geh'n die Leute, man weiß nicht mehr, wer sie sind oder wo sie herkommen. Kommen aus verschiedenen Orten, sogar aus anderen Ländern, als ob das gar nichts wär'. Als ich ein junger Mann war, kannte hier jeder noch jeden. Heute ist's anders. Man kommt nicht mehr mit. Früher gab's mal eine Zeit, da war die Hälfte der Leute im Dorf miteinander verwandt. Kaum einer ist jemals weiter weggekommen als in die nächste Stadt – und das war schon selten. Na ja, man konnte da ja auch nicht, es gab gar keine Möglichkeit dazu. So war's eben, nicht wahr?« Ich nickte zustimmend, aber er beantwortete seine Frage selbst. »Natürlich konnte man's nicht. Solange man nur zu Fuß irgendwo hinkam – es sei denn, man war reich genug und hatte ein Pferd. Aber heute, da fliegen die Leute hierhin und dorthin und überallhin und denken sich nicht mal was dabei ...« Er schien Shelaghs Porzellandose vergessen zu haben. Sie lag immer noch uneingepackt vor ihm auf dem Papierbogen. Ich warf Shelagh einen verstohlenen Blick zu. Sie war ganz Ohr, und ihre Aufmerksamkeit schien seinen Redefluß zu beflügeln. Er lächelte sie an, fragte, ob sie aus Amerika käme, so wäre es doch, nicht wahr? – er merke das an ihrem Akzent. »Natürlich sind wir inzwischen dran gewöhnt, daß Fremde ins Dorf kommen. Und manchmal könnt' man meinen, die kaufen den halben Ort auf.« Er zuckte zusammen, schüttelte den Kopf. »Oh, mißverstehen Sie mich nicht, ich meine damit nicht Sie.« Ich sagte, daß ich ihm das glaube. Er fuhr fort:

»Heutzutage sind wir an unterschiedliche Dialekte gewöhnt.

Aber früher, also – da war das noch was, über das die Leute geredet haben. Wie zum Beispiel, als Bill Gerrard sich auf die Suche gemacht hat und mit einem Mädchen aus Wales zurückgekommen ist und sie geheiratet hat. Das war fürs Dorf ein aufregendes Ereignis.«

»Das war der, der sich so viel um den Garten gekümmert hat«, sagte ich.

Er grinste. »Sie haben die Geschichte Ihres Hauses studiert, wie man sieht.«

»Mr. Timpson hat mir ein bißchen was darüber erzählt.«

»So? Und was konnte er Ihnen alles erzählen?«

»Nicht sehr viel. Er hat mir gesagt, Sie wären der Experte.«

Er sah mich an, als ob er die Ernsthaftigkeit meiner Worte anzweifeln würde. Dann sagte er: »Diese Waliserin – Bill Gerrards Frau – hat einen wunderschönen Waliser Geschirrschrank mit in die Ehe gebracht. Noch so ein richtiges handwerkliches Meisterstück.«

»Ich glaube, der ist noch da.«

»Ja, er ist noch da«, sagte er und nickte. »Ich weiß, daß er noch da ist. Sie hat ihn damals den ganzen Weg von Wales hierher mitgebracht, zusammen mit ihren Truhen und all dem Zeug.«

Shelagh schaltete sich ein. »Das war Bronwen, oder?«

»Nein, nein, Bronwen war ihre Tochter«, antwortete er.

»Und die wiederum hat ›Rechte Hand‹ Temple geheiratet«, zeigte ich mein Wissen.

»Richtig. Den alten Temple.« Er schüttelte den Kopf. »Ich weiß gar nicht, warum ich ›alt‹ sage. Er war nicht alt.«

»Aber das war der, der in die Staaten verschwunden ist, stimmt's?« fragte Shelagh.

»Ja.«

»Mit einem Bauernmädchen. Einer Magd.«

»Ja.« Im Vergleich zu seiner bisherigen Gesprächigkeit schien ihm nicht besonders viel daran gelegen zu sein, auf dieses Thema näher einzugehen. »Wenn man es richtig überlegt«, sagte ich, »hat er sich nicht schlecht geschlagen für einen Burschen mit nur einer richtig brauchbaren Hand.«

»O nein, der kam gut zurecht. Er war recht geschickt.« Er

fing an, die Porzellandose einzuwickeln. Abrupt kam er zum Thema zurück. »Man muß sich das mal vorstellen – die transportieren den schweren Schrank den ganzen Weg von Wales bis hierher.« Er lächelte. »Eins steht fest, ganz ohne Zweifel hat Ihr Cottage in seiner Geschichte eine Reihe interessanter Frauen gehabt.«

Schloß er dabei, so überlegte ich, auch Helen ein? »Wie gut«, fragte ich noch einmal – und viel zu hastig, »wie gut haben Sie meine Schwägerin gekannt?« Und wieder warf mir Shelagh einen gequälten Blick zu, in dem die Frage zu lesen stand, ob ich denn niemals mit dieser Geschichte aufhören könne.

»Ich kannte sie genausogut wie die meisten Leute hier, nehme ich an«, antwortete er nachdenklich. »Aber es kam mir so vor, als ob niemand sie *näher* gekannt hat ... Sie kam ein paarmal in den Laden, und wir haben uns ein bißchen unterhalten. Sie war ja eine freundliche Frau. Und ein paarmal hab' ich sie auch im Cottage getroffen. Glauben Sie mir, ich hab' Ihren Bruder besser gekannt, obwohl der ja bei weitem nicht so lange hier war wie sie. Ich hab' die beiden gefragt, ob sie mir den Geschirrschrank verkaufen wollten. Ihr Bruder war einverstanden. Er hatte ihn in den Keller bringen lassen, aus dem Weg, aber dann, eh' wir die Sache perfekt machen konnten, hatte sie ... den Unfall.« Er senkte traurig den Kopf. »Schreckliche Geschichte ... schrecklich ... Ich hab' Ihren Bruder nicht mehr gesehen, nachdem das passiert war. Aber davor ist er oft zu mir in den Laden gekommen. Und wir haben dauernd über das Cottage geredet, über die Leute, die da gewohnt haben, dies und das, Sie wissen ja, wie das ist. War ja ganz natürlich, daß er sich so dafür interessiert hat ... Das würde ja jeder andere auch, nehm' ich an ...«

Ein unausgesprochenes ›aber‹ schien am Ende seines Satzes nachzuklingen. Also fragte ich:

»... Aber ...?«

»Na ja ...« reagierte er schulterzuckend, »er schien völlig ... fasziniert von dem Haus zu sein. Ich hatte so das Gefühl, als würde er nur deshalb zu mir kommen – um über das Haus zu reden.«

Wollte er damit sagen, Colin wäre von dem Haus *besessen*

gewesen? Mir fiel die Bemerkung von Doktor Reese wieder ein, der Colin nachdrücklich vorgeschlagen hatte, das Haus zu verlassen – *all seine traurigen Assoziationen hinter sich zu lassen* ... Hatte Reese denselben Eindruck von Colin gewonnen wie dieser alte Mann?

»Er hat mir immer wieder dieselben Fragen gestellt«, fuhr Pitkin fort. »Wieder und wieder. Ich glaube, der Ort da oben auf Gerrards Hill ging ihm nach einiger Zeit irgendwie auf die Nerven. Das kann passieren, wenn man einen phantasievollen Geist hat ... oder sowieso nervös und reizbar ist.« Nervös? Reizbar? War das eine zutreffende Beschreibung meines Bruders? Ich schaute zu, wie der alte Mann Shelaghs Dose einpackte. Shelagh war zu der eingerahmten Stickerei hinübergegangen. Ich folgte ihr und las über ihre Schulter den eingestickten Vers:

Mein Liebster hat mein Herz, und ich hab' sein's dafür bekommen,
Ein Wechsel nur, gegeben und genommen.
Ich halt' das seine fest, und ohne mein's kann er nicht leben,
Nie hat's ein bess'res Tauschgeschäft gegeben.

»Das ist von Sir Philip Sidney«, sagte Shelagh leichthin und wandte sich zu mir um. »Hast du das gewußt?«

»Nein, das wußte ich nicht. Aber eines kann ich mit Sicherheit sagen – es ist weitaus fröhlicher als das andere.«

»Als sie das hier gestickt hat, war sie anscheinend glücklich. Sie war sicher nicht immer traurig.«

Ich sah auf das Datum, das in tiefem Blau säuberlich unter den Vers gestickt war. »Dezember 1903 ...«, las ich vor. »Das andere, traurige Gedicht hat sie nicht viel früher gestickt.«

»Du, Dave, wir müssen es haben. Es gehört ins Cottage, meinst du nicht auch?«

Ich nickte. »Wenn du es sagst ...«

Pitkin nannte den – sehr niedrigen – Preis, Shelagh rechnete ihn wieder in Dollar um und sagte dann beglückt zu Pitkin, daß sie die Stickerei kaufen wolle. Sie kramte in ihrer Handtasche nach den erforderlichen Scheinen und Münzen, während Pitkin das Kunstwerk sorgfältig verpackte. Nachdem alles erledigt war, dankte ich ihm, verabschiedete mich und ging zur Tür. Er kam hinter uns her. Als wir vor der Tür standen und uns noch einmal auf Wiedersehen sagten, hörte ich Hufgeklapper und sah auf der Straße eine Frau, die eine braune Stute am Halfter führte. Shelagh stieß ein begeistertes »Oh!« aus und lief hinter der Frau her. Als sie sie eingeholt hatte, entwickelte sich zwischen den beiden Frauen ein lebhaftes Gespräch. Der alte Mann neben mir erklärte: »Ich hoffe, ich habe nichts gesagt, daß Sie ... aufgeregt hat. Wo Ihnen doch jetzt sicher einiges durch den Kopf geht.«

»Nein, gar nicht.« Das Packpapier um den Stickrahmen verrutschte, und ich zupfte es wieder zurecht. »Ich weiß nicht, warum sie das hier haben wollte«, sagte ich, nur um Konversation zu machen. »Das Haus quillt über von Erinnerungsstücken.«

»Und Margaret Lane war bestimmt kein so glücklicher Mensch, daß man unbedingt eine Erinnerung an sie bewahren möchte.«

»Ja ...«

Wir schwiegen. Wieder waren in unserem Gespräch Gedanken an den Tod aufgetaucht, und obwohl ihre Namen nicht gefallen waren, an Colin und Helen. Ich zwang ein Lächeln auf mein Gesicht und versuchte das Gespräch endgültig zu beenden: »Sie könnte den ganzen Tag mit der Frau da drüben über das Pferd reden, wenn man sie lassen würde ...« Dann wandte ich mich von ihm ab. Er sagte hastig: »Ehm ... dieser Geschirrschrank ...«

»Ja ...?«

»Ich bin immer noch dran interessiert. Wenn Sie vorhaben, ihn zu verkaufen ...«

»Das weiß ich nicht. Ich habe ihn mir noch nicht mal richtig angesehen. Ich muß mir das überlegen.«

»Ich wäre dankbar, wenn Sie das täten. Vielleicht könnte ich mal vorbeikommen und ... na ja, mit Ihnen drüber reden ...«

»Gerne, jederzeit.«

»Morgen nachmittag?«

Er hatte es anscheinend sehr eilig. »Gut, in Ordnung«, sagte ich und wollte nun endgültig gehen. Aber er hielt mich wieder zurück.

»Noch ... noch eine andere Frage ...«

Sein Gesichtsausdruck und die Richtung seines Blickes verrieten, welche Frage er stellen würde. »Ja?«

»Wenn Sie erlauben ... Wenn es Ihnen nichts ausmacht ... Ihr Bein ... Wie ist es passiert ...?«

Normalerweise *machte* es mir was aus. Aber bei ihm nicht.

»Ich bin so geboren worden«, sagte ich.

»Ach so ...« Er schloß kurz die Augen und nickte verstehend. Ich wollte ihn fragen, wie es denn bei ihm passiert sei, aber aus irgendeinem Grund schreckte ich davor zurück. Zum anderen aber war mir auch bewußt, wie seltsam die Situation war – da standen wir beide und unterhielten uns über unser Hinken. Grotesk, irgendwie auch peinlich. Dann sagte er und strich dabei über seine Hüfte:

»Ich ... ich hatte einen Unfall. Ist nie richtig verheilt. Na ja ...« Sein Gesichtsausdruck verriet, daß die Sache für ihn keine große Bedeutung mehr hatte. »Es stört mich nicht mehr. Wenn so was passiert, wenn man noch jung ist, dann hat man Zeit genug, sich dran zu gewöhnen, nicht wahr?«

Nein, nein, es machte nicht *so* viel aus, stimmte ich ihm zu. Innerlich aber war ich keinesfalls einverstanden. Es *machte* etwas aus. Es *war* schlimm.

Ich sah, daß die Frau mit ihrem Pferd weiterging und Shelagh auf mich zukam. »Also, bis morgen«, sagte ich zu dem alten Mann, nickte ihm noch einmal zum Abschied zu und ging Shelagh entgegen.

Sie hakte sich bei mir unter, als wir den Marktplatz überquerten. »Mein Gott, ist das ein wunderschönes Pferd«, sagte sie. »Mrs. Stoner, so heißt die Frau, besitzt mehrere Pferde. Sie hat mir angeboten, ich könne jederzeit eines zum Ausreiten haben. Ist das nicht wunderbar? Ich werde sie beim Wort nehmen.« Sie schwieg einen Moment, dann kam der erwartete Vorwurf:

»Warum hast du denn dem alten Mann diese Fragen gestellt? Zum Beispiel die, wie gut er Helen gekannt hat? Du läßt nicht locker, nicht wahr, obwohl du hoch und heilig versprochen hast, es sein zu lassen.«

»Nein, das stimmt nicht. Ich bin nur ... ganz normal neugierig, wenn ich jemanden treffe, der die beiden gekannt hat, jemanden, der ein paar Wissenslücken füllen kann ...« Ich lächelte sie an. »Ich habe nicht vor, über diese normale Neugier hinauszugehen.«

Ich führte Shelagh zu der Tankstelle, die eine der Ecken des Marktplatzes verschandelte. Ein Schild verkündete, daß man hier Taxis und Mietwagen haben konnte. (Es war dieselbe Firma, bei der ich das Taxi nach Reading bestellt hatte. Wahrscheinlich hatte auch einer ihrer Taxifahrer Colin nach dem Unfall gefunden ...? ›Halt!‹, gebot ich mir, ›denk nicht weiter darüber nach!‹). Eines aber war sicher: Wenn wir noch einige Zeit hier bleiben wollten, dann brauchten wir unbedingt ein Auto.

Der dunkelhaarige, braungebrannte Mann, den wir an der Zapfsäule antrafen, war der, der mich bei meiner Ankunft von der Bushaltestelle zum Cottage gefahren hatte. Ich sagte ihm, was wir wollten, und er erklärte uns, zögernd und mit zweifelnder Miene, er hätte im Moment nur einen alten Vauxhall zur Verfügung. Der sei allerdings sehr zuverlässig. Ich sagte ihm, daß wir ihn nehmen würden und folgte ihm um die Ecke zu einem Hinterhof, der bis auf den letzten Meter mit Autos, Autowracks und Autoteilen der verschiedensten Marken vollgestopft war. Shelagh nutzte die Gelegenheit und ging zur Toilette.

Sein Name sei Bill Carmichael, stellte sich der Mann vor. Meinen Namen schien er zu kennen. Wir plauderten über dies und jenes, während wir an einer Seite des Hofes entlanggingen. Plötzlich stockte ich mitten im Schritt. Dann zwängte ich mich zwischen einigen Autowracks hindurch – und stand vor den Trümmern des Sportwagens meines Bruders.

Von dem schnittigen, glänzenden MG auf den Fotos, die Colin mir geschickt hatte, war kaum etwas zu erkennen. Was da lag, war nur noch ein Gewirr aus verbogenen, zersplitterten Metallteilen. Die Motorhaube war wie eine Ziehharmonika zusammengedrückt, die Fahrerseite fast völlig weggerissen, nur noch an ein paar gezackten Blechstreifen hängend. Man sah sofort, daß ein Mensch, der am Steuer dieses Wagens gesessen hatte, nicht überlebt haben konnte.

Ich erinnerte mich, wie stolz Colin auf seinen MG gewesen war. Ich sah das Foto vor mir, auf dem er glücklich lächelnd am Steuer des Wagens sitzt, in dessen glänzendem roten Lack sich die Sonne spiegelt. Ich mußte wegsehen. Mir wurde schlecht. Jetzt erst wurde mir klar, wie gewaltsam, ja wie brutal er zu Tode gekommen war. Tränen stiegen mir in die Augen – Tränen, von denen ich geglaubt hatte, sie würden der Vergangenheit angehören. Ich konnte sie nicht zurückhalten. Ich weinte nicht darüber, daß Colin tot war, sondern darüber, daß er auf so schreckliche Art gestorben war. Ich drehte mein Gesicht zur Seite, weg von dem Mann da drüben, wollte mich vor ihm nicht schämen müssen, aber ich konnte die Tränen einfach nicht unterdrücken. Als ich mich endlich wieder einigermaßen unter Kontrolle hatte, ging ich zu ihm. Er tat so, als ob ihn nichts anderes interessiere als der Ölstand des alten Vauxhall. Er nahm Rücksicht auf meine Gefühle und sah mich nicht an, als ich neben ihn trat.

»Waren Sie ... waren Sie es, der ... der ihn gefunden hat?« brachte ich schließlich heraus.

»Ja, Sir ...«

Ich sah zurück auf das Wrack. Wieder liefen mir die Tränen das Gesicht herunter.

»Ich wußte nicht, daß es so schrecklich war«, stammelte ich.

Als wir zurückkamen, lag eine Notiz von Jean Timpson auf dem Küchentisch. Ich las sie und informierte Shelagh über den Inhalt: »Sie kommt später noch mal vorbei. Sie war einkaufen und hat Eis für dich mitgebracht. Liegt im Kühlschrank.«

Shelagh lächelte erfreut. »Ist das nicht nett? Sie hat daran gedacht, daß ich ein Schleckermäulchen bin. Sehr aufmerksam von ihr.«

Wir suchten einen Platz für Margaret Lanes Stickerei, zogen uns um (ich in Shorts, Shelagh in Shorts und Bikinioberteil) und richteten uns auf einem Tablett ein paar Brote und Eistee zum Mittagessen. Shelagh gab Girlie noch etwas zu fressen, dann gingen wir mit dem vollbeladenen Tablett und einer Decke nach draußen und ließen uns auf dem Rasen nieder. Girlie kam uns nachgeschlichen und strich, wohl immer noch hungrig, um uns herum, bis sie von einem vorbeiflatternden Schmetterling abgelenkt wurde. Sie sprang ihm nach, hüpfte in irren Sprüngen in die Höhe, um ihn zu fangen, erwischte den Admiral einmal sogar fast, gab aber schließlich frustriert und erschöpft auf und kam zu uns zurückgeschlichen. Wir lachten Tränen. Girlie legte sich mit fliegenden Flanken in Shelaghs Schatten auf die Decke.

Als wir die Brote gegessen hatten, holte sich Shelagh ein Päckchen von Jean Timpsons Eis aus dem Kühlschrank. Während sie es genüßlich aß, legte ich mich zurück. »Wie kann man nur so ein ungesundes Zeug in sich reinschlingen«, sagte ich.

»Du hast ja keine Ahnung, was dir da entgeht.« Sie grinste mich an und schob sich einen großen Klumpen der gelblichen Masse in den Mund. »Das war wirklich sehr aufmerksam von ihr . . .«

Ich trank mein Teeglas leer, drehte mich auf den Bauch, streckte mich aus und legte den Kopf auf die gekreuzten Arme. Ich wollte ein Schläfchen machen und schloß die Augen.

Shelaghs Schrei riß mich aus den ersten flüchtigen Traumbildern. Erschreckt setzte ich mich auf. Sie hielt eine Hand vor den Mund, und zwischen den Fingern hindurch sickerte schmelzendes Eis, rötlich verfärbt. Ich kniete vor sie hin. In ihren Augen standen Tränen. Tränen des Schmerzes und der Angst. Als sie die Hand vom Mund nahm, sah ich, daß ihre Lippen mit Blut verschmiert waren.

Und in der Hand, die sie mir entgegenstreckte, lag ein langer, scharfkantiger Glassplitter.

15

Als Jean Timpson kam, fragte ich sie, wo sie das Eis gekauft hätte.

»Im Supermarkt auf dem Marktplatz . . .« Sie lächelte. »War es gut? Ich dachte, Miss Shelagh würde sich darüber freuen.«

Ich hielt ihr den Glassplitter entgegen. »Das Ding da war in der Packung.«

Sie starrte den Splitter an, wurde blaß. ». . . Hat sie sich . . .«

»Sie hat Schnitte im Gaumen und an der Innenseite der Lippe. Nicht besonders schlimm, aber sehr schmerzhaft.«

»Geben Sie mir den Splitter . . .« Sie streckte die Hand aus. »Geben Sie ihn mir, den muß ich den Leuten im Laden zeigen.«

»Nein. Das mache ich selbst. Gleich am Montag morgen.« Ich sah mir den Splitter noch einmal an. Er war knapp zwei Zentimeter lang und lief an einem Ende spitz zu, spitz wie eine Nadel. Wenn Shelagh ihn runtergeschluckt hätte . . . Besser, man dachte nicht darüber nach, was dann vielleicht passiert wäre.

»Ist sie im Wohnzimmer?« fragte Jean Timpson, und als ich nickte, ging sie an mir vorbei zur Tür. Ich folge ihr.

Shelagh saß auf dem Boden, mit Girlie im Schoß, und sortierte Schallplatten. Jean Timpson blieb unter der Tür stehen.

»Oh, Miss Shelagh . . . das ist ja schrecklich . . . es tut mir so leid.« Sie schluckte. »Ich weiß nicht, was ich sagen soll . . .«

Shelagh setzte die Katze auf den Boden, stand auf und ging auf Jean Timpson zu. »Das ist doch nicht Ihre Schuld«, sagte sie tröstend. »Es ist ja auch nichts Schlimmes passiert. Und mir geht's wieder prima.«

Jean Timpson rang nervös die Hände. »Die müßten doch viel besser aufpassen. Es tut mir so leid, wirklich.«

»Bitte . . .«, sagte ich und legte den Splitter in eine Schale auf dem Kaminsims, »bitte, reden Sie sich nicht selbst was ein . . . Wie Shelagh sagte, es war ja nicht Ihre Schuld.«

Als sie zurück in die Küche gegangen war, sagte Shelagh: »Das arme Ding – ihr macht das mehr aus als mir.«

Als Jean Timpson nach dem Abendessen gegangen war, setzten wir uns ins Wohnzimmer, unterhielten uns, hörten ein paar Platten von Simon and Garfunkel und sahen uns später im Fernsehen an, wie Judy Garland in dem Film *So wird man ein Star* vom armen Mädchen zur reichen Superfrau aufstieg. Als es Zeit wurde, ins Bett zu gehen, ging ich voraus und inspizierte das Schlafzimmer. Keine Rose auf dem Kopfkissen. Es war sehr heiß im Schlafzimmer. Ich öffnete beide Fenster und ließ die kühle Nachtluft durch die Vorhänge hereinstreichen. Später dann, als ich nach Shelagh aus dem Badezimmer kam, lag sie schon im Bett und hatte die Decke bis zum Kinn hochgezogen. Eines der Fenster hatte sie wieder zugemacht.

»Fürchterlich kalt hier drin«, sagte sie zähneklappernd.

»Typisch«, frozzelte ich. »Typisch verwöhnte amerikanische Göre. Klimatisierte Räume, Zentralheizung – wehe, man wird den *wahren* Elementen der Natur ausgesetzt. Dann bricht's zusammen.«

»Blödsinn!«

»Die Ausbildung an euren hervorragenden Universitäten ermöglicht euch einfache und klare Antworten auf alle Fragen des Lebens.«

Ich löschte das Licht und schlüpfte zu ihr unter die Decke. Aber als ich sie zärtlich streicheln wollte, hielt sie meine Hand fest. »Tut mir leid, Darling«, murmelte sie, »aber mir geht es nicht besonders gut.«

»Dein Mund? Die Schnitte?«

»Nein, nein, das nicht. Ganz . . . allgemein. Morgen bin ich wieder okay.«

»Natürlich.« Ich drückte sanft ihre Hand. »Mein armes Mädchen . . .«

Kurz danach schlief ich ein. Das nächste, was ich wieder wahrnahm, wenn auch zunächst noch schlaftrunken, waren Shelaghs Schreie. Im Halbdunkel sah ich, wie sie versuchte, sich aufzurichten; mit den Armen ruderte sie wild durch die Luft. Ein Schlag auf die Schulter weckte mich endgültig auf. Ich beugte mich zu ihr und wollte den Arm um sie legen, aber sie schüttelte ihn ab, stieß mich von sich, zuckte, schrie . . .

»Ganz ruhig . . . Ich bin doch bei dir . . . Ist doch alles in Ordnung . . .« Es gelang mir, sie an den Schultern festzuhalten. »Du hast schlecht geträumt. Jetzt ist alles wieder in Ordnung . . .«

Sie hörte auf zu schreien und um sich zu schlagen. Mit weit aufgerissenen Augen starrte sie mich angstvoll und verwirrt an, fand allmählich zur Realität zurück, wie ich am Ausdruck ihrer Augen erkannte. Sie hob langsam eine Hand, strich suchend, fragend über mein Gesicht, als wolle sie sich vergewissern, daß ich bei ihr sei. Ich habe sie nie tiefer geliebt als in diesem Augenblick.

»... Es war nur ein böser Traum«, sagte ich sanft. »Jetzt ist es wieder gut ...«

Sie nickte, ließ sich wortlos zurücksinken und schloß die Augen.

Ich hielt mich wach, bis ich sicher war, daß sie wieder fest eingeschlafen war.

Als ich morgens aufwachte, schlief sie noch, und ich kroch aus dem Bett und ging nach unten. Ich setzte mich an den Küchentisch, trank einen Kaffee und ein Glas Orangensaft und rauchte eine Zigarette. Vom Dorf drang das Läuten der Kirchenglocken herauf. Vögel huschten durch den Garten, suchten Nahrung, vielleicht auch Partner, und Schmetterlinge tanzten über den Rasen. Es schien wieder ein warmer Tag zu werden. Ich machte frischen Kaffee, füllte Orangensaft in eine Karaffe und nahm beides mit nach oben. Shelagh war wach. »Wie geht es dir?« fragte ich. »Besser?«

Sie lächelte mich an. »Es geht mir sehr gut«, sagte sie.

Nach dem Mittagessen (Omelettes; Jean Timpson kam erst später) tauchte Mr. Pitkin auf. Ich hatte unsere Verabredung völlig vergessen, und als er um halb vier läutete, war ich auf sein Erscheinen nicht vorbereitet. Ich hatte seit unserem Besuch bei ihm mit keinem Gedanken mehr an den Geschirrschrank gedacht und somit natürlich auch keinerlei Überlegungen angestellt, ob ich ihn verkaufen wollte oder nicht. Aber da stand er vor der Tür, höflich lächelnd, adrett gekleidet, den Hut in der einen, den Spazierstock in der anderen Hand.

»Um die Wahrheit zu sagen«, entschuldigte ich mich bei ihm, nachdem ich ihn hereingebeten hatte, »ich habe mich im Hinblick auf den Geschirrschrank noch nicht entschieden ...«

»Ach, das macht nichts«, lächelte er. »Ist ja nicht eilig. Und der Spaziergang hat mir gutgetan.« Shelaghs Angebot, eine Tasse Kaffee mit uns zu trinken, lehnte er dankend ab, fragte aber nach einigem Zögern, ob er sich den Schrank nicht noch einmal ansehen könnte, nachdem er nun schon mal da sei . . .?

»Natürlich«, sagte ich, aber mir fiel das kaputte Kellerlicht und die leere Taschenlampe ein, und so fügte ich hinzu: »Es muß allerdings bei Kerzenlicht geschehen, fürchte ich.«

Ich zündete zwei Kerzen an und ging voraus zur Kellertür. »Vorsicht«, warnte ich ihn, »die Stufen sind sehr steil.« Er lächelte. »O ja, ich weiß.« Vorsichtig stiegen wir die Treppe hinunter. Shelagh schloß sich uns an. Sie war noch nicht im Keller gewesen, und als wir den Boden erreicht hatten, schaute sie freudig überrascht auf das Sammelsurium an gehortetem Plunder vor sich. Und Miss Merridews ausgestopfte Katze erschreckte sie nicht im geringsten.

Pitkin war zum Geschirrschrank gegangen. Ich folgte ihm mit den Kerzen und schaute ihn mir zum ersten Mal *richtig* an.

Er war etwa 2,40 Meter hoch und 1,80 Meter breit und schon von seiner Größe her ein beeindruckendes Möbelstück. »Der muß ja eine ganze Tonne wiegen!« sagte ich zu Pitkin. »Es muß eine Mordsarbeit gewesen sein, ihn von Wales herzuschaffen. Wie haben die Temples das nur geschafft?«

»Mit einem Karren. Zusammen mit all ihren anderen Sachen.« Er ließ die Finger über die geschnitzte Kante eines der unteren Regalbretter gleiten. »Aber man kann ja verstehen, warum sie so viel Mühe auf sich genommen haben, nicht wahr?« Das war eher eine Feststellung als eine Frage. »Ich nehme an, ihr Vater hat ihn für sie gemacht. Oder er war schon in der Familie. Ist ihr als ›Unterste Schublade‹ mitgegeben worden, denk' ich.« Shelagh sah mich fragend an, und ich mußte den Begriff für sie übersetzen: »Die ›Unterste Schublade‹ ist für dich die ›Aussteuertruhe‹.« Sie hielt mir ihre Faust unter die Nase: »Für dich ist das auch die ›Aussteuertruhe‹, zum Donnerwetter!« Pitkin ließ sich indessen nicht ablenken. »Ein einmaliges Stück ist das«, sagte er, »und ein ganz besonders schönes dazu. Und solide Arbeit. Ganz anders als das mickrige Zeug, das sie heutzutage an den Fließbändern produzieren.«

Wirklich, an diesem Schrank war nichts mickrig. Ich stemmte die Schulter dagegen und versuchte, ihn zu verschieben, aber es gelang mir nicht einmal ansatzweise. »Nein«, sagte der alte Mann und lächelte mich an, »das schaffen Sie alleine nicht.« Er schien in seinem Element zu sein, zog die Schubladen heraus und ließ sie wieder zurückgleiten. »Schau' sich das einer an«, murmelte er vor sich hin, »wie das paßt. Einfach perfekt...« Liebevoll strich er über die Vorderseite des Schrankes, die dicke Staubschicht schien ihm nichts auszumachen. »Ein Schrank wie dieser blieb meistens lange in einer Familie, wurde von einer Generation an die andere weitergegeben.« Er wandte sich zu mir um. »Ich erinnere mich gut daran, daß ich diesen Schrank schon als Junge gesehen habe. Als die Temples noch hier waren und dann auch später, nachdem die Lanes ins Haus gezogen waren. Natürlich stand er damals oben in der Küche. Und wie schön das aussah... Die Teller waren in geraden Reihen auf den Brettern aufgestellt, die Tassen hingen an den Haken... Ja, das war wirklich ein schönes Bild. Und alles blank poliert...« Er unterbrach sich, als ob er das Bild noch einmal vor seinem inneren Auge betrachten würde. »Glauben Sie mir, Bronwen Temple war eine Frau, bei der alles blitzblank sein mußte. Und sie war sehr stolz auf ihre Sachen. Sehr anspruchsvoll, das muß man sagen, vor allem auch, wenn es um Sauberkeit und Ordnung ging. Alles mußte immer in tadellosem Zustand sein, ihre Kleider, alles, da durfte kein Fleckchen auf dem Kleid und kein Stäubchen auf dem Schrank zu sehen sein. Im Cottage sah's fast aus wie... na ja, wie in einem Schloß.«

»Vielleicht ist das einer der Gründe«, sagte ich, »warum ihr Mann davonlief und sie allein ließ.«

Er nickte langsam. »Das ist sehr gut möglich. Schließlich ist ein Haus ja dazu da, um drin zu wohnen, nicht, um es anzugucken.« Und Shelagh sagte mit bedeutungsschwerer Stimme, als ob er gerade Perlen tiefster Weisheit verstreut hätte: »Da haben Sie recht!« Mir fielen die Gespräche wieder ein, die ich mit ihm und Timpson geführt hatte. »Aber er ging ja auch fremd, oder? Er hatte doch eine Freundin, eine Magd aus dem Dorf, mit der zusammen er sich davonmachte. Sagten Sie nicht so was?«

»Effie«, antwortete Pitkin. »Sie war *unsere* Magd.«

»Ach so. Deshalb hat Timpson gesagt, Sie wüßten alles über diese Geschichte.«

».. . Ich wüßte nicht, was es da Besonderes zu erzählen geben sollte. Er haute ab, ließ seine Frau sitzen. Ging nach Amerika.«

Ich stellte ihm dieselbe Frage wie Timpson: »Woher will man eigentlich wissen, daß er nach Amerika ging? Hat er das den Leuten vorher gesagt?«

».. . Nein. Nicht soweit ich weiß.«

Ich schüttelte den Kopf. »War es nicht genug, sich davonzumachen? Mußte er sie auch noch vorher umbringen?«

»Man kann ja nicht . . . sicher sein, daß er das getan hat. Als man sie gefunden hat, sagte der Doktor, sie wäre erst ein paar Stunden tot. Und ›Rechte Hand‹ Temple war ja schon seit drei Tagen weg.«

»Das wäre ja noch schlimmer, wenn er . . . ihr den Schädel eingeschlagen und sie dann einfach liegengelassen hätte. Dann wäre sie ja schrecklich lange gestorben. Ein grauenvoller Gedanke.«

»Man hat nicht rausgekriegt, was da im einzelnen passiert ist. Man konnte nichts beweisen.«

»Was glauben Sie denn, was sich da abgespielt hat?«

Der alte Mann vermied es, mich anzusehen. Er antwortete sichtlich widerstrebend und nervös: »Ich war damals erst ein kleiner Junge . . .«

Es war ganz offensichtlich, daß ihm dieses Thema unangenehm war. Ich hatte keine Ahnung warum, aber man spürte deutlich, er wollte nichts mehr dazu sagen. Das machte mich natürlich neugierig. Ich versuchte es auf die sanftere Tour.

»Kannten Sie sie gut, die Temples?«

»O ja, ich kannte sie. Machte öfter Besorgungen für sie. Für beide.« Er wandte sich wieder dem Schrank zu.

Ich wechselte das Thema: »Erzählen sie mir ein bißchen von den Lanes . . .« Das war keine Frage, um Konversation zu machen. Ich wollte wirklich mehr über sie erfahren. »Was für Leute waren sie?«

Es zeigte sich, daß er bei den Nachfolgern der Temples weniger zugeknöpft war. Nach einem kurzen Moment des Nachdenkens sagte er: »Ich erinnere mich . . . Ich hab' sie zum ersten Mal getroffen, als ich mit meinem Vater zu ihnen ging. Ein Baum war umgefallen.«

»Ach ja, Mr. Timpson hat mir davon erzählt.« Ein Ast des Baumes hatte die steinerne Sonnenuhr am Eingang zum Obstgarten beschädigt, erinnerte ich mich, und der Baum war an demselben Tag, an dem Temple geflohen war, in einem Sturm umgestürzt.

»Es hatte einen schlimmen Sturm gegeben«, bestätigte Pitkin meine Erinnerung. »Und was für einen! In der ganzen Gegend waren Bäume umgeschmissen worden. Verheerend! Jedenfalls, weil die Temples nicht mehr da waren, blieb der Baum liegen, und als die Lanes einzogen, kamen wir her, um ihnen beim Zerkleinern und Wegschaffen des Baumes zu helfen.« Er lächelte verschmitzt. »Die hatten Feuerholz für den ganzen Winter, das können Sie mir glauben.«

»Warum«, fragte Shelagh, »kamen Sie und Ihr Vater denn her, um den Lanes zu helfen?«

»Oh, nicht nur wir beide. Es waren auch andere aus dem Dorf dabei. Hier auf dem Land sind die Leute immer bereit, anderen zu helfen, wenn sie können. Das ist nicht so wie in der Stadt. Bei uns hier ist man immer drauf eingestellt, anderen behilflich zu sein – man weiß ja nicht, ob man nicht *selbst* mal Hilfe braucht. Bei den Lanes kam noch dazu, daß sie neu im Dorf waren. Na ja, es war einfach Nachbarspflicht, ihnen zu helfen.«

Mir fiel ein, was Timpson mir über John Lane gesagt hatte – daß er nach dem Tod seiner Frau sehr seltsam und eigenbrötlerisch geworden war. »Was war er – John Lane – zu der Zeit damals für ein Mann?«

»Tja, das ist lange her ... Ein netter Bursche, würde ich sagen. Groß. Dunkler Typ, ungefähr wie Sie. Hat am Anfang einiges Herzklopfen bei den Mädchen und jungen Frauen im Dorf verursacht. Aber er hatte nur Augen für seine Frau, glaube ich. Sie war sehr ruhig, fast scheu, höflich. Eine sanfte Seele, könnte man sagen. Es war schrecklich, daß *das* mit ihr passiert ist.«

»Wie ist es denn eigentlich genau passiert?« Shelagh stellte diese Frage, nicht ich.

»Wer weiß das schon ...? Niemand hat irgend was bemerkt, bis John Lane eines Morgens, im Juli war's, ins Dorf kam und sagte; seine Frau wäre tot. Er erzählte, es wäre erst vor ein paar Stunden passiert. Anscheinend wachte er auf, sie war nicht in ihrem Bett, und er ging raus, um sie zu suchen. Er sah Rauchwolken vom Sommerhaus aufsteigen. Es brannte lichterloh, als er hinkam. Er trat die Tür ein und schaffte es noch, sie rauszuziehen, aber es war zu spät. Sie war tot. Er sagte, sie hätte sich angewöhnt gehabt, zu jeder Tages- und Nachtzeit in das Sommerhaus zu gehen. Er nahm an, sie hätte wohl die Petroleumlampe umgestoßen, die sie nachts immer mitnahm.«

»Und die Leute glaubten ihm das?« fragte ich.

Er zögerte.

»Einige schon. Er hatte selbst ein paar schlimme Brandwunden – vom Versuch, sie zu retten. Und man konnte sich keinen Grund vorstellen, *warum* er sie hätt' ... loswerden wollen. Und außerdem hatte sie sich seit einiger Zeit ziemlich seltsam benommen, so daß ihr Ende für manche Leute keine so arg große Überraschung war.«

»Und die *anderen* Leute?«

»Die hatten natürlich andere Gedanken. Und sie haben diese Gedanken natürlich auch rumerzählt.«

»Wie lautete denn das offizielle Untersuchungsergebnis?« fragte Shelagh.

»Unfall. Was es ja wahrscheinlich auch war, wie ich meine.« Er nickte bekräftigend. »Jedenfalls, eines an der ganzen Sache steht außer Zweifel: Sie hat Lane kaputtgemacht. Ganz bestimmt. Er hat den Tod seiner Frau nie überwunden. Obwohl einige Leute anderer Meinung waren und es vielleicht immer noch sind, ich bin fest davon überzeugt, daß er seine Frau geliebt hat. Ich hab' ihn ein paar Tage nach dem Drama getroffen. Er war ein anderer Mann als vorher. Wirklich. Er war ein ... gebrochener Mann. Und von da an ging es ständig bergab mit ihm. Er ging nicht mehr aus dem Haus, vermied jeden Kontakt mit den Leuten aus dem Dorf. Als er dann krank wurde, hat sich meine Mutter um ihn gekümmert, hat ihm Essen gebracht. Aber sie hatte den Eindruck, er wollte gar nicht mehr weiterleben. Nun, ob er wollte oder nicht, er ist gestorben. Meine Mutter war bei ihm.«

»Woran ist er gestorben?«

»Pocken. Das war drei oder vier Jahre nach dem Tod seiner Frau.«

»Vier«, konkretisierte ich. »Ich habe den Grabstein auf dem Friedhof gesehen.«

»Eine sehr traurige Geschichte«, sagte Shelagh nachdenklich.

»Ja . . .«, nickte Pitkin. »Danach ist dann Miss Merridew eingezogen.« Er zeigte auf den Schrank. »Ich hab' sie gefragt, ob sie mir den da verkaufen will. Das war kurz vor ihrem Tod. Aber sie wollte nicht.« Er sah mich erwartungsvoll, hoffnungsvoll an, aber ich zuckte die Schultern. »Ich weiß es nicht . . . noch nicht. Ich kann mich nicht so schnell entscheiden.«

»Aber wenn Sie vorhaben, ihn zu verkaufen . . .«

»Dann sind Sie der erste, dem ich ihn anbiete. Das verspreche ich Ihnen.«

»Danke.« Er lächelte mich entschuldigend an: »Ich meine, es ist doch eine Schande, so ein prächtiges Stück hier unten im Keller als Staubfänger zu mißbrauchen.«

Er legte seine alte Hand liebevoll auf das staubige Holz. Ich sah mir den Schrank noch einmal an, seine enorme Größe, und mir war klar, daß wir für das Monstrum keinen Platz im Haus hatten. »Und sie werden ein schönes Heim für ihn finden, nicht wahr?«

»O ja, da hab' ich keinen Zweifel.«

Ich nickte. »Also dann . . . ich werde Ihnen in ein paar Tagen Bescheid geben.«

»Sehr gut«, sagte er. »Sehr schön . . . Vielen Dank . . .«

Unter der Haustür blieb ich einen Moment stehen und sah ihm nach. »Was ist los?« fragte Shelagh.

Ich schüttelte den Kopf. »Nichts . . .« Aber der alte Mann hatte da unten im Keller irgend etwas gesagt, das nicht richtig zusammenpaßte. Als er es gesagt hatte, war es zu schnell gegangen, um es festzuhalten und zu speichern, und jetzt konnte ich mich nicht mehr daran erinnern. Nun ja, wahrscheinlich war es nicht wichtig . . .

Später saßen wir wieder im Wohnzimmer. Shelagh las, und ich hockte auf dem Boden und versuchte, mit dem Puzzle weiterzukommen. Aber es klappte nicht, und so gab ich es schließlich auf und ging nach draußen in den Garten. Ich schlenderte ziellos herum und landete schließlich im Geräteschuppen. Dort fand ich ein altes Krocketspiel. Ich nahm es mit ins Haus, und beim Tee studierte ich das kleine, vergilbte Büchlein mit den Spielregeln. Dieses Spiel war darauf ausgerichtet, die niedrigsten Instinkte im Menschen zu wecken, wie ich feststellte. Allerdings schien es nicht allzuviel Energieaufwand zu fordern.

Shelagh sagte mit hochgezogenen Augenbrauen: »Du bist doch ganz wild darauf, das Spiel mal zu probieren, hab' ich recht? Na schön, warum nicht? Ich wollte schon immer mal mein Glück beim Krocket versuchen.«

»Du sprichst das ganz falsch aus. Man sagt nicht . . .«

Sie unterbrach mich. »Ihr sagt ja auch Arkan*sass* statt . . .« Jetzt ließ ich sie nicht aussprechen. Ich küßte sie.

Auf dem Rasen hämmerten wir die Metalltore und den spitzen, buntgeringelten Endstock in die Erde und fingen an zu spielen.

Shelagh lernte schnell. Zu schnell für mich. Nach anderthalb Stunden hatte ich es immer noch nicht geschafft, über das dritte Tor hinauszukommen, weil Shelagh mit größtem Vergnügen meinen Ball immer wieder gekonnt gegen die Spielrichtung wegschlug. Ich überredete sie zu einer Zigarettenpause, die wir mit einem Drink anreicherten. Aus dem einen Drink wurden zwei, und dann war Jean Timpson mit dem Abendessen fertig. Das Krocketspiel wurde vertagt. Als wir nach dem Essen unseren Kaffee im Wohnzimmer tranken, brauten sich draußen dunkle Wolken zusammen, und innerhalb weniger Minuten hingen sie drohend über dem Haus. Und dann begann es zu regnen, zunächst nur leicht, aber nach einer kurzen Pause ging plötzlich ein gewaltiger Schauer nieder. Mir fielen die Krocketutensilien draußen auf dem Rasen ein, aber als ich sie holen wollte, war mir Jean, aufmerksam wie immer, zuvorgekommen. »Schon erledigt«, bremste sie mich an der Küchentür, »ich hab' die Sachen draußen geseh'n«, und sie nickte zu einer Ecke hinüber, in der die Tore, Stöcke und Schläger sauber aufgestapelt waren.

Sie ging kurz danach, und Shelagh und ich richteten uns auf

einen weiteren gemütlichen Abend ein. Draußen war Wind aufgekommen, und er peitschte den Regen in plötzlichen Schauern gegen die Fensterscheiben. Das Toben der Elemente steigerte mein Gefühl, hier drinnen, in meinem Haus, besonders sicher und geborgen zu sein.

Und so ging es auch Shelagh. Während der Regen gegen die Fenster prasselte und in der Ferne Donnerschläge grollten, kuschelte sie sich wohlig in ihren Sessel und sah zu mir herüber: »Es ist so schön hier. Ich liebe dieses Haus.«

Es ist für mich schwierig, mein ständig wachsendes Gefühl der Zufriedenheit zu schildern. Aber es war so. Ich war zufrieden und ausgeglichen. Das Cottage wurde mehr und mehr *unser* Cottage. Wir schienen mit unserer Präsenz die Geister der Vergangenheit zu zwingen, ihren Einfluß auf das Haus aufzugeben. Die Hinterlassenschaften der früheren Besitzer um uns herum wurden zu Relikten. Es war nur eine Frage der Zeit, überlegte ich, bis es mir möglich sein würde, an Colin wieder als Lebenden zu denken, nicht als Toten, und mich an den wenigen Erinnerungen, die ich an ihn hatte, zu freuen. Erinnerungen, die immer durch sein schreckliches Ende überschattet bleiben, aber letztlich doch angenehm sein würden. Jetzt, heute war sein Tod noch zu nah, noch zu greifbar, noch war sein Schatten täglich zu spüren, und sein Verlust schmerzte noch zu sehr. Das Buch, das ich jetzt vom Regal nahm, war *sein* Buch, und als Shelagh und ich ein wenig später Schach spielten, taten wir es mit *seinem* Schachspiel . . .

Das Schachspiel nahm denselben Verlauf wie das Krocketspiel. Kurz vor zehn machten wir Schluß. Shelagh gähnte und ging ins Bett. Ich blieb noch im Wohnzimmer und sah mir die Nachrichten im Fernsehen an, aber sie handelten wieder einmal nur von Verderben, Verhängnis und Verzweiflung. Ich hatte die Nase voll, schaltete das Gerät aus und ging nach oben.

Als ich gerade den Treppenabsatz erreicht hatte, hörte ich Shelaghs Schrei.

Ich rannte ins Schlafzimmer, knipste das Licht an und hielt sie fest, denn sie schlug wild mit den Armen um sich. Ich drückte sie an mich, und nach einer Weile gelang es mir, sie zu beruhigen. Schließlich wiegte ich sie wie ein Baby in meinen

Armen. »Ich hatte wieder so einen schlimmen Traum«, schluchzte sie. Tränen standen in ihren Augen. Sie hielt mich ganz fest. »Geh nicht weg. Komm zu mir«, sagte sie.

Nach dem Frühstück wusch Shelagh das Geschirr ab, und ich ging ins Wohnzimmer, um den Glassplitter zu holen. Ich wollte ihn den Leuten im Supermarkt unter die Nase halten und ihnen ein paar passende Worte dazu sagen. Die Scherbe war verschwunden.

»Vielleicht hat Jean den Splitter versehentlich aus der Schale gewischt«, meinte Shelagh, »als sie mit ihrem Staubwedel gestern abend, während wir beim Essen saßen, ein bißchen geputzt hat.«

»Ja, das könnte sein.« Ich sah meiner Geliebten zu, wie sie sich die Hände abtrocknete. Und wie sie ihren schlanken Körper reckte, um die Cremedose vom Regal über dem Spülstein zu holen. Sie verteilte die Creme auf die Hände und rieb sie mit ihren schlanken, langen Fingern ein.

»Gehst du irgendwo hin?« fragte ich.

Shelagh lächelte verschmitzt. »Ich dachte mir, ich geh' mal ins Dorf und seh' mir Mrs. Stoners Pferde an. Willst du mitkommen?«

»Nein, danke.«

Als sie fertig war, ging ich mit ihr zum Tor. Wir blieben unter dem Rosenbogen stehen, und sie hob ihre Hand und streichelte sanft mein Gesicht. »Bis später . . .«

Ich winkte ihr, bis sie um die Straßenbiegung verschwand. Dann holte ich die Krocketutensilien aus der Küche und verstaute sie wieder im Schuppen. Ich schlüpfte aus meinen Sandalen, zog ein Paar von Colins Gummistiefeln an, nahm eine Grabgabel, einen Rechen und eine Hacke und machte mich auf den Weg zu meinem ›Arbeitsbeet‹. Es sollte heute fertig gerichtet und für die Rosen vorbereitet werden, die ich bestellen wollte. Rosen, so hatte ich in Colins Katalog gelesen, mußten im Herbst gepflanzt werden, und so mußte dieser Teil der Arbeit Timpson überlassen bleiben. Ich überlegte mir, wie schön es sein würde, wenn ich nächstes Jahr mit Shelagh zurückkam und meine eigenen Rosen in voller Blüte vorfand... Das Haus würde dann mehr denn je *mein* Haus sein...

Ich pfiff vor mich hin, als ich an der Rückfront des Hauses und dem Steingarten vorbeikam. Ich pfiff auch noch, als ich den bereits bearbeiteten Teil des Beetes erreichte. Aber dann verging mir das Pfeifen, und ich blieb abrupt stehen.

Ganz deutlich waren neue Worte in die frische, noch regenfeuchte Erde gekratzt. In großen, runden Buchstaben, kindisch und unklar in ihrer Ausführung, aber keinesfalls unklar in ihrer Bedeutung:

SCHICK SIE WEG

16

Im Wartezimmer des Doktors saß ich einer dicken Frau gegenüber, die sich bemühte, ein mürrisches Kind aufzuheitern, das jedoch strikt alle Aufheiterungsversuche ablehnte. So hatte jeder seine Probleme. Mir ging die Szene nicht aus dem Kopf, als ich vor dem Beet im Garten empört gezischt hatte: *»Jean Timpson, jetzt ist aber Schluß! Endgültig!«* Und wie ich wütend die Erde durchgehackt hatte, bis auch nicht die kleinste Spur dieser Unverschämtheit mehr zu sehen war.

Meine zornigen Gedanken wurden unterbrochen, als Doktor Reese den Kopf aus der Tür seines Praxiszimmers steckte und mich aufrief. Ich legte die veraltete Beilage der *Sunday Times* auf den Tisch und ging zu ihm.

»Na, das sieht ja gut aus«, sagte er befriedigt, als er meinen Arm untersucht hatte. Dann fing er an, die Fäden zu ziehen. Ich fand das äußerst unangenehm und sah verkrampft weg. Ich spürte, wie er an den Fäden herumschnippelte und sie dann flink herauszog. »Wie ich hörte, haben Sie einen Besucher«, sagte er beiläufig, und als ich ihn erstaunt ansah, strahlte er mich an.

Ich schüttelte den Kopf. »Mein Gott, in diesem Dorf verbreiten sich Nachrichten anscheinend mit Lichtgeschwindigkeit.«

»Eine Freundin aus den Staaten, nehme ich an?«

»Shelagh ist ihr Name. Shelagh O'Connell. Fünfundzwanzig Jahre alt, sechsundfünfzig Kilo schwer, einssechsundsechzig groß, Augenfarbe blau.«

»Sie haben ihre Zahnpastamarke vergessen.«

»Dieselbe wie meine.«

Er lachte leise und tupfte die Narbe mit einem Desinfektionsmittel ab. Ich sagte:

»Ich habe gesehen, was von dem Wagen meines Bruders übriggeblieben ist. Ein schrecklicher Trümmerhaufen. Ich hatte mir bis dahin nicht ausgemalt, mit welcher Wucht er gegen den Baum geprallt sein muß. Wie konnte es nur zu einem so irrsinnigen Unfall kommen?«

Er zuckte mit den Schultern. »Was soll ich dazu sagen? Aber das war's – ein irrsinniger Unfall. Was sonst könnte es gewesen sein?«

Ich wollte Jean Timpson nicht begegnen, ehe ich mir nicht klar darüber war, wie ich die Sache anpacken sollte. Im Moment hatte ich noch keine Ahnung, wie ich mit der Situation fertig werden konnte.

Als ich ins Haus zurückkam, hörte ich von der Diele aus ihr geschäftiges Hantieren in der Küche. Also vermied ich diese Richtung und ging ins Wohnzimmer. Shelagh setzte Girlie ab und kam zu mir.

»Wie sieht's aus . . .?« Sie untersuchte die feuerrote Narbe. »Das verblaßt bald.« Ich setzte mich in meinen Sessel, sie auf die Lehne, und sie hatte es eilig, mir ihre neuesten Erlebnisse zu erzählen – mit gedämpfter Stimme.

»Jean war schrecklich nett zu mir, während du weg warst. Ihr Kernproblem *sind* ihre Verlegenheit und ihre Hemmungen. Das ist alles. Wenn man sie da rausholt . . . Wir haben uns lange unterhalten. Armes Ding – sie macht sich immer noch Vorwürfe wegen des Glassplitters im Eis.«

Dieser Vorfall mit dem Eis . . . Plötzlich bekamen die Worte, die ich auf dem Beet vorgefunden hatte, eine ganz neue, erschreckende Bedeutung. Aber sie würde doch, um Gottes willen, nicht *so* weit gehen... Dennoch, der Gedanke war nicht mehr zu verdrängen, nagte an meinem Verstand. Ich hörte Shelagh kaum mehr zu, als sie weitersprach.

»Hast du gewußt, daß sie selbst auch Reiterin ist? Jean, meine ich? Wir haben also ein gemeinsames Interesse. *Sie* hat es mir allerdings nicht erzählt, sondern Mrs. Stoner...«

...ich sah wieder diesen rasiermesserscharfen Glassplitter in Shelaghs Hand, sah das Blut zwischen ihren Fingern, auf ihren Lippen.

»Anscheinend hat Jean früher, als junges Mädchen, auch mal als Magd gearbeitet. Hörte dann aber auf. Ihr Vater erschien eines Tages bei dem Bauern und machte einen Mordswirbel wegen einem der Knechte, die auch auf dem Hof arbeiteten...« Shelagh sprach weiter, aber ich war völlig in meine eigenen Gedankengänge verstrickt. Wie dringlich konnte es für Jean Timpson sein, so fragte ich mich, daß Shelagh von hier verschwand? Das Eis war in einem Plastikbecher mit einem Deckel gewesen, den man an einer Lasche abziehen konnte. Jemand hätte ohne große Schwierigkeiten den Deckel vorsichtig abheben, den Splitter in das Eis stecken und den Deckel wieder auf den Becher drücken können... War Jean Timpsons Zorn über Shelaghs Kommen groß genug, um einen Anschlag zu planen?

»David«, sagte Shelagh streng, »du hörst mir überhaupt nicht zu.«

»Ich höre zu, ich höre ja zu...« Aber ich fragte mich immer noch, ob ein Mensch es fertigbringen konnte, einen scharfen Glassplitter in das Essen eines anderen zu stecken... Der Gedanke ließ mich schaudern. »Du hast gerade erzählt, daß Jean Timpson früher als Magd gearbeitet hat«, sagte ich zum Beweis meiner Aufmerksamkeit.

»Mit dem Thema war ich schon längst fertig«, sagte sie spitz. Dann aber legte sie die Hände auf meine Schultern. »Du bist in einer seltsamen Stimmung. Was beschäftigt dich? Worüber denkst du nach?«

»Ist nicht wichtig«, antwortete ich und schüttelte den Kopf.

»Irgendwas *ist* wieder los mit dir. Ich kann in dir lesen wie in einem Buch.« Sie ging zum Klavier. »Du brauchst Ablenkung . . .« Sie öffnete den Deckel und schlug einen Akkord an. »Ein wenig Musik, um die wilde Brut zu zähmen«, zitierte sie.

»O Gott«, lachte ich, »es heißt *die wilde Brust zu zähmen*. Die *Brust*, Shelagh.«

»Ein solches Wort wäre unterhalb meines Niveaus«, sagte sie pikiert und fing an, ihre eigenwillige Interpretation von *Home to the Range* herunterzuhämmern.

Ich sprach kaum mit Jean Timpson, als sie uns das Abendessen servierte. Ich brachte es nicht fertig, mehr als ›danke‹ zu ihr zu sagen. Ich weiß nicht, ob ihr meine Schweigsamkeit auffiel, aber Shelagh bestimmt. Und sie gab sich alle Mühe, das auszugleichen.

»Überlassen Sie uns heute den Abwasch«, sagte sie zu ihr, »wir machen das.«

»O nein . . . das ist kein Problem.«

»Ich bestehe darauf«, sagte Shelagh. »David und ich machen das, und Sie gehn nach Hause.«

Jean Timpson sah mich an, mit unstetem Blick, unsicher, was sie tun sollte. Ich nickte, sah auf meinen Teller.

»Ja, gehen Sie nach Hause. Wir machen das schon.« Plötzlich wollte ich dringend, daß sie gehen sollte. Ich wollte sie überhaupt *nie* mehr sehen.

»Oh, nun, wenn Sie meinen . . .«

»Ja.«

Einen kurzen Moment lang sah sie mir direkt in die Augen, dann flackerte ihr Blick wieder zur Seite. »Nun . . . danke . . . Bis morgen nachmittag . . .«

Als sie gegangen war, sagte Shelagh: »Was hat das alles zu bedeuten?«

»Was alles?«

»Dein Benehmen Jean gegenüber. Du warst so kurz angebunden zu ihr. Fast verärgert. Hast du nicht gemerkt, wie sie dich angesehen hat? Ist irgend was nicht in Ordnung?«

»... Nein. Aber es war ein langer Tag heute...« Ich stand auf. »Komm, laß uns unsere Arbeit erledigen.«

Shelagh spülte, ich trocknete ab und räumte das Geschirr weg. Ich gab mir die ganze Zeit über alle Mühe, fröhlich zu wirken und nicht den Eindruck zu erwecken, daß mich irgend etwas belastete. Aber ich konnte nicht verhindern, daß die finsteren Gedanken sich immer wieder bei mir einschlichen. Morgen, das nahm ich mir fest vor, würde ich mit Jean Timpson sprechen und ihr unter irgendeinem Vorwand eröffnen, daß wir sie nicht mehr brauchten.

»So, das wär's...« Shelagh schüttelte das Wasser von ihren Händen. »Ich hole noch schnell die Aschenbecher.« Sie ging ins Wohnzimmer. Ich trocknete den letzter Teller ab, schraubte den Deckel auf die Flasche mit Spülmittel und stellte sie auf das Regal über dem Spülstein. Als ich meine Hand zurückzog, streiften meine Finger die Cremedose, sie rutschte vom Brett und zerplatzte mit einem dumpfen Knall auf den Bodenfliesen.

Als Shelagh in die Küche zurückkam, kauerte ich über der Schweinerei aus weißer Creme und zerborstenem Glas, die ich da angerichtet hatte. »Was ist passiert?« fragte sie.

»Ich schulde dir eine neue Dose Handcreme.« Ich hörte selbst, wie steif und gepreßt meine Stimme klang.

»Ach, mach dir nichts draus.«

Ich nahm eine alte Zeitung und schob die unappetitliche Masse darauf, dann faltete ich sie zusammen und warf sie in den Abfalleimer. Ich wischte den Boden auf, und ich hatte Angst, Shelagh könnte das wilde Klopfen meines Herzens hören. Als ich zu ihr aufsah, bemerkte sie meinen verstörten Gesichtsausdruck.

»David... was ist los?«

»Ist etwas los?« Ich zwang ein Lächeln auf mein Gesicht. »Nichts ist los.«

Nichts ist los, hatte ich zu ihr gesagt. Und ich sah sie wieder vor mir, wie sie heute morgen den Deckel von der Dose geschraubt hatte und mit den Fingern hineingefahren war. Wenn ich nicht versehentlich die Dose runtergeworfen hätte, dann hätte Shelagh in wenigen Sekunden dasselbe wieder getan.

Nichts ist los, hatte ich behauptet.

Ich konnte ihr nicht sagen, daß ich in dem zerplatzten Cremeklumpen zwei beidseitig scharfe Rasierklingen gefunden hatte.

17

»Geht es dir wirklich gut genug, um reiten zu gehen?« fragte ich Shelagh beim Frühstück. Sie war in der Nacht wieder schreiend aufgewacht, hatte um sich geschlagen, sich an mich geklammert, und es hatte lange Zeit gedauert, bis sie wieder eingeschlafen war.

»Aber ja doch«, sagte sie jetzt, »mir geht es prima, und es wird mir noch besser gehen, wenn ich einen langen Ritt über die Hügel mache. Ich freue mich sehr darauf.« Und nach einer Pause: »Wie steht's mit dir? Willst du nicht mitkommen?«

»Ich und reiten?«

»Dein Bein wäre dabei kein Problem. Sie könnten dir einen alten Klepper aussuchen, auf den schon die Abdeckerei wartet. So einen Gaul, der außer einem lahmen Trab nichts mehr zustande bringt.«

»Nein . . . Besten Dank . . .«

Sie schob einen Löffel Honig in den Mund und bot mir auch einen an. Ich schüttelte den Kopf.

»Wäre aber gesund für dich. Stärkt die Nerven . . .«

»Nein . . . Das Zeug ist zu süß . . .« Und sofort fiel mir wieder das Eis ein. Ich hatte Jean Timpson schon kurz nach meiner Ankunft einmal gesagt, daß ich Eis nicht mochte, nie Eis aß. Es war also ausgeschlossen, daß der Glassplitter in *meinen* Mund geraten könnte.

»Was ist denn schon wieder los mit dir?« platzte Shelagh in meine Gedanken.

Ich sah ihr tief in die Augen und sagte:

»Heirate mich, Shelagh.« Ich liebte sie. Ich wollte sie in Sicherheit wissen. In Sicherheit bei mir. »Heirate mich. Bitte.«

»Ich habe mich schon gefragt«, sagte sie und erwiderte meinen Blick, »wann du dieses Thema wieder aufs Tapet bringst. Und ich habe inzwischen einige Überlegungen dazu angestellt . . .«

»Oh . . .?«

»Ich weiß inzwischen, daß ein großer Teil der Schwierigkeiten, die wir miteinander hatten, auf *mein* Konto gehen. Ich habe nicht kapiert, was mit dir los war. Alle deine . . . Stimmungen und . . . Depressionen, jetzt weiß ich, worauf sie zurückzuführen waren. Ich verstehe jetzt auch diese Dinge mit Colin, warum du so warst, wie ich dich lange Zeit erlebt habe. Weißt du . . .« Sie nickte kurz, ernst, bestimmt. »Weißt du, du bist viel stärker, als ich bisher gedacht habe. Natürlich merke ich, daß du immer noch innerlich aufgewühlt und durcheinander bist – aber ich spüre auch eine gewisse . . . Stärke an dir. Ja . . . Ich sehe dich inzwischen in einem anderen Licht.«

»Und was willst du damit sagen . . .?«

»Ich sage ja, laß uns heiraten, du Dummkopf.« Sie lächelte mich strahlend an. »Wenn du mich noch haben willst.«

»O ja, gnä' Frau . . .«

Sie lachte laut. Wir lehnten uns über den Tisch und küßten uns. Ich schmeckte den Honig auf ihren Lippen. Ein Windstoß fuhr durch das offene Fenster und wehte ihr die Haare ins Gesicht. Das Fenster schlug gegen den Rahmen, und ich stand auf, um es zu schließen. Sie kam zu mir.

»Wann?« fragte sie.

»Nun, das werden wir umgehend klären«, sagte ich, und mein Lächeln schwang in meiner Stimme mit. »Ich rufe sofort das nächstgelegene Standesamt an.«

Eine halbe Stunde später waren wir auf dem Weg nach Millingfort, einer kleinen Stadt etwa sieben Kilometer entfernt. Zum wiederholten Mal klopfte ich auf meine Jackentasche und überprüfte, ob ich auch tatsächlich meine Geburtsurkunde und meinen Paß dabei hatte. Wahrscheinlich brauchte ich nicht beides, aber der Standesbeamte hatte gesagt, ich solle alle erforderlichen Papiere mitbringen, und ich wollte ganz sicher gehen.

»Hast du auch wirklich deinen Paß eingesteckt?« fragte ich Shelagh.

»Ja, natürlich. Und um ganz sicher zu gehen, habe ich auch meinen Führerschein, meinen Krankenversicherungsschein, meine Sozialversicherungskarte und die Anstecknadel vom Mickeymausklub dabei.«

Wirklich, sie wollte ganz sicher gehen.

»Braves Mädchen«, sagte ich. »Also ist alles klar.«

»Jawohl, Sir, alles klar.«

Auf dem Standesamt gab es dann auch tatsächlich keinerlei Schwierigkeiten, und unsere Trauung wurde für Samstag morgen elf Uhr angesetzt. Ich war glücklich.

Als wir zurück im Cottage waren, zog Shelagh Jeans und ein helles Hemd an. »Ich dachte, du müßtest Reithosen und so 'n Zeug anziehen«, sagte ich.

»Mrs. Stoner wird mir Reithosen und ›so 'n Zeug‹ leihen.« Sie nahm ihre Segeltuchtasche hoch und legte den Riemen über die Schulter.

»Ich gehe mit dir den Hügel runter«, sagte ich. »Ich möchte bei Jean Timpson reinschauen und mit ihr sprechen.«

»Du willst es ihr sagen?«

»Ach so . . . Unsere Hochzeit, meinst du . . .«

»Natürlich. Was gäbe es denn sonst zu besprechen?«

Der Gedanke an den Samstag, unseren Hochzeitstag, machte mich glücklich, aber der Gedanke an das Gespräch mit Jean Timpson war mir äußerst unangenehm. Mir grauste davor. Ich wußte, was ich ihr sagen wollte, aber ich war mir nicht sicher, ob ich es auch fertigbringen würde, es ihr mit diesen wohlgesetzten Worten sagen zu können. Dennoch, es mußte getan werden. Es mußte sein.

Wir verließen das Haus und gingen die Straße von Gerrads Hill zum Dorf hinunter. An der Abzweigung, wo es geradeaus zum Dorf und links zu der kleinen Siedlung mit dem Haus der Timpsons ging, küßte Shelagh mich und sagte: »Bis nachher.« Sie ging fröhlich winkend weiter, und ich schaute ihr noch eine Weile nach. Dann machte auch ich mich auf den Weg.

Ich hatte keine Ahnung, welches das Haus der Timpsons war, aber dann sah ich Jeans alten blauen Kinderwagen in einem Vorgarten stehen. Ich öffnete die Gartentür und ging über den schmalen Pfad, der von hübschen Blumenbeeten flankiert war, zur Haustür. Ich atmete tief durch, wappnete mich noch einmal für die unangenehme Aufgabe, die mir bevorstand, und ließ dann den schweren Klopfer gegen die Tür fallen. Der alte Mann öffnete.

»Ich hab' Sie durch den Garten kommen sehn«, sagte er und führte mich ins Haus. »Wenn Sie zu Jean wollen – sie ist noch 'ne ganze Weile weg, zu lange für Sie, um auf sie zu warten, fürchte ich.«

Ich war sehr erleichtert – eine Gnadenfrist, Gott sei Dank. Aber es war dumm, so zu denken, das war mir klar, denn ich schob diese schwierige Aufgabe damit ja nur vor mir her.

Er führte mich zu einem Tisch, auf dem noch die Überreste einer Mahlzeit standen – Schinken, Käse, Brot. »Ich war grad beim Essen. Nachher muß ich wieder zur Farm . . .« Er brach ab. »Ich hab' mir Tee gemacht, wenn Sie 'ne Tasse wollen . . .«

Ich dankte ihm, nein, ich könne nicht lange bleiben. Aber ich blieb stehen, schweigend, und die Anspannung, die sich in mir aufgebaut hatte, ließ nach, zog sich unter eine dünne Oberfläche zurück.

»Wollen Sie ihr eine Nachricht hinterlassen?« fragte er.

Ich ergriff die Chance, die sich damit bot. Es war schrecklich feige, das war mir klar, aber es war *die* Möglichkeit, einer direkten Konfrontation mit Jean Timpson zu entgehen. »Ja, danke. Ich schreibe ihr ein paar Zeilen, wenn Sie erlauben.«

Er nickte zu einem alten Schreibpult in der Ecke. »Drüben finden Sie Papier und Stifte.« Er setzte sich vor seine unterbrochene Mahlzeit. »Entschuldigen Sie, ich eß so lang' weiter.« Ich nickte. »Natürlich«, sagte ich und ging zum Pult. Ich war sehr froh und erleichtert über die Möglichkeit, die Timpson mir da geboten hatte. Ich haßte mich zwar selbst dafür, daß ich darüber froh war, aber als ich den Stift in die Hand nahm, redete ich mir ein, daß ich für diese Entwicklung ja nicht verantwortlich war.

Nach kurzer Überlegung schrieb ich auf das oberste Blatt des dünnen Notizblocks:

Liebe Jean,

nachdem nun mein Arm wieder in Ordnung ist und ich inzwischen auch sonst ganz gut allein zurechtkomme, vor allem aber auch, weil Shelagh jetzt im Haus ist und bis zu unserer Rückkehr nach New York bei mir bleiben wird, möchte ich Ihnen sagen, daß es nicht mehr erforderlich ist, daß Sie Ihre Zeit opfern und sich um uns im Cottage kümmern, wie Sie das bisher so freundlich getan haben. Als Ausgleich für die Auslagen, die Sie für uns getätigt haben und als Lohn für Ihre uneigennützige Hilfe füge ich etwas Geld bei.

Mit herzlichem Dank

Ich las den Text noch einmal durch. Sehr schlecht formuliert, wenig rücksichtsvoll, grob. Aber die Nachricht, die ich damit übermitteln wollte, kam zum Ausdruck. Ich unterschrieb, zögerte noch einmal wegen der kalten Schroffheit des Briefes, steckte ihn dann aber, zusammen mit einer viel zu großen Geldsumme, in einen Umschlag und schrieb ihren Namen darauf.

»Fertig?« fragte der alte Mann mit seinem sympathischen, offenherzigen Lächeln. Ich nickte und gab ihm den Brief in die ausgestreckte Hand. »Ich weiß nicht, wann sie heimkommt, aber dann kriegt sie ihn sofort«, sagte er. Er legte den Umschlag neben sich auf den Tisch.

Ich dankte ihm, trat einen Schritt zurück, wollte gehen. Mein schlechtes Gewissen quälte mich, und ich konnte die Freundlichkeit und Warmherzigkeit, die dieser Mann ausstrahlte, nicht länger ertragen. »Geben Sie mir noch ein paar Tage Zeit«, sagte er, »dann bin ich mit der Arbeit auf der Farm fertig und kann Ihnen im Garten helfen.«

Ich dankte ihm noch einmal. Mein Gott, was war ich für ein Heuchler! In einer Stunde würde er wissen, daß ich gerade seine Tochter gefeuert hatte. Ich konnte nur hoffen, daß er dem Wortlaut des Briefes glaubte und nichts anderes dahinter vermutete.

»Sie sind's, dem man danken muß«, sagte er. Ich sah ihn überrascht an, und er nickte mit seinem kurzgeschorenen grauen Kopf. »Es hat für meine Jean sehr viel bedeutet, daß sie zu Ihnen kommen durfte und Kontakt mit Ihnen haben konnt'.

Es war sehr wichtig, daß sie außer mir noch jemand anders hat, um den sie sich kümmern kann. Und es ist gut für sie, mit jüngeren Leuten zusammen zu sein. Und es tut ihr so arg gut, das Gefühl zu haben, daß sie . . . gebraucht wird.«

Mir fiel nichts ein, was ich hätte sagen können. Ich stand einfach da, die Hand auf der Türklinke.

»Sie hat mir von Ihrer jungen Freundin erzählt. Shelagh heißt sie, nicht wahr?«

»Ja.«

»Sie ist anscheinend eine . . . ja, eine sehr nette junge Frau.«

Ich weiß nicht warum, aber ich sagte: »Sie ist ins Dorf gegangen, zum Reiten.«

Er nickte wieder, lächelte, schaute aus dem Fenster. »Ich bin sehr froh, daß Jean zu Ihnen geht, bei Ihnen arbeitet. Sie braucht Freunde, Leute, denen sie vertrauen kann. Die Leute im Dorf . . . die sind nicht gut zu ihr.« Er zupfte an den Ärmeln seines Hemdes. »Einige Leute können die Vergangenheit nicht ruh'n lassen, das ist das große Problem. Die können nicht vergessen. Sogar ein paar von den Leuten, die Jean von Kind an kennt. Die mal ihre Freunde waren. Komisch, wie Menschen sich ändern können. Und es tut weh. O ja, es tut weh. Und alles, weil die Leute kein Verständnis haben. Jean sagt ja nichts, aber man sieht's ihr an, es tut ihr sehr weh . . .«

Er wandte sich zu mir um, sah mich an. »Ich nehm' an, Sie haben von der Sache gehört. Muß ja sein in dem Dorf hier . . .«

Ich wollte ihm sagen, daß ich ein Fremder in diesem Dorf war, daß die Leute mir kaum etwas gesagt hatten, auch wenn ich klare Fragen gestellt hatte . . . Aber ich zuckte nur nichtssagend die Achseln.

»Na ja, so ist das eben.« Er schüttelte den Kopf. »Sie *meinen*, sie wüßten die Wahrheit, und mehr als ihre eigene Wahrheit wollen sie nicht akzeptiern.« Er seufzte und sah wieder aus dem Fenster. »Das war der Hauptgrund, weshalb sie weggegangen ist. Sie hätt' das Geschwätz im Dorf nicht ausgehalten, da bin ich sicher. Deshalb ist sie auch noch in Marshton Ridge geblieben, nachdem sie das . . . das Baby schon lang' verlorn gehabt hat. Es war schwer für sie, drüber wegzukommen, ganz bestimmt, das kann ich Ihnen sagen. Manche Frauen nehmen so was besonders schwer, so was Schlimmes wie das. Aber sie hat sich wieder aufgerappelt, nach einiger Zeit. Und als sie dann den Job bei den betuchten Leuten in Marshton Ridge gekriegt hat, da ging's ihr wieder gut.« Er unterbrach sich und sah mich ernst an. »Ich erzähl Ihnen das alles bloß, damit Sie's richtig verstehn, deshalb. Wie ich gesagt hab', Sie waren immer gut zu ihr. Sie mag Sie sehr. Sie hat Vertraun zu Ihnen. Deshalb ist's besser, sie hören die Wahrheit, wie das mit dem Jungen war, eh' man Ihnen was and'res erzählt und Sie das für wahr halten.«

»Ja«, sagte ich, verstand aber nichts.

»Ich weiß nicht, warum das passier'n hat müssen, das *auch* noch«, fuhr er fort und hob die Schultern. »Vier Jahre lang hat sie auf den kleinen Buben aufgepaßt, es hat nicht den kleinsten Ärger gegeben, die Eltern von dem Kind waren sehr zufrieden mit Jean, aber dann war alles in ein paar Minuten vorbei. Da war's passiert. Und es hat wieder Gerede gegeben. Man konnt' ihm gar nicht aus dem Weg gehn.« In seiner Stimme schwangen Traurigkeit und Resignation mit, aber keine Spur von Verbitterung. »Und Jean hat schrecklich gelitten«, fuhr er fort. »Man konnt's kaum mehr mit ansehn, hat meine Schwester gesagt, und sie hat recht gehabt. Man konnt's voraussehn, wo das hinführt. Aber dann ein paar Jahre später, als sie zu mir zurückgekommen ist, da war eigentlich wieder alles in Ordnung mit ihr. Aber sie war . . . anders . . .« Er sah mir in die Augen, als wolle er seinen Worten Nachdruck verleihen. »Ruhiger. Mehr . . . in sich zurückgezogen, könnt' man sagen. Wollt' mehr . . . für sich allein sein. War . . . verschlossen.« Er lächelte ironisch, jetzt wohl doch ein wenig verbittert. »Es gibt das Sprichwort, daß die Zeit alle Wunden heilt, aber ich . . . ich bin da nicht so sicher.«

Er schwieg. Die eintretende Stille wurde durch das Tick-Tack der alten Standuhr dröhnend in Sekunden eingeteilt. Dann trat das Ticken wieder in den Hintergrund, als er, mit dem gewohnten warmen Lächeln, fortfuhr:

»Sie können sich gar nicht vorstellen, wie sich das geändert hat, als Ihr Bruder herkam und Miss Helen geheiratet hat. Und dann ist ja der andere, der da vorher rumgegammelt hat, auch nicht mehr lange geblieben, und Jean war sehr froh drüber. Plötzlich hat sie wieder angefangen, sich fürs Leben zu int'ressier'n. Und sie war ganz aufgeregt, weil Miss Helen ... Mrs. Warwick, mein ich ... ein Baby erwartet hat. Und sie können sich ja denken, wie schlimm es für Jean war, als das alles so schrecklich zu Ende ging, aber ... Na ja, jetzt sind *Sie* da, mit der jungen Frau ... auch wenn's nur für diesen Sommer ist. Ich seh' die Veränderung bei Jean. Sie findet von Tag zu Tag wieder mehr zu sich selber, so wie sie ganz früher mal war.«

Ich kam mit meinen verwirrten Gedanken und Gefühlen nicht mehr zurecht. Hatte ich Jean falsch eingeschätzt? Ich dachte an ihr melancholisches, scheues Gesicht unter dem kindischen, bunten Haarband. Und ich stellte mir vor, wie sie nach Hause kommt und meinen barschen Brief vorfindet ... *Sie braucht Freunde*, hatte der alte Mann gesagt, *Menschen, denen sie vertrauen kann*. Und sie vertraute mir. Ich erinnerte mich, wie sie mir davon erzählt hatte, daß Colin sie weggeschickt hatte; wie schwer sie das genommen hatte, wie enttäuscht sie gewesen war, wie unglücklich. Und da stand ich nun und tat genau dasselbe, nur weniger mutig und offen als Colin. Ich tat es feige und hinterlistig.

Aber ich konnte mit meinem Verdacht gegen sie nicht falsch liegen. Wer denn sonst konnte für die seltsamen Ereignisse in Frage kommen ...? Der Glassplitter im Eis, die Rasierklingen in der Cremedose, die Worte auf dem Beet ... Andererseits ... Sie vertraut Ihnen, hatte Timpson gesagt. *Sie vertraut Ihnen* ... Ich war völlig durcheinander. Nichts mehr erschien mir sicher. Und einmal angenommen, ich hatte nicht recht ...

Ich sah auf den Brief neben Timpsons Hand. Machte einen Schritt auf den Tisch zu ...

». . . Meine Nachricht«, stammelte ich. Er folgte der Richtung meines Blickes und nahm den Brief hoch.

»Machen Sie sich darüber keine Sorgen«, sagte er. »Ich sorg' ganz bestimmt dafür, daß sie ihn kriegt.« Und er steckte den Umschlag in seine Hemdtasche. »Sobald sie zurückkommt.«

Ich konnte nichts mehr tun. Jetzt lag die Sache nicht mehr in meinen Händen.

18

An der Straßengabel steckte ich mir eine Zigarette an – die letzte von der Stange, die ich auf dem Herflug zollfrei gekauft hatte. Ich bog links ab und ging ins Dorf hinunter, wo ich mir eine neue Stange Zigaretten kaufte.

Als ich aus der Tür des Tabakladens trat, erstarrte ich. Jean Timpson kam gerade aus dem Supermarkt, in der Hand eine Tüte mit Gemüse. Ich geriet regelrecht in Panik; um Gottes willen, ich konnte doch auf keinen Fall jetzt eine Konversation mit ihr beginnen, wo zu Hause auf sie meine Nachricht mit dem Rausschmiß wartete! Ich würde es ihr doch noch von Angesicht zu Angesicht sagen müssen. Und sie kam auf mich zu, schien mich allerdings noch nicht gesehen zu haben.

Ohne zu zögern – und ohne einen Gedanken an diese erneute Feigheit zu verschwenden – ging ich so schnell wie möglich um den Pub an der Ecke herum in eine Seitenstraße, die vom Marktplatz wegführte. Vor Pitkins Antiquitätenladen blieb ich stehen und sah in der Spiegelung des Schaufensters, daß Jean Timpson ebenfalls in diese Straße einbog. Ob sie mich diesmal erkannte, wußte ich nicht, aber es war klar, daß sie unweigerlich auf mich stoßen würde, wenn ich stehen blieb. Wie auch immer, sie konnte jedenfalls nicht wissen, daß *ich* sie gesehen hatte. Und darauf setzte ich. Die Tür des Ladens war offen, und ich ging, ohne mich umzusehen, hinein.

Pitkin hatte mich anscheinend schon draußen gesehen, denn er war nicht sonderlich überrascht, als ich hereinkam. Er begrüßte mich und schloß die übliche Floskel an, wie es mir denn gehe. Ich antwortete, daß es mir gut gehe, sehr gut. Dann stand ich einige Sekunden unschlüssig herum, bis er sagte: »Oh, da draußen ist die junge Jean . . .« Jeder unter fünfzig ist für ihn wahrscheinlich jung, dachte ich flüchtig. Ich drehte mich nicht um, aber in einem Spiegel sah ich, daß sie vor dem Schaufenster stehen blieb und in den Laden hineinstarrte. Dann ging sie jedoch zu meiner Erleichterung weiter.

Was er denn für mich tun könne, fragte Pitkin mit erwartungsvollem Lächeln. Ich wußte sofort, was er als Grund für meinen Besuch annahm, insgeheim wohl auch erhoffte. Und ich entschied mich, ihn nicht zu enttäuschen.

»Ich bin nur . . . gekommen, um Ihnen zu sagen, daß Sie den Schrank haben können«, sagte ich, und als ich seine Reaktion sah, war ich froh, es gesagt zu haben. Er freute sich offensichtlich sehr.

Er dankte mir drei- oder viermal und meinte dann, wir müßten uns natürlich noch über den Preis unterhalten, nicht wahr? Ich sagte, das überließe ich ihm, ich hätte keine Ahnung von diesen Dingen; er solle mir dafür geben, was er für richtig halte. Und ich fragte, wann er kommen könne, um den Schrank abzuholen. Das wäre nur am Wochenende möglich, erklärte er, er würde den Transport arrangieren und mich dann anrufen, um den genauen Zeitpunkt abzusprechen. Danach war eigentlich nichts mehr zu besprechen, aber ich wollte noch nicht gehen, nicht, solange noch die Gefahr bestand, Jean Timpson auf dem Rückweg zum Cottage zu begegnen. Der alte Mann löste mein Problem; er fragte mich, ob ich nicht ein bißchen Zeit hätte und mit ihm im Pub an der Ecke einen Drink nehmen wolle. »Ja, sehr gerne«, ergriff ich dankbar den Rettungsanker, und er nahm seinen Stock und folgte mir auf die Straße.

Er schloß die Tür hinter sich ab, und wir gingen zum Pub, wo er für uns beide Bier bestellte. Wir nahmen die Gläser und setzten uns an einen kleinen Tisch in der Ecke. Er steckte seine Pfeife an, ich mir eine Zigarette. Ich entspannte in seiner Gesellschaft. Er war ein netter alter Mann, und ich mochte ihn sehr. Die Sache mit dem Brief an Jean Timpson und das Gespräch mit ihrem Vater hatten mich ziemlich mitgenommen, aber jetzt, in dieser gemütlichen Kneipe, bei Bier und Zigarette und im Geplauder mit Pitkin, ließ die Anspannung nach. Wir tranken das Bier aus, und ich holte uns zwei Scotch. Ich merkte, daß auch er lockerer wurde, gesprächiger, offener, und ich stellte mir vor, daß er wahrscheinlich ziemlich einsam war und sich über die Gesellschaft, die sich ihm durch die Begegnung mit mir bot, aufrichtig freute. Seine Frau war schon seit neun Jahren tot, erzählte er, und sein einziger Sohn war im Krieg gefallen. Ich fragte ihn, wie es denn gekommen sei, daß er von der Landwirtschaft zum Antiquitätenhandel übergewechselt sei. Er lächelte. »Ich verstehe, daß Ihnen das ein bißchen seltsam vorkommt. Ist ja auch eine seltene Kombination. Der Laden stammt aus der Familie meiner Frau. Als wir zu alt wurden, um mit der Arbeit auf unserer Farm fertig zu werden, haben wir sie verkauft und den Laden wieder aufgemacht. So war das. Ich hab's bisher nicht bereut.«

Ich holte uns noch zwei Scotchs. Als ich das Glas vor ihn hinstellte, protestierte er, wenn auch nicht sehr nachhaltig, er dürfe nicht angetrunken in seinen Laden zurückkommen. Aber ich merkte, er freute sich, daß wir noch länger zusammenblieben. Als ich mich wieder ihm gegenüber hinsetzte, hob er sein Glas, lächelte mich über den Rand an und sagte: »Auf Ihre Gesundheit.«

»Zum Wohl.«

»Leben Ihre Eltern in England?« fragte er und lenkte damit die Konversation in persönlichere Bahnen.

»Meine Mutter ist tot. Mein Vater lebt in London.«

»Er hat sich sicher gefreut, daß Sie aus Amerika rübergekommen sind, in einer so . . . schweren Zeit für die Familie.«

»Nein . . .« Es wäre natürlich viel unkomplizierter gewesen, ja zu sagen. Aber ich sagte nein, und er sah mich überrascht an.

»Wir sind nie gut miteinander ausgekommen«, erklärte ich achselzuckend.

Er nickte verständnisvoll. »Ich mit meinem Vater auch nicht.« Er sah in eine unbekannte Ferne. »War ein sehr strenger Mann. So wie alle Väter damals, in dieser Zeit, nehm' ich an. Sehr viktorianisch, versteh'n Sie? Und dazu kam noch, daß er schrecklich jähzornig war.« Er sah mich an, abwägend, ob er weitersprechen oder besser aufhören sollte. Dann klopfte er auf sein linkes Bein. »Das war er. Ein Andenken an ihn.«

»Wie . . .? Warum . . .?«

»Wegen der Temples.« Eine einfache, klare Aussage, mit der ich jedoch zunächst nichts anfangen konnte. Er fügte hinzu: »Und, das muß ich dazu sagen, ich glaube, ich hab's verdient.«

». . . Ich verstehe nicht . . .«

Er lächelte traurig. »Hat Ihnen Fred Timpson den Rest der Geschichte noch nicht erzählt?«

»Über Temple und seine Frau? Er hat mir nur gesagt, wenn

ich mehr darüber wissen möchte, dann soll ich Sie fragen. Das habe ich Ihnen ja neulich schon gesagt.«

Er nickte. Und dann fuhr er mit trauriger Stimme fort: »Es gibt Dinge, über die man nie so richtig hinwegkommt ... Reue kann etwas sehr ... Aufzehrendes sein.«

»Sie meinen Ihr Bein?«

»O nein, das ist nur ... nun, eine Erinnerung. Eine Erinnerung, die ich nicht loswerden kann.« Er starrte in sein Glas, sah mich an, lächelte wieder. »Wissen Sie, *ein* Drink ist eigentlich meine Obergrenze, wirklich. Mehr als ein Drink, und ich fang' an zuviel zu reden.«

»Stelle ich zu viele Fragen?«

»Nein, nein, das nicht. Na ja, es ist ja auch kein Geheimnis. Wenn's das damals geblieben wär', dann ...« – er klopfte wieder auf sein Bein – »... ja, dann hätt' ich das da nicht.«

Ich sagte nichts, spielte nur mit meinem Glas herum. Er *wollte* mir die Geschichte weitererzählen, das merkte ich. Und ich hatte mich nicht getäuscht.

»Sehn Sie, es war meine Schuld. Daß Bronwen ... daß sie auf diese Weise gestorben ist.« Er sprach sehr schnell, als wolle er die Sache hinter sich bringen.

»Aber ... aber wie kann das denn sein? Man weiß doch ziemlich genau, wie das damals passiert ist. Oder nicht?«

»Doch, das stimmt. Ich habe Ihnen neulich schon gesagt, daß nichts eindeutig nachgewiesen werden konnte, aber man weiß, was passiert ist, da haben Sie recht. Und ich war ... teilweise verantwortlich dafür.« Er nickte zur Bekräftigung dieser schwerwiegenden Aussage.

Ich wartete. Er sprach weiter: »Ich habe Ihnen ja erzählt, daß ich für die Temples Besorgungen gemacht habe. Mein Vater und meine Mutter hatten nichts dagegen. Was sie aber nicht wußten – manche der Besorgungen bestanden darin, daß ich Botschaften zwischen Rechte Hand Temple und Effie hin- und hergetragen hab'. Effie war unsere Magd.«

»Ja, ich erinnere mich, das haben Sie mir gesagt.«

»Ich nehme an, ihre ... Liebesaffäre hat fünf oder sechs Monate vor ihrem Verschwinden angefangen. Es gab so ein bißchen Geflüster im Dorf über die beiden, aber keiner wußte *sicher,* daß da was im Gange war. Außer mir. Ich wußte es natürlich, wegen der Briefchen und dem ganzen Drumherum. Aber ich hab' niemand was gesagt.« Er hob die Hände in einer Geste der Hilflosigkeit. »Ich hätte es gar nicht fertiggebracht, jemandem was davon zu erzählen. Effie war sehr nett zu mir. Sie hat mir immer geholfen, wenn ich in Schwierigkeiten mit meinen Eltern war. Meistens ging's nur um kleinere Sachen, aber sie hat mir geholfen, daß mein Vater nichts von meinen Sünden rausgekriegt hat, und deshalb hab' ich natürlich auch gerne was für sie und Rechte Hand Temple getan und die Briefe von ihr zu ihm und von ihm zu ihr geschmuggelt. Ich war sogar froh, daß ich das für sie tun konnte... Wie ich schon gesagt habe, ich mochte Effie sehr gerne...

»Wußten Sie denn auch, daß die beiden miteinander weglaufen wollten?«

»Nein, das blieb bis zur letzten Minute ihr Geheimnis. Sie wohnte bei uns im Haus, müssen Sie wissen, sie stammte ja nicht aus dem Dorf.« Er unterbrach sich und trank einen vorsichtigen Schluck. »Wir hatten in dem Jahr einen sehr trockenen Sommer, und gerade zu der Zeit kündigte sich ein Wetterumschwung an. Ich wachte vom Donner auf – und davon, daß mein Hund unten bellte. Ich erinnere mich auch, daß es immer wieder blitzte. Mein Hund hatte Angst vor dem Gewitter, und ich wußte, wenn ich ihn weiter so einen Krach machen lasse, dann würde ich dafür büßen müssen. Mein Vater... Also ging ich runter, um den Hund zu beruhigen. Und da stieß ich auf Effie, die sich gerade rausschleichen wollte. Ich seh' sie noch vor mir, wie sie den Finger an die Lippen legte, ich soll leise sein. Ich fragte sie flüsternd, was sie denn hier unten machen würde, und da hat sie gesagt, sie würde mit Rechte Hand Temple nach Amerika gehen. Sie war sehr aufgeregt und nervös, das sah man sofort. Ich soll ja niemandem was davon erzählen, hat sie dann noch gesagt, wenigstens ein paar Tage nicht, danach wär's egal, dann wären sie schon längst weg...« Er lächelte liebevoll in der Erinnerung an Effie. »Sie hat da unten in der Diele die Arme um mich gelegt und mir gesagt, ich soll ihr Glück wünschen, und dann hat sie mich geküßt.« Sein Lächeln vertiefte sich noch. »Ich hab' die Effie sehr gern gemocht. Wirklich. Ich hätte alles für sie getan. Ich glaube nicht, daß man sie ein hübsches Mädchen nennen konnte, aber sie war nett. Wirklich ganz arg nett.« Er schwieg einen Moment, versunken in seine Erinnerungen, und ich nahm jetzt erst das Gemurmel der Leute um uns herum wahr. Dann erzählte er weiter.

»Sie schlüpfte aus der Tür, raus in den Regen. In der einen Hand hatte sie das Blechkästchen mit ihren Habseligkeiten, in der anderen den Sonnenschirm, den ihr meine Mutter zu Weihnachten geschenkt hatte.« Er lachte kurz auf. »Stellen Sie sich vor, sie hat tatsächlich den Sonnenschirm aufgespannt, um sich vor dem Regen zu schützen ... Rechte Hand Temple würde mit dem Einspänner auf sie warten, flüsterte sie mir noch zu, und dann würde es losgeh'n nach Southampton ...« Er trank wieder einen Schluck.

»Als mein Vater und meine Mutter später runterkamen, haben sie sofort gemerkt, daß sie nicht da war. Haben sie gesucht. Konnten sich nicht vorstellen, was denn mit ihr los wäre. Erst als meine Mutter gemerkt hat, daß ihre Sachen weg waren, ist ihnen klargeworden, daß sie davongelaufen war. Mein Vater hat mich natürlich gefragt, ob ich was wüßte, aber ich hab' gesagt, ich wüßte nichts. Ich war allerdings ziemlich nervös, und das hat er gemerkt und ist mißtrauisch geworden. Er hat mich noch mal gefragt, aber ich bin bei meinem Nein geblieben. Hinterher war ich froh, daß ich gelogen hatte, denn als wir nach dem Frühstück die Milchkarre zur Straße zogen, hab' ich gesehen, daß Effie noch gar nicht weg war. Sie stand unter einem Baum am Straßenrand und wartete immer noch auf ihren Rechte Hand Temple. Sie hat sich hinter dem Stamm versteckt, als sie uns kommen sah, und mein Vater hat sie nicht gesehen. Als wir ungefähr eine Stunde später wieder an der Stelle vorbeikamen, war sie verschwunden. Hatte wohl Rechte Hand Temple getroffen und sich mit ihm davongemacht ... Und das, glaube ich, war das Ende der Geschichte.«

Er trank wieder einen Schluck, klopfte die kalte Pfeife aus, stopfte sie neu und steckte sie an. »O nein«, korrigierte er sich, »das war nicht das Ende der Geschichte, noch lange nicht. Drei Tage später ging jemand, der sauer auf Temple war, weil er eine versprochene Arbeit nicht geliefert hatte, zum Cottage, um ihm Dampf zu machen. Da war natürlich kein Temple. Dafür aber Bronwen. Und sie war tot . . .« Pitkins Stimme wurde leiser. »Es war eine schreckliche Geschichte. Einfach schrecklich. Ich hab' mich ganz elend gefühlt. Aber können Sie sich vorstellen, wie elend ich mich erst gefühlt hab', als man rausgefunden hat, daß sie erst ein paar Stunden vor ihrem Auffinden gestorben ist? Ich wußte, wenn ich meinem Vater die Wahrheit gesagt hätte, als er mich gefragt hatte, dann hätte man sie vielleicht retten können. Wenn ich die Wahrheit gesagt hätte, dann wäre jemand zum Cottage gegangen, um sich um die arme, verlassene Bronwen zu kümmern, und dann hätte man sie früher gefunden. Vielleicht noch *rechtzeitig*.«

Ich sah ihn an, den alten Mann mir gegenüber, der immer noch, nach so vielen Jahren, unter der Last der Schuld litt, die er auf sich geladen hatte. »Nein«, sagte ich. »Nein, es war nicht Ihre Schuld.«

»Ach . . .« Er seufzte. »Doch . . . Man hätte sie vielleicht retten können.«

»Meinen Sie, Effie hätte auch was damit zu tun gehabt – mit dem Mord an Mrs. Temple?«

»Nein.«

Die Bestimmtheit seiner Aussage überraschte mich.

»Nein«, wiederholte er. »Sie hätte bei so was niemals mitgemacht. Ich verwette heute noch meinen Kopf darauf, daß sie davon nichts wußte. Nein, das hat ›Rechte Hand‹ Temple ganz allein gemacht.« Er senkte die Augen, schaute dann wieder in die Ferne. »Ich könnte den Gedanken nicht ertragen, daß sie mit *dem* Teil der Geschichte was zu tun hätte. Nein, nicht Effie.« Er unterbrach sich, sah mich wieder an. »Sie glauben, es wäre nicht sehr wahrscheinlich, daß sie nichts damit zu tun hatte, nicht wahr . . .?«

Was wußte ich schon von der ganzen Sache? Bestimmt nicht mehr als er. »Nein«, sagte ich. »Sie hatte sicher nichts damit zu tun.« Ich sah ihm zu, wie er Rauchwölkchen aus seiner Pfeife sog. Als er nicht weitersprach, fragte ich: »Ist das nun das Ende der Geschichte oder gibt es noch mehr zu erzählen?«

»Eigentlich nicht mehr viel . . . Nichts Wichtiges. Ich behielt mein Geheimnis nicht mehr lange für mich. Eine Frau aus dem Dorf, die Frau des Metzgers, ließ nicht locker und stellte mir immer wieder Fragen zu Effie, und dumm und einfältig, wie man als Kind nun mal ist, sagte ich, sie wäre in Amerika. Ich sehe heute noch das Gesicht der Frau vor mir – das freudige Aufblitzen in ihren Augen, eine Sensation erfahren zu haben. Sie wissen, was ich meine. Und dann stellte sie mir dieselbe Frage wie Sie: Woher ich denn wüßte, wohin Effie gegangen wäre?«

»Sie haben es ihr aber nicht gesagt . . .?«

»O nein, natürlich nicht. Ich stand nur verlegen da und sagte gar nichts mehr. Vielleicht habe ich auch noch was gesagt, aber ich weiß nicht mehr, was . . . Jedenfalls habe ich ihr nicht gesagt, woher ich das weiß. Seh'n Sie, ich hätte es gar nicht gewagt, ich hatte ja auch eine Mordsangst davor, was dann passieren würde.« Er schüttelte den Kopf und seufzte leise. »Ich hätte es der Frau aber auch genauso gut sagen können. Sie vermutete etwas, und das reichte ihr. Natürlich erfuhren meine Eltern, daß ich mehr über die Sache wußte, als ich bisher gesagt hatte. Aber ich hatte keine Ahnung, daß sie es wußten, solange nicht, bis ich eines Tages meinem Vater sein Mittagessen zum Big Field brachte, wo er bei der Arbeit war. Ich werde diesen Tag niemals vergessen. Mein Vater hatte anscheinend gerade davon gehört, daß ich der Metzgersfrau gesagt hatte, Effie wäre in Amerika. Ich ging auf einem Pfad zwischen zwei eingezäunten Weiden auf einen Fußtritt zu. Das ist eine Art feste Holzleiter, mit der man über Zäune klettern kann, wie eine Klappleiter, auf einer Seite hoch, dann auf der anderen runter. Als ich kurz davor war, sah mein Vater mich und kam auf mich zu. Ich war gerade die eine Seite des Fußtritts hochgestiegen, als er bei mir ankam. Ich sah sein grimmiges Gesicht und wußte sofort, daß irgendwas im Busche war. Ich lächelte ihn an. Hielt ihm den Korb mit dem Essen hin, aber er nahm ihn nicht. Sah mich nur an. Und dann sagte er, er wollte jetzt die Wahrheit über Effies Verschwinden von mir wissen. Ich brachte kein Wort raus. Er sagte noch mal, er wollte wissen, was ich ihm verschwiegen hätte. Er wüßte, sagte er, daß ich ihn angelogen hätte, und daß ich mehr über die Sache wüßte, als ich ihm gesagt hätte. Also ... also hab' ich ihm alles erzählt. Es ging nicht anders. Einem Mann wie ihm konnte man sich nicht widersetzen. Unmöglich. Und ich war doch erst zehn Jahre alt. Ich hab' ihm alles erzählt, von den Briefen, die ich zwischen Effie und Rechte Hand Temple hin- und hergebracht hatte, und daß Effie an dem Morgen des Sturms weggegangen wäre. Er wurde immer wütender. Als ich fertig war, saß ich einfach da, rittlings auf dem Fußtritt, wartete, wagte nicht, ihn anzusehen. Und dann ... dann schlug er mich.«

Der alte Mann lächelte mich an. Ich werde dieses Lächeln nie vergessen.

»Mein Gott, ja«, sagte er und nickte traurig, »dann schlug er mich. Und wie. Zweimal. Ins Gesicht. Der erste Schlag schüttelte mich durch, aber ich ließ den Korb fallen und hielt mich fest. Und ich hatte den linken Fuß unter die zweithöchste Sprosse des Fußtritts geklemmt, um nicht runterzufallen. Ich fiel auch nicht, nach dem ersten Schlag noch nicht. Aber er schlug noch mal zu, so fest, daß ich mich nicht halten konnte, und ich stürzte vom Fußtritt runter. Trotz des eingeklemmten Beins. Es brach. An zwei Stellen.«

Bei dem Bild, das er mit seiner Erzählung heraufbeschwor, mußte ich tief durchatmen. Er sprach weiter:

»Ich erinnere mich dann nur noch, daß mein Vater mich auf den Armen hielt und mich nach Hause trug. Und daß ich ihm ins Gesicht sah und erschrak.« Er schluckte. »Ich hatte ihn niemals vorher weinen gesehen.«

Auf dem Rückweg zum Cottage ließen mich die Gedanken an Mr. Pitkins traurige Geschichte und an seine Schuldgefühle nicht los. Als ich das Gartentor hinter mir zugemacht hatte und mich umdrehte, kam Jean Timpson um die hintere Hausecke auf mich zu.

Wir blieben beide stehen. Sahen uns an.

Sie hatte geweint.

Man sah es ihr an. Ihre Augen waren rotgerändert, und auch jetzt noch standen sie voller Tränen. Ihr Kinn zitterte. Ich brachte ein schwaches Lächeln zustande, aber es bewirkte nichts; ihr Gesichtsausdruck änderte sich nicht. Leise, mit zitternder Stimme, sagte sie:

»*. . . Warum . . .?*«

Ich zuckte hilflos die Schultern. »Es tut mir sehr leid, Jean, wirklich. Aber ich habe Ihnen ja alles in meinem Brief erklärt . . .«

»Ich versteh's nicht . . . *Bis jetzt* war doch alles in Ordnung. Warum auf einmal nicht mehr?«

»Ich habe es Ihnen doch aufgeschrieben.« Ich mußte ruhig bleiben, das Ganze geschäftsmäßig abwickeln, ihr sagen, daß es keinen Grund gab, die Sache persönlich zu nehmen. Und ich mußte verhinderten, daß sie sich in eine übergroße Aufregung hineinsteigerte. »Shelagh ist jetzt da, und wir beide kommen allein zurecht. Es ist ja etwas anderes, wenn eine Frau im Haus ist. Es ist ganz einfach so, daß wir keine Hilfe mehr *brauchen*.«

Sie sah auf den Boden, schob einen Kieselstein mit der Fußspitze zur Seite. Tränen stürzten wieder aus ihren Augen.

»Mr. Warwick . . . Ich . . . ich mach's doch aber so *gerne*. Ich arbeite doch so gerne bei Ihnen. Es . . . es macht mir so viel Freude . . .« Ihr tränenfeuchter Blick flackerte in meine Augen, dann auf meine linke Schulter. »Sie müssen mir kein Geld geben, wenn's darum geht. Ich möcht' nur . . . weiter zu Ihnen kommen dürfen.«

Ich spürte den fast unwiderstehlichen Drang davonzulaufen, um das Elend und die Verzweiflung in ihrem Gesicht nicht mehr ansehen zu müssen. Und um ihr die Peinlichkeit zu ersparen, so aufgelöst vor mir zu stehen. Ich dachte an die traurige Geschichte ihres Lebens, die ihr Vater mir erzählt hatte, und ich wurde fast von Mitleid überwältigt. Aber ich durfte nicht nachgeben. Ich mußte hart bleiben, realistisch die Fakten betrachten, und der Glassplitter und die Rasierklingen waren nun einmal nicht wegzuleugnen. Ich durfte mich von ihrer Verzweiflung nicht emotional überwältigen lassen.

Und wie konnte sie nur, fragte ich mich, zu mir kommen und mich auf diese Weise anbetteln, ja anflehen, nach all dem, was geschehen war? Was sie getan hatte? Oder konnte es sein, daß sie sich nicht im klaren darüber war, was sie getan hatte oder welche Folgen ihre Taten hätten haben können?

»Es geht nicht ums Geld«, sagte ich und schüttelte den Kopf. »Ich habe es Ihnen doch erklärt – wir brauchen ganz einfach keine Hilfe mehr.«

»Doch, Sie ... brauchen ... Hilfe«, schluchzte sie.

Meine Verlegenheit wurde immer mehr von Ungeduld und Gereiztheit überlagert. »Es tut mir leid«, sagte ich, und meine Stimme war deutlich kühler als bisher, »aber ich habe es Ihnen erklärt, und Shelagh und ich müssen wohl selbst am besten wissen, was wir brauchen ... Und ich sehe nun wirklich keinen Grund mehr, die Sache noch länger zu diskutieren.«

Sie weinte wieder laut los. Dann griff sie in ihre Tasche und zog das Geldbündel hervor, das ich in dem Kuvert für sie hinterlassen hatte. Sie streckte es mir entgegen.

»Was soll das?« fragte ich.

»Ich kann das nicht annehmen.«

»Doch, das müssen Sie ... Bitte ...«

»Nein, nein. Sie waren mit mir nicht zufrieden, dann brauchen Sie mir auch kein Geld zu geben.«

»Ich kann das Geld nicht zurücknehmen.« Ich schüttelte energisch den Kopf. »Das geht nicht. Und wir *waren* zufrieden mit Ihnen. Das Geld gehört Ihnen. Sie haben es sich verdient. Und ein Teil davon ist sowieso nur ein Ersatz für das Geld, das Sie für uns bei den Einkäufen ausgelegt haben.«

»Dann nehmen Sie einen Teil davon zurück.«

»Nein, lassen Sie das doch endlich. Das Geld gehört Ihnen.«

Sie sah mich an, länger als sonst, sah meine Entschlossenheit und steckte das Geld langsam wieder in die Tasche. Ich hoffte, daß damit das Ende dieser unangenehmen, peinlichen Begegnung gekommen sei, aber ich hatte mich getäuscht. Sie wandte den Blick ab, starrte dumpf irgendwohin in die Ferne.

»Ist es wirklich endgültig?« fragte sie mit flacher, zitternder Stimme.

»... Endgültig?«

»Daß Sie mich nicht mehr hierhaben wollen ...«

»Bitte, Jean ... Machen Sie es doch nicht schwerer, als es schon ist. Machen Sie doch aus einer Mücke keinen Elefanten. Gehen Sie nach Hause. Wer weiß, wenn Shelagh und ich zurückkommen, um für immer hier zu bleiben, vielleicht brauchen wir dann ein bißchen Hilfe. Und dann werden wir uns gerne wieder an Sie wenden.« Aus Angst, zu weit zu gehen und falsche Hoffnungen zu wecken, fügte ich hinzu: »*Vielleicht* . . .«

»Das heißt, Sie werden's nicht tun.«

Ich sagte nichts mehr. In die Stille zwischen uns drangen plötzlich Hufschläge von der Straße zu uns herüber, und Shelagh tauchte auf der großen braunen Stute auf. Sie winkte und rief uns ein fröhliches »Hallo!« zu. Dann bugsierte sie das Pferd vor das Gartentor. Ich ging zu ihr. »Du machst eine hervorragende Figur auf dem Pferd«, sagte ich.

Sie lachte. »Ja ja, guter Sitz und all so was, nich' wahr.« Sie gab sich große Mühe, eine näselnde englische Landadelige zu imitieren. Ich nickte zustimmend. »Absolut *großartiger* Sitz.« Über meine Schulter hinweg richtete Shelagh jetzt ihr Lächeln auf Jean Timpson.

»Hallo Jean, wie geht es Ihnen heute?«

». . . Gut, danke, Miss . . .«

Shelaghs Augen wanderten fragend zu mir zurück. Ich zog die Augenbrauen hoch. »Macht dir dein Ausflug Spaß?« fragte ich.

»Einfach phantastisch. Du weißt gar nicht, was dir da entgeht.«

»Na ja, aber nur vielleicht . . .«

Sie warf wieder einen kurzen Blick auf Jean Timpson, offensichtlich beunruhigt und besorgt, aber dann lächelte sie mich wieder an. »Ich dachte mir, ich komme mal vorbei und zeige mich dir. Mache dir die Freude, eine schicke Reiterin zu sehen. Gebe dir die Möglichkeit, stolz auf mich zu sein.«

»Das ist dir gelungen. Wirklich. Ich bin stolz auf dich. Sehr.«

»Klar. Dazu hast du auch allen Grund.«

Ich drehte mich zu Jean Timpson um. Sie sah mich an, senkte dann den Blick und kam auf mich zu. Ich öffnete das Tor für sie, und sie ging unter dem Rosenbogen hindurch zum Straßenrand. Es war ein sehr peinlicher Moment, sowohl für sie als auch für mich – abgewandte Augen, betretenes Schweigen, während Shelagh von ihrem Pferd herab zusah und sich fragen mußte, was zum Teufel da los war. Jean Timpson sah zu Shelagh hoch, als ob sie etwas sagen wollte, aber sie tat es nicht.

Sie ging weiter, beschleunigte ihre Schritte und war kurz darauf hinter der Hecke und den Eichenbäumen aus meiner Sicht verschwunden.

»Wie benimmt sich denn dein Gaul?« fragte ich Shelagh.

Vom Rücken des Pferdes aus konnte Shelagh anscheinend Jean Timpson noch sehen. Sie schaute ihr nach und runzelte die Stirn. Meine Frage hatte sie gar nicht gehört. Ich wiederholte sie, und Shelagh wandte sich mir wieder zu.

»Oh, wunderbar. Ist so ein nettes, friedliches Mädchen.« Sie senkte die Stimme. »Was ist los? Was hat Jean?«

». . . Ich weiß es nicht . . .«

»Sie sah . . . völlig aufgelöst und verstört aus.«

»Ach, das legt sich wieder.« Ich wollte ihr jetzt keine längeren Erklärungen abgeben und wechselte das Thema: »Dein Ritt war bisher also schön, ja?«

»Wunderschön.« Sie zeigte auf die Hügel jenseits des Dorfes. »Es war herrlich.«

»Für dich sicher mehr als für mich.«

Sie grinste mich an. »Ich muß jetzt zurück.« Sie schnalzte mit der Zunge, zog die Zügel an und drehte das Pferd in Richtung auf das Dorf, hügelabwärts. »Ich habe schließlich Besseres zu tun, als die kostbare Zeit mit dir hier zu verquatschen.«

Ich grinste zurück. »Das deckt sich völlig mit meiner Beurteilung.« Ich sah ihr zu, wie sie die Knie gegen die Flanke der Stute drückte und anritt. Auf meiner Seite der Hecke lief ich noch ein Stück neben ihr her, dann blieb ich stehen, als ich nicht mehr Schritt halten konnte. Sie drehte sich noch einmal um, winkte und rief mir zu: »Bis gleich.«

Aber schon zehn Meter weiter parierte sie das Pferd wieder. Ich lehnte mich über die Hecke und sah, daß Jean Timpson aus dem Schatten der Bäume trat und zu ihr ging. Shelagh beugte sich aus dem Sattel zu ihr herunter. Ich konnte nicht hören, was gesprochen wurde, aber es war mehr als nur der Austausch einiger Floskeln. Dann konnte ich Jean Timpson nicht mehr sehen; sie wurde vom mächtigen Körper des Pferdes verdeckt.

Und urplötzlich stieß die Stute ein wildes, zitterndes Wiehern aus, warf den Kopf zurück, mit rollenden, erschreckten, entsetzten Augen, bäumte sich auf, warf die Vorderbeine hoch. Ich sah, wie Jean Timpsons Hände sich bewegten, nach oben griffen. Und ich hörte Shelaghs Aufschrei, sah, wie ihre Arme in der Luft herumruderten, wie die Hände sich dann am Sattelknopf festklammerten, und im nächsten Augenblick preschte das Pferd los.

Ich ließ den Zigarettenkarton fallen und rannte zum Tor. Die Stute stürmte davon, als ob der Teufel und alle seine Höllenhunde hinter ihr her waren. Ein kurzes Stück noch geradeaus auf der Straße, dann warf sie sich plötzlich scharf nach links und raste in ein Weizenfeld. Shelagh hatte völlig die Gewalt über die wildgewordene Bestie verloren und klammerte sich verzweifelt an ihrer Mähne fest . . .

19

In Sekundenschnelle war ich durch das Tor, rannte, so schnell es ging, die Straße hinunter und in das Weizenfeld hinein. Weit vor mir raste das Pferd davon, und ich rannte in seiner Spur durch den Weizen hinterher. Sein Vorsprung wurde von Sekunde zu Sekunde größer, schließlich verschwand es unter den Bäumen am Ende des Feldes. Ich lief weiter, folgte der Spur der geknickten Weizenhalme, und ich verfluchte meine Behinderung, die mir nur unrhythmische Laufschritte ermöglichte. Der Boden war holprig unter meinen ungleichen Füßen; ich kam so langsam voran, daß ich meinte, ich liefe durch eine Masse von klebrigem Sirup.

Schließlich konnte ich nicht mehr, wurde langsamer, blieb stehen, schnappte nach Luft. Rechts von mir fielen die Felder steil zum Dorf hin ab; deutlich erkannte ich am Fuß des Hanges die Windungen der Straße. Aber von Shelagh oder dem Pferd war nichts zu sehen. Ich schrie verzweifelt »Shelagh!«, aber es kam keine Antwort; nur mein keuchender Atem und das Zwitschern der Vögel war zu hören. Dann aber sah ich plötzlich, wie das Pferd wieder aus den Bäumen hervorbrach und aufs freie Feld hinausstürmte. Genau dort, wo die Erde den Himmel traf, bäumte es sich auf – aus der Entfernung ein Spielzeugpferd mit Reiter gegen die hellen Wolken –, wirbelte herum und raste den Hang hinunter, auf die Straße zu.

Mein Herz hämmerte vor Anstrengung, und jetzt wurde sein Pochen durch die zunehmende Angst noch verstärkt. Ich wußte, wenn das Pferd auf seinem Kurs den Hang hinab blieb, dann war es wegen seiner irren Geschwindigkeit und seines eigenen Gewichtes von nichts und niemand mehr zu stoppen. Ich rannte nach rechts, wollte ihm den Weg abschneiden, und meine Angst und Verzweiflung ließen mich durchhalten. Als ich sah, daß die Stute tatsächlich einen halbkreisförmigen Bogen lief und von schräg hinten auf mich zukam, rannte ich in die Richtung, in der ich vermutlich auf sie treffen würde. Mein Herz raste, ich bekam fast keine Luft mehr, meine Beine wurden schwer.

Vor mir tauchte die Hecke am Ende des Weizenfeldes auf, und ich zögerte keinen Moment und sprang hindurch, wobei Dornen meine Hände zerkratzten und Blütenblätter von Heckenrosen wie rötlicher Schnee auf mich herabrieselten. Im Graben hinter der Hecke strauchelte ich und fiel hin, raffte mich auf, rannte weiter, jetzt über dichtes Gras, weiter und weiter vom Weizenfeld weg.

Vor mir sah ich jetzt deutlich die Straße, nicht weiter als hundert Meter entfernt. Meine Berechnung ging auf – das Pferd war jetzt hinter mir, raste auf mich zu, wie ein Blick über meine Schulter bestätigte. Shelagh hatte sich weit über den Hals des Pferdes geworfen und klammerte sich mit beiden Händen an der Mähne fest. Die Zügel und Steigbügel tanzten in wildem Stakkato auf und ab, trieben die wahnwitzige Bestie zusätzlich an. Ich hörte jetzt auch das Donnern der Hufe.

Das Pferd kam näher, und ich spurtete los. Ich mußte mit ihm auf einer Höhe bleiben, mindestens für ein paar Sekunden. Die Hecke, die betonierte Straße, die Mauer dahinter waren zu nah, zu gefährlich nah.

»David . . .!«

Sie schrie meinen Namen in panischer Angst, und ihr Gesicht war nichts anderes als ein kalkweißer Fleck. Das Pferd war nur noch zehn Meter hinter mir, dann fünf, dann zwei, und dann war es da, direkt neben mir, für Sekunden mit mir auf gleicher Höhe. Ich sah seine irr kreisenden Augen, und Schaumfäden aus seinem Maul platschten auf meinen Arm, als ich versuchte, nach den Zügeln zu greifen.

Aber ich hatte nicht die geringste Chance. Meine Finger hatten das Zaumzeug noch nicht einmal berührt, als das Pferd einen Satz zur Seite machte, mich mit seiner Flanke streifte, ins Stolpern brachte, auf Gras schleuderte. Alles drehte sich um mich, und ich bekam keine Luft mehr.

Benommen taumelte ich sofort wieder hoch, schnappte nach Luft. Und sah gerade noch, daß sich die Stute jetzt der Hecke am Fuß des Hanges näherte. Sie war viel zu schnell, um noch anhalten zu können. Ich sah, wie sie die Hecke erreichte, sich plötzlich streckte, hochreckte, absprang, und ich sah, daß Shelagh schräg aus dem Sattel rutschte, die Hände in die Höhe warf und dann kopfüber durch die Spitzen der Hecke flog und dahinter verschwand.

Das Pferd schaffte es, vom Gewicht der Reiterin entlastet, über die Hecke zu kommen. Aber sein Gewicht und die Wucht des Sprunges machten es so schnell, daß es nicht mehr abstoppen konnte. Als glänzender brauner Strich raste es über die Straße und krachte in die Steinmauer auf der anderen Seite. Die Mauer erbebte, das Pferd stürzte zu Boden, blieb liegen.

»Shelagh!«

Ich sprang über den Graben und zwängte mich durch die Hecke. Shelagh lag auf dem Bauch am Straßenrand, den rechten Arm ausgestreckt, das nach links gedrehte Gesicht vom Haar überdeckt. Ich kniete mich neben sie und strich das Haar zur Seite. Auf der Stirn hatte sie eine häßliche, blutende Schramme, die sich grell von der kalkweißen Blässe ihres Gesichtes abhob. Ich riß mir das Hemd vom Körper, rollte es zu einem Knäuel zusammen, hob vorsichtig, ganz vorsichtig ihren Kopf ein wenig an und schob das behelfsmäßige Kissen unter ihre Wange. Ich hörte ein Auto näherkommen und sprang auf die Mitte der Straße. Es kam um die Kurve, und ich ruderte wild mit den Armen, brüllte: »Anhalten! Anhalten! Anhalten . . .!« Und Bill Carmichael, der Mann von der Tankstelle, sprang aus dem Wagen und kam angerannt. Er kniete sich neben Shelagh, und ich schrie mit schriller, irrer Stimme: »Helfen Sie ihr! Um Gottes willen, helfen Sie ihr!« Ich drehte regelrecht durch, hatte in meiner Panik völlig den Kopf verloren, wußte nicht, was ich tun sollte.

»Ganz ruhig bleiben«, sagte er, stand auf, lief zurück zu seinem Wagen und kam mit einer Wolldecke zurück, die er vorsichtig über Shelagh ausbreitete. »Bleiben Sie bei ihr«, sagte er und richtete sich auf. »Ich fahre ins Dorf und alarmiere den Rettungsdienst.«

Als er in Richtung des Dorfes davonraste, fiel mein Blick auf die Stute. Sie lag direkt vor der Mauer. Der Kopf war in einem irren Winkel verdreht, um ihn bildete sich eine rasch größer werdende Blutlache. Die Augen starrten blicklos an mir vorbei auf die Felder hinter mir. Das Pferd war tot.

Shelagh aber lebte. Ja, sie lebte. Ich legte sanft meine Hand auf ihren Rücken und spürte voller Dankbarkeit die regelmäßigen Atembewegungen unter der karierten Decke.

»Sie kommt wieder in Ordnung.«

Der junge, rothaarige Doktor sah auf mich herunter. Ich hing zusammengekauert wie ein Häufchen Elend in einem Sessel im Warteraum des Krankenhauses. Dankbarkeit durchflutete mich bei seinen Worten, schnürte mir die Kehle zu. Ich konnte ihm meine Freude nur zunicken.

»Sie hat Glück gehabt«, fuhr der Arzt fort. »Wer weiß, was passiert wäre, wenn sie nicht gerade noch rechtzeitig von dem Pferd runtergeflogen wäre. Es war ihre Rettung, da bin ich sicher, daß sie in dem Moment, als der Gaul über die Hecke setzte, runtergestürzt ist. Wenn sie *auch* gegen die Mauer gekracht wäre . . . Na ja . . .« Er ließ die Hände fallen, und diese Geste sagte alles, verdeutlichte, was dann passiert wäre. Ich fummelte mit zitternden Fingern an meinen Hemdknöpfen herum. An meinen Händen waren Blutspuren. Shelaghs Blut.

»Sie hat eine Gehirnerschütterung, soviel steht jetzt schon fest«, erklärte der Doktor. »Mehr können wir erst sagen, wenn wir sie genauer untersucht haben.« Er legte die Hand auf meine Schulter. »Aber machen Sie sich keine Sorgen. Sie ist bei uns in guten Händen.« Er schaute zur Tür, Bill Carmichael wartete. »Was wollen Sie jetzt machen? Mit Ihrem Freund wieder nach Hause fahren? Das wäre sicher am besten. Sie können hier nichts mehr für sie tun. Sie ist gerade erst wieder zu Bewußtsein gekommen.«

»Ich möchte hierbleiben, wenn das möglich ist. Ich muß hierbleiben. Wenigstens so lange, bis ich sie einmal gesehen habe.«

»Das kann noch eine ganze Weile dauern.«

»Das spielt keine Rolle.«

Als der Arzt gegangen war, kam Bill Carmichael zu mir. »Kann ich noch was für Sie tun?« fragte er.

Ich schüttelte den Kopf. »Nein, Bill, danke. Sie waren so hilfsbereit und freundlich.«

»Das war doch selbstverständlich.«

»Gott sei Dank, daß Sie gerade vorbeikamen. Ich bin ja wie ein kopfloses Huhn rumgerannt.« Lächelnd fügte ich hinzu: »Für Sie wird das schon zur Gewohnheit.«

»Gewohnheit . . .?«

»Den Rettungsdienst zu alarmieren. Den Krankenwagen. Erst bei meinem Bruder, jetzt bei meiner Freundin.«

»Wie Sie gesagt haben – Gott sei Dank kam ich gerade vorbei.« Er schüttelte den Kopf. »Ich kann Mrs. Stoner nicht versteh'n – gibt ihr zum Ausreiten so 'n unsicheres Pferd.«

»Es lag nicht am Pferd«, sagte ich, »und auch nicht an Shelagh.« Carmichael sah mich verständnislos an. »Sie ist eine ausgezeichnete Reiterin. Ist mit Pferden aufgewachsen. Und, mal abgesehen davon, sie hat mir noch kurz vorher gesagt, kurz bevor das Pferd durchging, es wäre ein ganz ruhiges, braves Tier . . .« Das Bild zuckte wieder durch meinen Kopf, wie sich die Stute aufbäumt, wie Jean Timpson nahe dabeisteht, so schrecklich nahe . . . »Es lag nicht am Pferd«, wiederholte ich, »und auch nicht an Shelagh.«

Er runzelte die Stirn, verstand mich nicht. Dann sagte er: »Hören Sie, wenn Sie nach Hause wollen, dann rufen Sie an, und einer von uns kommt Sie abholen.« Er gab mir eine Karte mit seiner Telefonnummer. Auch ein öliger Daumenabdruck prangte darauf.

Als er gegangen war, blieb ich erschöpft im Sessel sitzen.

Andere Besucher kamen und gingen. Endlich, nach etwa zwei Stunden, kam eine junge Krankenschwester und sagte, ich könne Shelagh jetzt ganz kurz sehen. »Aber *wirklich* nur ganz kurz«, betonte sie nochmals und führte mich zu Shelaghs Zimmer.

Dann stand ich vor ihrem Bett und sah sie an. Ihr Kopf war bandagiert, nur Augen und Mund waren frei. Sie lächelte mich an, mit einem schwachen, zuckenden Lächeln, das kam und ging wie ein defektes Neonlicht.

»Der Doktor meint, du wärst bald wieder okay«, sagte ich. Irgendwie schaffte ich es, die Worte durch den Kloß in meinem Hals hindurchzupressen. »Du bist schlimm gestürzt und hast einen Schock gehabt. Aber das kommt alles wieder ihn Ordnung.«

Sie kniff ganz kurz die Augen zusammen und signalisierte mir damit, daß sie mich verstand.

»Du mußt auf jeden Fall bald wieder okay sein«, lächelte ich. »Am Samstag steht mir eine Heirat bevor, und ich hätte dich ganz gern dabei.«

Sie lächelte schläfrig. Ich beugte mich zu ihrem Ohr und flüsterte:

»O Shelagh, du bist alles für mich. Nur du zählst, sonst nichts... Immer und ewig.« Das war mein tiefster Ernst. Ich spürte es ganz fest. Ich beugte mich noch tiefer über ihr bleiches, zerkratztes Gesicht. »Ich liebe dich so sehr...«

Ihre Augenlider zitterten; sie wurde schläfrig. Die Schwester kam wieder ins Zimmer und flüsterte mir zu, ich müsse jetzt gehen, aber sie fügte hinzu, ich könne ja morgen früh wiederkommen.

Ich sah noch einmal auf Shelagh hinunter. Sie schien zu schlafen. Ich wollte sie auf die Wange küssen, doch die Schwester hielt mich höflich, aber sehr bestimmt zurück. Ich fühlte mich irgendwie betrogen, denn der Abschiedskuß wäre wichtig für mich gewesen, aber ich schlich dann doch auf Zehenspitzen aus dem Zimmer.

Im Flur stieß ich auf den Doktor, der mir erklärte, daß Shelaghs Röntgenbilder einen Haarriß im Schädel gezeigt hätten. Als er die Panik in meinen Augen sah, fügte er schnell hinzu:

»Das ist kein Anlaß zu großer Sorge. Sie ist sehr bald wieder völlig in Ordnung.«

Ein wenig dümmlich sagte ich: »Wir wollen am Samstag heiraten . . .«

Er lächelte. »Nun, wir wollen mal abwarten, wie sich die Sache entwickelt. Ich an Ihrer Stelle würde den Termin noch nicht absagen.«

Vom Warteraum aus rief ich Bill Carmichael an, und fünfundzwanzig Minuten später stand sein Wagen vor der Tür. Als wir losfuhren, fragte er mich, ob ich mich schon mit Mrs. Stoner in Verbindung gesetzt hätte.

»Wegen des Pferdes, meinen Sie . . .« Ich schüttelte den Kopf. »Daran habe ich überhaupt noch nicht gedacht.«

»Wenn Sie wollen, rufe ich bei ihr an und sag' ihr Bescheid.«

»Ja, bitte. Ich wäre Ihnen sehr dankbar.«

»Sie hat wahrscheinlich schon von der Sache gehört«, sagte er. Nach einer Pause fügte er hinzu: »Komisch, daß das Pferd sich so angestellt hat . . .«

»Ja«, stimmte ich zu. Und dann nutzte ich die Gelegenheit: »Was wissen Sie über Jean Timpson?«

Die Plötzlichkeit der Frage verwirrte ihn. »Na ja . . . Nicht besonders viel, nehm' ich an . . .«

»Wieviel?«

»Na ja . . . Was so erzählt wird . . .« Er behielt die Straße vor uns im Auge. »Aber ich kümmer' mich nicht viel drum.«

»Ich frage Sie nicht nur aus purer Neugier. Ich möchte ernsthaft mehr über sie wissen . . .«

Er schwieg zunächst, aber dann sagte er: »Ich kenne sie seit der Schulzeit. Aber das will nicht viel heißen. Ich hab' nicht viele Erinnerungen an sie. Sie war immer sehr ruhig und scheu, eigentlich kein Mädchen, das einem auffällt. War auch ein paar Jahre jünger als ich, glaube ich . . . Später, nach der Schulzeit, hat sie als Stallmagd gearbeitet und . . .«

»Ja«, unterbrach ich ihn, »Shelagh hat mir das erzählt. Seit der Zeit kennt sie sich mit Pferden aus.«

»Jean? O ja, das stimmt. Sie hat bestimmt ein paar Jahre als Magd gearbeitet. Wär's vielleicht immer noch, wenn dieser Kerl nicht aufgetaucht wär'.«

»Was für ein Kerl?«

»Ich hab' seinen Namen vergessen. War nicht aus dem Dorf. Kam her, blieb 'ne Weile, verschwand wieder.« Er warf mir einen scheuen Blick zu. »Er hat Ihre Schwägerin gekannt. Als sie herkam und im Dorf geblieben ist, ist er zurückgekommen und hat bei ihr gewohnt.«

»Alan De Freyne.«

»Genau, das war sein Name. Ein ziemlicher Fiesling, würd' ich sagen. Hat ein böses Spiel mit Jean getrieben. Schlimm. Jeder hat das damals gewußt. Der Kerl hat sich nicht echt was aus ihr gemacht, hat's ihr nur vorgespielt. Hat sie ausgenutzt, sich alles von ihr geholt, was ihm Spaß mit ihr gemacht hat.«

»Mit Jean Timpson . . .? Das kann man sich nur schwer vorstellen.«

»Oh, Sie müssen dran denken, daß das ein paar Jahre her ist. Sie war damals erst fünfundzwanzig oder sechsundzwanzig Jahre alt. War ein richtig hübsches Mädchen. Sehr hübsch sogar.«

»Und was ist passiert?«

»Na ja, er haute plötzlich ab, und kaum einen Monat später ging Jean auch weg. Ihr Vater hat sie fortgeschickt. Um dem gehässigen Gerede aus dem Weg zu geh'n, nehm' ich an.«

Mir fiel der Name des Ortes wieder ein, den sie erwähnt hatte. »Marshton Ridge«, sagte ich.

»Heißt so der Ort, wo sie hinging? Ich weiß nur, daß sie irgendwo bei Verwandten war.«

»Bei ihrer Tante. Sie hat dort ein Kind gekriegt.«

»O ja, das weiß jeder im Dorf. Ich glaub', es ist tot geboren worden oder gleich nach der Geburt gestorben. Jean ist 'ne ganze Weile nicht hierher zurückgekommen. Sie kriegte 'nen Job als Kindermädchen bei 'ner reichen Familie, kümmerte sich um den kleinen Sohn . . .«

»Und dann kam es zu einem Unfall, nicht wahr? Ihr Vater hat mir so was angedeutet.«

»Ja. In der letzten Woche, in der sie ihren Job hatte.«

»Wollte sie weg? Hatte sie gekündigt?«

»Nein, die Familie ging weg aus England. Die Leute verkauften ihr Haus und gingen irgendwohin ins Ausland. Und ein paar Tage vor der Abreise ist der kleine Junge umgekommen. Ertrunken. Im Schwimmbad oder 'nem Teich im Garten, soviel ich weiß.« Er nickte bedauernd vor sich hin. »Eine traurige Sache. Sehr traurig.«

Er fuhr schweigend weiter und wollte anscheinend nichts mehr hinzufügen. »Wie ging es dann weiter?« hakte ich nach. »Was hat Jean danach gemacht?«

»Na ja, sie ist 'ne Weile weggegangen ... Woanders hin ... Und dann ist sie wieder nach Hillingham zurückgekommen, zu ihrem Vater.« Er unterbrach sich. »Ich hab' sie kurz nach ihrer Rückkehr mal getroffen. Sie war ein ganz anderer Mensch geworden. Na ja, es war schließlich auch mehr als zehn Jahre her, seit sie aus dem Dorf weggegangen war.«

»Wo ist sie hingegangen ...?«

»Marshton Ridge, so sagten Sie doch, oder?«

»Nein, das meine ich nicht. Sie haben gesagt, sie wäre irgendwo anders hingegangen, nachdem die Geschichte mit dem Jungen passiert war. Ehe sie nach Hillingham zurückkam.«

»Für ungefähr zwei Jahre, glaube ich.«

»Wohin also?«

Er antwortete nicht. Ich wiederholte meine Frage.

»Wohin ist sie gegangen?«

»Elmacre, glaube ich.«

»Davon habe ich nie gehört.«

»... Das ist ein Irrenhaus. Eine Nervenklinik.«

Eine Stunde nachdem er mich vor dem Cottage abgesetzt hatte, rief ich das Krankenhaus an und erkundigte mich nach Shelaghs Zustand. Es war mir egal, ob mich die Leute dort als Nervensäge betrachteten – ich wollte sichergehen. Man sagte mir, es ginge ihr gut, wie nicht anders zu erwarten.

Dann fühlte ich mich sehr einsam. Ich war an Shelaghs Anwesenheit und Nähe im Cottage gewöhnt, und es fiel mir schwer, mit dem plötzlichen Alleinsein zurechtzukommen. Girlies Gesellschaft war kein Ausgleich, sie konnte nichts dazu beitragen, das Gefühl der Einsamkeit zu verringern. Ich lief ziellos durch das Haus, unfähig, mich mit irgend etwas zu beschäftigen. Auf dem Teppich im Wohnzimmer lag immer noch das unvollendete Puzzle herum, so wie ich es liegengelassen hatte. Ich steckte mir eine Zigarette an, schenkte mir einen Drink ein und ließ mich in meinen Sessel sinken. Vom Bücherregal drang das Ticken der Uhr in die Stille und verdeutlichte das langsame Verstreichen der Zeit. Ich wurde unruhig, stand auf, ließ das Glas auf dem Tisch stehen und ging in den Garten. Dort schlenderte ich ziellos umher. Ich überquerte schließlich den Rasen und ging in den Obstgarten, wanderte bis zu seinem Ende, kehrte um und kam dann wieder zum Tor zwischen Obstgarten und Rasen zurück. Links von mir sah ich die Säule der alten Sonnenuhr, die der Ast des niederstürzenden Baumes am Tag des Sturmes damals zertrümmert hatte. Arme Bronwen, überlegte ich. Sie muß gedacht haben, das Ende der Welt sei gekommen, als der Sturm tobte – und dann war ihr Mann gekommen, hatte sie niedergeschlagen und war davongelaufen. Und für sie ging die Welt ja zu Ende; dieser Tag, der Tag des Sturmes, war für sie der Anfang eines qualvollen Endes – drei Tage später war sie tot ...

Ich schob mit den Füßen das Gras und das Unkraut um die Säule zur Seite und zerrte mit den Händen an dem Dornengestrüpp – ein paar Kratzer mehr oder weniger machten auch nichts mehr aus –, bis ich an das steinerne Ziffernblatt der Sonnenuhr herankam. Ich versuchte, es hochzuheben und wieder auf die Säule zu setzen, aber es war viel zu schwer. Außerdem sah ich, daß der Sockel der Säule so zertrümmert war, daß das Zifferblatt nicht auf ihm gehalten hätte. Vielleicht schaffte ich es eines Tages, die Sonnenuhr zu reparieren ... Der Gedanke gefiel mir.

Als ich mich aufrichtete, fiel mein Blick auf einen kleinen Gegenstand, der dicht über dem Boden im Gewirr der Zweige des Dornengestrüpps steckte. Ich zwängte meine Hand vorsichtig durch die stacheligen Äste und zog ein flaches, schwarzes, rundes Stück Metall hervor. Es hatte einen Durchmesser von etwa drei Zentimetern.

»Was haben Sie denn da gefunden?«

Die Stimme von Doktor Reese platzte so überraschend in die Stille, daß ich entsetzt herumfuhr.

»Mein Gott«, japste ich, »wie können Sie mich denn so erschrecken?« Dann lächelte ich ihn an. »Sie sind doch Arzt, Sie müßten wissen, welche Folgen das haben kann.«

»Wahr, sehr wahr«, lächelte er zurück. »Ich wollte mal kurz vorbeikommen und nachsehen, wie es Ihnen geht. Bill Carmichael hat mir erzählt, was passiert ist.«

Ich nickte. »Shelagh ist Gott sei Dank nichts Schlimmes passiert.«

»Sehr gut.« Er sah mich prüfend an.

»Und wie geht es Ihnen? Bill sagte, Sie wären selbst auch ganz schön mitgenommen.«

»Oh, ich bin wieder ganz okay, danke. Aber ich freue mich, daß Sie sich um uns Gedanken machen.« Wir schlenderten langsam zum Haus hinüber. »Haben Sie Zeit für einen Drink?« fragte ich.

»Einen kleinen, ja.«

Im Wohnzimmer schenkte ich ihm einen Scotch ein und füllte mein Glas wieder auf. Wir setzten uns in die gegenüberstehenden Sessel. »Sind Sie sicher, daß mit Ihnen alles in Ordnung ist . . .?«

»Ja, ganz sicher.« Ich zögerte, aber dann brach es aus mir heraus: »Warum haben Sie mir das mit Jean Timpson nicht gesagt? Warum haben Sie mich nicht gewarnt?«

Er sah mich überrascht an. »Gewarnt . . .? Wovor . . .?«

»Vor ihrem . . . Zustand. Daß sie . . . so ist. *Sie . . . sie hat versucht, Shelagh umzubringen!*«

Er sagte nichts, starrte mich nur weiter ungläubig an.

»Sie denken, ich bilde mir da was ein«, sagte ich, und meine Stimme wurde immer lauter, »aber das stimmt nicht! Sie ist so . . . verdammt eifersüchtig. Sie wollte Shelagh unbedingt von hier weg haben. Und mir ist jetzt, heute, völlig klar, daß sie nichts unversucht lassen würde, um sie loszuwerden. Was heute nachmittag passiert ist, das war ja nicht ihr erster Versuch, sie . . . ihr Verletzungen beizubringen. Sie hat das *vorher* schon probiert!«

Er sagte immer noch nichts, sah mich nur weiterhin mit diesem verwirrten Ausdruck auf seinem Gesicht an, die Augenbrauen leicht hochgezogen. Ich wich seinem Blick aus. Die

Handknöchel meiner wütend geballten Fäuste wurden weiß. Schließlich aber sagte er:

»Ich weiß nicht, ob Sie wissen, was Sie da sagen.« Er sprach sehr leise. »Eine kleine Überreaktion, nicht wahr. Aber verständlich nach dem schlimmen Schock, und . . .«

Ich ließ ihn nicht aussprechen. Knallte mein Glas auf den Tisch, daß der Scotch überschwappte. »Lassen Sie Ihr verdammtes öliges Doktorgesäusel mir gegenüber«, fauchte ich ihn mit zusammengekniffenen Lippen an. »Sparen Sie sich das für die Leute auf, die es nötig haben. Ich bin kein krankes Kind! Ich weiß, was hier passiert ist. Diese Frau . . . sie schreckte nicht einmal davor zurück, Glassplitter in Shelaghs Essen zu stecken!« Ich sprang auf.

Auch er stand auf. »Jean? Das können Sie doch nicht ernst meinen . . .?«

Ich schnaubte verächtlich. »Ich habe anfangs gedacht, sie wäre ein bißchen seltsam. Aber ich habe nicht geahnt, wie seltsam sie tatsächlich ist.« Ich schaute ihn an, wartete, daß er auf meine Worte einging. »Verstehen Sie denn nicht? Sie hat Shelaghs Pferd dazu gebracht, daß es gescheut hat und durchgegangen ist.«

»Ich glaube, Sie brauchen jetzt erst mal ein Beruhigungsmittel«, sagte er ruhig, und es klang irgendwie so vernünftig, daß ich am liebsten auf ihn eingeschlagen hätte.

»Bitte gehen Sie«, knurrte ich. »Sie tun ja wahrscheinlich ihr Bestes – oder das, was Sie für das Beste halten, aber es hilft mir nicht im geringsten.« Er rührte sich nicht vom Fleck. »Bitte«, sagte ich noch einmal, »bitte gehen Sie.«

Er nahm seine Tasche auf, wollte noch etwas sagen – vielleicht weitere beruhigende Worte –, brach aber ab und sah über meine Schulter durch das vordere Fenster.

»Da kommt sie gerade.«

Ich drehte mich um und sah gerade noch, daß Jean Timpson am Haus vorbei zur Hintertür ging. Einige Sekunden stand ich reglos da und krallte meine Hände in die Lehne des Sessels. Ich spürte, wie die Wut in mir hochkochte, und als Jean an die Küchentür klopfte, rannte ich hin.

Ich riß die Tür auf, und sie stand vor mir. Sie sah mich mit ihrem flackernden Blick an und schien in sich zusammenzusinken, als sie mein steinernes, wütendes Gesicht sah. Eine ihrer Hände fuhr nervös zum Kinn, sank wieder herab. In der anderen Hand hielt sie einen Strauß rosafarbener Rosen.

»Ich ... ich wollte mich nur erkundigen, wie es Miss ... Miss Shelagh geht ...« stammelte sie. Die Worte wurden zum Schluß immer leiser, waren kaum mehr zu verstehen. »Ich ... ich hab' von ihrem ... Sturz gehört ...«, brachte sie noch heraus.

Ich sagte noch nichts. Ich stand nur da, spürte, daß mein Kinn vor Erregung zitterte und die Wut in mir immer höher kochte. Ich versuchte nicht, dagegen anzukämpfen. In den nächsten Sekunden würde sie mir auch noch die Rosen anbieten.

Ihre Zunge fuhr über die Unterlippe, ihr Blick hastete zur Seite, auf meine Schulter. »Ich wollte nur sagen«, wisperte sie, »wenn ich irgendwas tun kann ...« Ihre Worte verloren sich. Dann murmelte sie, und es kostete sie sichtlich einige Anstrengung bei meinem abweisenden Gesicht:

»Wenn Sie Miss Shelagh nächstes Mal sehen, würden Sie ihr ... würden Sie ihr dann ... die hier geben, bitte ...«

Und sie hielt mir den Rosenstrauß hin. Ich riß ihn ihr aus der Hand und schleuderte ihn auf die Treppenstufe.

»Sie haben genug angerichtet!« brüllte ich. »Haben Sie nicht schon genug angerichtet?« Sie zuckte zusammen, trat einen Schritt zurück, und ich fegte die Rosen mit einem Tritt von der Treppe.

»Behalten Sie Ihre verdammten Rosen! Behalten Sie sie! Shelagh will sie nicht haben!«

Ihre Hände fuhren hoch, bedeckten den Mund, und ihre Augen, vor Schreck und Angst geweitet, starrten auf die Blumen auf dem Boden. Dann runzelte sie die Stirn, schüttelte den Kopf, sah mich an, verständnislos, als könne sie nicht fassen, was da geschah, und die unbarmherzige Wut in meinen Augen erschreckte sie noch mehr. Ich machte einen Schritt auf sie zu, trat auf die Rosenblüten, die unter meinen Sandalen zerplatzten, schloß und öffnete die Fäuste, hob die Arme.

»Verschwinden Sie von hier«, stieß ich hervor. »Gehen Sie mir aus den Augen. Ich will Sie nie mehr sehen. Und ich will

Ihre Stimme nicht mehr hören, nicht einmal mehr Ihren Namen.«

»Oh . . .« Das war alles, was sie herausbrachte. »Oh . . .« Es klang wie der furchtsame, verwirrte Aufschrei eines Kindes. In ihren Mundwinkeln zuckte die Andeutung eines Lächelns, als ob die einzige Erklärung, die einzige Hoffnung auf die eigene Zurechnungsfähigkeit darin liegen würde, daß es sich bei der ganzen Sache um einen monströsen Scherz handeln müsse. Plötzlich aber verschwand das irre Lächeln, und sie taumelte zurück, von mir weg, auf den Rand des Rasens zu, und ihre Stimme flehte: »Oh, bitte . . ., nein, nein, nein . . .« Ihre Füße verfingen sich, und ihr Körper taumelte unbeholfen, bis sie das Gleichgewicht wieder erlangte. Ich hörte, daß Reese hinter mir einen Schritt auf mich zutrat, und ich hörte auch seine Stimme, als er besänftigend auf mich einsprach und sagte, ich solle mich beruhigen und aufhören, mich selbst zum Narren zu machen. Ich beachtete ihn nicht. Das einzige, an das ich denken konnte, war Shelagh. Ich sah sie vor mir, so fröhlich und glücklich und stolz auf ihrem Pferd. Und ich sah Jean Timpson die Arme hochrecken, sah Shelaghs entsetztes Gesicht, als das Pferd an mir vorbeiraste, und ich sah Shelagh am Straßenrand liegen, leblos, wie tot.

Reese ergriff meinen Arm, aber ich schüttelte ihn ab. Jean Timpson taumelte weiter zurück auf den Rasen.

»Sie haben versucht, Shelagh umzubringen«, zischte ich ihr nach. Ich war nicht mehr zu halten. »Sie sind ein böser, schlechter Mensch. Sie sind verrückt!«

Sie taumelte weiter zurück, und wie eine Marionette schüttelte sie mechanisch den Kopf hin und her. »O Gott«, wimmerte sie. »O Gott . . .« Tränen stürzten aus ihren Augen. Noch einmal winselte sie auf wie ein kranker junger Hund, und dann, nach einem letzten, angstvollen Blick auf mein Gesicht, drehte sie sich um und lief über den Rasen davon. Ich stand da, am ganzen Körper zitternd, und schaute ihr ohne Mitleid auf ihrer würdelosen Flucht nach.

Sie rannte durch das Tor zum Obstgarten. Reese nahm mich am Arm und sagte:

»Sind Sie jetzt zufrieden?«

Ich antwortete nicht. Schüttelte seine Hand ab.

»Gehen Sie ihr nach«, sagte er.

Nein, das würde ich nicht tun. Die Sache mußte ein Ende haben, wie auch immer.

»Laufen Sie ihr doch selbst nach«, fauchte ich ihn an.

Er verzog angewidert den Mund. Ich spürte, wie mein Zorn verebbte. Reese löste sich von meiner Seite und lief über den Rasen. Ich blieb ein paar Sekunden unschlüssig stehen, dann rannte ich hinterher.

Im Obstgarten war nichts von Jean Timpson zu sehen, und Reese stand verunsichert vor dem Zaun und wußte nicht, wohin er sich wenden sollte. Mir wurde plötzlich klar, wohin sie gerannt sein mußte, und ich lief schneller, auf die Lücke in der Hecke zu. »Hier durch!« schrie ich ihm zu.

Ich zwängte mich vor ihm durch die Lücke und rannte in gerader Linie durch das Dickicht und den Pfad hinunter, der zum Rand des Teiches führte.

Es war nichts von ihr zu sehen. Auch nicht im Wasser. Aber ich wußte, daß sie dort war.

20

Ich zögerte nicht eine Sekunde. Riß die Sandalen von den Füßen, glitt die steile, schlüpfrige Uferböschung hinunter, atmete tief durch, sprang ins Wasser.

Das Wasser – das war das Element, in dem mich mein verkrüppeltes Bein nie behindert hatte. Ich war ein guter Schwimmer, und jetzt brauchte ich alle Geschicklichkeit, die ich aufbringen konnte.

Da ich nicht wußte, wie tief das Wasser war, war ich zu meiner eigenen Sicherheit nur flach eingetaucht. Von Jean Timpson war nichts zu sehen. Ich ließ mich sofort wieder an die Oberfläche gleiten, atmete tief ein, tauchte erneut, diesmal tief nach unten. Ich konnte kaum etwas sehen. Das Wasser war trüb und wurde immer trüber; Schlamm wurde aufgewirbelt – nicht von mir, also mußte sie irgendwo sein, ganz in der Nähe. Ich hatte das Gefühl, meine Lunge würde platzen, aber ich zwang mich, noch tiefer zu tauchen. Mit den Händen tastete ich um mich, suchte verzweifelt nach ihr.

Und ich fand sie. Ich konnte nichts sehen, aber plötzlich fühlten meine Finger irgendeinen festen, unbeweglichen Gegenstand, und als ich ihn losließ, streiften sie ganz kurz über etwas Weiches. Ihre Kleider. Ihr Arm.

Jetzt wußte ich, wo sie war, und ich stieß mich mit aller Kraft vom Boden ab zur Oberfläche. Ich atmete ein paarmal tief durch, dann pumpte ich die Lunge voll Luft und tauchte wieder nach unten.

Ich fand sie diesmal sofort, wenn auch nur mit meinen tastenden Händen. Es war inzwischen so viel Schlamm aufgewühlt worden, daß ich nicht einmal mehr die Augen aufhalten konnte. Ich steckte die Hände unter ihre Arme und versuchte, sie hochzuziehen, aber ich konnte ihren Körper nicht nach oben bewegen. Es lag nicht daran, daß sie sich gegen meinen Griff wehrte; irgend etwas hielt sie unter Wasser fest. Ich ließ ihre Arme los und tastete mit wild rudernden Bewegungen tiefer nach unten, suchte verzweifelt nach dem Hindernis.

Ich fand es. Einer ihrer Füße war eingeklemmt, und zwar zwischen den Speichen eines alten, schon halb vom Schlamm begrabenen Wagenrades. Ich packte ihren Knöchel, drehte ihn, zog an ihm, und schon war sie frei. Sofort ließ ich meine Hände wieder nach oben gleiten, ergriff ihre Oberarme und stieß mich vom Boden ab.

Als ich mit ihr an der Oberfläche auftauchte, stand Reese etwa einen Meter von uns entfernt im Wasser. Er streckte sofort die Hände aus, ergriff ihren Oberarm, und mit Jean Timpson zwischen uns wateten wir ans Ufer.

Wir legten sie vorsichtig auf dem Grasstreifen oberhalb der Böschung nieder. Sie bewegte sich nicht. Reese drehte ihren Kopf zur Seite und drückte in rhythmischen Bewegungen auf ihren Brustkorb – drücken, loslassen, drücken, loslassen, immer wieder, und mit jeder Sekunde wuchs meine panische Angst. Ich konnte nichts tun. Ich kniete neben ihr, beobachtete ängstlich und verzweifelt ihr Gesicht ... und betete ...

Und dann strömte das Wasser aus ihrem Mund. Mit jedem Druck auf ihren Körper kam es in einem Schwall zwischen den schlaffen Lippen hervor. Aber sie bewegte sich immer noch nicht.

Dann drehte Reese ihren Kopf nach oben, drückte mit Daumen und Zeigefinger einer Hand ihre Nase zu, atmete tief ein, legte seinen Mund über ihren und preßte die Luft in ihre Lunge. Wieder und wieder. Es ist zwecklos, ging es durch meinen Kopf. Es ist zwecklos. Sie ist tot. Aber Reese gab nicht auf, machte weiter, immer weiter.

Und dann ging plötzlich ein leichtes Zucken durch ihren Körper, ihre Hände ruckten hoch, schienen nach etwas zu greifen. Reese hörte mit der Mund-zu-Mund-Beatmung auf und ließ ihren Kopf los. Ihr Mund stand offen, und sie schnappte nach Luft. Dann atmete sie jedoch ruhiger.

Als Reese mich über ihren Körper hinweg ansah, war sein Gesicht von der Anstrengung gezeichnet – aber der Ausdruck der Erleichterung in seinen Augen überstrahlte alles andere. Er nickte mir zu und sagte ganz ruhig:

»Wir haben es geschafft. Jetzt kann nichts mehr passieren. Bald ist sie wieder ganz okay.«

Er beobachtete sie noch ein paar Sekunden lang, dann hob er sie hoch in seine Arme. Durch mein unkontrolliertes Schluchzen hindurch hörte ich, daß sie leise Protestworte murmelte.

»Ruhig, ganz ruhig«, sagte Reese sanft. »Es ist vorbei. Alles in Ordnung. Keine Probleme mehr . . .« Während wir zurück zum Cottage gingen, sagte Reese zu mir: »Wir ziehen uns jetzt trockene Sachen an, dann nehme ich Jean mit zu mir. Ich glaube, sie sollte heute besser nicht zu sich nach Hause gehen.« Er sah in Jean Timpsons Gesicht. »Das meinen Sie doch auch, nicht wahr?« Sie gab keine Antwort, und er sagte an ihrer Stelle laut: »Nein.«

Im Cottage nahm sie stumm – und sichtlich benommen – die Handtücher und die Kleider von Helen entgegen, die ich ihr gab, um sich trocken anziehen zu können. Im Hintergrund ihrer teilnahmslosen Augen waren Schmerz und Furcht zu lesen, wie unauslöschlich eingebrannt, und ich konnte ihren Blick nicht ertragen, mußte mich abwenden.

Ich gab Reese ein Hemd und eine Hose von Colin und ging dann nach oben, wo ich meine eigenen nassen, verdreckten Sachen vom Leib streifte und in trockene Kleidung schlüpfte. Danach ging ich wieder nach unten. Reese wartete abmarschbereit in der Küche, und Jean Timpson hatte sich inzwischen ebenfalls umgezogen. Wir fuhren zu seinem Haus.

Im Wohnzimmer mit dem Blick auf den Marktplatz wartete ich, bis der Doktor und seine Frau Jean Timpson ins Bett gebracht hatten. Als Reese zurückkam, hatte er sich in eigene Sachen umgezogen und gab mir Colins Hemd und Hose zurück.

»Geht es ihr gut?« fragte ich.

»Ja«, nickte er. »Und sie hat eine Mordsangst davor, ihr Vater könnte erfahren, was sie gemacht hat. Aber das ist ein gutes Zeichen. Gibt Hoffnung, daß sie nicht in Apathie versinkt. Ich habe ihr gesagt, sie soll sich darüber keine Sorgen machen. Wir behalten sie bis morgen hier – wenn sich ihr Zustand nicht verschlechtert. Ich werde ihrem Vater irgend was erzählen, er braucht von der ganzen Sache nichts zu erfahren. Das würde sonst alles nur noch schlimmer machen.«

»Was meinen Sie, wird sie . . . versuchen, das noch mal zu machen?«

»Das wollen wir nicht hoffen.«

Er ging zur Tür. »Kommen Sie«, sagte er, »ich fahre Sie nach Hause.«

»Ich kann zu Fuß gehen.«

Sein Blick sagte mir, es sei jetzt nicht der richtige Zeitpunkt, übersensibel zu reagieren, aber er sagte: »Ich muß sowieso zu ihrem Vater. Kommen Sie. Carol bleibt bei ihr.«

»O Gott . . .« Ich schüttelte den Kopf. »Wenn ich daran denke, was da hätte passieren können . . . Ich bin so froh, daß Sie da waren . . .«

»Ja«, sagte er. »Ich auch.«

Langsam ging ich den Hügel hoch zum Cottage. Reese hatte mich an der Straßengabel abgesetzt und war zum Haus der Timpsons gefahren. Vorher aber hatten wir im Wagen noch ein langes Gespräch geführt. »Was werden Sie Mr. Timpson sagen?« hatte ich ihn gefragt.

»Ich werde ihm sagen, Carol und ich müßten heute abend überraschend weg und bräuchten einen Babysitter.«

»Wird er das glauben?«

»Warum nicht? Er wird sich sogar freuen, es glauben zu dürfen.«

»Weil Jean mit der Aufsicht über Kinder betraut wird, nicht wahr . . .?«

Er warf mir einen fragenden Blick zu. »Mit wem haben Sie geredet?«

»Mit Bill Carmichael. Er hat mir einen Teil ihrer Lebensgeschichte erzählt.« Und ich fügte hinzu: »Wenn auch recht widerstrebend.«

»Hm«, murmelte er, »wollen wir hoffen, daß es die *richtige* Geschichte war.«

»Ihr Vater hat mir auch ein bißchen davon erzählt«, sagte ich. »Es ist auf jeden Fall eine sehr *traurige* Geschichte.«

Er nickte zustimmend. »Das kann man wohl sagen. Es muß die Hölle gewesen sein – mit dem Gedanken zu leben, daß die Leute glauben, man wäre zu so etwas . . . Schrecklichem fähig.«

»Sie meinen den Jungen – sein Ertrinken.«

»Ja. Als ob sie nicht vorher schon genug durchgemacht hätte. Mit ihrem eigenen Kind. Und mit De Freyne.«

»De Freyne . . . Der taucht immer wieder auf.«

»Er war schon lange in Hillingham, ehe Ihre Schwägerin herkam. Durch ihn hat sie den Ort überhaupt erst kennengelernt, nehme ich an. Sie waren verwandt miteinander, oder nicht? Cousin und Cousine? Wissen Sie was darüber?«

»Nein. Je länger ich hier bin, um so mehr wird mir bewußt, wie wenig ich über Helen weiß.«

». . . Na ja, jedenfalls war dieser De Freyne lange vor Ihrer Schwägerin hier. Arbeitete auf einer Farm. Und dort hat er Jean kennengelernt.«

Ich schwieg. Es lag auf der Hand, was damals geschehen war.

»Er war der Vater ihres Kindes, nicht wahr?«

»Ja. Und der Teufel war los, als Timpson das rausfand.«

»Für Jean?«

»Natürlich auch für sie. Vor allem aber für De Freyne. Timpson war klar, daß De Freyne es mit Jean nicht ernst gemeint hatte. Und das stimmte ja schließlich. Ich nehme an, Jean war naiv genug zu glauben, er würde sie heiraten, aber er dachte gar nicht daran. Er wollte nur seinen Spaß mit ihr haben. War noch ein ziemlicher Grünschnabel damals.«

»Scheint kein besonders angenehmer Typ zu sein.«

»Nun ja, die Sache mit Jean machte ihn im Dorf nicht sehr beliebt, und dann kam auch noch die Sache mit Timpson dazu.«

»Was ist passiert? Timpson ging die Wände hoch, oder?«

»Das kann man wohl sagen. Eines Nachmittags wurde ich zu der Farm gerufen. Es stellte sich heraus, daß Timpson, als er von der Sache erfahren hatte, prompt auf der Farm erschien und De Freyne zur Rede stellte. Es kam zu einer Auseinandersetzung, und das Ergebnis war, daß Timpson von De Freyne böse zusammengeschlagen wurde. Deshalb haben die Leute mich geholt. Er war übel zugerichtet, aber was soll ich dazu sagen – Timpson war nicht mehr der Jüngste, und De Freyne war jung und stark.«

»De Freyne scheint es sich zur Gewohnheit gemacht zu haben, sich in Schlägereien verwickeln zu lassen«, kommentierte ich. »Wie hat sich das denn in diesem Fall abgespielt? Wer hat angefangen?«

»Nach allem, was ich später gehört habe, hat Timpson sofort losgelegt und De Freyne lautstark mit Vorwürfen bombardiert. Er hätte Jean mit Heiratsversprechen eingewickelt und sie schäbig ausgenutzt und so weiter, und dann hat De Freyne anscheinend ziemlich höhnisch geantwortet, und Timpson ging auf ihn los.«

»Geschah dem Kerl recht.«

»Na ja, war aber nicht sehr klug von Timpson ... Ich versuchte dann, ihn zu überreden, mit mir nach Hause zu fahren. Aber ich kann Ihnen sagen, der war vielleicht in Rage! Ganz weiß vor Wut. Er hatte sich schon immer sehr beschützend vor Jean gestellt. Konnte wohl den Gedanken nicht ertragen, daß jemand seine Tochter so zum Narren gehalten hatte. Ich mußte sogar noch beruhigend auf ihn einreden und ihn festhalten, als wir schon in mein Auto steigen wollten, sonst wäre er wieder auf De Freyne losgegangen. Und Drohungen hat er ausgestoßen – was er mit De Freyne alles anstellen würde, wenn er ihm noch einmal unter die Augen käme.« Reese schnitt eine Grimasse. »Es war irgendwie schon sehr seltsam, fast lächerlich, Timpson diese wilden Drohungen gegen einen Mann ausstoßen zu hören, der so viel jünger und stärker war als er selbst.«

»War das dann das Ende der Geschichte?«

»Ja. De Freyne verschwand aus Hillingham. Schon in der Woche danach.«

»Aber später kam er wieder zurück.«

»Viele Jahre später, ja. Nachdem Ihre Schwägerin das Cottage gekauft hatte. Ich nehme an, sie hat ihn mal besucht, bevor er von hier verschwand, und das Cottage hat ihr damals wohl schon gut gefallen. Als es dann zum Verkauf angeboten wurde, hat sie es gekauft. Sie wissen ja, wie es ist, wenn man so was mal entdeckt hat ... Jedenfalls, wie ich schon sagte, kam er zurück. War sehr überraschend für mich, als ich ihn eines Tages quicklebendig über den Marktplatz fahren sah.«

»Fahren? Im Auto?«

»Nein, auf dem Fahrrad. Unverwechselbar auf seinem Fahrrad. In grellen, fluoreszierenden Farben angestrichen, seine Initialen überall draufgepinselt. Hatte wohl Angst, es könnte ihm geklaut werden, nehme ich an.« Er lachte. »Und das in unserem Dorf! Aber so was war typisch für ihn.«

»Kam es wieder zum Krach zwischen ihm und Timpson?«

»Als De Freyne wieder hier war? Nein, ich glaube nicht. Die ganze Sache lag ja weit zurück in der Vergangenheit.«

Ich dachte an Jean Timpsons Reaktion, als ich sie gefragt hatte, ob sie wüßte, wo Alan De Freyne abgeblieben wäre. Ich war sicher, daß für *sie* die Angelegenheit gewiß *nicht* sehr weit zurück in der Vergangenheit lag ...

»Wie konnte De Freyne nur den unglaublichen Nerv haben, an einen Ort zurückzukommen, an dem er soviel Unheil angerichtet hatte?« fragte ich.

»Tja ... Es ist nicht immer leicht, manche Leute zu verstehen, nicht wahr?«

»Für Jean Timpson muß es doch eine fast unerträgliche

Situation gewesen sein – der Kerl wieder hier im Ort, praktisch direkt unter ihrer Nase.«

»Das war es ganz bestimmt. Ich glaube, damals hatte sie gerade angefangen, bei Ihrer Schwägerin ... ach so, zu der Zeit war sie natürlich noch nicht Ihre Schwägerin ... also, im Gerrards Hill Cottage zu arbeiten. Als De Freyne auftauchte und im Cottage blieb, hat Jean sofort wieder aufgehört. Sie ging erst wieder hin, als De Freyne verschwand. Zum zweiten Mal verschwand.«

»Er war auch Maler, hat man mir gesagt. Ich nehme an, er hat im Cottage ... an seinen Bildern gearbeitet.«

»Ich weiß es nicht. Vielleicht.«

»Vielleicht war er auch nur ein Nassauer.«

»Ein was?«

»Ein Schmarotzer.«

»Ach so ...« Er nickte. »Jedenfalls war er nicht lange da. Kurz darauf erschien Ihr Bruder auf der Szene, und dann verschwand De Freyne ja sehr schnell wieder.«

»Was meinen Sie ... War er ... Helens Liebhaber?« Das, so dachte ich mir, könnte eine logische Erklärung für die Diskrepanzen zwischen ihm und Colin gewesen sein – für die Schlägerei zwischen den beiden, und, als Folge davon, letztlich für De Freynes plötzliche Abreise.

»Auf diese Frage habe ich Ihnen ja schon einmal geantwortet«, sagte Reese recht ungehalten. »Ich weiß nur, daß er im Cottage war.« Er ließ mich deutlich spüren, daß er keinen Sinn darin sah, dieses Thema fortzusetzen. Und er hatte selbst eine Frage zu stellen:

»Haben Sie das ernst gemeint, was Sie vorhin gesagt haben?«

»Was meinen Sie ...?«

»Über Jean Timpson. Sie haben da ein paar ... ziemlich wüste Anschuldigungen gegen sie losgelassen.«

Ich vermied es, ihn anzusehen. »Ich war in einem sehr ... aufgeregten, unkontrollierten Zustand«, sagte ich leise.

»Ja ...« Und dann lächelte er mich plötzlich an, schüttelte mir die Hand und sagte: »Gehen Sie jetzt erst nach Hause und ruhen Sie sich erst einmal aus. Es war ein recht harter Tag heute, eins kam zum anderen, nicht wahr?«

»Das kann man wohl sagen.« Ich lächelte über seine Untertreibung.

Er griff zum Zündschlüssel. »Jedenfalls – Shelagh und Jean, beide werden wieder ganz in Ordnung kommen. Sie brauchen sich keine Sorgen mehr um sie zu machen.«

Auf dem Tisch im Wohnzimmer stand noch mein Glas, an dem ich vor Jean Timpsons Eintreffen meinen Zorn ausgelassen hatte. Ich füllte es wieder auf und gab etwas Eis dazu. Ich brauchte einen Drink. Ganz dringend.

Ich setzte mich in meinen Sessel und ließ meine Gedanken zu Shelagh wandern. Und dann dachte ich über Jean Timpson nach.

Mein Verhalten ihr gegenüber hatte dazu geführt, daß sie versucht hatte, sich das Leben zu nehmen. Die Worte, die ich ihr ins Gesicht geschleudert hatte, fielen mir ein und hallten wie im Echo immer wieder durch meinen Kopf. Als ich mein Glas hob, sah ich die vielen Kratzer an meinem Handgelenk und auf dem Handrücken – die Kratzer von meinem Sprung durch die Hecke kurz vor Shelaghs Sturz und von Jean Timpsons Rosen, die ich ihr aus der Hand gerissen und auf den Boden geschleudert hatte. Ich mußte wohl völlig den Verstand verloren haben, daß ich sie in dieser Weise attackiert hatte.

Dennoch, auch dieser Gedanke, dieses Eingeständnis bedeutete nicht, daß ich mit den Überlegungen, die zu meinem Wutausbruch geführt hatten, völlig falsch gelegen hatte. Meine Folgerungen waren nach dem Stand meines Wissens die einzig möglichen gewesen. Jean Timpson hatte sehr traurige, schlimme Erlebnisse hinter sich, aber ich durfte mich dadurch nicht bei der Interpretation der vorliegenden Beweise beeinflussen lassen ...

Ich trank mein Glas leer und goß mir einen neuen Scotch ein. Obwohl ich seit dem Frühstück nichts mehr gegessen hatte, konnte ich mir nicht vorstellen, jetzt etwas zu essen. Ich hatte keinerlei Hungergefühl. Irgendwie war ich psychisch desorientiert. Ich trank zuviel, das zumindest war klar. Ich schaute aus dem Fenster und sah, daß der Tag sich dem Ende zuneigte. Die

Schatten auf dem Rasen wurden länger. Konnte an einem einzigen Tag so viel geschehen sein?

Neben mir stand die Figur des Ritters auf dem Schlachtroß. Ich nahm sie hoch und drehte sie in meinen zerschrammten Fingern hin und her. Es war ein perfekt gearbeitetes Stück. Natürlich war es das. Denn alles, was ich bisher von Helens Schaffen gesehen hatte, waren gute Arbeiten gewesen.

Der Scotch und die Reflektion der Ereignisse des Tages steigerten meine Melancholie, und mir ging durch den Kopf, daß selbst die Trauer um ihren Tod – Colins und Helens Tod – keine ungetrübte Trauer mehr für mich war. Ich hatte sogar jetzt nicht mehr den beruhigenden Trost, daß sie glücklich miteinander gewesen waren. Das hatte ich bis vor kurzem geglaubt. Aber das war jetzt anders. Da war dieser Telefonanruf ... und das Gemunkel, daß Colin ein Verhältnis mit dieser Elizabeth Barton gehabt hätte ... und die seltsame Sache mit den verschwundenen Fotografien von Helen ...

Ich hatte Sehnsucht nach Shelagh. Ohne sie, so schrecklich einsam, hätte ich mich am liebsten in eine fötale Lage zusammengerollt und im Schlaf von all den Problemen und Fragen, die in meinem Kopf herumspukten, Vergessen gesucht. Aber auch in dieser Position würde ich nicht schlafen können. Bestimmt nicht. Eben diese Probleme und Fragen würden es nicht zulassen.

Ich hatte Shelagh gesagt, ich würde mit den selbstquälerischen Fragen und Nachforschungen aufhören. Aber wie konnte ich das? Mein Bruder wurde von einigen Leuten insgeheim des Mordes aus Habgier an seiner Frau bezichtigt, und solange diese Verleumdung nicht ausgeräumt war, würde ich keine Ruhe finden. Niemals. Aber ich hatte keinen konkreten Ansatzpunkt, seine Unschuld zu beweisen. Irgendwo gab es diesen Beweis. Vielleicht war er sogar leicht zu finden – wenn ich nur wüßte, *wie* ich ihn finden könnte. Wenn ich vor allem wüßte, wo ich mit der Suche *anfangen* könnte; dann würde es vielleicht möglich sein, die ganze Sache Schritt für Schritt aufzurollen.

Ich mußte, sagte ich mir, zunächst einmal versuchen, mehr über Helen herauszufinden, über ihr Verhältnis zu Colin. Und ich mußte auch herausfinden, welche Rolle Elizabeth Barton in der ganzen Geschichte spielte. Ja, ich *mußte* sie noch einmal aufsuchen. Und diesmal würde ich mich nicht abwimmeln lassen. Und ich würde auch weiter nach De Freyne suchen. Ich mußte ihn finden und mit ihm sprechen, und sei es auch nur, um ihn aus dem Puzzle ausschließen zu können. Aber wie konnte ich ihn finden? Er war anscheinend kein besonders seßhafter Typ. Ich wußte von ihm nur, daß er vor etwa einem Jahr nach einem Streit mit meinem Bruder das Cottage verlassen hatte und nach London gegangen war. Und seit dieser Zeit gab es kein Lebenszeichen von ihm ...

Mein Glas war schon wieder leer, und ich stellte es in der Küche in den Spülstein und ging in den Garten. Ich schlug den schon vertrauten Weg ein, durch den Rosenbogen ins Dickicht und über den verwachsenen Pfad zu der kleinen Lichtung, auf der das Sommerhaus gestanden hatte. Ich setzte mich auf die Steinbank und rauchte eine Zigarette. Hier, direkt neben den Überresten des ursprünglichen Gebäudes, hatte Colin den Platz für das Sommerhaus abgesteckt, das er für Helen bauen wollte. Hatte den Platz gerodet und mit dem Ausheben der Baugrube begonnen. Aber warum hatte er schon so bald wieder aufgehört? War ihm die Zeit davongelaufen? Oder war es tatsächlich so, daß seine Liebe zu Helen nachgelassen hatte ...? Nein, so durfte ich nicht denken. Solche Vermutungen waren gefährlich – und treulos im Gedenken an ihn. Denk an was anderes, ermahnte ich mich selbst, oder noch besser: tu etwas.

Und mir fiel wieder ein, wie ich vor ein paar Tagen mit Shelagh hier gesessen hatte, neben ihr auf der Bank, und wie ich zu ihr gesagt hatte: »Du sollst dein Sommerhaus haben.« Ich dachte an sie in ihrem Krankenbett, zerschunden und geschockt. Ja, sie sollte ihr Sommerhaus haben. Und zwar bald.

Ja. Morgen würde ich zu einem Bauunternehmer im Dorf gehen, ihm Colins Pläne vorlegen und den Bauauftrag erteilen. Und in der Zwischenzeit, jetzt gleich, würde ich Colins begonnene Arbeit fortsetzen und die Grube für das Fundament ausheben.

Ich ließ mich durch das schwindende Tageslicht nicht abhalten, holte das nötige Werkzeug aus dem Schuppen und fing an zu graben. Die Erde war locker, wie ich feststellte; Colin hatte offensichtlich gründliche Arbeit geleistet, auch wenn er sie bald wieder aufgegeben hatte. Ich war froh, denn seine Vorarbeit machte mir das Graben sehr viel leichter.

Um mich herum nahm ich die Geräusche der hereinbrechenden Nacht wahr. Die Blätter raschelten anders als am Tage, Grillen zirpten, und irgendwo tief im Dickicht sang eine Nachtigall.

Es wurde langsam dunkel und damit immer schwieriger zu erkennen, wo ich den Spaten ansetzen sollte. Aber ich machte weiter. Und immer wieder wanderten meine Gedanken zu Colin und Helen, kreisten in meinem Kopf herum. Ich konnte sie nicht loswerden. Würde ich das jemals können?

Der harte Gegenstand, auf den mein Spaten plötzlich und unerwartet stieß, ließ meinen Arm hochfahren. Ich versuchte es nochmal, ein paar Zentimeter seitwärts, aber das Hindernis war auch dort, dicht unter der Oberfläche. Ich kniete mich hin und kratzte mit den Händen und einem kleinen Stock so lange, bis ich genug Erde zur Seite geschafft hatte, um zu erkennen, worauf mein Spaten gestoßen war.

Es war ein Totenschädel.

21

Ich fuhr entsetzt in die Höhe. Meine Kopfhaut zog sich zusammen, mein Mund war plötzlich ausgetrocknet. Keuchend stieß ich aus: »Um Gottes willen . . .!« Eine Gänsehaut überzog meinen Rücken, ich fror, und gleichzeitig brach mir am ganzen Körper der Schweiß aus. Mein Atem ging stoßweise, meine Hände zitterten.

Nach einigen Sekunden faßte ich mich wieder, atmete mehrmals tief durch und kniete mich wieder hin. Ich nahm den kleinen Stock, den ich fallengelassen hatte, und kratzte mit zitternden Fingern noch mehr Erde von meinem schrecklichen Fund weg. Der Schädel war noch mit Spuren von Haut überzogen, und auf der Schädeldecke klebten Haarbüschel. Einige davon blieben an meinen Fingern kleben, und ich schleuderte sie in panischem Ekel ab. Ich scharrte angewidert weiter und stieß jetzt unterhalb des Schädels auf vermoderte Kleidung. Eine Knochenhand, von meinem Kratzen aus ihrer Ruhelage gebracht, ruckte ein kleines Stück nach oben und ragte mit gekrümmten Fingern aus der Erde, schien mir zu winken, mich zu locken. Und dann streiften meine Finger über einen eckigen Gegenstand, und als ich ihn aufnahm und die Erde abgekratzt hatte, sah ich, daß es eine Fahrradlampe war. Eine batteriebetriebene, abnehmbare Fahrradlampe. Sie war an einigen Stellen verrostet, aber selbst in der beginnenden Dunkelheit konnte ich die Initialen noch lesen, die auf dem Batteriekasten prangten: ADF.

Alan De Freyne, Alan De Freyne, Alan De Freyne, gellte es in meinem Kopf. Ich ließ die Lampe wie ein glühendes Stück Eisen fallen, zurück in die Furche, aus der ich sie gezogen hatte, und scharrte wieder Erde darüber.

Ich stand auf und trat aus der Grube. Die friedliche Waldlandschaft um mich herum hatte sich verändert. Ganz plötzlich lag eine andere Stimmung über ihr. Ich wußte, daß es nur das Ergebnis meiner Einbildung sein konnte, und das sagte ich mir auch immer wieder vor, aber ich empfand es als Realität. Meine Sinne nahmen nur noch Dunkles, Drohendes, Unheimliches wahr, nicht mehr den milden Frieden der hereinbrechenden Nacht. Sang die Nachtigall noch? Ich hörte kein liebliches Flöten mehr. Ich spürte nur noch Feindseligkeit und Bedrohung um mich herum, sah sie in jedem grauen Schatten lauern, hörte bösartig wispernde Stimmen im Rascheln der Blätter, und als der Wind sich legte, schien selbst die Stille schrill zu kreischen.

Du brauchst keine Angst zu haben, redete ich mir ein. Es gibt doch überhaupt nichts, vor dem du dich fürchten müßtest ... Ich fing an, die Erde in die flache Grube zurückzuschaufeln, alles zuzudecken, was in ihr lag. Ich hörte nicht auf, bis auch die letzte Krume der ausgehobenen Erde wieder festgetreten und festgeklopft die Grube füllte und nur noch ein flacher Hügel frischer Erde zu sehen war. Erst dann ging ich, ohne die Arbeitsgeräte, betont aufrecht und mit krampfhaft erhobenem Kopf, zurück zum Haus, zur Küche.

Ich setzte mich an den Tisch und stützte den Kopf in die dreckverschmierten Hände. Nur das Tropfen des Wasserhahns und das Flattern der Motten war zu hören. Sie kreisten um die Lampe, unerbittlich, schicksalhaft von ihrem Licht angezogen. Jedesmal, wenn eine von ihnen gegen das heiße Glas stieß, zuckte ich zusammen.

Ich brauchte einen Drink. Goß mir einen Scotch ein. Dann noch einen. Und noch einen. Saß in meinem Sessel, und die Zigarettenstummel und die graue Asche türmten sich im Aschenbecher auf und quollen schließlich über den Rand. Es fing an zu regnen. Ich ging zur Tür und schaute hinaus in die Dunkelheit. Im Licht, das aus der geöffneten Tür fiel, sah ich die Regentropfen glitzernd niederprasseln und auf den Platten des Eingangs hochspritzen. Weder der Mond noch die Sterne waren irgendwo am Himmel zu sehen – nur die Dunkelheit, über der tief die Regenwolken kauerten. Girlie strich um meine Füße, streckte die Nase in die Feuchtigkeit hinaus, zog sie schleunigst wieder zurück und trabte müde zu ihrem Korb unter dem Fenster. Sie rollte sich zusammen und schien einzuschlafen. Ich muß auch schlafen, sagte ich mir beschwörend ...

Aber noch nicht gleich ...

Ich schloß die Tür und ging mit meinem Glas und der Scotchflasche ins Wohnzimmer. Der Schlaf konnte warten. Ich setzte mich in meinen Sessel und dachte über meinen grausigen Fund nach. Wer, fragte ich mich, hatte De Freyne getötet? Und warum?

Er war nicht sehr beliebt gewesen, soviel stand fest. Und es gab einige Leute, die gute Gründe hatten, ihn zu hassen ... Jean Timpson und ihr Vater zum Beispiel ...

Alan De Freyne hatte großes Unglück über Jean Timpson gebracht. Sie hatte es sogar abgelehnt, weiter im Cottage zu arbeiten, als er zurückgekommen war, und sie hatte die Arbeit erst wieder aufgenommen, nachdem er gegangen war ... Wußte sie damals, daß er *für immer* verschwunden war ...?

Aber auch wenn sie ihm wahrscheinlich den Tod gewünscht hatte – war sie physisch überhaupt zu einer solchen Tat fähig? Natürlich hätte sie ihm im Dickicht auflauern und ihn töten können, ganz in der Nähe, wo ich ihn gefunden hatte. Danach wäre es nicht mehr allzu schwer für sie gewesen, in der aufgelockerten Erde die Leiche zu begraben. Und die Lichtung war weit genug vom Haus entfernt und durch das Dickicht gut abgeschirmt, so daß sie dabei eine Entdeckung nicht befürchten mußte . . . Hatte sie es also getan . . .? Bill Carmichael hatte mir erzählt, daß sie einige Zeit in einer Nervenklinik verbracht hatte, und ich hatte ja selbst oft genug feststellen können, wie seltsam und unberechenbar ihre Gehirnwindungen zu funktionieren schienen. Ich brauchte nur an Shelagh zu denken – an die Rasierklingen, den Glassplitter und die Sache mit dem Pferd . . .

Meine Überlegungen gingen jedoch weiter, viel weiter . . . Wenn Jean Timpson De Freyne getötet und tatsächlich versucht hatte, Shelagh umzubringen, war es dann nicht möglich, vielleicht sogar wahrscheinlich, daß sie auch mit Helens Tod etwas zu tun hatte . . .? Vielleicht hatte der anonyme Anrufer recht und Helens Tod war tatsächlich *kein* Unfall gewesen? Es könnte jedenfalls sein. Jean Timpson hatte die Gelegenheit, Helen umzubringen; es gab ja nur ihre eigene Aussage, daß sie im Haus war, als Helen vom Dach fiel . . .

Andererseits war es aber auch möglich, daß der alte Timpson De Freyne getötet hatte. Er hatte vor Jahren diese Schlägerei mit ihm gehabt. Hatte Drohungen ausgestoßen. Und vielleicht waren das keine leeren Drohungen gewesen, wie die Leute damals geglaubt hatten. Hatte er vielleicht De Freyne irgendwie in das Dickicht gelockt, ihn umgebracht und dann vergraben . . .?

Mein Gehirn quoll über vor Gedanken, Worten, Bildern und Erinnerungen. Ich schloß die Augen, lehnte mich in die weichen Kissen zurück und ließ den Aufruhr in meinem Kopf einfach toben. Es kam mir vor, als ob mein Gehirn ein Behälter wäre, der sich langsam dreht und in dem die Bilder und Gedankenfetzen umeinander gewirbelt würden, wieder und wieder, wie verschiedenfarbige Kieselsteine in einer Betonmischmaschine . . .

Es gab noch eine andere Möglichkeit. Außer Jean Timpson und ihrem Vater. Und das war die, daß Colin De Freyne getötet hatte. Aber das war eine Möglichkeit, die ich weder durchdenken konnte noch wollte. Ich würde keine weiteren Gedanken darauf verschwenden.

Ich stand auf und ging zum Sofa, streifte die Schuhe von den Füßen und legte mich hin. Mein Kopf drehte sich, und die Gedanken wirbelten weiter durch mein Gehirn, kreisten umeinander . . .

Das Sonnenlicht auf meinem Gesicht weckte mich auf. Ich brauchte ein paar Sekunden, bis ich merkte, daß ich immer noch auf dem Sofa im Wohnzimmer lag.

»Ich habe schon auf dich gewartet«, sagte Shelagh.

Ich beugte mich zu ihr und küßte sie sanft auf den Mund, und ich fragte mich, warum ich mir so viele Gedanken um den Tod machte. Shelagh war ihm entkommen, und das ließ mich alles andere ertragen. Alles . . .

Ihr Kopf war immer noch mit einer Bandage und Streifen von Heftpflaster umwickelt, aber ihr strahlendes, warmes Begrüßungslächeln war herzerfrischend nach dem Bild, das ich vom gestrigen Tag von ihr in Erinnerung hatte. Ich legte den großen Rosenstrauß, den ich mitgebracht hatte, auf den Nachttisch neben ihrem Bett und nahm ihre Hand.

»Du siehst großartig aus«, sagte ich.

»Mir geht's ja auch gut. Und es würde mir noch besser gehen, wenn man mich hier rauslassen würde.« Sie hob den Kopf. »Was passiert, wenn die mich nicht bis Samstag entlassen?«

»Die Heiratserlaubnis ist drei Monate gültig, wir könnten also einen neuen Termin ausmachen.«

Sie seufzte, lächelte, ließ sich zurück auf ihr Kissen sinken, und ich hielt ihre Hand und sah sie an. In unser Schweigen platzte eine Schwester, nahm die Rosen – »Da wollen wir doch mal gucken, ob wir ein Väschen für die Röschen finden . . .« – und ging wieder. Nach ein paar Minuten kam sie zurück, eine große Vase mit den sorgfältig arrangierten Rosen in der Hand. Sie stellte sie vorsichtig auf den Nachttisch, gab den Rosen mit ein paar schnellen Handbewegungen den letzten künstlerischen Schliff, nickte uns lächelnd zu und verschwand so leise wieder, wie sie gekommen war.

»Sie sind wunderschön, deine Rosen«, sagte Shelagh. »Und sie riechen so gut.«

Ich wollte mich nicht von anderen Dingen ablenken lassen, aber bei ihren Worten fielen mir die Rosen auf meinem Kopfkissen im Schlafzimmer ein – und schon begann sich wieder die Mischmaschine in meinem Kopf zu drehen, andere Erinnerungen wirbelten auf – der Glassplitter, die Rasierklingen, das Pferd, das sich aufbäumt und zu seiner todbringenden Raserei über die Felder ansetzt. Und der tote Körper, die Leiche von Alan De Freyne ... Und mein Verstand sagte mir: *Ja, es muß Jean Timpson gewesen sein ...*

»Woran denkst du schon wieder?« fragte Shelagh.

». . . An dich . . .«

Auf dem Heimweg hielt ich beim Friedhof. Tiefster Friede, tiefste Ruhe unter der Mittagssonne. Derselbe Frieden auch an ihrem Grab. Ich spürte ihn, diesen Frieden, und ich wünschte mir, er würde auch in meine Gedanken einziehen.

Mir wurde plötzlich klar, daß ich das Cottage verkaufen mußte. Ich würde mich in diesem Haus nie mehr wohl fühlen können. Nicht, solange die Leiche dort im Dickicht lag. Nicht, solange Jean Timpson als permanente Erinnerung an all die schrecklichen Ereignisse in der Nähe wohnte ...

Ja, der Verkauf des Cottage war die einzig mögliche Lösung. Ich würde mich nie von diesen quälenden Dingen befreien können, wenn Shelagh und ich nicht für immer von hier weggingen, weg von allem. Und bis dahin mußte ich alles aus meinem Gehirn verbannen. Alles. Den Anruf, De Freyne, Elizabeth Barton, Jean Timpson ... Ja, sie am allermeisten. Aber es bestand ja keine Notwendigkeit mehr, sie noch einmal zu treffen – und mit ein wenig Glück würde ich ihr auch aus dem Weg gehen können ...

Als ich Shelagh abends wieder im Krankenhaus besuchte, sagte sie mir, daß Bill Carmichael sie besucht hatte. Und auch Mrs. Stoner vom Gestüt.

»Ich fühle mich scheußlich, wenn ich an die schöne Stute denke«, sagte Shelagh mit Tränen in den Augen. »Und Mrs. Stoner war trotzdem so freundlich zu mir. Ich . . . ich möchte mich am liebsten umbringen.«

»Sag so was nicht«, fuhr ich sie an, milderte meinen scharfen Ton jedoch sofort durch ein Lächeln.

Als es dann Zeit wurde, nach Hause zu gehen, sagte ich: »Ich komme morgen früh wieder. Kann ich dir irgend etwas mitbringen?«

»Ja, ein gutes Buch.«

»Natürlich. Ich bringe dir ein gutes Buch mit. Nach deinem üblichen Geschmack, und nichts, was dich zu sehr aufregen könnte: Sex, Wollust, Notzucht, Körperverletzung, Gewalt . . .«

»Und Mord«, vollendete sie. *Mord* . . . Dieses Wort war mir in der Kehle stecken geblieben . . .

Ich küßte sie und ging zur Tür. Ihre Stimme klang ein wenig zaghaft, als sie mir nachrief:

»Du könntest mir auch wieder ein paar Blumen mitbringen, wenn du magst.«

Ich folgte ihrem Blick zu der Blumenvase auf dem Hocker. Die Rosen, die ich erst heute morgen im Garten geschnitten hatte, waren schon fast verwelkt . . . Im Flur kam der junge, rothaarige Doktor auf mich zu und sagte mir, er gehe davon aus, daß Shelaghs Zustand es wahrscheinlich zuließe, sie rechtzeitig zu unserer Hochzeit zu entlassen.

»Kann ich ihr das noch schnell sagen?«

»Warten Sie lieber, bis wir ganz sicher sind – sagen Sie es ihr am Freitag. Dann ist alles klar, und sie wird auf keinen Fall enttäuscht.«

Morgen, so nahm ich mir fest vor, würde ich zur Bank gehen und Mr. Jennersen den Auftrag geben, das Cottage nach meiner und Shelaghs Rückkehr nach New York zu verkaufen. Ich wußte, daß das die beste Lösung war, aber ich hatte Angst vor diesem endgültigen Schritt. Ich saß im Wohnzimmer mit meinem Scotch auf Eis und konnte es mir nicht vorstellen, daß der Tag kommen würde, an dem ich das Cottage für immer verlassen mußte. Ich liebte dieses Haus. Seine Wärme, die ich an diesem ersten Tag damals empfunden hatte, war immer noch zu spüren. Sie umgab mich auch jetzt wieder ... Aber das konnte nichts daran ändern, was inzwischen geschehen war. Die Leiche lag noch immer da drüben im Dickicht, und mein Wissen darum konnte durch nichts verdrängt werden ...

Als mein Glas leer war, goß ich mir einen neuen Scotch ein. Ich verringerte den Vorrat an Whiskey mit einer alarmierenden Geschwindigkeit, dessen war ich mir bewußt, aber ich zog es vor, im Moment nicht darüber nachzudenken. Vor mir auf dem Teppich lag noch immer das unvollendete Puzzle. Ich kniete mich hin, raffte die Teile zusammen und schob sie in die Schachtel; ich würde das Puzzle nicht mehr fertigkriegen, das war sicher. Als ich den Deckel des Kartons schloß, sah ich noch einmal kopfschüttelnd die perverse Freude auf dem Gesicht der Frau, während sie auf ihrer Schaukel hin- und herflog. Dann stand ich auf, ging nach oben in Colins und Helens Schlafzimmer und stellte die Schachtel zurück in das Regal, wo ich sie gefunden hatte.

Auf dem Brett darunter standen einige ziemlich große, in Leder gebundene Bücher. Ich nahm sie heraus. Sie waren häufig benutzt worden, wie ich sah; die Einbände waren abgegriffen und von Tintenklecksen übersät. Helens Skizzenbücher. Jedes einzelne war vollgefüllt mit Skizzen und Entwürfen; in Bleistift, in Tusche, in Tinte, einfarbig und mehrfarbig. Gesichtsstudien. Aktstudien. Ich blätterte die Seiten durch. Die Bücher schienen bis in Helens Zeit als Kunststudentin zurückzureichen.

Ich hob die Augen und schaute auf ihre Bilder an der Wand. Irgend etwas an ihnen irritierte mich. Tatsächlich, irgend etwas an ihnen war anders ... War das denn möglich ...?

Das Bild des Gartens sah verändert aus, irgendwie seltsam ... Die Rosen, die da vor der weißen Mauer zum Obstgarten standen, waren vorher ... natürlich, ganz sicher, sie waren als Knospen gemalt gewesen ... Nein, nein, das konnte doch nicht wahr sein ... Jetzt waren einige der Blüten offen.

Ich starrte das Bild an, kniff die Augen zusammen, sah alles ganz deutlich, wollte es aber nicht wahr haben. Ich war geistig gesund, ich war einigermaßen nüchtern ... aber dennoch, einige der gemalten Rosen waren jetzt offen, in voller Blüte ...

Und da war noch etwas. Der Schatten der Birke. Es war kein Schatten. Wie hatte ich es jemals als Schatten ansehen können? Deutlich zu erkennen, unzweifelhaft – es war eine Gestalt. Die Gestalt einer Frau.

Aber das konnte doch nun wirklich nicht sein ... Ich erinnerte mich ganz deutlich an den Schatten der Birke. Und ich war ganz sicher, daß ich noch nie, niemals diese Frau auf dem Bild gesehen hatte ... Eine Frau, mysteriös, verschwommen, geheimnisvoll ... Sie beugte sich über das Beet, den Arm voller Blumen ... Eine Frau in einem purpurroten Kleid, mit Blumen im Arm – wo vorher nur der Schatten eines Baumes zu sehen war ...

Ich zwang mich, zur Seite zu sehen. Es war doch Irrsinn, auf die Phantastereien hereinzufallen, die mein Geist meinen Augen vorgaukelte ... Ich schaute auf das nächste Bild.

Es war das Bild, auf dem ich die idealisierten Gestalten von Colin und Helen erkannt hatte. Und die beiden sahen unverändert aus. Allerdings ... Vielleicht ... Ja, tatsächlich, die Farben der Blumen waren anders, als ich sie in Erinnerung hatte. Sie waren rosa und blau gewesen, und mir fiel ein, daß ich Helens skizzenhafte Farbstriche bewundert hatte. Warum zum Teufel waren dann jetzt plötzlich einige Blumen weiß? Und warum waren es jetzt ganz deutlich weiße Rosen, wo doch vorher nur eine unspezifizierte Blumenpracht zu erkennen gewesen war ...?

Und dann wurde mein Blick von der Frau auf dem Bild angezogen, über deren Kopf der Vogel flatterte – das Rotkehlchen, der mythische Vogel, das Symbol des Glücks. Und auch hier schien ich mich getäuscht zu haben ... Der Vogel, der jetzt über dem Kopf der Frau flatterte, war schwarz und weiß. Eine Elster? Ja, eine Elster. Die Elster war sicherlich auch ein Symbol für irgend was. Aber für was? Und dann fiel es mir ein, und ein kalter Schauder lief mir über den Rücken. Die Elster war das Symbol des Verderbens, des Untergangs.

Mit zitternden Fingern berührte ich die Farbe auf dem Flügel der Elster. Die Farbe war noch feucht.

Ich starrte auf die Frau mit dem fröhlichen Lächeln. Ihr Haar war nicht schwarz. Es war bisher schwarz gewesen. Aber jetzt flatterte unter den wirbelnden Flügeln des Vogels kupferrotes Haar.

Es war nicht Helen.

Es war Shelagh.

Ein Frösteln überlief mich, und es ließ auch nicht nach, als ich schon längst wieder im Wohnzimmer saß. Im Haus war es nicht kalt. Das Frösteln war in mir. Auch nach einem kräftigen Schluck Scotch kam die Wärme nicht zurück. Ich zwang mich dazu, ruhig zu bleiben und nachzudenken. Nein, vom Haus ging diese plötzliche Kälte nicht aus, auch keine Ablehnung, keine Bedrohung. Ich saß in meinem Sessel, die Scotchflasche neben mir, und ich spürte um mich herum nur die gewohnte Behaglichkeit. Die Kälte, das Frösteln war in mir.

Ich weiß nicht mehr, wie lange ich so brütete, aber es war eine lange Zeit. Als ich schließlich aufstand, unterschätzte ich den Abstand zum Tisch, stolperte, und mein leeres Glas fiel auf den Teppich. Ich hatte zu viel getrunken, und die Koordination der Bewegungen war eine der ersten Fähigkeiten, die davon beeinflußt wurde.

Girlie strich um meine Füße, als wollte sie gestreichelt sein, und ich beugte mich zu ihr und strich mehrmals über ihr weiches Fell. Dann ging ich nach oben.

Ich war todmüde. Hinter mir lag ein schrecklicher, wahnwitziger Tag, und mein Verstand war nicht in der Lage, alle Erlebnisse zu verarbeiten, war wie betäubt – von den Ereignissen, vom Alkohol und von der verzweifelten Suche nach Antworten.

Ich machte das Licht im Treppenhaus aus, ging ins Schlafzimmer und sank erschöpft auf das Bett. Während ich mich zurücklegte, flüsterte mein Geist mir ein, daß morgen alles wieder normal sei, so wie früher... Und dann streifte mein Gesicht etwas, das auf dem Kopfkissen lag, und im gleichen Augenblick drang der Duft einer Rose in meine Nase.

Ich fuhr hoch, als ob ich ein glühendes Stück Eisen berührt hätte. Ich streckte den Arm nach der Nachttischlampe aus, fand sie nicht am üblichen Platz, tastete, fand sie schließlich, und als ich sie anknipste, war es nicht die Lampe in meinem Zimmer. Ich war in Colins und Helens Schlafzimmer. Wieso ...? Wie war ich hierher gekommen ...?

Ich hob den Kopf und schaute wieder auf das Gemälde über mir an der Wand. Tatsächlich, die Frau auf dem Bild war Shelagh, daran gab es keinen Zweifel. Und der Vogel war ebenso zweifellos kein Rotkehlchen, sondern eine Elster. Ich erkannte nicht nur das ganz deutlich, für meine verwirrten Augen sah es auch so aus, als ob der unheilvolle Vogel jetzt noch dichter über Shelaghs Kopf flattern würde.

Unter meinem erschöpften Körper wellte sich Helens Patchwork-Decke in einem blau-braunen Kaleidoskop. Die Rose war vom Kopfkissen gerutscht und hob sich deutlich von den ruhigen Farbtönen der Decke ab – milchweiß und mit einem ganz zarten, rosafarbenen Rand um die Blüte. Ich drehte schnell den Kopf zur Seite, weg von ihrem süßen, betörenden Duft – und stieß dabei Helens Skizzenbücher vom Bett.

Ich lehnte mich über die Bettkante und betrachtete den durcheinandergewürfelten Stapel auf dem Teppich. Das oberste Buch war aufgeklappt, mit der Titelseite nach oben, und mein Blick fiel auf Helens Namen. Ihren vollen Namen.

Rose Helen Cartwright.

Rose Helen ...

Rose ...

Ihren ersten Vornamen hatte ich bisher nicht gekannt.

Wieder spürte ich, und diesmal besonders intensiv, diese vertraute, mich umschließende, mich umarmende Wärme. Es war, als ob im Zimmer noch jemand anwesend wäre, jemand, der mich beobachtete, jemand, der vom ersten Tag an in diesem Haus um mich herum gewesen war. Ich spürte die Anwesenheit so deutlich, daß ich meinte, ich müsse nur die Hand ausstrecken, um das Wesen greifen zu können ...

Helens erster Vorname war Rose ... Ich sah die Rose neben mir auf der Decke, sah die Rosen auf den Gemälden.

Rosen, Rosen, Rosen ...

Ein Teil meines Verstandes beharrte darauf, daß es so etwas

nicht geben konnte, daß es so etwas nicht gab. Ich wußte, daß es so etwas nicht gab. Und der andere Teil meines Verstandes sah die Einzelteile der Geschehnisse, wie bei einem Puzzle, ineinandergleiten, passen.

Rosen, Rosen, Rosen...

Alle Geräusche im Haus schienen zu verstummen. Ich vernahm nur noch bleierne Stille. Spürte sie. Kein Windhauch vom offenen Fenster. Kein Gurgeln in einem Leitungsrohr. Nichts. Absolute Stille um mich – durchtränkt von Rosenduft. Ich meinte, die Stille mit den Händen greifen zu können.

»So ist das also«, sagte ich laut in die Stille hinein. »Nun denn, Rose... Helen... Ich weiß, daß du da bist...«

Und dann meinte ich einen Seufzer zu hören, einen leisen, traurigen, klagenden Seufzer, der durch das Zimmer wisperte und zitternd verklang.

DRITTER TEIL

Man sagt, die Toten geh'n nicht ein
ins Totenreich,
Sie bleiben nah' den reichen Erben
ihrer Freude, ihres Grams.

›Clouds‹
Rupert Brooke

22

Die Erkenntnis der Gegenwart eines anderen Wesens im Zimmer, die ich soeben gewonnen hatte, festigte sich immer mehr, aber erstaunlicherweise führte dieses Wissen dazu, daß meine Angst verflog. Ja, vorher hatte ich mich gefürchtet – ich zitterte immer noch am ganzen Körper – aber jetzt hatte ich keine Angst mehr. Natürlich machte ich mir Sorgen um Shelagh, aber sie war im Moment in Sicherheit, ihr konnte nichts Böses geschehen. Um mich selbst fürchtete ich mich jedoch nicht mehr. Die Empfindung der Wärme und des Willkommenseins hüllte mich ein und überspielte alle anderen Gefühle.

Ich hörte mich in die angespannte Stille hinein lachen, und ich fragte mich, ob ich mehr als nur ein bißchen betrunken sei. Ich hielt die Rose in der Hand; sie verströmte den Duft, den ich inzwischen schon so gut kannte. Ich drückte sie beglückt an mein Gesicht, empfand die Zartheit ihrer Blüten wie ein zärtliches Streicheln, und die Wärme um mich wurde noch intensiver, kam noch näher, umfing mich, umarmte mich, und für einen Augenblick drehte sich alles um mich – ein Wirbel aus Rosen, ich badete in Rosenblättern, schwelgte in ihrem Duft.

Plötzlich sprang die Katze auf das Bett. Sie stupste sanft an meinen Arm, und ich nahm sie in den Schoß. Sie schnurrte und sah mich mit weichen, treuen Augen an. Ich ließ mich wieder auf Helens Patchwork-Decke zurücksinken und kreuzte die Arme vor der Brust. Die Rose hielt ich fest in der Hand.

Alles war jetzt anders, hatte sich verändert. Ich war in den vergangenen Tagen durch mancherlei Ereignisse in Erstaunen und Verwunderung versetzt worden, aber sie waren unbedeutend im Vergleich zu dem, was ich jetzt als die Wahrheit erkannt hatte. Ich hatte wie selbstverständlich nur nach *natürlichen* Erklärungen für die verwirrenden Geschehnisse gesucht. Alles, was jenseits des normalen, allgemein akzeptierten Wissens und der rationalen Vernunft stand, hatte ich nicht einen

Moment für überlegenswert gehalten. Ich wußte inzwischen nur eines mit absoluter Sicherheit: Wie wenig wir über das wissen, was jenseits der Grenzen unseres rationalen Denkens liegt.

Über einige Dinge war ich mir aber trotz meiner Unwissenheit im klaren. Eines davon war, daß ich Jean Timpson mit meinen Anschuldigungen schrecklich unrecht getan hatte. Sie war nicht verantwortlich für die schlimmen Dinge, die geschehen waren. Nein, Helen war dafür verantwortlich. Helen hatte den Glassplitter in das Eis und die Rasierklingen in die Cremedose gesteckt, und Helen hatte Shelaghs Pferd zu seinem irrsinnigen Ausbruch getrieben. Sie war es gewesen, die die Rosen auf mein Kopfkissen gelegt und die Bilder übermalt hatte. Aber wie, so fragte ich mich, konnte ein Geist so eindeutig physische, so reale Dinge tun? Ich hatte von Poltergeistern gelesen, von Geistern, die die Fähigkeit hatten, Gegenstände in der Gegend herumzuwerfen und auch von solchen, die irgendwelche Spektakel veranstalten konnten, aber, soweit ich es wußte, wurden sie alle als recht harmlose Wesen betrachtet. Wie paßten dann Helens bösartige physische Kräfte mit den Fähigkeiten dieser Geister zusammen? Aber wenn ich solche Fragen stellte, das war mir klar, dann machte ich einen Fehler, den ich auch vorher schon gemacht hatte – ich suchte nach Antworten in den Grenzen meines eigenen Wissens. Ich versuchte, diese übernatürlichen Vorgänge, die ich erlebt hatte, in verstandesgemäße, von Menschen gemachte, diesseitige Regeln einzupassen, wobei sie aber von ihrer Natur her in solche Kategorien nicht eingeordnet werden konnten. Sie waren *nicht natürlich*. Sie waren *über*natürlich. Und als solche waren sie nicht mit unseren Alltagsregeln und unserer Alltagslogik zu erklären. Und wenn man Erklärungen für bestimmte Ereignisse fand – verstandesgemäße Erklärungen –, dann waren diese Geschehnisse eben nicht übernatürlich, sondern beruhten auf ganz natürlichen Vorgängen. Nein, ich konnte nichts anderes tun, ich mußte die Dinge akzeptieren, so wie ich sie jetzt erkannt hatte. Und ich würde sie so akzeptieren. Ich *mußte* ...

Und dann schlief ich ein.

Die Morgensonne schien mir ins Gesicht, und ich brauchte einige Minuten, um mich zu orientieren. Wieso lag ich voll angezogen auf dem Bett in Colins und Helens Schlafzimmer? Ich fühlte mich äußerst unbehaglich, zerschlagen, schmutzig, und, o Gott, mein Schädel brummte fürchterlich. Nach und nach fielen mir die Ereignisse des vergangenen Abends wieder ein, durchdrangen unerbittlich den Panzer meiner Schläfrigkeit und meines Katers, ließen mich sehr schnell hellwach werden – und konfrontierten mich gnadenlos mit der Realität. Und diese neue Realität war anders, als ich sie mir je vorgestellt hatte ... Ich scheute davor zurück, die Bilder an der Wand anzusehen, aber ich wußte, daß ich nicht nur einen bösen Traum gehabt hatte. Und ich brauchte nicht einmal auf die Bilder zu schauen, um mich zu vergewissern. Nein. Ich brauchte nur meinen Kopf auf dem Kissen zu drehen und nachzusehen, ob die Rose noch da war.

Sie war noch da. Aber nicht nur eine Rose. Jetzt nicht mehr. Jetzt lagen drei Rosen auf dem Bett.

Trotz meines nachhaltigen Klopfens öffnete bei Timpsons niemand die Tür, und so ging ich zurück zu meinem Wagen und fuhr den Hügel hinunter ins Dorf. Es war erst kurz nach neun, und als Reese mich auf der Treppe vor seiner Haustür sah, schien er nicht gerade vor Freude in Jubel ausbrechen zu wollen. Ich fragte ihn, ob er wisse, wo Jean Timpson sei.

»Sie ist noch hier«, sagte er ein wenig widerstrebend. »Sie geht nachher wieder nach Hause.«

»Ich möchte sie gerne sprechen«, sagte ich, und als ich sein Stirnrunzeln bemerkte, fügte ich schnell hinzu: »Ich bin nicht gekommen, um sie noch mehr aufzuregen, glauben Sie mir das bitte.«

Er bat mich herein. In der Diele sagte er leise: »Sie ist gerade mit dem Frühstück fertig. Ich wollte sie jetzt nach Hause fahren.«

»Wie geht es ihr?«

»Nicht mehr ganz so schlecht.« Er sah mich besorgt an. »Und ich möchte, daß es so bleibt.«

»Keine Angst, ich . . .«

»Sie steht immer noch ein wenig unter Schock«, fiel er mir ins Wort, »und das ist ja auch verständlich.« Dann lächelte er mich tröstend an. »Sie kommt aber wieder in Ordnung.«

»Ich dachte, sie wäre schon wieder zu Hause. Ich war dort, und als niemand aufgemacht hat, wurde ich schon ein wenig ängstlich.«

Wir schwiegen. Ich hatte das Gefühl, es wäre ihm lieber, wenn ich wieder gehen würde.

»Ich möchte sie sprechen«, wiederholte ich. »Dringend.«

Er zögerte einen Moment, nickte dann zweifelnd und führte mich ins Wartezimmer. Dort blieb ich nervös neben dem Tisch mit den uralten Zeitschriften stehen. Als der Doktor nach einigen Minuten zurückkam, schüttelte er den Kopf und sagte entschuldigend:

»Sie will Sie nicht sehen.«

»Ich muß aber mit ihr sprechen.«

»Sie will Sie nicht sehen«, wiederholte er. »Sie sagt, sie kann nicht.«

»Sehen Sie«, begann ich zu erklären, »es haben sich ... bestimmte Dinge ereignet. Ich kann Ihnen das jetzt nicht im einzelnen schildern, aber ... Nun, als man mir so einiges über sie erzählt hat, dachte ich . . .« Ich geriet ins Schwimmen, stotterte. »Das waren alles halbe Wahrheiten . . . Sie haben mich ja davor gewarnt. Sie haben gesagt, sie könnten zerstörerisch wirken. Sie hatten recht. Es ist beinahe dazu gekommen . . .«

Er nickte, sagte nichts.

»Und dann«, fuhr ich fort, »als Bill Carmichael mir sagte, sie wäre in einer Nervenklinik gewesen . . .«

»Sie war freiwillig dort«, hakte er ein. »Sie hatte einen Nervenzusammenbruch. Und darüber wundere ich mich überhaupt nicht. Sie hat den kleinen Jungen, auf den sie da aufzupassen hatte, wirklich gern gehabt. Und sie hat sich die Schuld an seinem Tod gegeben. Aber es war nicht ihr Fehler, das ist nachher eindeutig festgestellt worden. Es war nichts anderes als einer dieser tragischen Unfälle, die eben manchmal passieren. Sie verlor den Jungen ein paar Minuten aus den Augen, und . . . na ja, so was geht dann ganz schnell.« Er hob in einer traurigen

Geste die Hände. »Sie ist an der Sache fast kaputtgegangen. Und selbst heute noch kann sie es sich nicht verzeihen, daß es passiert ist. Ich fürchte, sie wird nie darüber hinwegkommen.«

»Und das alles, nachdem ihr eigenes Kind gestorben war«, sagte ich. »Ich kann mir gut vorstellen, wie sie sich gefühlt haben muß.«

»Können Sie sich das wirklich vorstellen?«

Ich zögerte noch eine Sekunde, aber nur eine Sekunde, dann ging ich entschlossen an ihm vorbei in die Diele und zur Tür an ihrem Ende. Außer einer halbherzigen Geste des Protestes machte Reese keinen Versuch, mich aufzuhalten. Ich klopfte kurz an und öffnete die Tür. Ich stand in der Küche, einem großen, sonnigen Raum, und die Frau des Doktors und Jean Timpson sahen mich von ihren Plätzen am Küchentisch überrascht an.

Die Worte, die ich mir so sorgfältig überlegt hatte, kamen nicht über meine Zunge, und so stand ich nur da und schaute recht dumm von einer Frau zur anderen. Hinter mir ertönte die Stimme von Doktor Reese:

»Mr. Warwick besteht darauf, Sie zu sprechen, Jean . . .«

Sie schüttelte verwirrt den Kopf, krallte die Finger ins Tischtuch und wandte sich von mir ab. Mrs. Reese stand auf, sah Jean besorgt an, dann mich, und ging dann an mir vorbei aus der Küche. Das Einrasten des Türschlosses sagte mir, daß ich mit Jean Timpson jetzt alleine war.

Lange Sekunden sagte keiner von uns beiden etwas. Jean Timpson saß immer noch mit abgewandtem Gesicht auf ihrem Stuhl, und ich hörte ihren aufgeregten Atem. Ich wußte nicht, wie ich anfangen sollte. Schließlich sagte ich:

»Wie geht es Ihnen, Jean . . .?«

Sie antwortete nicht, nickte nur leicht mit dem Kopf.

»Jean . . . ich bin gekommen, um Sie um Verzeihung zu bitten.«

Sie wandte sich mir jetzt ganz kurz zu, vermied aber meinen Blick. In ihren Augen standen Tränen. Dann sah sie wieder zur Seite.

»Ich habe mich geirrt«, sagte ich. »Ich habe einen schlimmen, schrecklichen Fehler gemacht. Es tut mir aufrichtig leid.«

Ich wartete. Aber sie sagte immer noch nichts. Sie wirkte verstört, unsicher. Ich sprach schnell weiter:

»Ich habe Ihnen scheußliche, unglaubliche Sachen vorgeworfen. Aber ich weiß jetzt, daß ich mich geirrt habe. Und ich habe Ihnen soviel Kummer bereitet . . . Es tut mir sehr leid. Bitte verzeihen Sie mir. Bitte.«

Sie sagte immer noch nichts.

»Glauben Sie mir, wenn ich damals gewußt hätte, was ich jetzt weiß . . . Vielleicht kann ich es Ihnen eines Tages erklären, aber heute ist mir wichtig . . .« Ich ging einen Schritt auf sie zu. »Können Sie mir verzeihen . . .?«

Ihrem auf den Boden gerichteten Blick war keine Reaktion zu entnehmen.

»*Bitte* . . .«

Und jetzt nickte sie. »Natürlich . . .«

Natürlich. Sie war so voller Vertrauen in die Menschen, die sie mochte – und wünschte sich andererseits so verzweifelt, daß man ihr vertraute, daß man ihr Zuneigung entgegenbrachte, sie respektierte. Ich fühlte mich noch elender und beschämter als bisher.

»Ich . . . wir wären froh, wenn Sie wieder zu uns kämen«, sagte ich. »Wenn Sie es wollen. Shelagh und ich gehen zwar bald in die Staaten zurück, aber bis dahin . . . Nun, wir beide würden uns freuen, wenn Sie wieder zu uns kämen und . . . und uns im Haus helfen . . . wie früher.«

Endlich hob sie die feuchten Augen, sah mich an, aber sofort zitterte ihr Blick wieder davon, auf ihre abgekauten Fingernägel.

»Shelagh wird jemand brauchen«, bohrte ich weiter. »Sie wird noch nicht in der Lage sein, viel zu tun . . .« Ich brach ab, wartete hoffnungsvoll. »Wollen Sie . . .?«

Ein vorsichtiges Kopfnicken. Dann noch eins. Und sie sagte:

». . . Ehm . . . Ich wär' froh – wenn Sie 's wirklich wollen.«

»Ja, wir wollen es.«

». . . Vielen Dank.«

Nach allem, was ich ihr angetan hatte, war ihr Dank fast unerträglich für mich. »Ich bitte Sie, Jean . . . Danken Sie mir nicht. Kommen Sie einfach nur . . . zurück.«

Jetzt lächelte sie sogar. Mit Tränen in den Augen. Aber ich wußte, daß es Tränen der Erleichterung und der Freude waren.

»Doktor Reese sagte mir, er wollte Sie gerade nach Hause fahren.«

»Ja.«

»Wollen Sie jetzt gleich fahren?«

Ein Schulterzucken. »Ja . . . gerne.«

»Dann kommen Sie. Ich nehme Sie mit.«

Als ich ihr ins Haus folgte, war ihr Vater zu Hause. Er begrüßte mich lächelnd, aber ich bemerkte ein gewisses Mißtrauen hinter dem Lächeln und sagte schnell, wobei ich mir Mühe gab, unbefangen und fröhlich zu klingen:

»Ich habe mich geirrt. Ich fürchte, wir können letztlich doch nicht auf Jean verzichten.« Ich ekelte mich so sehr vor mir selbst, daß ich es körperlich spürte und mich fast übergeben mußte.

Sein argwöhnischer Blick verschwand. Er fragte Jean, wie es bei dem Job mit der Aufsicht über die Kinder des Doktors gewesen wäre, und sie antwortete: »Oh, gut, gut«, wobei sie mich nicht ansah. Er schien sich über ihre Antwort zu freuen. Dann wandte er sich an mich und fragte, wie es Shelagh gehe. Ich sagte ihm, daß alles in Ordnung sei und daß ich gerade auf dem Weg zu ihr wäre. Als er gegangen war, sagte ich zu Jean:

»Shelagh und ich heiraten bald. Wir hoffen, daß es schon am Samstag sein wird . . .«

»Oh, das ist schön«, sagte sie und lächelte. »Das freut mich. Das freut mich wirklich.«

»Und wir würden uns freuen, wenn Sie dabei sein könnten. Wenn Sie wollen.«

Ihr Lächeln war das wärmste, das ich je auf ihrem Gesicht gesehen hatte. Ihre Augen strahlten. »Oh, ja«, sagte sie, »das wär' schön. Das würd' ich sehr gern machen. Vielen Dank.«

Ich ging, beschämt von soviel Freude und Erleichterung. Wenigstens *ihr* Part in dieser Horrorgeschichte ist vorbei, dachte ich.

Ich ahnte nicht, wie sehr ich mich damit irrte . . .

Shelagh setzte sich auf, als ich mit einem Arm voller Taschenbücher und einem Strauß Anemonen in ihr Zimmer kam. Während eine Schwester die Blumen mitnahm, um sie in eine Vase zu stellen, fragte mich Shelagh: »Was ist passiert – geh'n dir die Rosen aus?«

»Ich dachte, Anemonen wären origineller ...« Ich würde ihr keine Rosen mehr schenken – nicht, solange wir im Cottage blieben, nicht, solange sie ein Symbol für Helens Liebe zu mir und für ihren Haß auf Shelagh waren. Ich dachte wieder an die Frau auf dem Gemälde, die Frau, die sich in Shelagh verwandelt hatte und über deren Kopf die unheilvolle Elster flatterte. Soweit es um mich ging, war von Helens lauernder Präsenz nur liebevolle Freundlichkeit zu erwarten. Aber nicht, wenn es um Shelagh ging. Dann mußte Schlimmes befürchtet werden.

Es drängte mich, mein Wissen um die Dinge mit Shelagh zu teilen. Vielleicht könnte ich es zunächst auf scherzhafte Weise versuchen. Was würdest du dazu sagen, wenn ich dir jetzt erzähle, daß das Cottage verhext ist, daß Helens Geist darin herumspukt und sein Unwesen treibt ...? Aber es war kein Scherz. Oder doch ...? War es doch nur ein Scherz – und ich war übergeschnappt und nahm es deshalb so ernst? Nein, nein ... Ich wußte nur zu genau, daß das alles Realität war. Irrwitzige, grausame Realität ...

»Wenn du rauskommst, machen wir eine Reise. Irgendwohin. Gleich nach der Trauung. Ja, das machen wir. Wohin du willst ...«

Sie sah mich erst erstaunt, dann amüsiert an. »Du meinst, so eine richtige Flitterwochen-Hochzeitsreise oder so was?«

»... Nenn' es so, wenn du willst. Ja, warum nicht?«

»O nein ...« Sie schüttelte energisch den Kopf. »Ich möchte im Cottage bleiben, bis wir zurück nach New York müssen. Wir haben es doch noch kaum richtig genossen. Ich liebe es. Wie kann man nur auf die Idee kommen, woanders hinzugehen?«

Ich hob die Achseln. »Das Cottage ist ... nicht ganz so ideal, wie ich am Anfang selbst auch gedacht habe. Ich überlege mir, ob ich es nicht verkaufen soll.«

»Das meinst du doch nicht ernst? Du willst unser wunderschönes Cottage verkaufen?«

Ich hatte Verständnis für ihre Überraschung. Bisher hatte ich immer nur in höchsten Tönen vom Cottage geschwärmt.

»War ja nur so ein Gedanke«, murmelte ich. »Nichts weiter. Wir können später noch mal darüber reden.«

Sie lächelte sarkastisch. »Ein Gedanke? Hast du immer so großartige Gedanken?«

Als ich ins Cottage zurückkam, war Jean Timpson mit der Vorbereitung meines Mittagessens beschäftigt. Sie sagte mir, sie hätte Helens Kleider zurückgebracht und sie wieder in den Kleiderschrank im Schlafzimmer gehängt. Ich plauderte ein wenig mit ihr – oder besser, ich versuchte es, denn plaudern war in der belasteten, gespannten Atmosphäre zwischen uns nur schwer möglich. Ich betrachtete es als Pflichtübung und war erleichtert, als ich nach einer angemessenen Zeitspanne meine Pflicht als erfüllt betrachten und mich ins Wohnzimmer absetzen konnte. Nach dem, was in den vergangenen Tagen zwischen uns geschehen war, hatte ich meine Zweifel daran, daß wir je wieder unbefangen miteinander umgehen konnten.

Am Abend im Krankenzimmer erwähnte ich nichts mehr davon, daß ich das Cottage verkaufen wollte, und auch Shelagh sprach dieses Thema nicht an. Wir redeten über andere, allgemeine Dinge, mit gedämpften Stimmen, der Stille angemessen, die Krankenhäusern eigentümlich zu sein scheint. Hier herrschte eine Atmosphäre der Sachlichkeit, der Funktionalität und der geordneten Planung, und nach dieser Erfahrung war ich nicht auf die Atmosphäre vorbereitet, die mich bei meiner Rückkehr im Cottage begrüßte. Da war sie wieder, diese einschmeichelnde, kraftvolle, durchdringende Wärme, und ich empfand sie besonders stark nach der kühlen Atmosphäre des Krankenhauses. Sie durchzog das ganze Haus . . .

Aber *jetzt* konnte ich mich dagegen wehren. Bisher hatte ich es zugelassen, daß sie mich erfaßte, in mich eindrang, mich mit ihrer widerlichen Süßlichkeit verführte. Aber jetzt wußte ich, daß sie nicht vom Haus ausging, sondern von seinem unsichtbaren Bewohner, und mit diesem Wissen konnte ich mich dagegen wappnen, mich wehren. Und das würde ich tun ...

Ich stand im Wohnzimmer, und Girlie strich wieder einmal um meine Füße. Ich spürte, daß mein Herz schneller schlug, als ob ich mich auf einen drohenden körperlichen Angriff einstellen müßte, einen Angriff, zu dessen Abwehr ich meinen ganzen Verstand und alle Körperkräfte brauchen würde. Ich machte mir Mut, indem ich einen betont erleichterten Seufzer ausstieß und mir fröhlich pfeifend einen Scotch eingoß, aber beides klang irgendwie unecht und verkrampft.

Jean Timpson war nach Hause gegangen. Auf dem Küchentisch hatte sie einen Zettel mit der Nachricht hinterlassen, daß mein Abendessen im Backofen stand. Ich öffnete die Tür und sah, daß in einer Kasserolle ein appetitlicher Auflauf schmurgelte. Vielleicht würde ich später etwas davon essen. Zunächst einmal ging ich jedoch mit meinem Drink ins Wohnzimmer, setzte mich in meinen Lieblingssessel und betrachtete ungerührt Miss Merridews leeres Lächeln und die Strahlen der untergehenden Sonne auf dem Stickwerk der traurigen Margaret.

Ich aß dann tatsächlich ein wenig, mit einem Tablett auf den Knien vor dem Fernseher, wo sich gerade John Wayne und Maureen O'Hara in uralter Technicolor umarmten. Ich konnte mich nicht auf den Film konzentrieren, schaltete das Gerät schließlich aus und ging nach oben.

Ich ging nicht in mein Zimmer. Ich ging in Colins und Helens Schlafzimmer.

Alles schien noch so zu sein, wie ich es verlassen hatte. Als erstes warf ich einen Blick auf die Bilder an der Wand – und sah, ganz deutlich und unzweifelhaft, daß es Shelagh war, die da fröhlich lächelnd stand und nicht ahnte, daß die verderbenbringende Elster über ihrem Kopf flatterte.

Ihr Anblick machte mich tapfer, und laut sagte ich in die Stille hinein:

»Wir gehen weg aus diesem Haus.« Und dann noch lauter: »Hörst du mich? Wir gehen weg.«

Meine Worte hallten in meinem Kopf wieder, wie die Töne einer hängenden Grammophonnadel: *Wir gehen weg, gehen weg, gehen weg, gehen weg* – und in der lastenden Stille dröhnten sie durch mein Gehirn wie Donnerschläge.

»Wir gehen weg«, rief ich noch einmal. »Wir gehen, Shelagh und ich. Wir gehen weg und kommen nie mehr zurück.«

Die Stille wurde immer tiefer, immer lastender, fast unerträglich. Und es wurde kalt im Zimmer, kälter, eiskalt. Lange Sekunden stand ich bewegungslos in der kalten Stille. Nichts bewegte sich, nichts tat sich. Und dann, als ob die Sonne wieder hinter einer dunklen Wolke hervorkäme, verebbte die Kälte und ich wurde wieder in Wärme eingetaucht, wärmer, immer wärmer. Durch das Fenster sah ich draußen in der hereinbrechenden Dunkelheit Fledermäuse vor dem mondhellen Himmel ihre Kreise ziehen, hörte Grillen zirpen und eine Eule ihr schauriges Lied heulen. Ich stand reglos da, und die Wärme kam näher, hüllte mich ein, hielt mich fest, umklammerte mich. Und ich spürte das Streicheln von Fingern auf meiner schweißnassen Haut, Finger, die meine Kleider abtasteten, über meinen Körper glitten, sanft, aber aggressiv, Finger, die meinen Körper mit einer Intimität erkundeten, wie ich sie noch nie erlebt hatte.

Ich konnte nichts dagegen tun als mich fügen, mich unterwerfen. War machtlos, konnte die tastenden, zärtlichen Finger nicht abwehren. Das Blut raste durch meine Adern, und ich hatte das Gefühl, als ob mein Gesicht brennen würde. Ich war in ein heißes Glühen gehüllt, es brannte von außen auf meine Haut, und meine innere Hitze reagierte äußerst sensitiv auf dieses brennende Glühen, drängte nach außen, vereinigte sich mit ihm. Mein Kopf drehte sich. Ich hatte das Gefühl, nackt zu sein. Und dann spürte ich zarte Lippen auf meinem Mund, sanfte Küsse, besitzergreifende Küsse, auf meiner Stirn, meinem Hals, auf meiner nackten Brust. Ich hob eine meiner bebenden Hände und merkte, daß mein Hemd bis zum Nabel offen stand. Mein Herz schlug schneller, schneller, das Blut raste durch meine Adern. Ich spürte plötzlich, daß ich eine Erektion hatte, aber das überraschte mich nicht, und ich schämte mich nicht. Ich akzeptierte das alles. Nein, ich akzeptierte es nicht nur, ich *wollte* es...

Schweiß rann unter meinen Achseln hervor, meine Hände

waren feucht. Durch den Nebel meiner Ekstase zuckte der Gedanke in mein Bewußtsein, daß ich vielleicht dabei war, wahnsinnig zu werden. Was mit mir geschah, *konnte* einfach nicht wahr sein. Nein, es konnte nur ein wildes Produkt meiner Phantasie sein! Aber das Tasten, das Fühlen, das Streicheln hörte nicht auf, ich spürte es, erregend, aufwühlend, quälend. War ich wahnsinnig? Wenn ich es nicht war, wollte man mich dann in diesen Zustand treiben? In einem letzten verzweifelten Versuch, in die Realität zurückzufinden, breitete ich weit die Arme aus und schrie, so laut ich konnte, in die Stille des süßlich nach Rosen duftenden Zimmers:

»Nein . . .!«

Und sofort verschwand die Hitze. Die Hitze in mir und die von außen auf mir brennende Hitze. Und ich schrie noch einmal:

»Ich gehe weg, Helen! Ich gehe weg! Ich gehe weg!«

Der Klang meiner Stimme, die sich so tapfer gegen den unsichtbaren, besitzergreifenden Geist erhob, erlöste mich aus dem Wahnwitz, und mein Körper entspannte sich.

Bis ich den Ton hörte.

Ihr Lachen. Ich hörte ihr Lachen.

Es war kein Lachen, wie ich es manchmal in solchen blutrünstigen, brutalen Gruselfilmen gehört hatte – dieses wahnsinnige Gekreische, das aus der Kunst eines Tontechnikers und der vokalen Potenz einer Schauspielerin zusammengebraut wird. Nein. Es war ein sanfter, leiser Laut, fast kindlich, nur wenig mehr als ein Kichern – gedämpft, ansteigend, im Diskant abbrechend. Und es war der entsetzlichste, furchterregendste Laut, den ich jemals gehört hatte.

Ich stand wie erstarrt. Meine Füße schienen an den Boden festgenagelt. Meine Hand, die nach dem Lichtschalter greifen wollte, blieb in der Luft hängen. Ich erstarrte im wahrsten Sinne des Wortes vor Furcht.

Ich keuchte, schnappte nach Luft. Und jetzt hatte ich Angst um mich selbst.

Und dann flutete die Wärme zurück, umströmte mich. Und diesmal hatte ich keine Chance zur Abwehr. Das Blut brandete wie eine Springflut in meine Lenden, in meinen Kopf, überflutete mich wie ein gefräßiges Maul. Das Rot hinter meinen geschlossenen Augenlidern wurde zu einem tiefen Schwarz. Dann zur totalen Finsternis.

Und dann war gar nichts mehr.

Wieso lag ich auf dem Teppich in Colins und Helens Schlafzimmer?

Tiefe Stille. Irgend etwas stupste an meine Hand. Girlies seidiges Fell. Ich schob sie weg.

Der Duft der Rosen war fast unerträglich.

Ich stand langsam auf und kam mir dabei vor, als ob ich nicht selbst der Handelnde, sondern nur ein Beobachter meiner eigenen Bewegungen wäre. Tastete mich ab. Vorsichtig, zaghaft. Zuckte zurück, als meine Finger auf die Feuchtigkeit stießen, die mein Orgasmus zurückgelassen hatte.

Ich hob die Rosen auf, die verstreut auf dem Boden lagen, und warf sie durch das weit geöffnete Fenster hinaus in die Nacht.

23

»Ist alles in Ordnung mit dir?«

Shelagh stellte ihre Frage nach einem besorgten Blick auf mein Gesicht. Ich war überrascht, denn ich hatte geglaubt, mich gut verstellt zu haben.

»Natürlich. Warum fragst du? Sehe ich nicht so aus?«

»Du siehst müde aus. Und irgendwie . . . angespannt.«

»Mir geht 's prima. Aber du bist ja diejenige, die im Krankenhaus liegt.«

»Aber nur noch bis morgen früh.« Der Doktor hatte ihr die gute Nachricht verkündet. Sie strahlte mich an. »Mein Gott, du kannst dir gar nicht vorstellen, wie erleichtert ich bin.« Dann verschwand ihr Lächeln, und sie sah mich wieder sehr ernst und nachdenklich an.

»Was ist los?« fragte ich.

». . . Ich habe nachgedacht.«

Ich wartete, und als sie nicht gleich fortfuhr, fragte ich: »War 's das? Oder kommt noch was?«

»Über deinen Vater.«

»Und? Was gibt 's da nachzudenken?«

»Warum lädst du ihn nicht zur Trauung ein?«

Ich schüttelte den Kopf.

»Warum nicht?« fragte sie.

Ich hob die Schultern. »Ich könnte ihn natürlich fragen, wenn du unbedingt willst.«

»Möchtest du denn nicht?«

Nein, das wollte ich nicht. Warum eigentlich? Hatte ich Angst davor? Hatte ich Angst vor einer möglichen – und wahrscheinlichen – Absage? Oder hatte ich Angst davor, daß er zur Trauung kam und seine Mißbilligung wieder einmal deutlich zeigte? Aber was gab es denn überhaupt, mit dem er nicht einverstanden sein könnte? Shelagh? Nein, niemand, nicht einmal mein Vater, konnte Shelagh ablehnen, Shelagh *mußte* man gern haben. Daß er mit mir nicht einverstanden wäre, daran war ich gewöhnt.

»Ich werde es mir überlegen«, sagte ich schließlich.

»Was bedeutet, daß dir der Gedanke, ihn dabeizuhaben, überhaupt nicht gefällt.«

»Und warum willst du ihn dabeihaben?«

»Nun, er wird schließlich mein Schwiegervater, und ich kenne ihn noch gar nicht . . .«

Ich hätte jetzt einwerfen können, daß er ja aber *mein* Vater war und daß diese verwandtschaftliche Beziehung nicht die geringste Bindung zwischen uns hervorgebracht hatte. Aber ich nickte nur. »Okay, ich setze mich mal mit ihm in Verbindung. Vielleicht fahre ich auch zu ihm.«

»Sehr gut.« Ihr prüfender Blick ließ mich nicht los. Dann drückte sie mir lächelnd einen Zettel in die Hand, eine Liste mit ihren »schicksten Anziehsachen« und dem »Drumherumzeug«, wie sie mir erklärte. Ich solle die Sachen in ihren roten Handkoffer packen und bei meinem Besuch am Abend mitbringen. Ich steckte die Liste in die Tasche.

»Du vergißt es nicht, bitte...« sagte sie.

»Als ob ich etwas so Wichtiges je vergessen könnte«, konterte ich entrüstet.

»Als ob...« Sie lächelte mich unter gesenkten Augenlidern an. »Es ist nur so, mein Lieber, daß du einen ziemlich ... geistesabwesenden Eindruck machst. Und das schon, bevor ich deinen Vater erwähnt habe.«

Sie hatte recht. Ich war tatsächlich geistesabwesend. Und das hatte nichts mit meinem Vater zu tun. Mehr denn je kreisten quälende Gedanken durch meinen Kopf. Nicht nur während des Tages, sondern auch in der Nacht, wenn sich die wildesten Phantasien wie Nadelstiche in meine Träume drängten. Mein Geist war in ständigem Aufruhr. Ich rang damit, einfach hinzunehmen und zu akzeptieren, was ich eigentlich als völlig unannehmbar und inakzeptabel betrachten mußte. Aber ich hatte keine Wahl. Selbst jetzt, an Shelaghs Krankenbett, schien ein Teil meines Geistes noch einmal die unglaublichen Ereignisse zu durchleben und zu durchforschen, die sich seit meiner Ankunft in Hillingham abgespielt hatten. Nein, nicht Vergangenheitsform; diese Ereignisse fanden immer noch statt, jetzt, in der Gegenwart und, so mußte ich fürchten, sie würden sich auch in die Zukunft hinein fortsetzen. Selbst in diesem Augenblick, da ich Shelaghs Hand hielt und in ihre wunderschönen blauen Augen schaute, wußte ich, daß jemand anderes zu Hause auf mich wartete: *Helen* ... Ihr Name kreiste durch meinen Kopf, und mich schauderte, wenn ich daran dachte, wie mächtig und unausweichlich ihre Anwesenheit im Cottage war. Ja, in der letzten Nacht hatte sie bewiesen, welche Macht sie hatte und wie warm ihre Umarmung und wie hartnäckig ihre Liebe war...

Draußen im Flur eilten andere Besucher vorbei, zurück nach Hause, und auch für mich war die Zeit zum Aufbruch gekommen. Ich küßte Shelagh sanft auf den Mund und sagte: »Ich komme nachher wieder.«

»Ganz?« Sie hielt mich am Handgelenk zurück.

»Hmm...?«

»Heute morgen warst du nur halb hier.«

Ich hatte Angst davor, ins Cottage zurückzukommen, bis mir einfiel, daß Jean Timpson da sein würde. Und ich war sehr froh, als ich in die Küche kam und sie bei der Arbeit am Herd vorfand. Arme, verlassene, verunsicherte Jean Timpson, und doch fühlte ich mich in ihrer Gegenwart sicherer. Sie war ein Schild zwischen uns – zwischen mir und der anderen.

Ich erinnerte mich an das Versprechen, das ich Shelagh gegeben hatte, und rief meinen Vater an. Ich sagte ihm, ich käme bald bei ihm vorbei, und als er wissen wollte, aus welchem Grund, wich ich einer klaren Antwort aus und erklärte, das würde ich ihm dann schon sagen.

Im blitzblank geputzten und aufgeräumten Wohnzimmer setzte ich mich hin und steckte mir eine Zigarette an. Ich beobachtete, wie die gleißenden Sonnenstrahlen Margaret Lanes Sticktuch verblassen ließen und die eingestickte Traurigkeit auswischten. Am hellichten Tag fiel es schwer, sich vorzustellen, welch ein dunkler Geist in den Mauern dieses wunderschönen Hauses sein Unwesen trieb; ein Geist, der mit jeder Nacht stärker zu werden schien. Aber jetzt, im Sonnenschein, spürte man nichts von seiner Anwesenheit. Miss Merridew saß immer noch glückstrahlend inmitten ihrer Katzenschar, und Rechte Hand Temple und seine hübsche Frau Bronwen schauten immer noch ins Zimmer, sie mit ihrem liebenswürdigen, scheuen Lächeln, er mit ernstem Gesicht – ohne Zweifel dachte er an die Magd Effie und an die fernen Orte, zu denen er sich mit ihr davonstehlen wollte. Alles um mich herum war ganz normal, so, wie es sein sollte – aber ich wußte, daß das nur eine Täuschung war.

Nach dem Essen wollte ich in den Keller gehen, um Shelaghs Handkoffer zu holen, aber das Licht funktionierte immer noch nicht. »Reicht Ihnen eine Taschenlampe?« fragte Jean Timpson.

»Die geht auch nicht.«

»Ich habe neue Batterien und eine Birne gekauft . . .«

Sie fummelte an der Taschenlampe herum, ersetzte die Batterie, schraubte die neue Birne ein. Da klingelte das Telefon.

»Oh«, sagte sie, als ich auf das Telefon zuging, »da hat schon mal jemand angerufen, als Sie im Krankenhaus waren.«

Ich nahm den Hörer noch nicht auf. »Wer war es?«

»Ich weiß es nicht. Als ich mich gemeldet hatte, wurde der Hörer aufgelegt.«

Ich hob ab und nannte die Nummer des Cottage. Die Stimme am anderen Ende – es war dieselbe wie beim ersten anonymen Anruf! – sagte:

»Sie sind also wieder da.«

»Wer spricht da, bitte?« fragte ich.

»Das wissen Sie verdammt gut, Warwick. Stellen Sie also keine blöden Fragen.«

»Ich weiß nicht, wer Sie sind.«

»Irgendwann kommen Sie schon noch drauf. Und ich geb' nicht eher auf, bis Sie sich wieder erinnern. Und bis Sie kaputt geh'n.«

»Ich weiß nicht, wovon Sie überhaupt sprechen.«

»Ich werde Ihnen das Leben zur Hölle machen. So wie Sie es mit ihr gemacht haben.«

Ich legte den Hörer auf.

Ich wischte meine feuchten Hände an den Hosenbeinen ab und griff, ohne Jean Timpson anzusehen, nach der Taschenlampe, die sie mir hinhielt. Ich spürte ihren fragenden, verwirrten Blick, aber ich konnte und wollte ihr natürlich nichts über den Anruf erzählen. Am Fuß der Kellertreppe standen Shelaghs Koffer.

Das Licht der Taschenlampe fiel auf Bronwen Temples Geschirrschrank. Er war wirklich ein wunderschönes, eindrucksvolles Möbelstück. Ich verstand, warum Mr. Pitkin so hinter ihm her war.

Dann fiel der Lichtstrahl, rechts von mir, auf einen Stapel von aufgespannten Leinwänden, die umgedreht gegen die Wand lehnten. Ich hatte sie mir bisher noch nicht näher angesehen und quetschte mich jetzt zwischen allerlei Kisten und Kästen hindurch zu ihnen. Die Rückseite der vordersten Leinwand war mit schwarzen Strichen bedeckt. Sie sahen aus wie aus schwarzer Tinte gezogene gerade Linien, aber als ich mir sie näher ansah, stellte ich fest, daß es gar keine Striche oder Linien waren; es waren Schnitte in der Leinwand. Man hatte sie von Seite zu Seite aufgeschlitzt, und nicht nur einmal, sondern mehrmals.

Ich hielt mich an dem Holzbalken über mir fest und drehte die Leinwand um, so daß ich das Bild sehen konnte.

Es war ein Porträt von Helen. Oder, besser, es war ein Porträt von Helen gewesen.

Ein Selbstporträt. Sie hatte sich selbst vor ihrer Staffelei gemalt, den Pinsel in der Hand. Wer immer das Bild zerstört hatte, er hatte es in voller Absicht und sehr gründlich gemacht. Die Schnitte gingen durch ihre Brust, durch den Hals, den Kopf, und sie zerstörten den Ausdruck angespannter Konzentration auf ihrem Gesicht. Ein Auge war nicht mehr zu erkennen, aber das andere war dem Messer entkommen und beantwortete meinen entsetzten Blick mit friedlicher Gelassenheit.

Ich drehte die zweite Leinwand zu mir herum, dann die nächste. Ebenfalls Selbstporträts von Helen. Und genauso wüst entstellt wie das erste.

Schnell stieß ich die Bilder von mir weg, zurück gegen den Stapel an der Wand. Ich konnte den Anblick nicht ertragen. Aber die verwüsteten Gemälde stachelten mich an weiterzusuchen, und ich hörte nicht auf, bis ich gefunden hatte, was ich suchte. In der alten Truhe mit dem holzgeschnitzten Deckel fand ich einen großen Umschlag. Ich öffnete ihn und schüttelte den Inhalt aus.

Und da waren sie. Helens Fotografien.

Sie lagen ausgebreitet auf den alten Kleidern und Büchern, und ich starrte auf sie hinunter. Jedes einzelne Foto war in derselben scheußlichen Art wie die Gemälde entstellt worden. Zerfetzt, zerknüllt, mit wilden Strichen durchkreuzt. Nicht ein einziges war unbeschädigt. Ich knipste die Taschenlampe aus, um das widerliche Bild nicht länger anschauen zu müssen.

Hatte Colin das getan? Aber warum? Warum hatte er alle Bilder von Helen – Gemälde und Fotografien – in so schrecklicher Weise verunstaltet? Und was konnte ihn dazu getrieben haben, so etwas Scheußliches zu tun? Er mußte es in einer so leidenschaftlichen Wut getan haben, daß ich nur entsetzt den Kopf schütteln konnte. Und was konnte Helen ihm angetan haben, daß er jedes einzelne ihrer Bilder auf so brutale Weise aus seiner Erinnerung verbannen wollte...? Hatte der anonyme Anrufer recht? Hatte Colin Helen ermordet? War das die simple Antwort auf meine Frage . . .? Ich hatte Colin immer für einen freundlichen, liebenswürdigen Menschen gehalten. Hatte ich mich so in ihm getäuscht? Hatte er sie getötet? Und sein eigener Tod – war es Reue, die ihn dazu getrieben hatte? Vielleicht hatte ich ihn wirklich viel zu wenig gekannt . . .

Aber mein Verstand weigerte sich, diese Antwort zu akzeptieren. Noch blieben viele Fragen offen, noch gab es die Möglichkeit, zu anderen Erkenntnissen zu kommen, wenn sich das Dunkel lüftete.

Ich knipste die Taschenlampe wieder an und suchte den Weg zur Treppe. Es war höchste Zeit, daß ich endlich die Antwort auf eine der wichtigsten Fragen fand. Allerhöchste Zeit. Und ich durfte mich nicht irritieren lassen, auch wenn es eine Antwort war, die ich nicht hören wollte. Ich mußte endlich die Wahrheit herausfinden. Es hatte sich zu viel ereignet, ich hatte zu viel erfahren, um jemals wieder Ruhe finden zu können. Wenn Colin Helen getötet hatte, dann mußte ich es wissen. Und ich mußte den Grund für Helens Unglücklichsein herausfinden. Der Mann am Telefon hatte gesagt, Colin hätte seiner Frau das Leben zur Hölle gemacht. Stimmte das? Und was für eine Frau war die lebende Helen gewesen, daß sie auch nach ihrem Tod noch keine Ruhe fand und ein so zerstörerisches Werk betrieb . . . Shelagh vernichten wollte . . .? Liebte Helen – Helens Geist – mich tatsächlich oder ging es ihr nur darum, daß ich Colin so ähnlich war und sie über mich ihre Rache finden wollte?

Ohne Antworten auf diese Fragen konnte ich nicht weiterleben. Vielleicht hätte ich es vorher gekonnt, als ich noch nicht alles wußte; vielleicht hätte ich es gelernt, mit den Erinnerungen an die dramatischen Ereignisse, die da stattgefunden hatten, leben zu können. Aber dieser Punkt war weit überschritten. Selbst wenn das wahnwitzige Geheimnis dieses Hauses nicht aufgeklärt würde, aber irgendwie zu einem Ende käme, könnte ich vielleicht sogar noch damit leben. Aber es war nicht zu Ende gegangen. Wie konnte es zu Ende sein, fragte ich mich, wenn Helens Geist noch voller Bosheit durch das Haus spukte?

Das etwas zwölf oder dreizehn Jahre alte Mädchen, das auf mein Läuten hin die Tür öffnete, hatte seine blonden Haare zu losen Zöpfen zusammengebunden. Es lächelte zu mir hoch.

»Kann ich Mrs. Barton sprechen, bitte?« fragte ich.

»Einen Moment . . .« Das Mädchen ging ein paar Schritte zurück in die Diele und rief laut: »Tante Liz . . . Tante Liz . . . Da ist Besuch für dich . . .«

Nach einigen Sekunden wurde ein Fenster über meinem Kopf geöffnet. Ich sah hoch, und meine Augen begegneten dem Blick von Elizabeth Barton. Sie starrte mich an, und sekundenlang waren unsere Blicke ineinander verhakt. Ich wollte zu sprechen anfangen, aber sie kam mir zuvor.

»Bitte . . . Gehen Sie . . .«

»Es tut mir leid, daß ich Sie belästigen muß«, sagte ich schnell, »aber könnte ich Sie ein paar Minuten sprechen?«

». . . Es gibt nichts, was ich mit Ihnen besprechen könnte.«

Und dann verschwand ihr Kopf, das Fenster wurde geschlossen. Das Mädchen stand wieder unter der Haustür, die Hand auf der Türklinke.

»Tut mir leid, aber die Tante sagt, sie möchte Sie nicht sprechen . . .«

»Es ist aber sehr wichtig. Bitte sag ihr das.«

Das Mädchen zögerte, schaute zurück über die Schulter.

». . . Tut mir leid . . . .«, sagte es dann.

». . . Okay.« Ich lächelte es an. Was hätte ich sonst tun können?

»Jedenfalls vielen Dank«, sagte ich und ging.

Ich hätte mir einen anderen Weg ausdenken müssen, um an sie heranzukommen, dachte ich, als ich die Straße überquerte. Sie hatte mir ja schon bei meinem ersten Versuch klar zu verstehen gegeben, daß sie mich nicht sprechen wollte, und es gab eigentlich keinen Grund zu der Annahme, daß ich beim zweiten Mal erfolgreicher sein könnte. Aber ich mußte einen Weg finden. Ihre Abneigung, mit mir zu sprechen, machte mich noch entschlossener.

Ich ging ein Stück weiter die Straße hinunter und bog hinter einer Telefonzelle in eine Seitenstraße ein. In einem kleinen Café bestellte ich einen Kaffee, obwohl ich keine Lust darauf verspürte, und ich ließ ihn vor mir auf dem Tisch kalt werden, während ich vor mich hinstarrte und über die Sache nachdachte. Nach einer halben Stunde hielt ich die eisigen Blicke der Frau hinter der Theke nicht mehr aus – nahm ich irgend jemand den Platz weg? –, bezahlte und ging. Ich hatte meinem Vater gesagt, ich käme etwa um vier Uhr zu ihm, und ich war schon spät dran.

Ich kramte in meiner Hosentasche nach Kleingeld und ging zurück zu der Telefonzelle. Als ich gerade die dritte oder vierte Zahl der Telefonnummer meines Vaters gewählt hatte, sah ich auf der anderen Straßenseite Elizabeth Barton und das Mädchen aus dem Haus kommen. Das Mädchen hatte einen Tennisschläger in der Hand. Sie blieben einen Moment auf dem Gehweg stehen und schauten sich um. Sie sahen mich nicht. Dann gingen sie die Straße hinunter. Ich zögerte nur kurz, dann legte ich den Hörer auf, verließ die Telefonzelle und ging vorsichtig hinter ihnen her. An meinen Vater verschwendete ich keinen weiteren Gedanken mehr. Er mußte warten.

Sie bogen um eine Straßenecke, und ich beschleunigte meinen Schritt, um sie nicht aus den Augen zu verlieren. Hinter der Ecke sah ich, daß sie auf einen Park zugingen, und ich ließ den Vorsprung wieder größer werden. Sie warteten kurz vor einer Fußgängerampel, dann überquerten sie die Straße und gingen durch das Tor in den Park.

Im Park wimmelte es von Menschen, die den Sonnenschein genießen wollten. Sie lungerten auf dem von Papierfetzen bedeckten Rasen herum, schleckten Eis, lachten, redeten, küßten sich oder schlenderten unter den Bäumen herum, abseits der Menge, versuchten, ein wenig Natur zu erhaschen und schlossen sich gleichzeitig doch von ihr ab, indem sie ihre billigen Transistorradios und Kassettenrecorder plärren ließen. Ich geriet in Panik, als ich die Frau und das Mädchen für einen kurzen Moment aus den Augen verlor, aber dann sah ich sie wieder. Sie hatten sich getrennt. Das Mädchen lief voraus, während die Frau ihr bisheriges Spaziergängertempo beibehielt.

Das Mädchen lief auf ein Gelände mit mehreren Tennisplätzen zu, kehrte dann um, lief zu der Frau zurück, sprach kurz auf sie ein und rannte dann wieder los, zu einem anderen Mädchen, das ebenfalls einen Tennisschläger trug und am Eingang zu den Tennisplätzen auf es wartete. Elizabeth Barton rief ihm etwas nach, das ich nicht verstehen konnte, und ging dann zu einer ruhigen Ecke etwa vierzig Meter entfernt und setzte sich ins Gras. Sie schaute eine Weile zu, wie die beiden Mädchen zu einem freien Tennisfeld gingen und mit ihrem Spiel begannen. Dann zog sie ein Buch aus ihrer Handtasche und begann zu lesen. Ich stand im kühlen Schatten der Bäume, schaute abwesend den Mädchen auf dem Tennisplatz zu und bereitete mich darauf vor, die vom Himmel gesandte Gelegenheit zu ergreifen, die sich mir da bot. Ich atmete ein paarmal tief durch, dann ging ich über den Rasen auf sie zu und blieb vor ihr stehen.

»... Mrs. Barton ...«

Sie schaute auf, erkannte mich, und ein leiser Laut des Erschreckens zitterte aus ihrer Kehle. Ich sah, daß in ihren Augen Angst und Qual und Abwehr aufflackerten.

Sie wandte den Blick von mir ab und sagte mit leiser, aber nachdrücklicher Stimme:

»Sie wollen doch sicher nicht, daß ich einen Polizisten rufe, oder?«

Ich sagte nichts. Und sie fügte schnell hinzu:

»Ich werde es tun, wenn Sie nicht aufhören, mich zu belästigen.« Sie hob die Stimme. »Bitte ... lassen Sie mich in Ruhe. Ich habe Ihnen nichts zu sagen. Nichts.« Sie klopfte mit der Faust auf den Rasen.

Ich wußte nicht, was ich sagen sollte. Ich durfte nicht aufgeben und einfach davonlaufen – was ich am liebsten getan hätte –, aber ich wollte auch nicht die Qual vertiefen, die in ihren Augen stand.

»Bitte«, sagte ich, »ich ... ich muß es wissen ...«

Sie warf mir noch einen Blick voller Zorn und Schmerz zu, dann sprang sie entschlossen auf. Ihre Fäuste waren geballt, ihr Körper angespannt. Sie schaute sich nach allen Seiten um, schien nach Hilfe rufen zu wollen.

Ich war auf alles gefaßt.

24

Sie schrie nicht. Rief nicht um Hilfe. Sie sah mich an und stieß einen tiefen Seufzer aus. Ihre Schultern sackten nach unten, Tränen stiegen in ihre Augen. Ich sagte nichts, wartete. Ihr Blick verlor sich in die Ferne. Lange Sekunden herrschte Schweigen zwischen uns. Dann ließ sie sich langsam, erschöpft zurück auf den Rasen sinken.

Wenn ich sie ansah, konnte ich verstehen, daß es Gerüchte gegeben hatte. Sie war ohne Zweifel eine attraktive, ja schöne Frau, und auch die tiefe Blässe ihres Gesichtes und die verschmierte Wimperntusche konnten diesen Eindruck nicht schmälern. Sie war wirklich eine Schönheit; ich fand kein treffenderes Wort dafür. Die blonden Haare umrahmten in natürlichen Wellen ihr ausdrucksvolles Gesicht, aus dem mich große, grüne Augen traurig und schmerzerfüllt ansahen.

»Es tut mir leid«, stieß sie schließlich hervor, »aber Sie können sich nicht vorstellen, wie ... schrecklich das alles war.« Und dann: »Was ... was wollen Sie wissen ...?«

Ich setzte mich neben sie ins Gras, etwa einen Meter von ihr entfernt. »Alles ... über meinen Bruder.«

»Ja, natürlich ...« Ihre Augen glitten über mein Gesicht, verwundert, ungläubig. »Wenn ich Sie ansehe ... dann kommt alles wieder zurück. Sie sind ihm so unglaublich ähnlich ...« Sie hob die Hand und strich mit zitternden Fingern über ihr Gesicht. Ihre Augen flackerten nervös. »Ich hatte mich entschlossen, nie mehr darüber zu sprechen. Aber man kann sich ja nicht zwingen, nicht daran zu *denken*. Und ich *muß* immer wieder daran denken. Es läßt mir keine Ruhe.« Sie schüttelte den Kopf. »Es ist wirklich unglaublich, wie ähnlich Sie ihm sind. Als ich Sie zum ersten Mal sah, war das ein fürchterlicher Schock für mich. Ich wußte, daß er einen Zwillingsbruder hat, aber ich habe nicht gedacht, daß ich ihn jemals zu Gesicht bekäme. Und als ich Sie dann sah, da war es ... als ob er ... zurückgekommen wäre ...«

Ich wartete. Und sie sagte unvermittelt:

»Haben Sie eine Zigarette für mich, bitte?«

Ich hielt ihr meine Schachtel hin und gab ihr Feuer. Dann steckte ich mir selbst auch eine an. Und erklärte ihr:

»Ich mußte Sie finden... Mit Ihnen sprechen... Ich muß wissen, was hinter der ganzen Sache steckt.«

»Er war ein guter Mensch... Colin...«

»Ja... Und Helen?«

»Es war schwierig, sie näher kennenzulernen. Sie war ein eher... verschlossener Mensch.«

»Wann haben Sie die beiden kennengelernt?«

»Zuerst habe ich Helen getroffen. Kurz nachdem sie ins Cottage zog. Wir freundeten uns an – so glaubte ich jedenfalls, trotz ihrer... Verschlossenheit. Colin... nun, zu ihm fand man leichter Zugang.« Sie nickte bekräftigend. »Ich mochte beide sehr gern, wirklich. Als ich im frühen Frühjahr das Dorf verließ und nach London zog, blieben wir... in Verbindung.«

»Sie haben sie manchmal besucht, nicht wahr?«

»Ja. Am Anfang sogar ziemlich oft.«

Ihr Gesicht blieb ausdruckslos. »Warum haben Sie die Besuche später... eingestellt?« fragte ich.

Sie zuckte die Achseln, zupfte an einem Grashalm. »Es gab gewisse... Schwierigkeiten...« Und fügte schnell hinzu: »Von meiner Seite, nicht von ihrer.«

Das verstand ich nicht. Ich überlegte, sagte dann: »Sie waren in der Nacht, in der Helen starb, im Cottage...«

Sie zog nervös an der Zigarette, und die freie Hand fand keine Ruhe – zupfte an der Bluse, an Grashalmen, bog und streckte die Finger. »Er rief mich an«, sagte sie. »Aus einer Telefonzelle. Er bat mich, zu ihnen zu kommen. Es war schon ziemlich spät, aber er bestand darauf, daß ich sofort kommen solle. Ich wunderte mich natürlich – vor allem, ihn so zu hören.«

»Wie?«

»Nun, er klang so... beunruhigt, so verstört. Er wollte mir aber nicht mehr sagen, als daß er sich um Helen Sorgen machte.«

»Und Sie fuhren hin?«

»Ich stieg in meinen Wagen und fuhr sofort los. Helen lag im Bett, als ich ankam. Anscheinend ging es ihr seit ein paar Tagen nicht gut. Jean Timpson war auch im Haus. Sie hatte sich um

Helen gekümmert ...« Sie unterbrach sich, starrte auf den Boden.

»Und dann?«

»Ich ging hoch ins Schlafzimmer, um nach Helen zu sehen, aber sie schlief. Trotzdem sah man, daß irgendwas mit ihr nicht stimmte.«

»Wieso? Woran sah man das?«

»Wie sie auf dem Bett lag. Warf sich im Schlaf hin und her. Zuckte mit den Armen. Colin sagte, er wisse nicht mehr, was er tun solle. Dann sagte er, er müsse mit mir sprechen – aber nicht im Haus. Also gingen wir nach draußen, über den Rasen in den Obstgarten. Er wollte es so.«

»Und dann? Was hatte er zu sagen?«

»Er sagte nur wenig. Es fing an zu regnen, aber er schien es nicht zu merken. Wir standen da draußen im Regen, und er stammelte herum, machte lange Pausen ... Es war mir irgendwie peinlich. Ich merkte, daß er verzweifelt versuchte, mir etwas zu sagen, aber er schien es nicht rausbringen zu können ... Oder nicht die richtigen Worte zu finden – ich weiß es nicht. Schließlich stellte er mir aber eine klare Frage: Ob mir irgendwas an Helen aufgefallen sei.«

»Aufgefallen? Was?«

»Irgendwas ... Seltsames an ihr, wollte er wissen. Etwas ... Fremdes. Nicht nur jetzt – an dem Abend damals –, sondern schon vorher, in den letzten Wochen ...«

»Was meinte er damit?«

»Das habe ich ihn auch gefragt. Er sagte, sie wäre schon seit einiger Zeit so unbeständig und nervös ... Manchmal regelrecht hysterisch. Er hätte Angst, sagte er, sie würde ... den Verstand verlieren. Nun, ich sagte, sie wäre vielleicht ein bißchen erschöpft, hätte wahrscheinlich zuviel gearbeitet. Ich hätte gemerkt, daß sie ein bißchen anders sei als sonst, aber das wäre wohl auf ihre Schwangerschaft zurückzuführen. Ich hatte wirklich nicht gemerkt, daß es *so* schlimm um sie stand ...« Sie unterbrach sich wieder, schaute nachdenklich in die Ferne. Dann fuhr sie fort: »Jedenfalls sagte er plötzlich zu mir: ›Ich möchte dir etwas zeigen‹, und nahm mich am Arm und führte mich aus dem Obstgarten raus in das Waldstück, das daneben liegt. Wir kamen zu der Lichtung, wo früher das Sommerhaus gestanden hatte. Es war ziemlich dunkel, aber ich konnte deutlich sehen, daß er an dieser Stelle gearbeitet hatte.«

»Gearbeitet?«

»Er hatte Helen versprochen, ihr ein neues Sommerhaus zu bauen, direkt neben den Überresten des alten. Ich sah, daß er mit der Arbeit angefangen hatte. Die Stelle war abgesteckt, und er hatte mit dem Aushub begonnen. Es regnete immer noch. Er sagte zu mir: ›Bleib hier‹, dann lief er davon, zurück zum Haus.« Sie machte eine Pause und schluckte. »Er stellte mir noch eine Frage, bevor er weglief: Ob ich Angst hätte . . .«

»Angst?«

»Ich weiß nicht, was er damit gemeint hat. Jedenfalls sagte ich, ich hätte keine Angst, und er verschwand. Ich wartete auf der kleinen Steinbank, die da steht . . . Und ein paar Minuten später hörte ich Helens Aufschrei . . .«

»Colin war in diesem Augenblick nicht bei Ihnen?«

»Nein, ich sagte Ihnen ja gerade, er war zurück zum Haus gelaufen. Ich rannte natürlich dann auch sofort los – und fand ihn im Steingarten. Er kauerte am Boden, hielt Helen in den Armen.« Sie schloß die Augen, als ob sie damit die schlimmen Bilder vor ihrem geistigen Auge auslöschen könnte. Schließlich öffnete sie die Augen wieder und sprach zögernd weiter: »Es war . . .. schrecklich. Es kam . . . Blut aus ihrem Mund und . . . o Gott, da war soviel Blut . . . Sie war noch bei Bewußtsein, stieß Worte aus, wilde, unzusammenhängende Worte. Aber sie war kurz davor zu sterben, das sah ich.« Sie schüttelte mit Tränen in den Augen mehrmals den Kopf hin und her. »O Gott, es war einfach schrecklich.«

»Konnte denn niemand mehr etwas für sie tun?«

»Nein, man konnte nichts mehr für sie tun. Jean kam herausgestürzt, daran erinnere ich mich deutlich. Später erklärte sie, sie hätte gerade ein Bad genommen, glaube ich. Colin stammelte irgendwas über das Kätzchen – Helens Kätzchen; anscheinend hatte sie versucht, es vom Dach herunterzuholen. Colin war in einem fürchterlichen Zustand. Das waren wir alle. Es ist nicht einfach, sich daran zu erinnern, was damals gesagt wurde. Oder später.«

»Später?«

»Bei der Verhandlung.«

»Ach so, ja. Das hatte ich vergessen.«

»Natürlich hat man bei der Verhandlung für alles eine Erklärung gefunden. Aber ich weiß, daß es Leute gab, die uns nicht glaubten. Keinem von uns. Aber es war die Wahrheit.«

». . . Was hat er ausgesagt – bei der Verhandlung?«

»Er hat geschildert, was passiert ist. Die Wahrheit. Er war gerade ins Haus gekommen, um eine Taschenlampe zu holen, so sagte er, als er ihren Schrei draußen hörte. Und dann . . . ist sie vom Dach gestürzt.«

»Bei dem Versuch, ihr Kätzchen zu retten . . .«

»Ja. Sie hat ihm das selbst gesagt, kurz bevor sie starb. Das Kätzchen war auf dem Dach, hat sie gesagt, und konnte nicht mehr runter . . .«

Ich zögerte, dann fragte ich schroff: »Haben Sie das Kätzchen gesehen?«

»Nein.« Sie sah mich entrüstet an. »Warum fragen Sie das? Die Tatsache, daß ich es nicht gesehen habe, heißt aber noch längst nicht, daß es nicht da war. Mein Gott, denken Sie mal daran, was passiert war! Es war bestimmt nicht unsere erste Sorge, nach einem Kätzchen Ausschau zu halten.«

»Nein, sicher nicht . . .«

»Es war ein Alptraum. Das Telefon funktionierte nicht, also mußte ich ins Dorf fahren und den Doktor holen. Als ich mit ihm zurückkam, war alles vorbei. Colin und Jean hatten sie in eine Decke gewickelt und ins Haus getragen, weg aus dem Regen. Aber sie war . . . tot.« Sie schluchzte trocken, und die Worte blieben ihr im Hals stecken. Aber sie weinte nicht, wie ich sah.

»Ich blieb die Nacht über bei ihm«, fuhr sie fort. »Man konnte ihn in diesem Zustand nicht allein lassen. Er nahm ein paar Tabletten, die der Doktor ihm zurückgelassen hatte, aber sie halfen nicht. Er konnte nicht schlafen. Keine Minute. Wir saßen fast die ganze Nacht zusammen, ohne viel Bedeutsames zu reden, saßen einfach da, entsetzt, verwirrt, traurig, und als wir uns schließlich doch hinlegten, hörte ich ihn nebenan den Rest der Nacht über vor Schmerz und Qual stöhnen und schreien.« Sie schluckte. »Und dann kam die Routine: die Polizei, Befragungen, die Verhandlung, das Begräbnis. Und das war alles.«

»Hat er überhaupt einmal mit Ihnen über diese Geschehnisse zusammenhängend gesprochen – noch in dieser Nacht oder nachher?«

»Nein. Ich sagte ja schon, ich hörte ihn vom Gästezimmer aus in ihrem Schlafzimmer jammern und stöhnen, er lief auf und ab, schrie manchmal unzusammenhängende Dinge, die für mich keinen Sinn machten. Ich fuhr am nächsten Tag nach London zurück. Ich mußte. Danach habe ich ihn nur noch ... zweimal getroffen, bei der Verhandlung und bei der Beerdigung. Dann habe ich ihn ... nicht mehr gesehen.« Sie drückte die Zigarette im Gras aus, schaute mich nicht an. »Das war alles. Und jetzt wissen Sie es.«

Sie bohrte den Zigarettenstummel immer tiefer in das trockene Gras. In unser Schweigen hinein drangen plötzlich wie eine Welle die Stimmen und Rufe der anderen Menschen, und mir wurde bewußt, daß das Leben um uns herum weiterging. Drüben auf dem Tennisplatz lachten die beiden Mädchen und stießen enttäuschte, ärgerliche Schreie aus, wenn ein Aufschlag oder eine Rückhand im Netz landete. Ich schaute ihnen einen Moment lang geistesabwesend zu, erkannte aber doch so viel, daß sie trotz allen Eifers und Ehrgeizes Chris Evert niemals schlaflose Nächte bereiten würden. Ich wandte mich wieder an Elizabeth Barton:

»Nein, das war *nicht* alles, nicht wahr?«

»Was meinen Sie damit?« Sie sah mich immer noch nicht an.

»Sie *haben* ihn noch einmal gesehen. Sie waren in der Nacht, als er starb, auch im Cottage.«

»... Das wissen Sie?«

»Ja ...«

»Sie wissen eine ganze Menge mehr als alle anderen.« Sie vermied immer noch meinen Blick. Sie starrte auf den Boden.

»Jean Timpson hat in dieser Nacht Ihr Auto hinter den Bäumen gesehen, wo Sie es abgestellt hatten. Jean hörte auch den Aufprall von Colins Wagen gegen den Baum, und sie sah, daß Ihr Auto immer noch dastand. Auch noch später. Warum haben Sie das nicht der Polizei gesagt?«

»Ich konnte nicht. Brachte es nicht fertig. Ich war schon in Helens Tod verwickelt. Ich wollte nicht wieder in so eine schreckliche Sache verwickelt werden. Und man hätte mir auch nicht geglaubt.«

»Warum nicht?«

»Sie hätten mir nicht geglaubt. Ich weiß das.«

»Aber Sie waren in die Sache verwickelt.«

»Das wußte aber niemand.« Jetzt sah sie mich plötzlich an, und in ihren Augen stand eine angstvolle Frage.

»Nein«, sagte ich, »und auch jetzt weiß das noch niemand. Jean hat es außer mir niemand erzählt, glaube ich.«

Sie seufzte leise – wohl vor Erleichterung. Und dann flüsterte sie fast unhörbar:

»Ich habe hauptsächlich nichts gesagt, weil . . . weil ich Angst hatte. O Gott, ich hatte solche Angst!«

»Vor der Polizei?«

»Nein. Vor ihr. Vor . . . Helen.«

Ich sah es ihr an, daß sie am liebsten nicht weitergesprochen hätte – weil sie sich davor fürchtete, ich würde sie für verrückt halten.

»Das kann ich gut verstehen«, sagte ich. »Ich weiß alles über Helen.«

». . . Sie wissen Bescheid . . .?«

Ich nickte. »Seit meiner Ankunft im Cottage ist sie da.« Und dann brach es aus mir hervor: »Sie ist grausam. Sie ist bösartig. Teuflisch. Widerlich.«

»Ja. Ich weiß das jetzt auch.«

»Aber aus welchem Grund sollten *Sie* Angst vor ihr haben? Sie war Ihre Freundin.«

»Das war vorher . . . Als sie noch . . . noch . . .« Ihre Stimme erstarb. Ich vollendete den Satz für sie:

»Als sie noch lebte.«

Ein Ball kam über das Gras angerollt und blieb vor meinen Füßen liegen. Ich nahm ihn hoch und warf ihn dem Jungen zu, der in wilder Verfolgungsjagd angestürmt kam. Dann wandte ich mich ihr wieder zu.

»Die Nacht, in der Colin starb . . . Erzählen Sie mir mehr darüber.«

Sie zögerte, als müsse sie sich überlegen, ob sie meiner Bitte nachkommen sollte; vielleicht mußte sie auch nur ihren Mut zusammennehmen. Sie atmete ein paarmal tief durch, dann begann sie. Meistens sprach sie sehr stockend, manchmal aber auch hastig, als ob ihre Erinnerungen dann ungehemmt aus dem Gedächtnis abfließen könnten und sie über diese Sturzbäche keine Kontrolle hätte.

»Eigentlich hatte ich gedacht, daß ich nach Helens Tod nichts mehr von Colin hören würde. Wenn sich bestimmte ... Dinge im Leben befreundeter Menschen ereignet haben und dabei ein ... bestimmter Punkt überschritten worden ist, dann meint man, es wäre das beste für die ... Überlebenden, sich nicht mehr zu treffen. So dachte ich jedenfalls. Natürlich, einerseits hätte ich ... Colin gern gesehen, aber andererseits ... war zu viel geschehen, zu viel ... Schreckliches. Daß Helen auf diese Weise, so ... tragisch, so gewaltsam gestorben war, das erschien mir so ... endgültig. Ich dachte, Colin und ich würden uns nie mehr sehen ... Aber dann kam er eines Nachmittags zu mir. Kurz nach Helens Begräbnis. Er würde ein paar Tage bei seinem ... bei Ihrem Vater bleiben, sagte er. Und er sagte, er bräuchte meine Hilfe. Ich müßte ihm helfen.«

»Wobei?«

»Er müsse noch einmal zurück zum Cottage, sagte er, und ich solle mit ihm gehen, er bräuchte mich dabei.«

»... War das alles?«

Sie nickte. »Er wollte nicht alleine gehen.«

»Und warum nicht?«

»Weil er Angst hatte.« Sie sagte das ganz ruhig. Sah mich an, nickte. Und fügte mit großem Nachdruck hinzu: »O ja, er hatte Angst. Das sah ich deutlich. An der Oberfläche erschien er fast ... ruhig, aber ich kannte ihn, ich merkte, was darunter brodelte. Er war angespannt, verkrampft – und bei dem Gedanken, allein ins Cottage zurück zu müssen, völlig verängstigt.«

»Aber irgendwann mußte er doch noch mal allein im Cottage sein. Er erwartete doch nicht etwa, daß Sie bei ihm im Haus blieben, oder?«

Sie schüttelte energisch den Kopf. »O nein, er wollte nicht

zum Cottage zurück, um sich dort noch länger aufzuhalten. Er sagte, er würde nicht mehr in diesem Haus bleiben, nicht mal auch nur eine einzige Nacht. Er müsse aber noch mal zurück, weil er ... nun, er sei in großer Eile aufgebrochen und er hätte seine ganzen Sachen noch dort. Seinen Wagen, sein Geld, seine Ausweispapiere und andere wichtige Unterlagen. Er sagte, er würde zusammenpacken, was er brauche, und dann so schnell wie möglich das Haus verlassen. Und er würde es verkaufen und nie mehr in seine Nähe gehen.«

»Aber warum ist er zu Ihnen gekommen?«

»Ich nehme an, weil er wußte, daß ich ihm glauben würde. Ja ...« Sie warf mir einen fragenden Blick zu, schaute wieder weg. »Ich habe immer daran geglaubt. Ich weiß, es gibt ... Dinge jenseits unserer Vernunft. Sie sind da, sie *existieren*. Wir verstehen sie nicht, aber das heißt nicht, daß sie nicht existieren. Die Leute sind schnell bei der Hand damit, über alles zu spotten, für das sie keine Erklärung finden, für das sie im wahrsten Sinne des Wortes kein Verständnis haben, und gleichzeitig betonen dieselben Leute voller Ernst, daß sie an Gott glauben. Ist Gott erklärbar, ist Gott verstehbar? Ist der Glaube an Gott mit vernunftgemäßem Denken oder mit wissenschaftlicher Logik zu begründen? Wir leben alltäglich mit Mysterien, unser ganzes Leben lang, aber weil es uns vertraute Mysterien sind, akzeptieren wir sie. Es bleibt uns gar nichts anderes übrig – wir müßten sonst ja dem Wahnsinn verfallen. Wer versteht denn das Leben? Aber wir leben es. Wir klammern uns an es. Wir akzeptieren es, so wie wir die Unausweichlichkeit des Todes akzeptieren. Leben und Tod – die einzigen absoluten Wahrheiten, die wir kennen, aber wir haben noch nicht einmal den Anfang gemacht, sie auch verstehen zu können.« Sie sprach jetzt sehr lebhaft, unterstrich ihre Aussagen mit energischen Handbewegungen. »Und es gibt andere Dinge, jenseits unserer logischen Erklärungsfähigkeit. Dinge, die uns vielleicht nur ... nur *streifen*. Und die nur *einige von uns* streifen. Aber sie sind da. Vielleicht sind diese Dinge nicht ganz ... Leben, nicht ganz Tod – vielleicht sind es Dinge, die weit ... weit über die Fähigkeiten unseres ... erdengebundenen Denkens hinausgehen, jenseits unserer ganzen ... menschlichen Konzeption liegen. Und diese Dinge verstehen wir natürlich nicht, können sie mit unserem begrenzten Verstand nicht fassen. Aber ich weiß, daß es sie gibt.« Sie unterbrach sich. »Und wenn ich bisher nicht sicher war, jetzt weiß ich es um so gewisser.«

Sie nahm sich eine Zigarette aus der Packung, die ich zwischen uns gelegt hatte. Ich gab ihr Feuer und beobachtete, wie sie die flackernde Flamme in die Spitze der Zigarette einsog.

»Ich wünschte, Sie wären nicht gekommen«, sagte sie dann verbittert. »Ich hatte mich daran geklammert, daß alles vorbei wäre – wenn ich es nur einmal schaffen könnte, die Erinnerungen an all das Schreckliche zu verbannen. Ich wollte nie mehr daran denken. Aber dann mußten Sie kommen und alles wieder aufrühren.«

Schweigen. Dann sagte ich: »Sie haben meinen Bruder geliebt.« Es war eine Feststellung, keine Frage.

Sie zögerte, sah auf den Boden. Dann nickte sie. »Ja. Aber ich habe es niemand gesagt. Niemand wußte es. Auch er nicht.« Sie lächelte wehmütig, traurig, in Gedanken versunken. »Ich liebte ihn, aber er liebte *mich* nicht. Er liebte Helen. Nur sie. Ich bin sicher, er hatte nicht die leiseste Ahnung, wie es um mich stand.« Sie nickte wieder vor sich hin. »Ja,ich habe ihn geliebt. Er war ein . . . großartiger Mann.«

Mir fielen plötzlich die zerschnittenen Gemälde und die zerkritzelten Fotografien ein.

»Sind Sie sicher, daß er Helen geliebt hat?«

»O ja.« Sie sah mich überrascht an. »Ja, er liebte sie. Da bin ich sicher. Und sie liebte ihn . . . zumindest sah es für mich immer so aus . . .« Sie schien sich in Erinnerungen zu verlieren, aber dann fuhr sie fort: »Ich meinte tatsächlich immer, daß sie ihn liebt. Und deshalb konnte ich es anfangs nicht glauben, daß sie ihm das antun konnte, was sie getan hat. Aber glauben Sie mir, ich weiß nicht, wie es um die beiden wirklich stand, zum Ende hin . . . Als er an diesem letzten Tag zu mir kam, sprach er zunächst gar nicht von ihr. Und als er es dann tat, nannte er nicht ein einziges Mal ihren Namen. Er sprach überhaupt sehr wenig. Er fragte mich nur – er bettelte mich an –, mit ihm zum Cottage zu fahren. Und als ich ihn fragte, warum ich mitkommen solle, da sagte er . . . da sagte er, er hätte . . . Angst. Ich erinnere mich noch deutlich an seine Worte. Er sagte, sie wäre noch da . . . ›Sie wartet dort auf mich, und ich habe Angst, mit ihr allein zu sein‹, sagte er . . . Dann fing er an, unverständliches, unzusammenhängendes Zeug zu reden, hörte gar nicht mehr auf. Ich versuchte, ihn zu beruhigen. Sagte ihm, man könne doch etwas tun. Er müsse nicht weg aus dem Haus. Aber er hörte mir gar nicht zu, wollte anscheinend nichts hören als meine Zusage, mit ihm zum Cottage zu fahren.«

»Was meinen Sie damit? Was hätte man tun können?«

Sie antwortete nicht gleich. Sie machte einen tiefen Zug an der Zigarette und sah zu, wie der Rauch davonschwebte, in der Luft zerschmolz. Dann sagte sie:

»Ich . . . ich kenne da jemand . . . Einen Priester der High Church. Er hat Erfahrung in solchen Dingen. Wir haben bei mehreren Gelegenheiten darüber gesprochen – nicht über Helen natürlich, ich kannte sie damals noch gar nicht –, aber vorher, bei anderen Gelegenheiten, anderen Situationen . . .«

». . . Sie meinen . . . Exorzismus?«

»Ja. Dieser Priester hätte helfen können. Ganz bestimmt. Und er hätte auch geholfen. Aber nein. Colin sagte nein. Alles was er wollte war, mit mir zum Cottage zu fahren, seine Sachen zu holen und wieder zu verschwinden.«

»Also sind Sie mit ihm hingefahren.«

»Ja. Es war schon später Nachmittag. Ich stellte meinen Wagen nicht in der Zufahrt zum Haus ab. Sie führt zwar ein gutes Stück von der Straße weg, aber sie ist schnurgerade, und jeder, der vorbeigekommen wäre, hätte meinen Wagen sehen können . . . Und es hatte ja schon genug Gerede gegeben. Außerdem stand Colins Auto dort.«

»Sie haben also Ihren Wagen in der kleinen Lichtung schräg gegenüber dem Haus abgestellt?«

»Ja, hinter den Bäumen. Es schien mir so am besten zu sein. Ich ließ ihn zuerst aussteigen, dann stellte ich das Auto ab. Als ich ein paar Minuten später zurückkam, saß er in seinem Wagen. Hatte Angst, allein ins Haus zu gehen. Ich ging dann voraus, und er folgte mir. Ich half ihm, seine Sachen zusammenzusuchen und zu packen.«

»Ich habe seine gepackten Koffer gesehen. Konnte mir keinen Reim darauf machen.«

»Wir waren fast fertig«, fuhr sie fort. »Es war schon ziemlich spät geworden. Ich hatte getan, was ich konnte, und wartete jetzt nur noch darauf, daß er mit dem Aussortieren einiger Papiere fertig würde. Sie hätten ihn sehen sollen – mit zunehmender Dunkelheit war er immer nervöser geworden. Er wühlte fieberhaft in den Papieren herum, fast wie in Panik, und er war so schrecklich verängstigt, so *verzweifelt* darauf aus, wegzukommen.«

Sie brach ab. Ich sagte nichts, wartete darauf, daß sie weitersprach. Aber sie schien sich davor zu fürchten, und schließlich sagte ich:

»Was passierte dann? Bitte ... bitte sagen Sie es mir ...«

Sie drückte die Zigarette aus, verschränkte die Finger beider Hände ineinander, krampfte sie so fest zusammen, daß die Knöchel weiß wurden.

»... Plötzlich gingen alle ... Lichter aus.« Sie hauchte die Worte nur, und ich beugte mich näher zu ihr, um sie zu verstehen. Ihre Augen waren starr, verkrampft wie ihre Finger. »Alle Lichter ... gingen einfach aus ... Es war völlig dunkel ... Nur ganz schwaches Mondlicht kam durch die Fenster. Colin stieß einen ... Schrei aus ... Es war eher ein Aufstöhnen ... Ich rief ihm zu, er solle ruhig bleiben, sich nicht ängstigen, er bräuchte sich nicht zu fürchten. Ich spürte, daß er vor Angst fast gelähmt war. Wie ich selbst auch. Mir fielen die Kerzenleuchter auf der Kommode ein, und ich tastete mich hin und zündete ein paar Kerzen an. Er kniete noch vor den Koffern – wie erstarrt. Ich ging mit dem Leuchter auf ihn zu, redete weiter beruhigend auf ihn ein – sagte was von durchgebrannter Sicherung, es wäre alles in Ordnung, ein ganz normaler Stromausfall – und da sagte er plötzlich zu mir, ich solle ruhig sein. ›Hör doch!‹ flüsterte er. ›Hör doch ...!‹ Ich blieb stehen, hörte auf zu sprechen, bewegte mich nicht ...«

Sie schluckte, atmete tief durch.

»Und dann hörte ich sie. Ich hörte ihren Atem.«

25

Ich hinkte auf dem asphaltierten Pfad davon, in Richtung Ausgang, und sie blieb zurück, saß wie ein Häufchen Elend im Gras, schluchzend, tränenüberströmt.

Ich fühlte mich benommen und nahm die anderen Parkbesucher kaum wahr. Wie von selbst, so schien es, fanden meine ungleichen Füße den Weg zum Ausgang, durch das Tor und hinaus auf die Straße. Mir fiel wieder ein, daß ich meinen Vater aufsuchen wollte, und ich winkte ein Taxi heran und öffnete die Tür.

Erst der gekränkte Ausdruck auf dem Gesicht des Fahrers, als ich ihm mein Fahrziel nannte, brachte mich wieder in die Realität zurück. Er lächelte zwar, zog aber gleichzeitig die Stirn in Falten und sagte weinerlich:

»Oh, Chef, ich bin auf'm Weg heim, un' das is' in der andern Richtung.« Er hoffte, erwartete wohl sogar, daß ich jetzt die Tür zumachen und ihn mit besten Wünschen nach Hause entlassen würde.

»Ist Ihr Zeichen auf dem Dach eingeschaltet?« fragte ich kurz angebunden und hielt die Tür offen.

»Na ja, schon, aber . . .«

»Und was steht da drauf?«

»Na ja, ›frei‹ steht drauf . . .«

»Danke, das reicht mir.« Ich stieg ein, schlug die Tür zu, schob die Glasscheibe zum Fahrer zur Seite und nannte noch einmal die Adresse meines Vaters. »Und wenn Ihnen das nicht paßt«, sagte ich scharf, »dann können Sie auch an der nächsten Polizeistation halten.«

»Is' ja gut, Sir«, sagte er brummig, »Hampstead is' in Ordnung.«

Vor dem Haus meines Vaters drückte ich ihm die exakte Taxametersumme in die Hand. Kein Trinkgeld. Nur ein Lächeln.

»Sie lernen es auch noch«, sagte ich.

Als mein Vater die Tür öffnete, war alles, was er zu sagen hatte: »Ich habe dich früher erwartet.«

Ich folgte ihm in die Diele, zog meine Jacke aus und setzte mich ins Wohnzimmer. Er ging in die Küche und verkündete durch die offene Tür, daß er Tee für uns mache. Ich sagte, das wäre fein und bedankte mich. Und dieses oberflächliche Gerede behielten wir bei, solange er mit dem Tee beschäftigt war – das höfliche, peinliche Frage- und Antwortspiel, wie ich es nicht anders erwartet hatte: Ja, es ginge ihm gut; ja, der Garten sähe *wirklich* gepflegt aus. Nein, er brauche nichts, er käme gut zurecht. Damit war der Gesprächsstoff erschöpft, und meine Gedanken wanderten wieder zu Elizabeth Barton, wie sie da im Park auf dem Rasen saß und die Hände ineinander verkrampfte. Und ich dachte an meine eigenen Hände, die schweißnaß wurden, als sie erzählte, daß sie das Atmen gehört hatte. Ich wollte sagen, nein schreien: Ja, ich auch! Ich habe es auch schon gehört . . . Aber ich schwieg.

»Ich habe mir das nicht eingebildet«, sagte sie. »Ich habe sie wirklich gehört. Es war . . . schaurig. Im Kerzenlicht sah ich Colins Gesicht . . . und ich werde seinen Ausdruck nie mehr vergessen können. Colin war . . . zu Tode erschrocken, in seiner irren Furcht regelrecht erstarrt. Seine Augen waren weit aufgerissen. Und plötzlich schrie er: ›*Nein! Nein! Verschwinde! Laß mich in Ruhe* . . .!‹ Und er kniete immer noch da, kerzengerade aufgerichtet, erstarrt, gelähmt . . . Und *sie* . . .. sie *lachte*!«

Elizabeth Barton wurde von der Erinnerung an ihr entsetzliches Erlebnis übermannt. Ihr Atem ging in kurzen, hektischen Stößen, sie hob die Hände vor den Mund, Tränen stürzten aus ihren Augen und rannen über ihre Finger. »Dieses Lachen . . . ich kann es nicht beschreiben. Es war so . . . böse, so gemein, so grausam – und so . . . selbstgefällig. Colin wurde bleich wie der Tod, und er schrie wie wahnsinnig: ›Ich gehe weg! Ich gehe weg von hier!‹ Aber er kniete immer noch da, wie festgewachsen, als ob er nicht aufstehen könnte. Seine Augen rollten wild in den Höhlen; es sah schrecklich aus, wie im Todeskampf. ›Ich hasse dich!‹ schrie er. ›Ich hasse dich, du mörderische Bestie! Ich hasse dich!‹« Sie hielt ihre Hände immer noch vor dem Gesicht, und ihre Finger bohrten sich in ihre Wangen. Dann ließ sie sie ruckartig fallen.

»Ich konnte nichts tun«, fuhr sie nach einer Pause fort. »Gar nichts. Ich konnte nur ... zusehen. Sein Mund schloß und öffnete sich, aber es kam kein Ton heraus. Und dann fing er an zu keuchen, schlug sich mit den Fäusten auf die Brust, schrie wie verrückt: ›Nein! Nein! Bleib weg von mir! Nein! Geh weg ...!‹ Er versuchte aufzustehen, schaffte es auch, aber erst nach einem langen Kampf, stand schwankend da, ruderte mit den Armen in der Luft herum, schlug wild auf etwas Unsichtbares ein, trommelte wieder mit den Fäusten auf seine Brust. Es war schrecklich. Und dann taumelte er auf die Tür zu – und in diesem Moment fingen die Kerzen an zu flackern und gingen aus. Aber ich konnte ihn noch hören. O Gott ja, ich konnte ihn hören – seinen unterdrückten, gequälten Schrei. Ein entsetzlicher Laut. Und dann stürzte er aus der Tür.«

Sie starrte an mir vorbei in die Ferne, und die Tränen liefen über ihr Gesicht. »Das war alles«, sagte sie schließlich. »Ein paar Sekunden später hörte ich seinen Wagen. Hörte, wie der Motor aufheulte, hörte das Quietschen der durchdrehenden Räder – und den Krach des Aufpralls. Er muß mit einer irrsinnigen Geschwindigkeit losgeprescht sein. Ich war wie ... versteinert, aber dann lief ich aus dem Haus, zur Straße. Ich sah sofort, daß er tot war. Und daß ich nichts mehr für ihn tun konnte. Ich ... ich ging zurück ins Haus, um meine Handtasche zu holen, meine Autoschlüssel ... und ließ mich in einen Sessel fallen, ich konnte nicht mehr stehen, zitterte am ganzen Körper, war völlig konfus, durcheinander. Es war niemand da, der mir helfen konnte – ich war allein.« Sie schüttelte den Kopf. »Nein, nicht allein. *Sie* war noch da. Helen war noch da. Ich hörte sie nicht mehr, aber sie war noch im Zimmer. Leise ... ein Hauch ... Ich spürte ihre Gegenwart ...« Sie wischte mit dem Handrücken die Tränen vom Gesicht. »Die Furcht war stärker als meine körperliche Schwäche, und ich lief aus dem Haus.«

Kurz danach war ich gegangen, hatte sie in ihrem aufgewühlten Zustand zurückgelassen; hatte wie in einem Dämmerzustand wahrgenommen, daß die beiden Mädchen auf dem Tennisplatz immer noch verbissen ihre Bälle schlugen, war zum Ausgang gekommen ... Und jetzt war ich bei meinem Vater ...

Er goß Tee in die Tassen. Sah mich an, fragte:

»Welchem Umstand verdanke ich diesen Besuch?«

Die Realität holte mich ein. Mein Vater und ich. Mein Vater *gegen* mich.

»Ich werde morgen heiraten.« Ich platzte einfach damit heraus. Ohne viel Feingefühl.

Er sah mich ausdruckslos an.

»Du hast nicht viel Zeit verschwendet«, sagte er. »Du bist doch erst ein paar Tage hier.«

Ich lachte, zu laut, zu gezwungen. »Oh, ich habe sie nicht hier getroffen, ich kenne sie schon lange.« Und fügte lahm hinzu: »Sie heißt Shelagh.«

»Ich dachte, du wärst allein nach England gekommen.«

»Bin ich auch. Sie ist vor ein paar Tagen nachgekommen. Liegt im Moment noch im Krankenhaus, hatte einen Unfall. Aber der Doktor sagt, sie darf morgen raus . . .«

»Gut«, war alles an Reaktion, »sehr gut.«

»Ich bin hergekommen . . . um dich zu fragen . . . nun, ob du zur Trauung kommen willst. Es . . . es wäre schön, wenn du kommen könntest . . .«

Er zögerte. Ich hatte ihn in Verlegenheit gebracht, das sah ich deutlich. Aber nicht für lange. »Nun . . . ich geh nicht viel aus dem Haus, wie du weißt. Schade, daß du mir das nicht eher gesagt hast.«

Er hätte sich wenigstens in dieser Situation als Vater zeigen können. Aber er tat es nicht. Dieser Mann war kein Vater, er war ein Alptraum.

Ich spürte, daß mir das Blut ins Gesicht stieg und Zorn über diese Demütigung in mir aufwallte. Ich würde ihn nicht noch einmal fragen und ihm erneut die Chance geben, mich so abweisend und kalt zu behandeln. Ich wäre am liebsten aufgestanden und gegangen, aber dazu fehlte es dann doch an Mut. Statt dessen starrte ich in meine Teetasse und redete mir ein, daß sein Verhalten mich kalt ließ.

Ich schaffte es, noch zehn Minuten mit allgemeinen Platitüden durchzustehen, aber es waren zehn unendlich lange Minuten. Dann stand ich auf und murmelte entschuldigend, ich müsse dringend zurück nach Hillingham – aber auch das war überflüssig, denn er machte keinerlei Anstalten, mich zum Bleiben zu überreden. Und ich war mir immer noch nicht im klaren darüber, ob seine Gefühle für mich aus simpler Gleichgültigkeit oder aus definitiver Abneigung bestanden ...

Als ich meine Jacke anzog, fiel mein Blick wieder auf die Fotografien: Colin; meine Mutter am Tor, mein Vater neben ihr, stolz und dominierend-beschützend. Er sah glücklich und entspannt aus – diese Phase seines Lebens war mir entgangen. Ich nahm das Foto hoch und betrachtete sein junges, hoffnungsvolles Gesicht näher. Ich fand bestätigt, daß ich ihm nicht ähnlich sah, und ich war froh darüber.

Als ich das gerahmte Foto auf die Kommode zurückstellen wollte, stieß ich gegen einen Briefumschlag, der mit der Adresse nach unten zwischen den Fotografien lag. Ich hob ihn auf und sah, daß der Umschlag mit meiner Anschrift in New York beschriftet war.

Es war ein Luftpostbrief. An mich. Von Colin.

Ich warf meinem Vater einen fragenden Blick zu. Er schaute auf den Umschlag, sah mich an, wandte die Augen schnell wieder ab, und dann begann er zu sprechen, sehr hastig, aber betont gleichgültig, und ich merkte ihm an, daß er dahinter seine Verlegenheit verbergen wollte.

»Ach ja ... Colin hat dir den Brief da geschrieben ... Als er aus Hillingham zu mir gekommen war ...«

Ich sah mir den Umschlag näher an. Er war nicht frankiert. »Ich frage mich, warum er ihn nicht abgeschickt hat ...«

»Er ... er hat mich gebeten, es für ihn zu tun, und ich hab's ihm versprochen. Wollte es auch machen, aber dann ... dann ist ... *diese Sache* passiert ... nur ein paar Stunden später, und ... und es war unwichtig geworden, überflüssig ...« Er vermied es sichtlich, mich anzusehen.

»Nun ja, vielleicht stimmt das. Vielleicht aber auch nicht. Auf jeden Fall hättest du ihn mir bei meinem ersten Besuch geben müssen ...«

Er hob die Schultern.

»Wollte ich ja auch. Hab's dann aber vergessen.« Und nach einer kurzen Pause: »Es ist ja wohl aber nicht besonders wichtig, oder? *Jetzt* nicht mehr.«

Ich starrte ihn wütend an, sah zurück auf den Umschlag, wollte ihn öffnen. Zuckte zurück.

»Jemand hat den Brief aufgemacht«, sagte ich mit eisiger Stimme.

Er reagierte nicht, und sein Schweigen verstärkte meinen Zorn. Ich blitzte ihn wütend an, aber er sah aus dem Fenster.

»Du hast ihn geöffnet«, fauchte ich. Ich konnte es kaum glauben.

Er sagte nichts.

»Du hast ihn aufgemacht«, wiederholte ich. »Colin hat *mir* geschrieben und *du* machst den Brief auf und liest ihn. Das ist unglaublich!«

»Colin ist tot«, sagte er schroff, und ich hörte den Zorn in seiner Stimme. Ich zog den Brief aus dem Umschlag, öffnete ihn und schaute auf das Datum: *Dienstag, 16. Mai.* Colin hatte den Brief am Tag seines Todes geschrieben. »Du hättest mir diesen Brief geben müssen«, sagte ich. Meine Stimme bebte.

»Mein Gott . . . Was spielt so ein Brief schon für eine Rolle«, sagte er in scharfem Ton. Seine Schuldgefühle verwandelten sich zusehends in Feindseligkeit.

»Es spielt eine Rolle.« Meine Hände zitterten. »Er hat *mir* diesen Brief geschrieben. Nicht *dir.* Er hat ihn *mir* geschrieben!«

Ich wandte mich von ihm ab, faltete den Brief zusammen und steckte ihn zurück in den Umschlag. Und dann brach sie aus ihm heraus, die Verbitterung, die sich in ihm aufgestaut hatte:

»Ja!« fauchte er.

Ich starrte ihn verständnislos an.

»Ja!« sagte er noch einmal, und sein Kopf zuckte hoch, als er mir das Wort entgegenschleuderte. »Ja. *Dir* hat er geschrieben! Nicht *mir!«* Er keuchte vor Zorn.

Das war es also, was ihn so schmerzte! Jetzt war mir alles klar. Jetzt verstand ich den Zusammenhang.

»Er hatte keinen Grund, dir zu schreiben«, sagte ich ruhig. »Nicht solange er hier bei dir im Haus war. Er konnte mit dir *reden.* Ganz persönlich.«

»Reden!« Das Wort wurde mit einer Handbewegung abgeschmettert. »Er hat überhaupt nicht mit mir geredet. Hat mir nichts erzählt. Jedenfalls nichts Wichtiges. Er hat mir nichts davon gesagt, was ihn so beschäftigte, was er durchmachen mußte. Und es war ja überhaupt nicht zu übersehen, daß er . . .

in einem schlimmen Zustand war, daß er in Schwierigkeiten steckte. Nein, mir hat er nichts gesagt. *Du* warst derjenige, den er sich dazu ausgesucht hat.«

Ich spürte es deutlich, ich sah es ihm an: Er haßte mich in diesem Augenblick. Es war nicht Gleichgültigkeit. Nein, er hatte ein Gefühl für mich – Haß. Colin hatte sich nicht *ihm* anvertraut – an seinem letzten Tag auf Erden hatte er *mir* einen langen Brief geschrieben. Und das konnte mein Vater nicht verzeihen – er konnte es *mir* nicht verzeihen.

Schweigen. Der Groll gegen ihn, der lebenslang in mir gegärt hatte, kochte über. Ich versuchte dennoch, meine Stimme ruhig zu halten.

»Wenn ich ein ganz normales Kind gewesen wäre, dann hättest du mit der Zeit alles hinnehmen können, nicht wahr?«

Er war überrascht. Bestürzt. Starrte mich an.

»Ich weiß nicht, wovon du da redest«, sagte er barsch.

Aber ich ließ mich nicht einschüchtern. Gab nicht auf. Jetzt nicht mehr, nach so langer Zeit des geduldigen Ertragens.

»Es war nicht *meine* Schuld, daß sie . . . daß sie gestorben ist, meine Mutter. Ich habe nicht danach verlangt, auf die Welt zu kommen.«

Endlich hatte ich es gesagt, und es war leichter gewesen, so sehr viel leichter, als ich es mir je erträumt hatte. Und ich sprach weiter, schleuderte ihm alles entgegen, was ich schon seit Jahren loswerden wollte.

»Wenn deine *beiden* Söhne ohne körperlichen Fehler gewesen wären, dann hättest du den Tod deiner Frau vielleicht hingenommen, nicht wahr? Wir, Colin und ich, wären uns völlig gleich gewesen; keine Verunstaltung, kein . . . Stigma hätte uns unterschieden. Wir wären in jeder Beziehung identisch gewesen, und die Tatsache, daß unsere Mutter bei der Geburt des einen von uns beiden starb – bei *meiner* Geburt, dem zweiten – , wäre mir nicht angelastet worden, nicht wahr? Aber nein, sie starb bei der Geburt eines Kindes, das in deinen Augen das Opfer nicht lohnte, eines Kindes, das es nicht wert war, überhaupt auf die Welt zu kommen – eines Krüppels. Nach der Geburt Colins hattest du, was dein Wunsch gewesen war – einen Sohn, und deine Frau lebte. Aber ein paar Stunden später kam *ich,* und deine Frau starb. Und was hattest du dafür eingetauscht? Ein kränkliches Kind mit einer angeborenen Dislokation der Hüfte.«

»Ich habe dich nicht anders behandelt als deinen Bruder«, knurrte er. »Am Anfang wußten wir nicht einmal, daß du diesen ... Fehler hattest.«

»Nein, am Anfang hast du tatsächlich nicht gewußt, daß ich anders war als Colin. Bis wir anfingen herumzukrabbeln und sich der ... Fehler zeigte. Und all die lästigen Dinge auf dich zukamen ... Endlose Besuche bei Ärzten, Fahrten zu Behandlungen ...« Während des Sprechens dämmerte mir langsam, wurde schließlich zur Gewißheit, daß ich seine Liebe nicht *wollte.* Nicht mehr. Selbst wenn er sie mir geboten hätte. Und diese Erkenntnis war für mich wie ein unerwartetes Geschenk. Ich klammerte mich daran, sie gab mir die Kraft und den Mut, weiterzusprechen.

»Was hast du damals in mir gesehen?« fragte ich. »Ich will es dir sagen. Ich war für dich derjenige, der am Tod deiner Frau schuld war, der sie umgebracht hatte. Und die ganze Zeit hattest du mich täglich vor Augen, eine permanente Erinnerung an das, was du verloren hattest, nach deiner Überzeugung der Schuldige für diesen Verlust. Und ich war nicht einmal ein angemessener Ausgleich für den Verlust, nicht wahr, nicht einmal ein Trostpreis. Ich war ein Kind in Schienen und Streckverbänden, um das man sich dauernd *kümmern mußte.* Mein Gott, es hat sicher schrecklich an dir genagt – mir so viel Aufmerksamkeit schenken zu müssen, während du meinen Anblick kaum ertragen konntest! Kein Wunder, daß du mich so bald wie möglich aus deiner Nähe geschafft hast.« In meinen Zorn mischte sich jetzt auch Selbstmitleid, als ich verbittert fortfuhr:

»Und wie war das mit Tante Marianne? Ich hoffe, du hast sie gut bezahlt. Aus *Liebe* hat sie mich bestimmt nicht zu sich genommen.«

Ich schluckte, räusperte mich, um meine Stimme wieder in die Gewalt zu bekommen. Es gelang mir, und ich sprach etwas ruhiger weiter:

»Ich will dir noch etwas sagen: Jahrelang, von dem Tag an, als ich alt genug war, meine Situation zu erkennen, habe ich versucht, deine ... Anteilnahme zu wecken. Ich wollte, daß du an meinem Leben Anteil nimmst. Und ich wollte, daß du mich liebst. Mein Gott, habe ich mich nach deiner Liebe gesehnt! Mein ganzes Leben lang, seit ich mich erinnern kann, warst du mit deiner Kälte mein tiefster Schmerz, war ich unglücklich bei dem Gedanken an dich und deine Unfähigkeit, mich zu lieben. *Damit«* – ich klopfte auf mein Bein – »... damit konnte ich mich abfinden. Ich lernte, damit zu leben, und es macht mir inzwischen kaum mehr etwas aus. Aber deine Zurückweisung ... – damit wurde ich nicht fertig. Ich habe es nicht geschafft, darüber hinwegzukommen.« Ich steckte Colins Brief in die Innentasche meiner Jacke und ging zur Tür. Mein Vater machte keine Anstalten, etwas zu sagen. Ich drehte mich noch einmal um und sah ihn an.

»Nein, ich habe es nicht geschafft, darüber hinwegzukommen. Bis heute. Aber jetzt ist es soweit. Endlich. Ich weiß jetzt, daß meine Anteilnahme und meine Liebe viel zu kostbar sind, um sie an jemand wie dich wegzuwerfen. Und heute ist mir auch etwas klar geworden, was du sicherlich schon lange weißt: All dieses Gerede von Verwandtschaft und Blut-von-meinem-Blut und so weiter ist völliger Quatsch, hat keinerlei Bedeutung. Ich weiß jetzt, daß ich Colin geliebt habe, weil er *er selbst* war, nicht, weil er mein Bruder war. Und ich stelle fest, daß es für mich keine Bedeutung mehr hat, daß du mein Vater bist. *Vater!* – das Wort ist purer Hohn, wenn man es auf dich anwenden sollte. Und ich stelle fest, daß ich für dich absolut nichts mehr fühle. *Absolut nichts.«* Ich öffnete die Tür, ließ aber die Hand noch auf dem Türgriff und sprach weiter, wieder ein wenig ruhiger.

»Wenn du meine Liebe hättest haben wollen, du hättest sie dir leicht verdienen können. Aber du hast nicht die geringste Anstrengung dazu gemacht. Und jetzt spielt es keine Rolle mehr. Ich bin froh, daß du nicht bei meiner Trauung bist. Shelagh wollte, daß du kommst – sie kennt dich eben nicht. Aber ich. Und ich weiß, daß dieser Tag ohne deine Anwesenheit schöner sein wird. Ich werde ohne dich glücklich sein, und Shelagh wird auch glücklich sein. Und das ist das einzige, was für mich wichtig ist.« Ich schüttelte langsam den Kopf – über mich selbst. Es war, als ob ich ihn heute zum ersten Mal richtig sehen, richtig erkennen würde. »Ich nehme an, daß du meine Mutter geliebt hast, daß du Colin geliebt hast. Aber ich frage mich, was das für eine Liebe war.«

Er hatte die ganze Zeit über in seinem Sessel gesessen und aus dem Fenster gestarrt. Jetzt, als ich seine Liebe zu meiner Mutter in Frage stellte, stand er auf und sah mich an.

»Laß deine Mutter aus dem Spiel«, sagte er. »Laß sie beide aus dem Spiel – und meine Beziehung zu ihnen.« Seine Stimme klang empört, als ob ich ein Sakrileg begangen hätte. Aber das ließ mich kalt.

»Du hast es verdient, daß du Kummer hast und daß dich deine Erinnerungen quälen«, sagte ich. »Es geschieht dir recht, und ich bin froh, daß es so ist.«

Er sagte nichts. Starrte mich nur finster an.

»Ist dir klar«, sagte ich kalt, »daß du zum Dank für all die *großartige* Liebe, die du in deinem Leben um dich verbreitet hast, als ein frustrierter, verbitterter alter Mann sterben wirst? Und was noch schlimmer für dich ist – du wirst *allein* sein, wenn du stirbst. Völlig allein.«

Und bevor ich die Tür zuzog, fügte ich leise, leidenschaftslos noch hinzu:

»Und das wird mir egal sein. Es wird mich kalt lassen.«

Im Taxi auf dem Weg zum Bahnhof und auch noch im Zug nach Reading saß ich wie betäubt da. Erst jetzt setzte die Reaktion ein. Aber ich sagte mir, daß eine *positive* Entwicklung eingetreten war. Ich hatte endlich zur Kenntnis genommen, daß mein Vater und ich für immer getrennte Wege gehen würden. Wir waren uns stets fremd gewesen; jetzt waren die Fronten endgültig geklärt, und ich wußte, daß sich daran nichts mehr ändern würde. Sich nichts mehr ändern *konnte.* Ich wußte nun definitiv, daß der Moment nicht mehr kommen würde – den ich bisher herbeigesehnt hatte –, daß mein Vater zu mir sagen würde: ›David, mein Sohn, verzeih mir‹. Nein, das war endgültig vorbei. Und so etwas passierte sowieso nur in billigen Schnulzenfilmen.

Aber es gab noch etwas anderes, was ich jetzt definitiv wußte, und das war auch wichtig.

Ich wußte jetzt, daß an dem Gerücht, Colin hätte ein Verhältnis mit Elizabeth Barton gehabt, nichts dran war. Und wenn die Leute, die dieses Gerücht in die Welt gesetzt hatten, sich in diesem Fall geirrt hatten, dann stimmten vielleicht auch andere Behauptungen nicht...

Noch im Zug nahm ich schließlich Colins Brief aus der Tasche und las ihn. Unter der Anschrift meines Vaters und dem im wahrsten Sinne des Wortes fatalen Datum hatte er geschrieben:

David,

wie Du siehst, bin ich bei Dad. Ich kam sehr eilig hierher, ohne jede Vorbereitung – ein sehr schneller Abgang aus Hillingham. Nun, ich mußte schließlich *irgendwo* hin. Ich konnte nicht dort bleiben – nicht alleine. Ich wollte, ich könnte mit Dir reden. Es ist alles so schwierig; das Telefon im Cottage ist kaputt, und ich haßte den Gedanken sowieso, Dich bei dem Zeitunterschied vielleicht aus dem Bett zu klingeln – nur damit Du meinem wirren Geschwätz zuhörst.

Dave, ich weiß ganz einfach nicht mehr, was ich tun soll. Ich muß noch mal zurück, um meine Sachen zu holen, aber ich kann unmöglich allein noch mal dorthin gehen. Wenn sie nicht da wäre – dann wäre alles okay. Ich könnte mit allem klarkommen – mit all dem, was passiert ist. Aber sie ist da. Ja, sie ist im Cottage. Es hilft nichts, wenn ich mir dauernd sage, daß sie tot ist, daß sie mir nichts antun kann, denn ich weiß, wenn sie es wollte, dann könnte sie es trotzdem. Ich habe Angst vor ihr. Ich weiß, was sie in der Vergangenheit schon alles getan hat – Dinge, von denen niemand sonst eine Ahnung hat, und ich weiß, wozu sie imstande ist – selbst *jetzt noch*. Sie hat mir gesagt, sie *liebt mich*, sie liebt mich *noch*, aber es ist eine böse, egoistische Liebe. Ich weiß, daß sie vor nichts zurückschrecken würde, wenn es darum ginge, das zu behalten, was sie liebt, was sie haben will. Gott schütze mich vor so einer Liebe! Mein Gott, Dave, für Dich muß das klingen, als ob ich durchgedreht wäre. Ich frage mich, ob Du wenigstens ein bißchen von dem wirren Zeug verstehst. Aber wie könntest Du? Du kennst die ganze Vorgeschichte nicht. Ich bin nicht verrückt, Dave, glaub mir das, obwohl ich in den vergangenen Wochen und Monaten manchmal den Eindruck hatte, daß ich es noch werde. Ich wollte, Du wärst hier. Ich weiß, wir beide haben uns eigentlich nie so richtig kennengelernt, aber ich weiß auch, zumindest jetzt, daß Du der einzige Mensch bist, auf den ich mich verlassen kann, an den ich mich in meiner Verzweiflung wenden kann. Irgendwie mußte ich Dir nie die Dinge erklären, Du hast immer gleich verstanden... Sie will, daß ich im Cottage bleibe... Aber wie könnte ich das? Wie könnte ich nach all dem, was geschehen ist, dort bleiben? Nein, niemals. Wenn ich noch ein einziges Mal dort war, um meine Sachen zu holen, dann verschwinde ich und gehe nie mehr hin. Ich muß nur den Mut aufbringen, noch dieses letzte Mal hinzugehen, und dann wird alles in Ordnung sein. Ja. Ich muß es heute noch machen. Ich bin fest entschlossen dazu. Es hat keinen Zweck, es aufzuschieben. Wenn ich diesen Brief fertig habe, mache ich mich auf den Weg. Nicht allein – ich muß jemand finden, der mitgeht –, aber ich bringe es heute noch hinter mich.

Ich weiß nicht, wie lange ich noch hier bei Dad bleibe. Nicht allzu lange. Sobald ich halbwegs wieder in Ordnung bin, mache ich mich auf die Suche nach einer Wohnung. Ich brauche Ruhe. Das Cottage werde ich verkaufen. Oder es bleibt leer stehn und verrottet, mir egal. Dad will, daß ich bei ihm wohnen bleibe, aber auf die Dauer würde das nicht gutgehen. Jedenfalls kannst Du mir in nächster Zeit hierher schreiben. Dave, kannst Du das verstehen – ich zittere bei dem Gedanken, noch einmal den Fuß über die Schwelle des Cottage setzen zu müssen. Das ist doch blödsinnig, oder? Ich muß mich zusammenreißen.

Mir kommt der Gedanke, daß es die Verkörperung eines Gefühls sein muß, die da weiterlebt. Könnte das sein? Was meinst Du dazu? Ob es große Liebe ist oder großer Haß oder große Trauer – vielleicht sind es solche starken Gefühle, die den Geist eines Toten an die Erde fesseln. Alle ›Gespenster‹, von denen ich je gelesen habe, hatten eines gemeinsam – ein starkes, tiefes Gefühl. So scheint es auch in diesem Fall zu sein, aber ich weiß nicht, welche besondere Emotion es sein könnte. Liebe? Wie ich eben schon schrieb – sie sagt, sie liebt mich, aber das ist eine Liebe, von der ich nichts wissen will. Sie ist besessen, wahnsinnig in ihrer Eifersucht, und sie würde jeden Menschen, den ich liebe, mit ihrem Haß verfolgen. Mein Gott, wenn ich es mir überlege – hier sitze ich und schreibe über sie, als ob sie ein lebendes Wesen wie Du und ich wäre und setze voraus, daß Du eine so unglaubliche Situation als wahr akzeptierst. Alles, was ich dazu sagen kann, Dave, ist: *Bitte glaube mir.* Natürlich, am Anfang wußte ich nichts von diesen Dingen, und ich bin sicher, wenn mir damals jemand etwas von seltsamen Geschehnissen im Haus geflüstert hätte, ich hätte ihn ausgelacht. Ich wäre doch nie auf den Gedanken gekommen, daß so etwas tatsächlich wahr sein könnte. Später habe ich dann natürlich gemerkt, daß da doch seltsame Dinge passieren, aber – nun, man kommt ja gar nicht auf den Gedanken, daß tatsächlich etwas dahinterstecken könnte, und so beließ ich es dabei, mich zu wundern. Diese Dinge liegen doch so weit von allem entfernt, was wir als Norm akzeptieren! Da ich nichts über ihre Geschichte wußte, habe ich auch keinen Verdacht geschöpft. Erst meine Arbeiten am Sommerhaus haben mir die Augen geöffnet, die Sache zumindest klarer gemacht. Ich wußte dann, was für ein Geist sie war, und ich wußte auch, daß ich meines Lebens nicht mehr sicher war, wenn ich mit ihr unter einem Dach blieb. Wenn Du doch nur hier wärst! Bitte, Dave, komm zu mir. Bring Shelagh mit. Wenn sie nicht kann, komm allein. Ich brauche Hilfe, und ich brauche sie bald, wenn ich nicht wahnsinnig werden soll.

Mein Gott, wie niederdrückend das alles klingt, was ich geschrieben habe! Aber was sonst könnte ich in dieser Lage schreiben? Ich tröste mich damit, daß morgen alles vorbei sein und der Vergangenheit angehören wird. Und dann muß ich nur noch mit mir selbst wieder ins reine kommen. Ich weiß, daß es die richtige Entscheidung ist, diesem Ort schleunigst den Rücken zu kehren. Es ist sogar die einzig richtige Entscheidung, wenn ich überleben will. Eines ist ganz sicher – ich bleibe nicht dort und lasse sie mit mir machen, was sie mit ihm gemacht hat.

Ich habe gerade noch mal durchgelesen, was ich geschrieben habe. Es klingt so schrecklich verworren. Möge Gott mir beistehen. Vielleicht schicke ich den Brief gar nicht ab. Ich muß mir alles noch mal durch den Kopf gehen lassen.

Ich muß aufhören. Dad schleicht um mich rum. Gerade hat er gefragt, wem ich denn schreibe. Er sieht sehr beunruhigt aus. Ich glaube, ich hätte Dir besser heimlich geschrieben. Egal ...

Bitte, Dave, schreib mir bald. Oder noch besser, komm zu mir. Ich brauche Dich.

Dein Colin

So war das also. Kurz nachdem er den Brief geschrieben hatte, muß er zu Elizabeth Barton gefahren sein und sie um Hilfe gebeten haben ...

Ich faltete den Brief zusammen und steckte ihn wieder in die Jackentasche. Er enthielt nicht viel, was ich nicht schon wußte oder mir zusammengereimt hatte. Oder doch? Mir kamen Zweifel. Was hatte Colin geschrieben? Ich zog den Brief wieder aus der Tasche und fand sofort die Stelle wieder, die mich stutzig machte: *Eines ist ganz sicher – ich bleibe nicht dort und lasse sie mit mir machen, was sie mit ihm gemacht hat.* Was hatte Helen getan? Und mit wem? Und was steckte hinter dieser Passage über das Sommerhaus? Was meinte er damit? *Meinte er De Freyne ...?*

Später, noch im Zug, las ich den Brief noch einmal kurz durch. Es half mir nicht weiter, verschaffte keine weitere Klarheit. Außer der erschütternden Erkenntnis, in welch einem aufgelösten, gequälten Zustand Colin gewesen war, als er ihn geschrieben hatte. Mir fiel ein, daß mein Vater ihn gelesen hatte, und ich fragte mich, wie er wohl darauf reagiert hatte. Wie hatte er sich gefühlt, als er feststellen mußte, daß die letzten geschriebenen Worte seines Sohnes, ihn, seinen Vater, fast wie einen Fremden darstellten ...?

Nach der Ankunft des Zuges in Reading holte ich den Mietwagen vom Parkplatz und fuhr zum Krankenhaus. Ich war kaum einige Sekunden bei Shelagh, als sie mich – schon wieder – fragte, wo ich mit meinen Gedanken sei und was mir durch den Kopf ginge. »Nichts geht mir durch den Kopf«, sagte ich. »Warum fragst du?«

»Weil du meinen Koffer vergessen hast.«

In Helens Studio fand ich eine Flasche Terpentin und einen Beutel Baumwollwatte und nahm beides mit in Colins und Helens Schlafzimmer. Dort machte ich mich daran, die neu auf die Bilder aufgetragene Farbe zu entfernen. Ich wollte nicht, daß Shelagh die Gemälde in diesem verunstalteten Zustand sah. Zu meiner Erleichterung war es nicht schwer, die Farbe abzuwischen – sie hatte nicht genug Zeit gehabt, richtig trocken zu werden. Nach zehn Minuten war ich fertig. Die barbarische, geschmacklose Schmiererei war verschwunden. Da waren keine Rosen mehr, wo vorher keine gewesen waren; der Schatten der Birke war wieder nichts als ein Schatten; das Haar der Frau hatte seine ursprüngliche Farbe wieder; die unheilvolle Elster war wieder zum lieblichen, romantischen Rotkehlchen geworden.

Als ich mir die Hände wusch, fing es an zu regnen. In den letzten Tagen gingen für meinen Geschmack zu viele Schauer nieder. Später stellte ich fest, daß es in meinem Schlafzimmer durch die Decke tropfte – genau auf die zurückgeschlagene Decke meines Bettes. Es hatte sich schon ein großer feuchter Fleck gebildet. Ich starrte einen Augenblick auf den Fleck, dann machte ich das Licht aus und ging hinüber zu Colins und Helens Schlafzimmer. Dort tropfte es nicht von der Decke. Die Bilder waren noch so, wie Helen sie gemalt hatte. Und auf dem großen, bequemen Bett lag eine weiße Rose.

Im Badezimmer putzte ich mir die Zähne, wusch mich gründlich und ging zurück ins Schlafzimmer. Der Duft der Rose war stärker als vorher.

Ich spürte es sofort, als sie ins Zimmer kam. Ich hörte nichts, sah nichts – aber ich wußte sofort, daß sie da war.

Sekundenlang erstarrte ich in der Bewegung, aus meinen Schuhen zu schlüpfen. Bewegte keinen Muskel. Spürte das schnelle, heftige Schlagen meines Herzens. Hörte mein heftiges Atmen.

Mit zitternden Fingern ließ ich den zweiten Schuh auf den Teppich fallen. Wenn sie hierbleiben und mich beobachten wollte, konnte ich nichts daran ändern.

Und sie *sah* mir zu. Ich spürte es. Wußte es. Sie sah mir dabei zu, wie ich mich auszog. Und ich merkte auf einmal, daß ich mich nicht beeilte – im Gegenteil, ich verlangsamte meine Bewegungen. Ich fühlte keinerlei Scham oder Scheu. Ich beobachtete meine zitternden Hände dabei, wie sie den Gürtel öffnete und die Hose abstreiften. Ich fand es plötzlich unglaublich aufregend, daß mir eine fremde, unsichtbare Frau bei jeder meiner Bewegungen zusah. Mich beobachtete, wie ich meine Hose über den Stuhl legte; wie ich langsam, träge meine Strümpfe abstreifte; wie ich lasziv das Hemd aufknöpfte und aus den Ärmeln schlüpfte. Vor dem Spiegel der Frisierkommode zog ich langsam das Unterhemd über den Kopf. Stand nur noch in der Unterhose da. Und sie beobachtete mich.

Meine Hände bebten, aber nicht, weil ich fror. Angst? Aufregung? *Erwartung?* Ein Teil meines Selbst, mein Verstand, schrie auf, daß ich verrückt sein mußte, eine solche Show der Ermutigung abzuziehen, während ein anderer Teil, mein sexuelles Empfinden, sich irrsinnig angesprochen fühlte, geradezu darin schwelgte, halbnackt vor einer unsichtbaren Zuschauerin zu stehen.

Ich wartete noch einen Moment, dann schob ich die Daumen unter das Gummiband der Unterhose und streifte sie ab. Ich richtete mich auf, und mein Geschlechtsteil wurde zu einer Gallionsfigur, ragte stolz empor, und ich verspürte keinerlei Scham, die mein Verstand mir eigentlich gebot.

Ich beobachtete mich selbst im Spiegel – und spürte die ganze Zeit, daß ihre Augen auf mich und meine Nacktheit gerichtet waren. Es kam mir vor, als ob ich mich zum ersten Mal nackt sehen würde. Ich war kein Mann mit Hinkebein. Nein, mein Körper war schön, ohne Makel. Aus diesem Blickwinkel war mein Körperfehler nicht zu erkennen. Man konnte sich kaum vorstellen, daß es ihn gab. Ich war makellos. Perfekt.

Ich wollte sie nicht ansprechen, diese Frau, die mich so lüstern und gierig betrachtete. Ich wollte es ihr nicht leicht machen. Und ich konnte mich auf diese Weise aus der Verantwortung stehlen – ich konnte *so tun,* als ob ich allein wäre, wenn ich denn ihre Anwesenheit ignorieren oder nicht wahrhaben wollte.

Ich ging langsam, ganz gerade auf meinen vollkommenen Beinen, zum Bett, machte das Licht aus, legte mich hin und zog die Bettdecke bis zu den Hüften hoch.

Und wartete.

Ich wußte, daß sie zu mir kommen würde. Fürchtete mich davor. Wünschte es mir. Ich schloß die Augen und wartete auf ihre Berührung.

Als sie schließlich kam, hatte ich schon gedacht (erleichtert...? enttäuscht...?) daß ich mich geirrt hatte, daß ich allein im Zimmer wäre. Nein, ich war nicht allein. Sie war bei mir.

Ihre Berührung war wie ein Hauch, und ich war mir nicht sicher, ob es überhaupt ihr Streicheln war. Aber ein paar Sekunden später gab es keinen Zweifel mehr. Ihre Fingerspitzen fuhren über meine Schultern, meine Brust, die Linie der Haare hinunter zu meinem Nabel. *Ja!* wollte ich schreien. *Ja! Ja!* Ich war nicht mehr ich selbst. Ich war jemand anders. *Ja! Ja!* Ich spürte, daß sie die Decke von meinem Unterkörper und den Beinen zog. Völlig nackt lag ich da. Ihre Zunge, feucht, weich, warm, liebkoste meine Wade, mein Knie, kam höher, zu den Oberschenkeln, höher... Ihr Mund... Und ihre Hände überall auf meinem Körper, süß, erschauernd. Ihre Küsse, ... wild, feucht, erregend. Ich drängte ihr meinen Körper entgegen, wollte mehr von ihr spüren, mich mit ihrem Körper vereinen, und meine Hände suchten sie, griffen gierig nach ihr, erfaßten sie. Und wir begannen unsere wilde, heiße, fiebrige Schlacht – eine Schlacht, die bis tief in die Nacht hinein tobte. Eine Schlacht, aus der wir beide als Sieger hervorgingen. Und in der Ekstase die Belohnung war.

26

Nachdem ich am nächsten Morgen gründlich geduscht und mich angezogen hatte, packte ich Shelaghs Handkoffer und fuhr los.

An der Straßengabel am Fuß des Hügels bog ich links ab und fuhr zum Haus der Timpsons. Es war jedoch niemand im Hause, und so hinterließ ich eine Nachricht, daß das Dach im Cottage undicht sei, und bat darum, jemanden zu besorgen, der es reparieren könne. Dann fuhr ich weiter zum Krankenhaus.

Shelagh wartete schon ungeduldig auf mich. Sie saß im Morgenmantel auf dem Bett. Ich umarmte und küßte sie, dann zog ich mich ins Wartezimmer zurück, bis sie angezogen war.

Auf der Fahrt zum Cottage verstrickte ich mich wieder in meine Gedanken. Ich kam nicht darüber hinweg, was in der vergangenen Nacht geschehen war (war das wirklich *ich* gewesen?) – und ich sah mich auch mit der unerfreulichen Tatsache konfrontiert, daß ich Shelagh zu einem Ort zurückbrachte, an dem ein Geist lauerte, der versucht hatte, ihr Böses anzutun. Derselbe Geist, der im Dunkel zu mir gekommen war; diese Frau, in deren Umarmung ich eine so glühende Leidenschaft wie noch nie vorher in meinem Leben empfunden hatte. Ich fühlte wieder ihr zärtliches Streicheln auf meiner Haut, spürte ihre Küsse, die Berührung gleitender, sich windender, ineinander verschlungener Glieder, und lebhaft dachte ich wieder an mein blindes, verzehrendes Begehren, an die Obszönitäten, die ich ausgestoßen hatte, leise zuerst, dann, unter ihrer Ermunterung *(Ja! Ja! Oh . . . Gut! Gut!)* und meiner zunehmenden Hemmungslosigkeit schließlich schreiend – fordernd, lustvoll, ohne jede Scham, ohne jede Zurückhaltung.

Du darfst nicht daran denken, befahl ich mir. Du darfst nicht . . . Es darf nie wieder passieren. Und es wird nie wieder passieren. Ich war fest entschlossen . . .

Statt dessen mußte ich daran denken, wie ich sicherstellen konnte, daß Shelagh nichts Böses geschah. Ich hatte mit dem Gedanken gespielt, uns ein Zimmer in einem Hotel zu nehmen, aber das war nicht möglich, ohne eine Reihe von Fragen bei

Shelagh zu provozieren. Und ich konnte ihr doch nicht sagen, was im Cottage vor sich ging. Was ich herausgefunden und erlebt hatte. Würde sie mir überhaupt glauben? Ich bezweifelte das. So waren wir also zurück auf dem Weg nach Hillingham, nach Gerrards Hill, aber ich war fest entschlossen, nicht mehr lange dort zu bleiben. Höchstens drei Nächte. Am Dienstag würden wir zurück nach New York fliegen. Früher ging es nicht. Ich brauchte den Montag noch, um auf der Bank den Verkauf des Cottage zu regeln ... Also nur drei Nächte und drei Tage. Und in dieser Zeit würde ich dafür sorgen, daß Shelagh sicher war. Ich würde auf sie aufpassen, sie nicht aus den Augen lassen ...

Als wir im Cottage ankamen, stießen wir auf eine Jean Timpson, die bestens auf unsere Trauung vorbereitet war. Unter ihrer Schürze trug sie einen violetten Hosenanzug, der vor ›Sonntagsstaat‹ strotzte. Sie brachte Tee ins Wohnzimmer und setzte sich zu uns. Schließlich schaute Shelagh auf die Uhr, und das veranlaßte mich zu der Frage: »Wieviel Zeit haben wir noch?«

»Du fragst das in einem Tonfall, als ob du dich nach dem Zeitpunkt der Hinrichtung erkundigst«, sagte Shelagh lächelnd. Mir aber lief eine Gänsehaut über den Rücken.

Kurz danach gingen wir drei unter dem Rosenbogen hindurch zur Straße, wo ich den Wagen abgestellt hatte. Shelagh trug ein langes, sommerliches, zitronengelbes Kleid mit Spitzenkragen. Sie sah wunderschön aus.

»Halt!« rief sie plötzlich, als wir in den Wagen steigen wollten. »Ich muß doch ein Bouquet im Arm halten, zum Donnerwetter! Und du mußt ein Knopflochsträußchen tragen.«

»Eine Blume im Knopfloch«, übersetzte ich für Jean Timpson, die sofort sagte, daß sie das erledigen würde. Glücklich strahlend, daß sie sich nützlich machen konnte, lief sie zum Haus zurück, um eine Schere zu holen. Nach ein paar Minuten war sie wieder zurück und überreichte Shelagh einen wunderschönen Strauß aus weißen und gelben Rosen. Sie hatte auch an eine Stecknadel gedacht und befestigte eine herrliche weiße Rose an meinem Revers. Sich selbst steckte sie auch eine solche Blüte an den Aufschlag der Jacke. »Jetzt haben wir's«, sagte

Shelagh lächelnd und schaute uns prüfend an. »Jetzt kann's losgehn.« Ich zögerte einen Moment. Die weißen Rosen beunruhigten mich – sie waren *ihr* Symbol, die da unsichtbar im Haus lauerte. Dann schüttelte ich die bösen Ahnungen ab. Ich durfte es nicht zulassen, daß dieser Tag des Glücks getrübt wurde.

Die Zeremonie war im Nu vorbei, und ich verstand jetzt die Paare, die auf *große* Hochzeiten in Kirchen mit herausgeputzten Gästen, stimmungsvollem Gottesdienst, zu Herzen gehenden Ritualen, Chorknaben und Konfettiregen Wert legen. Auch ich empfand, daß eine so bedeutungsvolle Veränderung im Leben zweier Menschen eigentlich durch ein feierliches Zeremoniell herausgeschoben werden sollte. Sogar *müßte.* Empfand Shelagh das auch so? Sie zeigte es jedenfalls nicht. Sie sah sehr glücklich aus. Als wir zur Rückfahrt nach Hillingham wieder ins Auto stiegen, fiel allerdings ein Schatten über ihr strahlendes, glückliches Lächeln. Sie betrachtete ihr Bouquet und seufzte. »Was ist los?« fragte ich, sah aber dann selbst den Grund für ihre Trauer. Ich erschrak, und mein Herz schlug schneller: Die weißen Rosen in ihrem Schoß waren nur noch schlaffe, welke, tote Gebilde. Shelagh murmelte leise: »Sie sind verwelkt . . . nach so kurzer Zeit . . .«

Die gelben Rosen waren noch so frisch wie vorher. Und auch die weißen Rosen an meiner und Jean Timpsons Jacke . . .

Auf Gerrards Hill fuhr ich den Wagen in die Einfahrt bis vor das Haus, und Jean Timpson und ich stiegen aus. In diesem Moment kam eine Horde Jugendlicher in schwarzen, metallverzierten Lederjacken auf Motorrädern die Straße hinunter und donnerte an uns vorbei. Als sie unsere Blumen an den Jacken sahen, johlten sie uns spöttische Bemerkungen zu. Aber das machte mir nichts aus. Was diese Typen aus ihren stumpfen, leeren Gehirnen hervorholten, konnte den Panzer meines Glückes, der mich so fest umschloß, nicht durchdringen. Ihre dummen, hirnlosen Beleidigungen ließen mich kalt. Ich hatte gegen andere Dinge anzukämpfen als gegen diese erbärmlichen Trottel. Jean Timpson aber fühlte sich von ihrem wüsten Verhalten direkt betroffen. Sie schaute den mit aufdringlichen Emblemen bestickten Lederrücken nach, bis sie hinter der Wegebiegung verschwanden, und schüttelte angeekelt den Kopf. »Flegel«, schimpfte sie. »Nicht aus unserer Gegend. Aus London oder Reading, nehm' ich an. Machen das, was sie für 'nen ›*Spaß-Trip*‹ halten. Widerliche Kerle.«

»Vergessen Sie sie«, sagte ich, »solche Leute sind unwichtig.« Shelagh war, wie ich sah, auf die Fahrerseite gerutscht. »Willst du irgendwo hinfahren?« fragte ich.

»Ins Dorf.« Sie hob die Hand, als ich zur anderen Seite ging und einsteigen wollte. »Nein, mein Herr, ich möchte alleine fahren.«

Ich konnte nichts machen. Ich wollte sie nicht aus den Augen lassen, aber ich konnte sie nicht aufhalten. Sie ließ den Motor aufheulen und fuhr los, den Hügel hinunter, und ich schaute ihr nach, bis der Wagen aus meiner Sicht verschwand . . .

Ich hätte mich nicht zu beunruhigen brauchen. Nach einer Viertelstunde war sie schon wieder zurück. Unter dem Arm trug sie ein Päckchen.

»Was hast du da?« fragte ich.

»Eine Überraschung.«

»Für mich?«

»Vielleicht.«

Sie saß am Klavier. »Ist es nicht herrlich?« sagte sie und ließ den armen Beethoven im Grab rotieren.

»Meinst du dein Spiel?«

»Na ja, das natürlich auch – vor allem aber, daß man so laut sein darf, wie man will, und keiner hört es.«

»*Ich* höre es.«

Zunächst ignorierte sie diese spitze Bemerkung, dann sagte sie geduldig: »Ich meine Leute draußen. Nachbarn.«

»Sie haben Glück«, stimmte ich zu.

Sie warf mir einen mißtrauischen Blick zu. »Ich meine, es ist nicht so wie in irgendeinem Apartment in der Stadt, wo die Leute an die Wand klopfen und rumschreien, man soll leiser sein.« Zur Untermauerung ihrer Theorie schlug sie eine Folge dröhnender Akkorde an – die Beethoven sicherlich so niemals notiert hatte – und schaute mich beifallheischend von der Seite an. Aber ich kauerte benommen in meinem Sessel, und mein Gesichtsausdruck gefiel der Künstlerin nicht. »Guck nicht so komisch«, sagte sie und spielte weiter. Meine Frau, die Pianistin. Sie überließ Beethoven wieder seiner verdienten Ruhe und wechselte von *Für Elise* zu einem Lied, dessen Text sie von einem der alten Notenblätter vor sich ablas:

O Liebling, mein Liebling, mein Liebling,
Wirst du mich auch immer lieben...?

Wir hatten einen entspannten, glücklichen Nachmittag verbracht. Shelagh hatte darauf bestanden, Krocket zu spielen, und so hatte ich die Sachen aus dem Schuppen geholt und mit ihr zusammen die Tore auf dem Rasen eingeschlagen. Der farbige Endpfahl war allerdings nicht aufzufinden, und es blieb uns nichts anderes übrig, als ein spitzes Pflanzholz, das wir bei den Arbeitsgeräten im Schuppen fanden, als Ersatz zu benutzen. Ich versuchte, Jean Timpson zum Mitspielen zu überreden, aber obwohl sie sichtlich erfreut und dankbar für die Einladung war, lehnte sie doch scheu ab und überließ es Shelagh und mir, den Kampf allein auszutragen. Als Zielwasser holten wir uns Gin-Tonics – nur einen kleinen für mich, ich hatte in letzter Zeit zu viel getrunken! – und versuchten, die Flüche, die sich aufgrund der bösartigen Behandlung durch den anderen wie von selbst ergaben, nicht zu laut werden zu lassen. Als das Spiel schließlich zu Ende war – Shelagh gewann, was vornehmlich auf ihre schamlose Auslegung der Regeln zu ihren Gunsten, teilweise sogar auf die völlige Mißachtung *sämtlicher* Regeln zurückzuführen war –, verstaute ich die Geräte wieder im Schuppen, und wir setzten uns ins Wohnzimmer und hörten uns Schallplatten an.

Jean Timpson hatte sich bei der Zubereitung des Abendessens selbst übertroffen, und wir genossen es sehr. Dann, nachdem sie uns den Kaffee serviert und abgewaschen hatte, wisperte sie uns ein verschämtes ›Gute Nacht‹ zu und ging nach Hause.

Jetzt saß Shelagh also am Klavier, und als die Uhr elf schlug, machte sich Shelaghs Gesangsvortrag noch disharmonischer. Ich gähnte dezent. Shelagh brach ab und wandte sich mir zu.

»David, willst du das Haus wirklich verkaufen?« Meine Andeutung hatte sie offensichtlich doch sehr beschäftigt.

»Nun ... Also ...« Ich stammelte. »Nun ja, es ist ... nicht das Richtige für uns ...«

»Warum nicht?«

»... Es gibt andere Häuser. An schöneren Orten. Wir werden uns umschauen. Wir finden bestimmt noch was Schöneres.«

Sie überlegte einen Moment, dann murmelte sie verständnisvoll: »Ich weiß warum.«

Ich sah sie scharf an. Stimmte das? Wußte sie wirklich, was hier vor sich ging? Wie konnte sie das wissen? »Es ist wegen der ... Assoziationen, nicht wahr? Colin ... und all die schrecklichen Geschehnisse und Erinnerungen.«

Ich war erleichtert. »Ja ...«, nickte ich. »So etwa ...« Ich konnte ihr nicht die Wahrheit sagen. Ich konnte ihr nicht sagen, daß dieses wunderschöne alte Haus einen rastlosen, unheilvollen Geist beherbergte – einen Geist, vor dem ich sie beschützen mußte, auch jetzt, in diesem Augenblick ... *Obwohl Helen tot ist, lebt sie in diesem Haus weiter,* würde ich ihr sagen müssen. *Sie möchte, daß du weggehst. Sie haßt dich.* Ja, ich konnte ihr das sagen – aber sie würde ganz sicher annehmen, daß ich endgültig reif für die Klapsmühle wäre.

»Hast du eigentlich mal überlegt«, fragte ich sie, »warum das Pferd mit dir durchgegangen ist?«

Ihre Miene verdüsterte sich bei der Erinnerung an die tote Stute. »Nein, ich habe keine Ahnung. Irgendwas hat sie erschreckt, nehme ich an.« Sie schüttelte den Kopf. »Ich weiß es wirklich nicht ... Irgendwie ist das immer noch ein Rätsel für mich ...«

Ich ging nicht weiter auf dieses Thema ein. »Ich war heute nicht an Colins Grab«, sagte ich dann.

»Nun, du hast dazu auch keine Zeit gehabt, oder?« Und sie fügte hinzu: »Hast du deshalb ein schlechtes Gewissen?«

»Ich muß morgen hin. Gleich morgen früh.«

»Ja ...« Sie lächelte. »Und jetzt laß diese trüben Gedanken. Heute ist schließlich dein Hochzeitstag.«

Ich stand auf und ging zu ihr, kniete mich vor sie hin, umfaßte ihre Hüfte. Sie strich sanft über die verblassende Narbe auf meinem sonnengebräunten Arm. »Tut es noch weh?«

»Nein, überhaupt nicht mehr.« Sie streichelte mein Haar, mein Gesicht. Geliebte Shelagh – sie war so voller Liebe, voller Zärtlichkeit.

»Ich verstehe jetzt, wie du dich fühlst, weißt du«, sagte sie leise. »Aber es ist alles vorbei, meinst du nicht auch? Es ist alles vorbei ... Die Sache mit Colin und Helen ... und dieser ganze ... Horror ...«

»Ja ... vorbei«, murmelte ich. *Vorbei* – wie sehr wünschte ich, daß es so wäre. Aber es war keinesfalls alles vorbei. Und der Horror war viel schlimmer, als Shelagh sich es jemals würde vorstellen können. Im Dickicht drüben, unter der Erde, die ich so hastig wieder zusammengescharrt hatte, lag die Leiche eines Mannes. Und wenn ich Colins Aussagen in seinem Brief glauben konnte, so mußte ich mir sagen, dann war diese Leiche ein Beweis dafür, daß Helen nichts davon abbringen konnte, das zu bekommen und zu behalten, was sie bekommen und behalten wollte ...

»Ich bin müde«, sagte Shelagh und unterbrach damit meine Gedanken. »Laß uns ins Bett gehen.«

»Geht es dir gut ...?«

Sie legte die Hand an die Schläfe. »Ein bißchen Kopfweh, sonst nichts.«

»Mein armes Mädchen ...«

Ich ließ sie für einen Moment allein und ging nach oben. Timpson hatte wegen des undichten Daches noch nichts unternehmen können, so daß Shelagh und ich die Nacht in Colins und Helens Schlafzimmer verbringen mußten. Ich schaute mir das Zimmer an. Es war alles in Ordnung. Keine Rose auf dem Kopfkissen. Ich hatte die Betten am Morgen frisch bezogen, und die Kissen und Bezüge waren noch unberührt. Später brachte ich Shelagh zu Bett. Ich schärfte ihr ein, sie solle rufen, wenn sie irgend etwas brauche, und ging wieder nach unten.

Im Wohnzimmer machte ich mir einen Drink, saß nachdenklich an ihm nippend eine Weile da, dann schlich ich wieder die Treppe hoch und sah nach Shelagh. Sie schlief fest, wie ich im Schein des Treppenhauslichtes feststellen konnte. Ich ließ die Tür angelehnt und ging zu meinem Sessel und meinem Scotch zurück. Die alten Fragen, Zweifel und Befürchtungen malträtierten wieder mein Gehirn. Ich schaffte es nicht, an etwas anderes zu denken. Girlie kam aus der Küche geschlichen und sprang auf meinen Schoß. Mechanisch streichelte ich ihr weiches Fell. Und schloß die Augen ...

Ich konnte höchstens fünf Minuten geschlafen haben, als ich aufschreckte.

Shelaghs Schreie gellten durch das Haus.

Ich raste die Treppe hoch und riß die Schlafzimmertür weit auf. Die Nachttischlampe brannte. Shelagh saß aufrecht am Kopfende des Bettes, die Bettdecke in panischer Angst bis zu den Schultern hochgezogen. Aus ihrem offenen Mund drang ein entsetztes Keuchen.

Ich sah sofort, warum. Ein Blick genügte.

Auf einem der Pfosten am Fußende des Bettes saß eine riesige Ratte.

27

Die Spinne, die regungslos in der Einkerbung des *L* sitzt, ruft sofort wieder die Erinnerung an die Ratte wach – wohl weil beide Tiere, ob begründet oder nicht, bei vielen Menschen panische Angst hervorrufen können. Auch eine Reihe anderer Tiere – meistens Insekten – wirken auf viele Menschen abstoßend, oft sogar bedrohlich: Motten, Ameisen, Spinnen – wobei Spinnen mit ihren acht Beinen, so glaube ich aus dem Biologieunterricht in Erinnerung zu haben, nicht zu den Insekten zählen. Jedenfalls, ob Motten, Ameisen, Spinnen, ich habe vor diesen Tieren nie Angst gehabt oder mich vor ihnen geekelt.

Diese Ratte aber – das war etwas anderes.

Ich erinnere mich, auch jetzt noch, sehr genau an den irren Schreck, an den Schauder der Angst und des Ekels, der mich überfiel, als ich sie da auf dem Bettpfosten hocken sah, unbeweglich, wie aus Stein gemeißelt, die glänzenden Stecknadelaugen starr auf Shelaghs entsetztes Gesicht gerichtet.

Einige Sekunden lang war ich selbst wie zu Stein erstarrt, dann griffen meine zitternden Hände nach einem Buch auf der Kommode, und ich schleuderte es mit aller Kraft gegen das widerliche Biest.

Ich traf nicht. Mit knatternden Seiten knallte das Buch auf den Teppich. Die Ratte starrte mich noch einen Moment an, sprang vom Pfosten, fiel als glänzender brauner Strich auf den Boden, kam federnd auf den Füßen auf und huschte unter das Bett. Ich ließ mich auf Hände und Knie nieder und schaute nach ihr. Unter dem Bett war nichts zu sehen.

»Sie ist weg«, sagte ich zu Shelagh und drückte ihren zitternden Körper an mich. »Sie ist weg . . .«

Ich fand viele andere tröstende Worte und überzeugende Argumente, daß das Biest nicht mehr wiederkommen würde, aber Shelagh war durch nichts zu bewegen, noch eine Minute länger in diesem Zimmer zu bleiben. Schließlich brachte ich sie nach unten und richtete ihr auf dem Sofa im Wohnzimmer ein Behelfsbett. Ich bestand darauf, daß sie eine der fast schon vergessenen Schlaftabletten nahm, und als sie sich hinlegte, setzte ich mich ans Kopfende des Sofas und hielt ihre Hand. Ihre Tränen waren versiegt, aber ihre Hand zitterte immer noch und fand lange keine Ruhe. Endlich ging ihr Atem regelmäßiger, und sie schlief ein.

Ich zog meinen Sessel neben das Sofa, setzte mich, legte die Beine auf einen Hocker und deckte mich mit einer Wolldecke zu. Ich schlief nicht – ich wachte über Shelagh, meine Frau. Und ich flüsterte in das schwache Licht der Stehlampe:

»Nun, Helen, du wolltest nicht, daß Shelagh und ich heute nacht zusammen sind, und du hast erreicht, was du wolltest.« Und nach einer Pause: »Aber es wird nicht immer so sein.« Gespannt wartete ich auf eine Reaktion. Ein Atmen? Ein leises Lachen? Nichts. Nur Stille.

Jean Timpson kam sehr früh am nächsten Morgen, und ich erzählte ihr, was geschehen war. Sie warf mir einen zweifelnden Blick zu. Es hatte mal, erinnerte sie sich, eine Mäuseplage im Haus gegeben – aber Ratten? Nein, niemals.

Ich saß bei ihr in der Küche, während sie mein Frühstück richtete. Shelagh schlief noch auf dem Sofa im Wohnzimmer. »Lassen wir sie noch schlafen«, sagte ich. »Sie braucht Ruhe nach dem scheußlichen Erlebnis der vergangenen Nacht.«

Nach dem Frühstück ging ich in den Garten und schnitt einen großen Strauß Kornblumen. Ehe ich zum Friedhof aufbrach, ließ ich mir von Jean Timpson versprechen, daß sie gut auf Shelagh aufpassen würde, und nachdem dieser Punkt zu meiner Zufriedenheit geklärt war, machte ich mich auf den Weg zum Dorf. Das Auto ließ ich stehen; der Gang zu Fuß würde mir guttun. Shelagh war bei Jean Timpson in besten Händen, darauf konnte ich mich verlassen. Ich war inzwischen fest von ihrer Rechtschaffenheit und Verläßlichkeit überzeugt.

Und von etwas anderem war ich ebenfalls fest überzeugt: Shelagh und ich mußten das Cottage *heute noch* verlassen. Das schreckliche Vorkommnis der vergangenen Nacht machten das unausweichlich klar ...

Als ich mich dem Friedhof näherte, sah ich zu meiner Überraschung mehrere Autos vor der Friedhofsmauer stehen. Das war seltsam, denn sonst war dieser Ort eine Oase der Ruhe und des Friedens, in der für Autos kein Platz war. Am Eingangstor drängte sich ein Haufen Leute zusammen. Eine Hochzeit in der Kirche, dachte ich. Oder eine Beerdigung ... Aber es war Sonntag, da gab es keine Begräbnisse. Andererseits sahen die Leute aber auch nicht wie Kirchgänger aus, dafür waren sie nicht fein genug angezogen. Über die Köpfe der Leute hinweg sah ich auf der anderen Seite der Mauer, links vom Eingang, eine Gruppe sehr offiziell aussehender Männer stehen, unter ihnen auch mehrere Polizeibeamte. Sie standen an Colins und Helens Grab.

Ich lief zum Eingang und drängte mich durch die Menge der Gaffer, wurde aber am Tor von einem jungen Polizeibeamten aufgehalten, der mir sagte, es täte ihm leid, aber es dürfe niemand in den Friedhof. »Was ist denn passiert?« fragte ich. Ich schaute zu der Gruppe der Offiziellen hinüber und sah, daß Doktor Reese bei ihnen stand. Er blickte im selben Moment zu mir herüber, erkannte mich und kam zu mir.

»Das geht in Ordnung«, sagte er zu dem jungen Polizisten und führte mich am Arm nach rechts in den Friedhof hinein, weg von der Gruppe an Colins und Helens Grab. Wir blieben schließlich stehen, und ich sah es seinem ernsten Gesicht an, daß irgend etwas Schlimmes passiert sein mußte – etwas sehr, sehr Schlimmes. Er sah auf die Blumen in meiner Hand, seufzte und sagte: »Gehen Sie wieder nach Hause, David.«

Ich starrte ihn sprachlos an.

»Sind Sie mit dem Wagen da?« fragte er.

»Nein, zu Fuß.«

»Okay, ich fahre Sie zurück.«

»Ich bin doch gerade erst angekommen.«

Er schüttelte den Kopf. »Sie können nicht hier bleiben ... Wirklich nicht ...«

»Was zum Teufel ist passiert?«

Er gab keine Antwort, und ich wollte an ihm vorbei zum Grab gehen. Ich sah zwischen den Beinen der Gruppe der Offiziellen hindurch, daß am Grab Erde aufgeschichtet war. Reese hielt mich am Arm fest.

»Geh'n Sie nicht da 'rüber.«

»Was ist los? Sagen Sie es mir endlich!«

Er sah mir fest in die Augen, zögerte, sagte dann:

»Jemand ... hat in der vergangenen Nacht ... den Sarg Ihres Bruders aufgebrochen ...« Seine Stimme zitterte.

»Und ...? Weiter!« sagte ich.

Er legte in einer beruhigenden Geste seine Hand auf meine Schulter. Ich schüttelte sie ab. »Sagen Sie mir doch endlich alles!« fauchte ich ihn an.

Er schüttelte den Kopf. »Nicht hier ...« Er faßte mich wieder am Arm, und ich ließ mich von ihm wegführen, zum Tor, durch die aufgeregt durcheinanderredende Menge der Dorfbewohner hindurch zu seinem Wagen neben der Friedhofsmauer. Wir stiegen ein. Ich hielt noch immer die Blumen in meinen schweißnassen Händen. Er steckte den Schlüssel in die Zündung, startete dann aber doch nicht.

»Die Polizei weiß ziemlich sicher, wer es getan hat«, sagte er.

»Eine Horde junger Leute – Hooligans –, die sich mit ihren Motorrädern gestern abend im Dorf rumgetrieben haben. Zogen in ihren Lederjacken von Pub zu Pub, machten überall Stunk. Die Polizei meint, daß sie auch für diese Freveltat verantwortlich sind. Obwohl man sich nicht vorstellen kann, warum sie so etwas machen sollten. Man kann sich ja aber oft nicht erklären, warum manche Leute die irrsinnigsten Sachen machen, nur um ihren Spaß zu haben. Die Schwierigkeit ist, daß man nicht weiß, wo diese Kerle herkamen. Aus London, meint man, nach ihrem Dialekt zu schließen ...« Er unterbrach sich. »Diese Geschichte macht mich *krank* ...«

»Haben sie sonst noch was gemacht? Außer, daß sie das Grab ... geöffnet haben ...?«

Er stieß einen Seufzer aus und schloß die Augen.

»Sie müssen es mir sagen. Ich muß es wissen.«

Eine dicke Pferdefliege brummte durch das offene Fenster herein, klatschte gegen die Windschutzscheibe, *pitsch, pitsch, pitsch,* dann fand sie den Weg nach draußen wieder und überließ uns unserem Schweigen. Schließlich sagte Reese:

»Sie ... wer auch immer ... sie haben nicht nur das Grab geöffnet ... Sie haben auch den Sarg aufgebrochen ... Und sie haben ...« Seine Stimme erstarb. Und dann vollendete er den Satz ganz schnell, hastig:

»Sie haben seinen Körper aufgeschnitten. Seine Brust.«

Er wandte den Blick ab. Seine Stimme wurde zum Flüstern.

»Und sie haben sein Herz herausgerissen.«

In Reeses Haus trank ich den Kognak, den er mir eingeschenkt hatte, mit einem Schluck. Als ich aufstand, um zu gehen, merkte ich, daß ich immer noch die Blumen in der Hand hielt. Ich legte sie auf den Tisch.

»Bitte«, sagte ich, »schmeißen Sie sie weg, ich will sie nicht mit ins Cottage nehmen und erklären müssen, *warum* ich sie wieder mit zurückgebracht habe.«

»Früher oder später wird das jeder erfahren«, sagte Reese.

»Eine so schreckliche Geschichte wie diese läßt sich nicht lange geheimhalten.«

Ich nickte. »Da haben Sie zweifellos recht.«

Natürlich erzählte ich nichts, als ich zurück ins Cottage kam. Mit ein bißchen Glück, so spekulierte ich, würde Shelagh nie etwas von dieser grausigen Sache erfahren. Und wenn Jean Timpson etwas hörte, was ziemlich sicher war, dann würde sie so etwas nicht an Shelagh weitererzählen – so viel Einfühlungsvermögen traute ich ihr zu. Je mehr ich Shelagh von den Horrorgeschehnissen um uns herum fernhalten und sie auf diese Weise beschützen konnte, um so weniger unglücklich würde ich sein. Also schwieg ich.

Und auch Shelagh schwieg. Sie wirkte sehr in sich gekehrt. Das widerliche Erlebnis der vergangenen Nacht hatte sie sehr mitgenommen, und da sie sich auch noch nicht völlig von ihrem Sturz erholt hatte, war sie psychisch doch recht angeschlagen.

»Ich bin bald wieder ganz in Ordnung«, sagte sie zu mir. »Es ist nur so, daß ich so was nicht so einfach ... abschütteln kann.«

Wir saßen im Wohnzimmer und tranken Kaffee. »Wir könnten heute abend irgendwohin ausgehen«, schlug ich vor. »Zum Essen ... irgendwo ...«

Sie nickte zustimmend. »O ja. Das wäre sehr schön.«

Aus ihrer bereitwilligen Zustimmung erkannte ich, daß auch sie nicht mehr *so* positiv über das Cottage dachte wie vorher. Wie konnte sie auch – nach dem, was gestern abend passiert war?

»Wir könnten doch auch über Nacht irgendwo bleiben.«

»Über Nacht?«

»Irgendwo in einem Hotel. Vielleicht in London. Nur für eine Nacht ...« Das war natürlich gelogen. Ich wollte *keine* Nacht mehr im Cottage verbringen. Aber im Moment war es am besten, so wenig wie möglich zu sagen. »Es ist noch früh«, fuhr ich fort, »wir kriegen bestimmt noch Karten für ein Konzert oder fürs Theater, danach gibt's ein festliches Essen, und wir übernachten in einem schicken Hotel.«

»Und kommen morgen hierher zurück . . .«

»Ja . . .«

»Du hast manchmal wirklich tolle Ideen.« Sie hatte keine Einwände, und ich war sehr froh darüber.

»Also los«, sagte ich, »dann wollen wir uns mal schön machen.«

Als ich aufstand, sah ich Timpson um das Haus herum zur Küchentür kommen. Ich ging ihm entgegen. Er hatte Dachziegel mitgebracht. Ich sagte ihm, wo es hereingeregnet hatte und überließ ihm alles Weitere.

Als ich im Badezimmer vor dem Spiegel stand und gerade den Rasierschaum vom Gesicht kratzte, klopfte Shelagh. Sie hielt ein hübsch in Geschenkpapier eingewickeltes Päckchen in der Hand. Ich wischte den vom Dampf des heißen Wassers beschlagenen Spiegel sauber und lächelte ihr Spiegelbild an, während ich mir das Gesicht abtrocknete. »Du siehst wunderschön aus«, sagte ich.

»Du auch.«

Sie kam auf mich zu, sah mir prüfend ins Gesicht und tätschelte mein glattrasiertes Kinn. »Ich komme leider zu spät«, sagte sie. »Das hier hätte nützlich sein können . . .« Sie deutete auf das Päckchen.

»Nützlich für was?« fragte ich, wartete aber nicht auf eine Antwort, sondern legte die Arme um sie und zog sie fest an mich. Nur das dünne Handtuch, das ich um die Hüfte geschlungen hatte, trennte meine Nacktheit von ihr, und ich preßte meine anwachsende Erregtheit fest gegen sie. Und küßte sie verlangend, dann trennten sich unsere Lippen, und wir lächelten uns an. »Mach nur so weiter«, sagte ich, »und es wird noch eine ganze Weile dauern, bis wir wegkommen.«

Sie lachte, schob mich sanft von sich. »Ich bin nicht hier reingekommen, um dich zu verführen. Sondern um dir das hier feierlich zu überreichen.« Sie streckte mir das Päckchen entgegen. »Ich wollte es dir eigentlich gestern schon geben.«

Ich nahm das Päckchen. »Im Moment wärst du mir als Geschenk lieber.«

»Nicht jetzt, du Schlimmer. Und hier drin ist sowieso schlechte Luft, man steht regelrecht unter Dampf.«

»Das kann man wohl sagen«, grinste ich sie an.

»So habe ich das nicht gemeint.«

Das rote Band um das Päckchen verrutschte, löste sich, ohne daß ich daran gezogen hatte. Sie sah es, schüttelte den Kopf und sagte: »Herrgott, ich dachte, ich hätte es fest genug verknotet.«

»Ich habe kein Geschenk für dich«, sagte ich zerknirscht. »Tut mir leid. Aber du kriegst später ein ganz tolles, darauf kannst du dich verlassen.«

»Fein«, lächelte sie und ging zur Tür. »Komm zurück zu mir«, sagte ich, aber sie kicherte: »Dann ist meine Unschuld stark gefährdet.« Und ging.

Ich lächelte noch vor mich hin, als ich das Papier von der Schachtel wickelte und den Deckel abhob. Das Geschenk war in mehrere Lagen aus weichem Seidenpapier eingewickelt, weiß mit kleinen, unregelmäßigen roten Sprenkeln. Ich schob meine Fingerspitzen durch das Papier. Sie stießen nicht auf hartes Porzellan, wie ich erwartet hatte, sondern auf ein weiches, gummiartiges Ding . . .

In dem Moment, als meine Finger das Ding umschlossen und hervorzogen, wußte ich, was es war. Und meinen Augen bot sich die Bestätigung für das irrsinnige Grauen, das mich überfiel.

In meiner Hand hielt ich ein menschliches Herz.

28

Ich krallte meine Hände um den Rand des Waschbeckens. Die Augen hielt ich fest geschlossen, versuchte, den entsetzlichen Anblick zu verdrängen, während in meinem Kopf schwarze und rote Wellen durcheinanderwirbelten, sich zusammenzogen, auseinanderrasten, sich blitzartig wieder zu einem grellen Punkt vereinigten. Hinter mir meinte ich einen Atemhauch zu hören, und ich dachte einen Augenblick, es wäre Shelagh. Nein, es war nicht Shelagh . . . Ich hatte Angst, mich umzusehen. Das *Ding* lag vor mir im Waschbecken, in das ich es entsetzt fallengelassen hatte. Ich drückte weiterhin krampfhaft die Augen zu, auch als Übelkeit in mir aufstieg und ich mich zur Toilette tastete, um mich zu übergeben.

Shelagh saß am Klavier. Sie hatte nichts gehört, und sie hörte mich auch nicht, als ich die Treppe runterschlich, sah mich nicht, wie ich aus dem Haus huschte, zum Werkzeugschuppen, um eine Maurerkelle zu holen.

Aber Timpson sah mich. Ich hatte ihn völlig vergessen, und als er mich vom Dach herunter ansprach, erschrak ich so, daß ich wie von der Tarantel gestochen herumfuhr. Ich zitterte immer noch, als er die Leiter herunterstieg und auf mich zukam. Er habe festgestellt, sagte er, daß auch auf dem Garagendach einige Ziegeln ausgewechselt werden müßten. »Okay«, sagte ich, »ich wäre Ihnen dankbar, wenn Sie das auch richten könnten.« Er fing an, mir in allen Einzelheiten die technischen Schwierigkeiten seiner Arbeit zu erläutern, während ich nur automatisch mit dem Kopf nickte wie eines dieser Maskottchen, die man hinter den Heckscheiben von Autos manchmal sieht. Ich frage mich heute noch, was er wohl von mir gedacht haben mag. Ich fühlte mich wie ein Zombie. Alle Gedanken konzentrierten sich auf den Wunsch, Timpson möge aufhören zu reden und weggehen. In der einen Hand hielt ich die Kelle. Und in der anderen Hand hielt ich, eingewickelt in Kleenex-Papier, Colins Herz.

Endlich ging Timpson zurück zu seiner Leiter, und ich lief in den Garten, weit nach hinten, wo ich außer Sicht des Hauses war. Vor einem Blumenbeet kniete ich mich hin und schaufelte mit der Kelle eine kleine Grube aus. Als sie tief genug war, hielt ich den Atem an und zwang meine zitternden Finger, das grausige Ding, das ich neben mir abgelegt hatte, in das Loch zu schieben. Auch nachdem ich es mit Erde bedeckt hatte, spürte ich noch, wie es sich in meiner Hand angefühlt hatte, feucht und wabbelig, zu eklig, zu widerlich, um darüber nachzudenken, was es war.

Ich klopfte die Erde fest, stand auf und schaute mich um.

Niemand schien mich gesehen zu haben. Ich brachte die Kelle zurück in den Schuppen und ging ins Haus.

In der Küche wusch ich mir die Hände, gründlicher als jemals zuvor, und ich rieb mit Papierhandtüchern noch an ihnen herum, als sie schon längst trocken waren. Ich stieß den Deckel des Mülleimers auf, um die verbrauchten Papiertücher wegzuwerfen, und jetzt fand ich, was von Shelaghs Hochzeitsgeschenk übriggeblieben war.

Zuerst erkannte ich nicht, was es war. Irgendwelche Porzellanscherben, dachte ich. Aber dann sah ich die Bemalung des Rasierbechers aus Pitkins Laden – und den gebogenen Hals des liebenden Schwans, Ledas Kopf . . .

Meine Hände zitterten, als ich die Scherben aus dem Eimer holte.

Im Wohnzimmer schaute Shelagh stirnrunzelnd auf die Fragmente ihrer Geschenke in meinen Händen.

»Ich habe nicht gewußt, daß ich so einen Schussel geheiratet habe«, sagte sie. Die Enttäuschung hinter ihrem Lächeln brach mir fast das Herz. Aber dann zuckte sie die Achseln. »Na ja, was macht's schon, wenn hin und wieder mal ein paar unschätzbare antike Kostbarkeiten kaputtgehen . . .?«

Als uns am Abend in der Royal Albert Hall die wundervollen barocken Klänge von Pachelbels *Kanon in D-Dur* umschmeichelten, spürte ich, daß Shelagh regungslos zuhörte. Sie war hingerissen, entrückt, glücklich. Ja, sie war in diesen Minuten glücklich, während ich mich von der Angst in mir nicht lösen konnte. Sie wußte nicht, was im Cottage vorging, wußte in ihrer seligen Unwissenheit nichts davon, wie nahe sie dem Tod gewesen war, wußte nichts von dem unbändigen Haß, der auch jetzt noch im Cottage auf sie lauerte. Wenn es irgendwie möglich war, würde ich sie in dieser seligen Unwissenheit lassen. Immer . . .

Ich hatte ihr keine Möglichkeit mehr zu weiteren Kommentaren gegeben und zum sofortigen Aufbruch gedrängt. Timpson hatte ich zur Weiterleitung an Jean gesagt, daß wir morgen nachmittag zurückkämen, und in diesem Glauben hatte ich auch Shelagh gelassen. Ich hatte ihr noch nichts von meiner Absicht erzählt, am Dienstag nach New York zurückzufliegen. Dazu würde sich sicher bald einmal die Gelegenheit bieten – irgendein geeigneter Augenblick. Ich wünschte mir den Zeitpunkt unserer Abreise sehnlichst herbei.

Neben der quälenden Angst vor Helen, die mich keinen Moment verließ, stieg mehr und mehr eine Welle des Zornes und der Wut auf sie in mir hoch. Ja, ich hatte schlicht und einfach eine irre Wut auf sie. Wegen all dem Bösen, das sie getan hatte, wegen all dem Elend, der Verzweiflung und dem Grauen, das sie hervorgerufen hatte. Und ich war voller ohnmächtiger Wut auf sie, weil sie mich dazu zwang davonzulaufen und weil sie uns aus dem Cottage vertrieb – aus *meinem unserem* Haus.

Vor dem Hintergrund meines Zornes begannen sich die Umrisse einer Idee in meinem Hirn abzuzeichnen, der Kerngedanke eines Planes, der immer festere Formen annahm, mein Denkvermögen voll beanspruchte und sich von den äußeren Geschehnissen um mich herum nicht beeinflussen ließ – nicht einmal von der wunderschönen Musik. Ich hatte eine Absicht, ein Ziel, würde endlich etwas unternehmen, würde agieren, nicht mehr nur reagieren. Das Violinkonzert von Bruch hatte begonnen, aber so schön es auch war, es drang nicht länger als für Bruchteile von Sekunden in mein Bewußtsein und konnte mich von der gedanklichen Entwicklung meines Planes nicht abbringen ...

Und dann war alles durchdacht, der Plan stand fest. Endlich gab es Hoffnung auf einen positiven Ausgang der ganzen Sache. Dieser Gedanke, diese Aussicht gaben mir Zuversicht. Gaben mir Kraft. Und diese Kraft, verbunden mit der erleichternden Erkenntnis, weit weg vom Cottage zu sein, versetzten mich in Hochstimmung. Mir wurde bewußt, daß ich ohne die widerliche Wärme, die mich im Cottage stets umfing, viel klarer denken konnte. Diese Wärme, von mir stets als so liebevoll, so positiv, so wohlig durchdringend empfunden, hatte wie eine Droge meine Vernunft und meine Sinne vernebelt. Und dasselbe hatte die körperliche Liebe bewirkt, die ich mit *ihr* so berauschend erlebt hatte ...

»Wie fühlst du dich?« fragte ich.

Wir hatten ein Zimmer in einem Hotel direkt hinter der Baker Street genommen, und jetzt, nach dem Essen, hielt ich Shelagh in der Sicherheit dieses Zimmers im Arm. Sie lächelte mich an.

»Oh, es geht mir gut. Großartig.«

»Keine Schmerzen? Kein Kopfweh?«

»Keine Schmerzen. Kein Kopfweh. Es geht mir rundum gut.«

Ich hatte die Vorhänge zur Seite gezogen, und der Schein der Straßenlaternen tief unter uns tauchte das Zimmer in ein diffuses, graues Dämmerlicht, verwischte gnädig seine unpersönlichen Konturen, milderte seine Kargheit. Ich zog Shelagh näher an mich, strich ihre Haare zurück.

»Ich habe es mir überlegt«, sagte ich, »laß uns am Dienstag nach Hause fliegen ...«

»... Okay ...«

»Ich glaube, es ist am besten so. Ich gehe morgen zu Mr. Jennersen von der Bank in Hillingham. Er soll sich um den Verkauf des Cottage kümmern.«

»Du hast dich also fest dazu entschlossen?«

»Ja ...«

»Okay. Wenn du es so willst ...«

»Wir gehen später einmal nach England zurück. Wenn alles, was uns jetzt belastet, vergessen ist. Wenn du es dann noch willst.«

Sie nickte in der Beuge meines Armes. »Ja. Wir suchen uns ein anderes Haus. *Unser* Cottage. Ein Haus für uns ganz allein. Nur für uns beide ...«

»... Was meinst du damit?«

»Wir waren doch nie wirklich *allein* im Cottage, nicht wahr? Das konnte ja auch nicht sein – bei all diesen ... Erinnerungen. Es ist ein schönes, ein wunderschönes Haus, aber ... ich habe es nie so empfunden, als ob es *unser* Haus wäre. Für mich war es immer so ... so voller Geister der Vergangenheit.«

Sie hatte die Augen geschlossen. Ihr Gesichtsausdruck zeigte nichts als Friede und Glück, wie ich im Dämmerlicht erkannte. Und in ihren Worten hatte keine Furcht mitgeschwungen – nur Traurigkeit.

»Ja«, flüsterte ich und legte meine Arme ganz fest um ihren Körper. So nahe wie jetzt wollte ich ihr immer sein. »Du hast recht. Es ist mir ganz egal, wo wir schließlich hingehen, wenn du nur bei mir bist. Und wenn du glücklich bist.«

»Und ich will auch nichts anderes, als mit dir zusammenzusein«, sagte sie leise mit dem Mund an meinem Ohr. »Ich liebe dich so sehr, Dave, mein Liebling . . .«

»Das ist gut. Es macht mich glücklich.« Ich küßte sie sanft.

Erst lange Zeit nachdem ich die Vorhänge zugezogen und die Straßenlaternen und den Nachthimmel ausgesperrt hatte und dann, noch später, erschöpft und glücklich neben ihr auf mein Kissen zurückgesunken war, drängten sich wieder die Gedanken an mein Vorhaben in mein Bewußtsein. Daran, was ich entschlossen war, morgen zu tun. Ohne Shelaghs Wissen.

Ihr Atem ging leise und regelmäßig neben mir. »Schläfst du . . .?« flüsterte ich.

Sie drehte mir den Kopf zu. »Fast«, antwortete sie schläfrig. »Warum . . .?«

»Ich muß noch mal zu meinem Vater, ehe wir nach New York zurückfliegen.« Ich wartete auf ihre Antwort, aber sie reagierte nicht. »Ich muß das morgen machen, sonst gibt es ja keine Möglichkeit mehr dazu.«

»Okay . . .«

»Ich will nur noch ein paar Dinge mit ihm regeln«, log ich weiter.

»Du mußt tun, was getan werden muß, Darling . . .«

»Ja . . . Macht es dir was aus, ein paar Stunden allein hier zu bleiben . . .?«

»Willst du nicht, daß ich mit dir gehe?«

Für die Absage meines Vaters zu unserer Trauung hatte ich ihr eine plausible Erklärung gegeben, und sie hatte sie nicht in Frage gestellt. Ich legte den Arm um ihren Körper. »Darling, ich gehe nicht zum Vergnügen zu ihm, sondern rein geschäftlich . . .«

Sie streichelte meinen Arm. »Ich werde mich schon beschäftigen können. Mach dir um mich keine Gedanken.« Und nach einer Pause fügte sie hinzu:

»Dave, mach dir wirklich nicht so viele Gedanken um deinen

Vater und mich. Meinst du denn, meine Gefühle wären verletzt, weil dein Vater anscheinend nicht bereit ist, mich mit offenen Armen als Schwiegertochter willkommen zu heißen ...? Ich verstehe das zwar nicht, aber es macht mir auch nicht *so* viel aus, wirklich nicht.«

Ich küßte sie auf die Nase.

»Bist du zum Mittagessen wieder zurück?« murmelte sie noch.

»Das weiß ich nicht. Wir sprechen beim Frühstück noch mal darüber. Schlaf jetzt.«

Als ich am nächsten Morgen das Hotel verließ, blieb sie lesend in der Hotelhalle zurück. Nach dem Frühstück hatten wir ein paar Travellerschecks eingelöst und in einem Reisebüro in der Nähe des Hotels unseren Rückflug nach New York für den nächsten Tag gebucht. Im Hotel hatte ich dann geregelt, daß wir das Zimmer eine weitere Nacht behalten konnten.

»Ich dachte, wir fahren zum Cottage zurück«, sagte Shelagh erstaunt.

»Das tun wir auch. Aber wir übernachten nicht mehr dort. Von hier kommen wir viel leichter zum Flughafen. Wir fahren nur noch mal zum Cottage, um unsere Sachen zu packen und zu regeln, was geregelt werden muß, dann fahren wir hierher zurück. Am besten wäre es sogar, wenn ich allein hinfahre und unsere Sachen hole. Dauert ja nicht lange. Du bleibst hier und schaust dir London ein bißchen an, die Chance solltest du nutzen.«

»Ohne dich macht mir das keinen Spaß. Ich gehe lieber mit dir.«

»Nun ja ... wir müssen das ja nicht jetzt gleich entscheiden.«

Eine Sache hatte ich jedoch schon definitiv entschieden: Wir würden keine Nacht mehr im Cottage bleiben – ich hatte deshalb ja auch schon das Hotelzimmer für eine weitere Nacht reservieren lassen. Und die Frage, ob wir den Plan – wir mußten ja auf jeden Fall noch einmal ins Cottage zurück! – auch *ohne Gefahr* für uns, vor allem für Shelagh, durchführen konnten, war für mich zu einer prinzipiellen Frage geworden. Diesem Prinzip mußte absoluter Vorrang bei der Realisierung meiner Absicht eingeräumt werden. Und alles hing davon ab, ob ich mit Elizabeth Bartons Freund, dem Exorzisten-Priester, in Verbindung treten konnte und ob er bereit und willens war, uns zu helfen ...

Ich ließ den Wagen auf dem Hotelparkplatz stehen und nahm ein Taxi nach Turnham Green zur Wohnung von Elizabeth Barton. Ihre Schwester öffnete die Tür. Ihr Verhalten bewies, so schien mir, daß Elizabeth Barton sie eingeweiht hatte; sie begrüßte mich freundlich-mitfühlend, sagte mir aber zu meiner Enttäuschung, daß ihre Schwester nicht im Hause sei.

»Sie arbeitet wieder. Ich habe ihr davon abgeraten, aber sie bestand darauf, wieder gesund genug dazu zu sein ...«

Das war's dann also. Alles umsonst geplant, dachte ich verbittert. Nicht zu ändern. Ich dankte der Frau und wollte mich verabschieden, als sie sagte:

»Aber warum rufen Sie sie nicht im Büro an? Kommen Sie rein. Das Telefon steht in der Diele ...«

Und so war ich zehn Minuten später im nächsten Taxi auf dem Weg zur Wohnung von Reverend Ian Rogers in Kensington. Elizabeth Barton hatte mir seine Anschrift und Telefonnummer gegeben.

Er öffnete schon nach dem ersten Läuten die Tür. Er hatte mich nach meinem Anruf bei ihm mit der Bitte um Anhörung zu meinem Problem bereits erwartet. In der Diele stellte er mich seiner hübschen jungen Frau vor und führte mich dann in ein geschmackvoll eingerichtetes Wohnzimmer. Er forderte mich auf, Platz zu nehmen.

Elizabeth Barton, erklärte er mir, hätte ihm schon einiges über die Angelegenheit erzählt ... Ich beobachtete ihn, während er sprach. Er war noch jung, höchstens ein paar Jahre älter als ich. Alle seine Bewegungen waren sachlich und zielgerichtet und zeugten von innerer Ruhe und Stärke. Im Verlauf der Jahre hatte sich bei mir die Meinung herausgebildet, daß die Haltung der meisten Pfarrer mit einer bestimmten Schwäche gleichzusetzen war, mit einer weichlichen Demut, in der sie ihre Religion als Zuflucht betrachteten, als sicheren Hafen vor den Härten des Lebens. Anders bei Reverend Rogers, so schien es. Seine

Haltung als Mann Gottes, das spürte ich instinktiv, war geprägt von Stärke und Sicherheit in seinem Glauben.

Ich erzählte ihm die ganze Geschichte, alles, auch von der Leiche, die ich im Dickicht gefunden hatte. Er hörte mir aufmerksam zu, meist schweigend, und er unterbrach mich nur, wenn er Fragen zum besseren Verständnis hatte. Als ich fertig war, saß er eine Weile nachdenklich da; dann sagte er:

»Und Sie möchten nun, daß ich dafür sorge, daß sie verschwindet . . .«

»Ja . . .«

Er seufzte leise.

»Ich bin nicht gerade begeistert von einer solchen . . . Arbeit. Ich habe schon einige Male Erfahrungen auf diesem Gebiet gesammelt, und die Aussicht, wieder einmal eine Aufgabe dieser Art zu übernehmen, beunruhigt mich . . .« Er lächelte bitter. »Ich habe keine Scheu, das zuzugeben.«

»Warum haben Sie dann zugestimmt, mich anzuhören?« fragte ich und gab mir Mühe, die Schärfe in meinem Ton nicht zu deutlich werden zu lassen.

»Ich wußte nicht, wie . . . *real* die Sache ist. Ich dachte, es wäre vielleicht eher eine . . . mentale Angelegenheit, hätte sich . . . nun ja, nur in Ihrem Kopf abgespielt.«

»In meinem *und* Elizabeth Bartons Kopf?«

»Nun, sie stand ja in letzter Zeit unter einer . . . beachtlichen Anspannung.«

»Ja. Und jetzt wissen Sie, warum.«

Er nickte. Schwieg nachdenklich. »Wissen Sie«, sagte er dann, »so eine . . . Arbeit ist nicht besonders erfreulich.«

Die Hoffnung, an die ich mich geklammert und die mir Schwung verliehen hatte, schwand dahin. Und ich verschwand auch am besten. Ich machte Anstalten aufzustehen, aber er hielt mich zurück.

»Andererseits glaube ich nicht, daß ich dazu da bin, nur erfreuliche Dinge zu erledigen. Die Arbeit, die in Gottes Namen getan werden muß, *ist* nicht immer erfreulich oder einfach. Da sind nicht immer Ruhm und Ehre und Trompetenschall und himmlische Chöre und dankbare Bekehrte, das können Sie mir glauben.« Er lächelte breit. »In Wirklichkeit sieht alles ganz anders aus . . .« Er nickte mehrmals vor sich hin. »Ich will alles tun, um Ihnen zu helfen.«

»Danke . . .«

»Wohnen Sie zur Zeit in London?«

»Ja. Ich habe meine Frau für ein paar Stunden im Hotel zurückgelassen.«

»Sehr gut. Halten Sie sie von diesem Haus fern, bis alles vorbei ist.«

»O ja, das habe ich fest vor.« Ich hatte ihm nicht *alles* erzählt. Er wußte nicht, daß wir morgen nach New York zurückflogen. Was ich letztlich von ihm erwartete war, das Cottage von dem Geist zu befreien, so daß Shelagh und ich später einmal sicher darin leben konnten.

»Wie lange brauchen wir, um nach Hillingham zu fahren?« fragte er.

»Können Sie gleich mitkommen?«

»Lassen Sie es uns doch sofort hinter uns bringen.«

»Wir brauchen mit dem Auto etwa eine Stunde«, beantwortete ich seine Frage. »Ich bin mit dem Taxi gekommen. Mein Wagen steht noch beim Hotel. Ich kenne mich nicht sehr gut in London aus.«

»Okay, dann nehmen wir meinen Wagen. Ich muß nur noch ein paar Sachen zusammensuchen.« Er stand auf und ging zur Tür. »Sie haben Glück. Gottlob habe ich keine anderen wichtigen Termine heute. Zumindest keine, die ich nicht absagen kann.« Nach ein paar Minuten kam er zurück. Er trug seine Jacke über dem Arm und hielt eine Aktentasche in der Hand. Als ich aufstand, sagte er:

»Elizabeth hat mir erzählt, daß sie bis jetzt in den Staaten gelebt haben.«

»Ja.«

»Sie haben nicht die Absicht, wieder zurückzugehen?«

Ich konnte ihn nicht anlügen. Jetzt nicht mehr.

»Doch. Wir fliegen morgen . . .«

»Für immer?«

»Das weiß ich noch nicht. Aber wenn wir zurückkommen, dann nicht, um im Cottage zu leben. Ich werde es verkaufen.«

»Warum . . . warum ist es dann so wichtig für Sie, daß das Haus vom . . . Geist ihrer Schwägerin befreit wird? Wenn Sie so bald England verlassen und das Haus verkaufen, dann kann es Ihnen doch egal sein, oder nicht?«

». . . Andere Leute werden das Haus kaufen und darin leben. Sie wären genauso . . . gefährdet wie wir. Sie müssen in dem Haus . . . sicher sein.«

Ich gebe zu, das war natürlich gelogen. Warum sollte ich um das Wohl anderer Leute besorgt sein? Mir ging es um Rache. *Mein ist die Rache,* hatte Gott gesagt. Aber es sollte auch *meine Rache* sein.

Sie hatte Leben vernichtet, und ich würde *sie* vernichten.

29

»Weiß Ihre Frau, was Sie gerade unternehmen?« fragte Rogers, während er den Wagen in die Auffahrt zur Autobahn lenkte.

»Sie glaubt, ich würde meinen Vater besuchen.« Nach einer Pause fragte ich:

»Dauert die . . . Sache lange?«

»Ich will es nicht hoffen.«

Wir fuhren eine Weile schweigend weiter. »Rauchen Sie ruhig, wenn Sie wollen«, sagte er schließlich, und ich suchte dankbar Zerstreuung und Beruhigung in tiefen Zügen an einer Zigarette. Ich hatte das Gefühl, als ob ich das alles nur träumen würde; hätte ich mir jemals vorstellen können, auf dem Weg zu einer solchen Aktion zu sein . . .?

»Warum?« fragte ich.

»Warum was?«

»Warum bleibt ein Geist . . . lebendig?«

»Ich glaube«, sagte er nach einem Moment des Nachdenkens, »und das ist auch die Meinung vieler anderer, daß ein Geist – oder ein Gespenst, wie es der Volksmund nennt – einfach deshalb an einem Ort fortlebt, weil die Seele nicht wahrgenommen hat, daß der Körper tot ist. Der Körper, das Fleisch, ist dahingegangen, ist tot, aber die Seele, die das nicht wahrgenommen hat, bleibt zurück . . .«

Ich warf ihm von der Seite einen zweifelnden Blick zu, aber er reagierte nicht darauf. Er meinte es sehr ernst, das sah ich. Er hielt die Augen auf die Straße gerichtet und sprach mit ruhiger Stimme weiter:

»Die Seele bleibt nicht absichtlich zurück, nur um an einem Ort zu . . . spuken oder ihn zu verhexen. Sie . . . lebt dort einfach weiter. Sie ist, so glaube ich, in irgendeiner Weise eine . . . verlorene Seele, aber sie ist sich dessen nicht bewußt. Und sie ist nicht unbedingt böse . . . Jedenfalls nicht mehr als die Seele eines *lebenden* Menschen . . .«

»Sie ist es«, sagte ich. »Sie ist böse.«

»In solchen Fällen muß man davon ausgehen, daß diese Seele schon in ihrem *wirklichen* Leben böse war.«

»Ja . . .« Ich dachte an De Freyne. Hatte *sie* ihn getötet, wie ich aus Colins Brief geschlossen hatte . . .? Eines aber *war* sicher. »Ich weiß *ganz bestimmt«*, sagte ich, »daß sie es nach ihrem Tod fertiggebracht hat, meinen Bruder umzubringen. Sie hat ihn in ihrer verzehrenden Eifersucht eher getötet als es hingenommen ihn zu verlieren.«

»Liebe kann . . . seltsame Formen annehmen«, sagte er nachdenklich.

»Ja. Und jetzt hat sie ihre seltsame Liebe mir zugewandt.« Ich drückte meine Zigarette im Aschenbecher aus. »Sie ist *unglaublich* böse.«

Als wir uns Hillingham bis auf einige Kilometer genähert hatten, sagte ich:

»Bitte sprechen Sie jetzt nicht mehr über unser Vorhaben. Tun Sie, was Sie tun müssen, gehen Sie ins Haus und erledigen Sie die Sache – aber sagen Sie mir nichts darüber.«

Er wandte den Blick von der Straße ab und sah mich fragend an.

»Sie würde uns hören«, erklärte ich. »Sie belauscht uns. Und sie geistert nicht nur im Haus herum. Sie kann sich auch in der Umgebung bewegen. Gestern ist sie bis zum Friedhof in Hillingham vorgedrungen.« Würgende, quälende Gedanken an Colins verstümmelten Körper drängten sich mir auf. *Denk nicht daran. Tu es nicht.* »Sobald wir in die Nähe des Hauses kommen, wird sie da sein. Sie wird uns belauschen und jede unserer Bewegungen beobachten.«

»Haben Sie keine Angst«, sagte er und lächelte. Sein gelassener Mut umgab ihn wie ein Panzer, und ich war sicher, daß er auch innerlich ohne Furcht war. Er schien meinen leisen Zweifel zu spüren und deutete zu seiner Aktentasche auf dem Rücksitz. »Glauben Sie mir, ich bin auf *jeden* Fall vorbereitet. Auch auf den Notfall.« Er schaute auf die Uhr. »Und ich erledige die Sache, so schnell ich kann. Sie wollen zu Ihrer Frau zurück und ich zu meiner . . . Aber am dringlichsten will ich ganz einfach diese . . . unangenehme Sache hinter mich bringen.«

Kurz nachdem wir die Autobahn verlassen hatten, hielt er den Wagen an der Abzweigung in einen Feldweg unter einer Baumgruppe an. Die Sonne warf huschende, gesprenkelte Lichtflecke durch das Blätterdach. Der Reverend zog die Handbremse an, ließ den Motor aber weiterlaufen. Er sah mich ernst an.

»Wenn wir ankommen, gehe ich allein ins Haus. Sie warten draußen.«

Meine Erleichterung war wie ein Atemzug aus einer Sauerstoffflasche für einen erstickenden Mann. Trotzdem protestierte ich – wenn auch sehr zaghaft: »Sollte ich nicht doch mit Ihnen reingehen? Sie kennen sich doch im Haus gar nicht aus . . .«

»Das können Sie mir vorher beschreiben, und was ich nicht weiß, werde ich schon herausfinden. Nein, es ist wirklich besser, wenn Sie nicht mit reingehen. Sie sind . . . ein Beteiligter, Sie sind involviert. Zu sehr involviert. Das könnte die Sache erschweren.«

»Okay.« Ich zuckte die Schultern und überspielte damit meine Erleichterung. Solange *sie* noch im Haus war, wollte ich es nie mehr betreten.

Er griff nach hinten und ließ den Deckel der Aktentasche aufschnappen. Ich sah zu, wie er die Hand prüfend, sich vergewissernd über die Gegenstände in der Tasche gleiten ließ. Als seine

Finger ein violettes Tuch beiseite schoben, fiel mein Blick auf ein Kruzifix und ein Glasfläschchen. Der Anblick dieser Gegenstände verursachte mir Herzklopfen. »Sind diese Dinge da drin wirklich nötig?« fragte ich.

»Ich meine ... wir haben es schließlich nicht mit Hexen oder ... mit dem Teufel zu tun.«

Er drückte den Deckel der Tasche zu. »Das haben wir ganz sicher nicht – aber ich bin auch nicht mit Ihrer vereinfachenden Klassifizierung der Dinge einverstanden. Überlassen Sie das mir. Jedenfalls, wie ich schon sagte, ich muß auf alles vorbereitet sein.«

Er fuhr das Auto in die Einfahrt und stellte es vor der Garage ab. Wir stiegen wortlos aus und gingen über den Rasen auf das Haus zu. Erleichtert sah ich, daß niemand außer uns anwesend war. Anscheinend hatte Timpson seine Arbeit auf dem Hausdach beendet und damit begonnen, Dachziegel auf der Garage zu ersetzen. Die Leiter lehnte gegen das Garagendach, und ich sah, daß einige Ziegel bereits erneuert waren. Ich hatte keine Ahnung, wo Timpson im Moment war – oder Jean, um sie nicht zu vergessen, und ich konnte nur hoffen, daß nicht einer von beiden zum falschen Zeitpunkt hier auftauchen würde. Aber ich konnte sowieso nichts mehr ändern – die Dinge waren nicht mehr in meiner Hand.

Rogers blieb stehen und sah sich den Garten und das Haus an. Ich wiederum betrachtete ihn. In seiner Sportjacke und dem offenen Hemdkragen sah er eher wie ein Rugbyspieler in seiner Freizeit, nicht wie ein Priester bei einer Amtshandlung aus. Er lächelte verwundert und schüttelte den Kopf. »Alles sieht so friedlich aus. Und so wunderschön.«

Ich drehte mich um und schaute das Cottage an. Mein Cottage. Es sah wirklich so friedlich aus. Wer würde je glauben, daß eine solche Szenerie, voller Frieden und Schönheit, zugleich auch der Schauplatz von so viel Bosheit und Verderben war? Überall leuchteten tiefrote Mohnblüten in der späten Morgensonne und wiegten sich sanft in der Brise, die über den Hügel strich. Und die Rosen – so rot, so gelb, so weiß, so weiß, so weiß ... Ihr Duft umschmeichelte uns ebenso wie der Gesang der Vögel.

Ich wandte mich ungeduldig wieder Rogers zu. Wollte er ewig hier stehen bleiben? Um ihn zum Weitergehen zu veranlassen, gab ich ihm eine kurze Beschreibung der Aufgliederung des Hauses, aber er blieb stehen. Schließlich sagte er mit einem unbeschwerten, heiteren Lächeln:

»Nun, ich glaube, ich fange jetzt besser an.«

Ich sah ihm nach, als er auf die Hintertür zuging. Er drehte sich noch einmal um.

»Ihr Name ist ... Helen, sagten Sie nicht so?«

»Ja.« Ich runzelte die Stirn. »Ja.« Und ich hätte am liebsten hinzugefügt: *Ist Ihnen denn nicht klar, daß sie uns zusieht, uns beobachtet! Sagen Sie nichts mehr! Fangen Sie endlich an mit der Prozedur ...*

Er verstand mein Stirnrunzeln richtig. »Das ist schon in Ordnung«, sagte er. In mir stiegen Ärger und Ungeduld auf. Wußte er überhaupt, mit wem er es zu tun hatte? Er winkte lässig mit der Hand. »Bleiben Sie ganz ruhig. Ich rufe Sie, wenn es ... wenn ich fertig bin.«

Ich nickte, schluckte. Er lächelte mir noch einmal beruhigend, ermutigend zu, dann ging er ins Haus und schloß die Tür hinter sich.

Ich hatte Angst, Angst davor, in der Nähe des Hauses zu bleiben und zuzuhören, wie er irgendwelche Beschwörungsformeln aufsagte, um Helens Geist zu vertreiben. Angst davor, einen erneuten Beweis für ihre Anwesenheit zu erhalten, eine Bestätigung für das, was ich schon längst wußte und vor dem ich mich so sehr fürchtete. Angst davor, erneut diese irreale Realität anerkennen zu müssen, die so sehr im Widerspruch zu der wahren Realität dieses milden Sommermorgens stand. Ja, ich hatte Angst.

Ich drehte mich um und ging über den Rasen davon, weg vom Haus. Die Narbe an meinem Arm juckte, ich rieb sie nervös mit den Fingerspitzen, mußte mich zwingen, sie nicht zu kratzen. Die Vögel sangen immer noch, und um die Rosenblüten summten Bienen. Eine einzelne Wespe surrte an meiner Nase vorbei und verschwand durch ein gekipptes Fenster in Helens Studio. Durch die staubige Scheibe sah ich ihr Selbstporträt mit den rohen, entstellenden Schmierereien über dem Gesicht. Ich zwang mich wegzusehen, ging schneller, und irgendwie automatisch führten mich meine Schritte unter dem Rosenbogen hindurch in das Dickicht. Ich folgte dem zugewachsenen Pfad unter den Bäumen und zwischen den Brombeerbüschen und Rhododendren hindurch. Etwas Rotes huschte vor mir vorbei, und zum ersten Mal in meinem Leben sah ich ein rotes Eichhörnchen. Armes rotes Eichhörnchen, das in seiner Art fast völlig von seinem grauen Cousin von jenseits des Ozeans verdrängt worden war. Als es mich sah, verharrte es wie angewurzelt auf einem dünnen Ast. Auch ich blieb stehen. Manchmal, so hatte ich gelesen, starben sie vor Schreck und Furcht. Dieses jedoch war quicklebendig; es starrte mich sekundenlang an, dann huschte es davon und sprang in Windeseile von Baum zu Baum. Ich ging weiter. Die Schönheit und die Unschuld des kleinen Wesens hatten mich beglückt und von der düsteren Realität meines Hierseins abgelenkt. Ein Vogel sang, näher als die anderen, und mit einem weiteren Gefühl der Freude erkannte ich das gelbe Gefieder eines Laubsängers – dank Helens Vogelbuch. Und damit war ich wieder *ganz* bei Helen; sie war sowieso niemals völlig aus meinen Gedanken verschwunden. Vergiß sie, befahl ich mir, konzentriere dich auf den Frieden dieses Ortes.

Aber es war nicht *mein* Frieden, ganz sicher nicht, so tief er um mich herum auch sein mochte, so sehr er mich auch erfaßt hatte. Und es konnte niemals mein Frieden werden – nicht an *diesem* Ort, nicht hier . . . Und als ich die Lichtung vor mir sah, wußte ich, daß es unwiderruflich so war.

Feige umging ich die Lichtung, vermied sogar jeden Blick auf das Grab in der Nähe des alten Sommerhauses. Außer Reverend Ian Rogers hatte ich niemand davon erzählt; ich würde es auch keiner anderen Menschenseele sagen. Niemals. Nach dem morgigen Tag würde ich weit entfernt von all den schrecklichen Dingen hier sein, sie hinter mir gelassen haben, und die Gebeine dort drüben würden, soweit es mich anging, ungestört liegen bleiben und verrotten, bis sie wieder zu Erde geworden waren, aus der sie hervorgegangen waren.

Hinter der Lichtung ging ich langsam den Hang hinunter zum Ufer des Teiches. Die Sumpfdotterblumen spiegelten sich immer noch im Wasser, und mir fiel wieder ein, wie Doktor Reese und ich Jean Timpson aus dem Teich gezogen und hier am Ufer ins Gras gelegt hatten.

Ich ließ mich jetzt auch auf dieses Gras sinken und steckte mir eine Zigarette an. Ich hatte keine Ahnung, wie lange der Reverend brauchen würde; ich stellte mich vorsichtshalber auf eine längere Wartezeit ein.

Ich fragte mich, was Shelagh wohl gerade in London machte. Vielleicht war sie in die National Gallery gegangen. Shelagh . . . Ich stellte sie mir vor, wie sie durch den Rembrandt-Saal schlenderte . . . Sie hatte sehr viel Glück gehabt; jeder ihrer ›Unfälle‹ hätte weitaus schlimmer ausgehen können. Aber ihr Glück hätte wahrscheinlich nicht mehr viel länger angedauert, davon war ich überzeugt. Wie hätte sie auch, ein so durch und durch gütiger und guter Mensch, auf Dauer gegen diesen in seiner verderbten Bösartigkeit so mächtigen Geist ankommen können . . .?

Ich verlor mich in meinen Gedanken . . .

Wie ich plötzlich feststellte, saß ich doch schon recht lange hier am Rand des Teiches. Rogers hatte wahrscheinlich seine Arbeit inzwischen erledigt, sich nach mir die Kehle wund geschrien und keine Antwort bekommen. Hastig stand ich auf und eilte durch das Dickicht zurück in den Garten. Als ich den Rasen erreichte, erwartete ich ihn dort vorzufinden, ungeduldig auf- und abgehend, fertig zur Rückfahrt nach London. Aber es war nichts von ihm zu sehen.

Ich blieb unschlüssig stehen, wußte nicht, was ich tun sollte. Er hatte mir gesagt, ich solle nicht ins Haus gehen, ihm die ganze Sache überlassen, aber er mußte doch inzwischen längst fertig sein.

». . . Reverend Rogers«, rief ich zögernd, unsicher.

Es kam keine Antwort, und die Stille um mich herum war

plötzlich tiefer als vorher. Nicht einmal das Summen der Bienen war mehr zu hören. Kein Gesang eines Vogels.

Die Hintertür war noch geschlossen, so wie Rogers sie hinter sich zugezogen hatte. Ich ging zu ihr hin, zögerte, legte die Hand auf die Klinke, ließ sie wieder los. Ich trat vor das Küchenfenster und schaute nach innen. Alles sah aus wie immer. Keine Spur von Rogers. Dasselbe in Colins Arbeitszimmer. Wegen des tieferliegenden Steingartens konnte ich nicht ins Wohnzimmer sehen. Ich ging deshalb um das Haus herum zur Frontseite.

Und dann sah ich es.

Der Raum sah aus wie ein Schlachtfeld. Ein einziges wüstes Durcheinander. Und drüben, lang auf dem Rücken ausgestreckt, lag Rogers, mit dem Kopf gegen die Wand.

30

Meine Knie zitterten, aber ich schaffte es, um das Haus zur Küchentür zurückzulaufen. Ich streckte die Hand nach der Klinke aus. Und erstarrte.

Als meine Finger kurz davor waren, die Klinke zu berühren, bewegte sie sich nach unten. Und die Tür schwang langsam auf. Ganz langsam.

Komm rein, hörte ich ein Flüstern. *Komm rein . . .*

Lange Sekunden – eine Ewigkeit, so schien mir – stand ich erstarrt da. Konnte mich nicht bewegen. War vor Angst und Entsetzen wie gelähmt.

Aber ich mußte ins Haus. Unbedingt! Rogers lag im Wohnzimmer. Brauchte Hilfe.

Aber er war nicht allein im Haus. *Sie* war auch da . . .

Ich stand immer noch reglos wie eine Statue vor der Tür. Hörte mein gepreßtes, stoßweises Keuchen durch die erstarrten Lippen. Hörte das rasende Pochen meines Herzens. *Sie* war da, wartete auf mich. Lauerte auf mich . . . *Komm rein . . . Komm rein . . .*

Dann kehrte langsam das klare Denkvermögen wieder zurück. Sie hatte bisher nie versucht, mir körperlichen Schaden zuzufügen. Ihr Haß war nicht gegen mich gerichtet. Alles Böse und Gemeine, das sie seit meiner Ankunft getan hatte, war immer nur zu dem Zweck geschehen, mich für sich allein im Haus zu haben. *Sie liebt mich . . . Sie wird mir nichts Böses tun . . .* Ich hämmerte mir diese Gedanken immer wieder ein.

Aber sie hatte Colin umgebracht. Und ihn hatte sie auch geliebt . . .

Allerdings – ihn hatte sie getötet, als er bereits seine Sachen gepackt hatte, um das Haus und damit auch sie für immer zu verlassen. Sie hatte bis zum letzten Moment gewartet und ihn erst dann getötet, als es keinerlei Hoffnung mehr gab, ihn bei sich halten zu können. Hatte ihn eher brutal ermordet als ihn gehen zu lassen und zu verlieren. Er hatte tapfer versucht, ihr zu entkommen, aber er hatte den Fehler gemacht, zu lange damit zu warten. Er war aus dem Haus gerannt, in seinen Wagen gesprungen, aber sie war ihm gefolgt, hatte die Kontrolle über das Auto an sich gerissen und es gegen die Buche gelenkt. Nein – es lag nicht daran, daß er zu lange gewartet hatte; sein Fehler war gewesen, daß er überhaupt noch einmal zurückgekommen war. Und sie hatte gewußt, was er vorhatte. Sie konnte schließlich sehen, konnte hören, was vor sich ging.

Komm rein, flüsterte die langsam aufschwingende Tür. *Komm rein . . .* O ja, sie konnte hören, konnte sehen. Sie hatte gewußt, warum Rogers ins Haus gekommen war. Sie hatte sich vor ihm und seiner Kraft gefürchtet. Und sie wußte, daß ich letztlich hinter dem Angriff auf ihre Existenz stand . . .

Die Tür ging ein Stück weiter auf . . .

Komm rein . . . Komm rein . . .

Vielleicht sollte sie mich ins Haus locken, um mich zu töten . . . Wie sie Colin getötet hatte . . .

Die Tür . . . Sie schwang wieder ein paar Zentimeter nach innen . . . Die Öffnung wurde größer, immer größer . . .

Komm rein . . . Bitte komm rein . . .

Wenn sie mich umbringen wollte, dann konnte sie es auch hier draußen, jetzt tun . . . Sie mußte mich dazu nicht im Haus haben. Nein, sie wollte mich nicht töten . . .

Komm rein ... Komm rein ...

Sie wollte nur, daß ich zu ihr ins Haus kam.

Und ich ging durch die inzwischen weit offenstehende Tür ...

Ich spürte, daß sie mich beobachtete, als ich ins Wohnzimmer kam. Das Ticken der Standuhr dröhnte überlaut in der Stille, und obwohl keine Rosen im Zimmer waren, umgab mich ein schwerer, berauschender Rosenduft.

Ich ging schnell zu Rogers, wobei meine Augen das Chaos im Zimmer überflogen, das aus einer wilden Auseinandersetzung resultieren mußte. Eine Auseinandersetzung, in der Rogers, dieser arme, naive Anfänger, der Verlierer war. Er war keinesfalls so gut vorbereitet gewesen, wie er geglaubt und wie er mir versichert hatte.

Ich kniete mich neben ihn. Es sah so aus, als ob er niedergeschlagen worden wäre. Mitten auf der Stirn hatte er eine bläulich gefärbte Schwellung, offensichtlich die Folge eines Schlages, der ihn zu Boden gestreckt hatte; anscheinend war er dann auch noch mit dem Kopf gegen die Wand geschlagen. Neben ihm war das kleine Tischchen umgekippt, und rosafarbene und blaue Kornblumen lagen zwischen den Scherben der Porzellanvase in einer Wasserlache auf dem Teppich. Die Statuette des Ritters lag unbeschädigt daneben. Bei seinem Sturz hatte Rogers das große antike Schwert und Margaret Lanes traurige Stickerei mit heruntergerissen.

Aber er lebte.

Ich rief seinen Namen. Er antwortete nicht, öffnete auch nicht die Augen, aber er stöhnte leise auf und schob den Kopf zur Seite. Dabei wurde an der Wand eine dünne Blutspur sichtbar. O Gott, laß ihn nicht sterben. Laß ihn nicht sterben ...

Ich schob die Hände unter seine Achseln und versuchte, ihn hochzuheben, aber ich schaffte es nicht. Er war bewußtlos, und sein erschlaffter Körper war schwer wie Blei. Ich muß Reese anrufen, er muß sofort herkommen, zuckte es mir durch den Kopf ... Ich nahm ein Kissen vom Sofa und steckte es unter seinen Nacken, um ihm seine Lage ein wenig zu erleichtern. Das

Schwert war unter seinem Körper eingeklemmt, und ich schaffte es wenigstens, ihn soviel hochzuheben, daß ich es hervorziehen konnte. Als ich mich aufrichtete, sah ich seine Aktentasche neben dem umgekippten Tischchen liegen. Ihr Deckel stand offen, und ich sah das Kruzifix noch in ihr liegen; er hatte anscheinend nicht einmal die Chance gehabt, es hervorzuholen. Neben der Tasche lag das kleine Fläschchen mit dem Weihwasser. Ungeöffnet.

Und während ich das Fläschchen ansah, zerbarst es in kleine Splitter.

Es sah aus, als ob ein unsichtbarer Fuß es zertreten hätte. Vor einer Sekunde war es noch ein hübsches Fläschchen gewesen, jetzt war es nur noch eine unbestimmte längliche Form aus winzigen Glassplittern in einer kleinen Wasserpfütze, die den Teppich dunkel färbte.

»Helen . . .« Ich flüsterte entsetzt ihren Namen.

Und dann fühlte ich ihre Hand auf meiner Schulter.

Ein Schauder überlief mich. Mein Herz setzte für den Bruchteil einer Sekunde aus, raste dann wie verrückt. Ich taumelte zurück und schlug mit der Hand wie wahnsinnig auf meine Schulter, wollte die unsichtbare Berührung hinwegfegen. Ich spürte, wie sich ihre Hände von meiner Schulter wegbewegten, zum Hals hin, an meine Kehle. Sie wird dich töten, dachte ich entsetzt. Sie wird dich töten, weil du versucht hast, sie zu vernichten . . . Da waren Finger in meinem Nacken, krallten sich fest, und da waren Daumen an meiner Kehle, drückten zu, fester, immer fester, bohrten sich tief ins Fleisch, strangulierten mich . . .

Ich würgte, keuchte, japste nach Luft, versuchte, mich aus der eisernen Klammer zu befreien, schlug um mich, warf den Kopf hin und her, wollte davonlaufen. Aber ich konnte die Füße nicht bewegen, und der Würgegriff lockerte sich nicht. Ich bekam keine Luft mehr. Schwarze und blutrote Wirbel zuckten vor meinen hervorquellenden Augen, und ich sank auf die Knie, mitten in die Scherben der zerbrochenen Blumenvase.

Der Griff lockerte sich nicht. Ich hatte das Gefühl, mein Kopf und meine Lunge würden im nächsten Moment platzen.

Und dann, als ich den Tod schon als Erlösung herbeisehnte,

hörte der Druck auf die Kehle plötzlich auf, die Finger lockerten sich, entfernten sich nach einem sanften, zärtlichen Streicheln meines Nackens ganz von mir. Ich kniete auf dem Boden, stützte mich mit den Händen ab, sog mit hängendem Kopf keuchend Luft in die gequälte Lunge.

Minutenlang konnte ich mich nicht bewegen. Die einzigen Empfindungen, zu denen ich fähig war, waren das Brennen in meiner Kehle, das Hämmern in meinem Kopf und die Erleichterung, daß ich noch am Leben war. Als ich wieder denken konnte, stellte ich mir die Frage, *warum* sie mich nicht getötet hatte. Sie hätte es tun können, aber sie hatte es nicht wirklich gewollt. Nein, sie hatte mich nicht umbringen wollen. Sie hatte mich bestrafen wollen, weil ich mich gegen sie aufgelehnt hatte, den Versuch gemacht hatte, sie aus dem Haus zu vertreiben. War es auch als Warnung zu verstehen? Eine Warnung, sie nicht zu verlassen? Ja, vielleicht. Ich mußte dieser Warnung Beachtung schenken. Colin hatte versucht, sie zu verlassen, und sie hatte ihn getötet. Ich mußte mich bemühen, schlauer als Colin zu sein. Und schlauer als *sie.*

Neben meiner Hand lag das Schwert. Ich ergriff es in einer hilflosen, instinktiven Geste an der stumpfen Klinge und kämpfte mich wieder auf die Füße.

Und ich sprach sie an, ganz direkt.

»Bist du da . . .?« Ich wußte, daß sie da war. Ich spürte ihre Anwesenheit. Ganz in meiner Nähe. So schrecklich real.

»Bist du da . . .?«

Ich wartete auf ihre Antwort. Als sie kam, war es ein unerwartet sanfter Laut. Nur ein einziges geflüstertes Wort.

»Immer.«

Ja, immer. Sie hatte recht.

»Ist dir denn nicht klar«, sagte ich, »daß ich *zurückgekommen* bin?«

»Ja.«

Ja. Sie konnte mich hören. Und sie konnte mich sehen. Aber sie konnte nicht wissen, was in meinem Kopf vor sich ging. Sie konnte meine Gedanken nicht lesen.

»Ich werde hierbleiben«, sagte ich.

Stille.

»Versteh doch«, fuhr ich fort und gab mir Mühe, so überzeugend wie möglich zu klingen, »das hier ist schließlich mein Haus. Es ist mein *Zuhause.*«

Und da war wieder *ihre* Stimme. Näher als zuvor. »Ja. Ja . . .«

Plötzlich legte sie die Arme um mich, umfing mich wie mit Flügeln, hielt mich ganz fest. Ich erschrak, Angst durchzuckte mich, und ich schrie auf: »Nein! Um Gottes willen, nein!« In einem Versuch, mich aus ihrer Umarmung zu befreien, hob ich die Hände. Sie stieß einen leisen Schrei aus, und der Druck ihrer Arme löste sich von mir.

Hatte sie das Schwert erschreckt, das ich in der erhobenen Hand hielt? Da ich es an der stumpfen Klinge umklammerte, formte der nach oben gereckte Griff ein Kreuz . . .

Ich hielt es höher.

»Bleib weg von mir«, sagte ich. »Geh weg.«

Ich dachte an den Film, den ich einmal gesehen hatte. Ein Mann, in großer Bedrängnis durch finstere Mächte, hatte ihnen abwehrend ein Kreuz entgegengestreckt. Konnte man mit diesem Symbol tatsächlich das Böse verscheuchen? Half das symbolische Kreuz, das ich ihr entgegenhielt, auch gegen *ihre* böse Macht? Fürchtete sie das Gute, das dieses Kreuz verkörperte? Peinigte es sie sogar? Ich hielt mein Schwertkreuz noch höher.

Aber ihre Furcht, wenn sie sie denn empfunden hatte, hielt nicht lange an. Welchen Schreck oder welche Pein mein Kreuz auch bei ihr verursacht haben mochte, ihr Verlangen, mich bei sich zu behalten, mich zu besitzen, schien stärker zu sein.

Im nächsten Augenblick merkte ich, daß am Griff des Schwertes gezogen wurde, spürte es, sah es, wie es nach oben durch meine Finger gezogen wurde, die die Klinge krampfhaft umklammerten. Ich verstärkte den Griff, mit beiden Händen, aber sie zog weiter, immer fester, und ich fühlte den brennenden Schmerz, als die Klinge durch meine Handflächen glitt und sie aufriß.

Trotz des Schmerzes versuchte ich, das Schwert festzuhalten. Das Verlangen, die brennende Pein zu beenden und die Klinge loszulassen, wurde übermächtig, aber ich konnte, ich durfte nicht aufgeben. Aber alles, was ich wirklich tun konnte, war zuzusehen, wie das Schwert langsam, stetig, unabwendbar nach oben gezogen wurde, höher, immer höher ...

Und plötzlich zuckte durch meinen Kopf, was Rogers gesagt hatte: Daß ein Geist oft sein Unwesen trieb, weil die Seele nicht erfahren hatte, daß der leibliche Körper nicht mehr existierte. Ich schrie:

»Du bist *tot! Tot!* Du bist *tot!«*

Das Ziehen am Schwert hörte auf.

Ich lockerte den Griff um die Klinge nicht und flüsterte: »Du bist tot. Du mußt ... weggehen von hier.«

Immer noch keine weitere Bewegung des Schwertes. Ich wurde mutiger.

»Du mußt dorthin gehen, wo du hingehörst. Du bist tot, Helen – tot.«

Und dann bewegte sich das Schwert wieder, mit einem plötzlichen, festen Zug, der mich überraschte und fast aus dem Gleichgewicht brachte. Aber ich klammerte mich weiter daran fest.

Ein paar Minuten lang hatte es so ausgesehen, als ob sie aufgeben würde. Aber dann, als ich die letzten Worte gesagt hatte, schien sie wieder an Kraft gewonnen zu haben. Warum ...? Und dann fiel es mir wie Schuppen von den Augen. Ja, das war es. *Ich hatte sie Helen genannt.* Und auch Rogers hatte ich gesagt, ihr Name sei Helen. *Helen,* hatte ich gesagt. *Helen ... Während ich doch die ganze Zeit von Hinweisen auf ihren ersten* Vornamen umgeben war ... Und jetzt sagte ich diesen Namen, deutlich artikulierend, böse zischend in den Raum hinein:

»Rose ...«

Einen Augenblick herrschte lautlose Stille. Ein letzter, schwacher Ruck am Schwert. Dann nichts mehr ...

»Ja!« Jetzt schrie ich. »Rose! Rose!« Ich hätte es Rogers sagen müssen, daß ihr erster Vorname Rose war. »Rose!« brüllte ich. Auf einmal fühlte ich mich unglaublich stark, unverwundbar ...

»Rose«, flüsterte ich wieder, triumphierend in der neugewonnenen Stärke, »Rose, du bist tot ... Tot ... Tot ... Tot ... Tot ...«

»Nein ...« Es war nur ein wispernder, trauriger Hauch. »Nein ...«

»Doch! Du bist tot! Tot! Du bist tot, Rose ...«

Plötzlich hörte ich wieder den Gesang der Vögel draußen im Garten. In den brennenden Händen hielt ich immer noch das antike Schwert. Meine Arme schmerzten. Wie lange ich so dagestanden hatte, wußte ich nicht. Im Zimmer roch es nicht mehr nach Rosen. Und mit ihrem Duft war auch sie verschwunden.

Hinter mir hörte ich ein Stöhnen. Ich ließ das Schwert auf den Boden fallen und wandte mich um. Rogers war zu sich gekommen. Er drückte eine Hand gegen die Beule an seiner Stirn. Ich kniete mich neben ihn.

»Geht es Ihnen ... einigermaßen gut?« fragte ich.

»Ich ... ich glaube schon ... Ja ...«

»Kommen Sie ...« Ich half ihm mit meinen zerschundenen Händen auf die Beine. Sein Gesicht war schmerzverzerrt. Er schaute sich benommen um, und ich sah deutlich, wie die Erinnerung plötzlich zurückkam und er seine Augen furchtsam aufriß. Er stolperte einen Schritt zurück, auf die Tür zu.

»O Gott ... O mein Gott ...«

»Es ist alles in Ordnung ...« Ich legte die Hand auf seinen Arm. »Alles okay. Sie brauchen sich nicht mehr zu fürchten.«

Er stöhnte laut. Noch war die Furcht nicht gewichen.

»Ich ... ich hatte keine Chance«, stammelte er. »Sie ... sie ging auf mich los, kaum daß ich im Haus war. Ich ... hatte wirklich keine Chance ...«

»Es ist jetzt alles in Ordnung«, beruhigte ich ihn. »Sie kann uns nichts mehr tun. Sie ist verschwunden.« Und mit Erleichterung und auch ein wenig Stolz fügte ich hinzu: »Ich habe es geschafft. Ich habe sie davongejagt.«

Er nickte benommen, verständnislos. Und fragte dann:

»Was werden Sie jetzt tun?«

»Ich komme mit Shelagh noch ein einziges Mal her, wir packen unsere Sachen, und dann verschwinden wir. Und wir werden *nie mehr* hierher zurückkommen.«

31

Nein, er brauche keinen Arzt, sagte er, und ich bestand dann auch nicht weiter darauf, Doktor Reese zu holen. Er wartete geduldig im Auto, als ich im Haus ein wenig Ordnung gemacht hatte. Ich bot an zu fahren, aber er meinte, das sei nicht nötig; er hätte nur noch ein wenig Kopfweh, sonst ginge es ihm gut. Dann fuhren wir los.

Auf dem Weg zurück nach London sprach er kaum etwas. Er sagte von sich aus nichts darüber, was sich im einzelnen im Haus abgespielt hatte, und ich stellte keine Fragen dazu. Ich wollte es nicht wissen. Es war vorbei.

Im Cottage hatte ich auf dem Boden in der Diele, gleich hinter der Eingangstür, einen unfrankierten Umschlag gefunden. Ich öffnete ihn und sah, daß es eine Nachricht von Pitkin war. In meinem Bestreben, Shelagh aus der Gefahr, die ihr im Cottage drohte, in Sicherheit zu bringen, hatte ich natürlich andere Gedanken im Kopf gehabt und Pitkin und den Waliser Geschirrschrank völlig vergessen. Er bat mich, ihm Bescheid zu geben, wann er kommen könne, um den Schrank abzuholen; er hätte versucht, schrieb er, uns anzurufen, aber das Telefon sei anscheinend gestört ... Ich steckte den Umschlag in die Jackentasche. Irgendwann später einmal würde ich ihn anrufen ...

Nach unserer fast wortlosen, nachdenklichen Fahrt steuerte Rogers in London geradewegs unser Hotel an. »Das ist nicht nötig«, protestierte ich, »setzen Sie mich irgendwo ab, ich nehme mir ein Taxi.« Er bestand aber darauf und sagte, es mache ihm keine Umstände. Ich verzichtete auf weitere Einsprüche.

Als er vor dem Hotel anhielt, lud ich ihn zu einem Drink ein, aber er lehnte dankend ab. Er streckte mir zum Abschied die Hand entgegen, zögerte aber, als er die häßlichen Schürfspuren in meiner Handfläche sah. Schließlich nahm er doch mit gewölbten Fingern meine Hand und schüttelte sie vorsichtig, um mir nicht weh zu tun.

»Es tut mir leid, ich war keine große Hilfe für Sie ...«

Es tat *mir* leid – um ihn. Er hatte eine sehr schmerzliche

Lehrstunde hinter sich. Und grausige Furcht durchlebt. Ich hob die Schultern und lächelte ihn an. »Sie haben getan, was sie konnten. Ich bin Ihnen dankbar. Und letztlich ist ja vor allem das Resultat entscheidend. Es ist vorbei, nur darauf kommt es an. Sie haben viel mehr erreicht, als Sie glauben.«

Er fuhr davon, und ich ging in die Stille der Hotelhalle, wo Shelagh auf mich wartete. Sie fragte mich ein wenig ängstlich, wie es gewesen wäre. Natürlich meinte sie das Treffen mit meinem Vater.

»Oh, alles klar. Wir haben besprochen, was zu besprechen war. Alles ist jetzt bestens geregelt.«

»Und vorbei?«

»Ja, und . . . vorbei.«

Bei diesen Worten durchflutete mich ein tiefes Gefühl der Befreiung, der Erleichterung, und ich legte die Arme um sie und zog sie an mich. Sie war überrascht und stieß einen leisen Schrei aus. Ein kleiner, grauhaariger Mann im Sessel gegenüber sah uns erstaunt über die randlosen Gläser seiner Brille an, aber das war mir egal, ließ mich in diesem Augenblick völlig kalt. Wieder und wieder jubelte der Gedanke durch meinen Kopf: *Es ist vorbei . . . Es ist vorbei . . .* Natürlich blieb eine ganze Reihe von Fragen offen, Fragen nach dem Warum und Wieso und Wer und Wann und Was, aber das waren alles Fragen, mit denen ich vielleicht leben konnte – ja, ich würde es lernen, mit ihnen zu leben. Jetzt, in diesem Augenblick, war nur eines von Bedeutung – die so unendlich erleichternde Erkenntnis, daß das Schlimmste, der schreckliche, drohende Horror, vorbei war. Nein, der entrüstete Blick des kleinen Mannes da drüben machte mir nichts aus. Er war völlig bedeutungslos gegenüber der Tatsache, daß Shelagh vor allem Bösen in Sicherheit war – und ich auch.

»Komm«, sagte ich zu Shelagh, »wir essen schnell eine Kleinigkeit, und dann lassen wir alles steh'n und liegen und fahren zum Cottage.« *Zum Cottage* hatte ich gesagt – nicht *nach Hause.* Ich würde es nie wieder mein Zuhause nennen können. Nein, das konnte es nie mehr werden, soviel stand fest.

»Bleiben wir denn nicht über Nacht dort?«

»Nein.« Ich wußte, wir würden zwar nicht mehr in Gefahr

dort sein, aber ich wollte es dennoch nicht. Ich schüttelte den Kopf, legte meine Hand an ihre Wange. »Wir haben doch das Zimmer hier für die Nacht. Wir fahren zum Haus, holen unsere Sachen und geben Bill Carmichael den Wagen zurück. Ich muß auch noch zu Mr. Jennersen von der Bank wegen des Hausverkaufes und zu Mr. Pitkin wegen des Geschirrschrankes.«

»Okay.« Sie legte ihre Hand auf meine und drückte sie. Ich schrie vor Schmerz auf. Sie sah sich meine Handfläche an. »Was um Gottes willen hast du denn da angestellt?«

Auf diese Frage war ich nicht vorbereitet. ». . . Ärger mit dem Auto«, brachte ich schließlich heraus.

»Ach so . . .« Sie nickte und betrachtete sich die Wunden genauer. »Tut es weh?«

»Es geht schon wieder«, sagte ich tapfer. »Ist nicht schlimm. Macht gar nichts.« Und das stimmte tatsächlich.

Auf der Autobahn hatte es einen Unfall gegeben, und wir wurden längere Zeit aufgehalten. Es zeichnete sich ab, daß ich Mr. Jennersen wahrscheinlich nicht mehr antreffen würde. Als wir schließlich am Cottage ankamen, setzte ich Shelagh ab, damit sie mit dem Packen beginnen konnte. »Auf dem Rückweg«, erklärte ich ihr, »werde ich bei den Timpsons vorbeifahren und versuchen, Jean mitzubringen, damit sie uns ein bißchen helfen kann. Auf jeden Fall muß ich noch mal mit ihr sprechen, daß sie sich um das Haus kümmert, bis es verkauft ist.«

Die Bank hatte geschlossen, nach meiner Uhr seit etwa zehn Minuten. Ich klopfte einige Minuten an die wuchtige Eingangstür, die einer Festung Ehre gemacht hätte, aber es rührte sich nichts, und so gab ich schließlich auf. Es ließ sich nicht ändern, ich mußte die Sache schriftlich erledigen.

Bill Carmichael traf ich jedoch in der Tankstelle noch an. Ich fragte ihn, wie lange er noch da sei, ich hätte noch ein paar kleine Fahrten im Dorf zu erledigen, dann käme ich wieder, um den Wagen zurückzugeben und die Rechnung zu bezahlen.

»Ich warte auf Sie«, sagte er.

»Haben Sie jemand, der uns dann zum Bahnhof fahren kann?«

»Das mach ich selbst.«

Auf dem Rückweg nach Gerrards Hill fuhr ich wie geplant zu den Timpsons. Jean war zu Hause und stimmte freudig zu, als ich sie fragte, ob sie mitkommen und uns beim Packen und Aufräumen des Hauses helfen könne. Als wir zum Cottage kamen, stellten wir allerdings fest, daß Shelagh schon sehr weit gekommen war. Ihre eigenen Koffer seien fast fertig, erklärte sie mir, und sie könne bald mit meinen anfangen.

»Lassen Sie mich das tun«, sagte Jean und eilte in den Keller, um meine Koffer zu holen. Als sie weg war, zeigte Shelagh auf das Schwert und die aus der Wand gebrochenen Halterungen. »Was ist denn da passiert?« fragte sie. Ich hatte vor der Abfahrt mit Rogers Margaret Lanes traurige Stickerei wieder aufgehängt, Rogers Blut von der Wand gewischt, die Scherben der Vase und die Kornblumen aufgesammelt, die Wasserspuren beseitigt und auch sonst aufgeräumt, das Schwert hatte ich aber natürlich nicht wieder an die Wand hängen können. Und jetzt wußte ich nicht, was ich Shelagh antworten sollte. Sie hatte ja keine Ahnung, daß ich zwischendurch noch einmal im Cottage gewesen war, seitdem wir es zusammen verlassen hatten, um nach London zu fahren. Aber sie selbst rettete mich davor, eine Erklärung finden zu müssen. Sie hob das Schwert auf, wog es in der Hand und legte es wieder hin. »Mein Gott«, sagte sie, »hat das Ding ein Gewicht! Ein Wunder, daß es nicht schon längst runtergekracht ist.«

Jean Timpson erschien unter der Wohnzimmertür mit meinen Koffern in der Hand. »Ich geh' nach oben und fang mal mit dem Packen an«, sagte sie. »Sie können inzwischen erledigen, was Sie sonst noch machen wollten. Ich komm schon allein zurecht.«

»Sehr gut«, sagte ich. »Wir wollen noch mal zum Friedhof.«

Sie wollte schon gehen, drehte sich aber wieder um.

»Oh ... Ehm ... Ich ... ich hab' Ihre Jeans gewaschen.« Sie vermied es krampfhaft, mich anzusehen, nicht einmal meine Schulter. »Ich verpack' sie mit dem Rest Ihrer Sachen ...« Ihr Verhalten und der Ausdruck auf ihrem Gesicht machten mir erst wieder klar, welche Jeans sie meinte: Die Jeans, die ich getragen hatte, als ich sie aus dem Teich gezogen hatte. Und bei der Erinnerung daran konnte nun *ich* wiederum nicht in *ihre* Augen sehen ...

»Die Sachen, die in den Taschen waren ...« Sie nickte in Richtung auf den Kaminsims. »Ich hab' sie drüben hingelegt.«

Sie ging, und ich sammelte ein paar Münzen, ein paar verschrumpelte Banknoten und mein billiges Wegwerffeuerzeug, das erstaunlicherweise noch funktionierte, wieder ein. Shelagh kam mir nach, als ich in die Küche ging, um eine Schere zu holen.

»Soll ich mit dir auf den Friedhof gehen?« fragte sie.

»Natürlich. Warum nicht?«

Sie holte ihre Handtasche, während ich mit der Schere und einem Bogen braunem Packpapier an der Küchentür auf sie wartete. Im Garten schnitt ich einen großen Strauß Kornblumen und wickelte ihn in das Packpapier. Shelagh nahm mir die Schere aus der Hand und kam gleich darauf mit einer wunderschönen, noch nicht voll geöffneten weißen Rose zurück. Sie steckte sie mir ins Knopfloch. »So ... Jetzt siehst du großartig aus.« Sie tätschelte mit beiden Händen meine Brust und trat dann einen Schritt zurück, um ihr Werk zu betrachten. »Großartig ...« Ich wollte diese Rose nicht an mir haben, ich haßte die Assoziationen, die damit verbunden waren – aber ich lächelte und sagte nichts.

Als wir an das Tor des Friedhofs kamen, legte Shelagh die Hand auf meinen Arm.

»Geh allein rein«, sagte sie.

»Warum?«

»Du möchtest sicher allein mit ihm sein. Ich bleibe hier draußen und warte auf dich.«

»Okay.«

Erst gestern, am Sonntag, war ich zum letzten Mal auf dem Friedhof gewesen – und Reese hatte mich davon abgehalten, zu Colins Grab zu gehen. Vor dem Tor hatten sich die Neugierigen zusammengedrängt, um das Grab hatten die ratlosen Offiziellen gestanden. Jetzt ging ich mit einigem Bangen auf das Grab zu. Würde ich noch auf Anzeichen der Verwüstung stoßen, die da stattgefunden hatte?

Natürlich gab es noch solche Anzeichen. Die Erde des Grabhügels sah sehr frisch aus – zu frisch! – und die Blumenvasen standen nicht mehr am alten Platz. Man hatte sich aber sonst große Mühe gegeben, den alten Zustand wiederherzustellen. Selbst die Blumen hatte man wieder in die Vasen gesteckt, aber sie waren inzwischen verwelkt.

Ich warf die Blumen auf den Abfallhaufen und arrangierte sehr sorgfältig die frischen Kornblumen in einer der Vasen. Dann stand ich mit gebeugtem Kopf da und starrte auf den Grabhügel. Es war sehr wahrscheinlich, fast sicher, daß ich nie mehr hier stehen würde. Ich würde nie mehr nach Hillingham zurückkommen.

Und das bedeutete, daß ich wohl nie herausfinden würde, was hinter Helens Tod steckte. Ich würde nie erfahren, ob Colin in irgendeiner Weise für ihr grausames Ende verantwortlich war oder nicht. Nun, dann sei es eben so, sagte ich mir. Ich würde lernen *müssen*, mit dieser Ungewißheit zu leben. Und ich würde es auch schaffen. Irgendwo in den versteckten Tiefen meines Unterbewußtseins würde es eine Ecke geben, in die ich diese Frage abschieben konnte, eine entfernte Ecke, in der ihr peinigendes Nagen weniger spürbar war ...

Ich schaute auf die Uhr. Ich mußte gehen. Ich würde Pitkin besuchen, dann mit Shelagh zum Cottage fahren, unsere Sachen holen, und dann würden wir davonfahren. Für immer. Auf Wiedersehen, Hillingham. Auf Wiedersehen, Gerrards Hill Cottage. Auf Nimmerwiedersehn.

Ich senkte den Kopf und flüsterte ein Abschiedswort für meinen toten Bruder – natürlich konnte es kein solches Wort für Helen geben! – und dann ging ich davon.

Ich war erst ein paar Schritte vom Grab entfernt, als ein recht großer, blonder Mann in Jeans zwischen den Gräbern hindurch auf mich zukam. In der Hand hielt er einen kleinen Kranz. Er kam nicht zufällig auf mich zu – er sah mich an, wollte etwas von mir. Ich blieb stehen.

Kurz vor mir blieb auch der Mann stehen, und zu meiner Überraschung sah ich, daß er mich mit einem Ausdruck tiefster Verachtung anstarrte. Ich wollte ihn empört fragen, was er von mir wolle, aber er kam mir zuvor.

»Willst du nicht endlich mit diesem Theaterspielen aufhören?«

Ich starrte ihn verständnislos an. »Was meinen Sie damit? Was soll das? Wer sind Sie?«

»O mein Gott!« Er stieß ein humorloses Lachen aus und legte die Hand in einer Geste der Verzweiflung an die Stirn. »So weit willst du also in deiner Theaterspielerei geh'n, daß du jetzt sogar Gedächtnisschwund vortäuschst, was? Sehr bequem für dich. Oder bist du inzwischen völlig durchgedreht?«

Seine Stimme ... Ich kannte sie. Derselbe Klang, dieselben derben Worte ...

»Sie waren das«, sagte ich. »Sie haben mich angerufen.«

Seine Augen verengten sich. »Willst du etwa behaupten, du hättest das nicht gewußt?«

»Nein, ich habe es nicht gewußt, und ich weiß immer noch nicht, wer Sie sind. Ich erinnere mich allerdings sehr gut an Ihre ... unverschämten Anschuldigungen.«

»*Wahre* Anschuldigungen«, sagte er bissig. »Wie ich deinen Charakter kenne, wirst du schon damit fertig werden. So wie du mit dem da« – er nickte zum Grab hin – »anscheinend fertig geworden bist.« Er starrte mich haßerfüllt an, drängte sich dann an mir vorbei, beugte sich über das Grab und legte mit einer sanften, traurigen Bewegung seinen Kranz neben die Kornblumen. Ich konnte sein Gesicht nicht sehen, aber ich hörte ein unterdrücktes Schluchzen. Er schien gegen die Tränen ankämpfen zu müssen. Ein weiterer Mensch, der Helen geliebt hatte ...

Ich überließ ihn einige Zeit seiner Trauer. Dann sagte ich ganz ruhig:

»Ich bin nicht Colin.«

Er fuhr zu mir herum und sah mich durch einen Schleier von Tränen ungläubig und erstaunt an. »Colin war mein Zwillingsbruder«, sagte ich.

Er stand auf, und ich ging ein paar Schritte auf ihn zu. Sein Blick fiel auf mein Hinken, auf meinen orthopädischen Schuh. Dann sah er mich an.

»Ja«, sagte er dann. »Sie sind anders als er.« Prüfend glitten seine Augen über mein Gesicht. Er nickte. »Ja. Ja, jetzt sehe ich es.«

Schweigen. Dann sagte er, und es fiel ihm sichtlich schwer:

»Ich habe nichts gegen Sie. Die Sache hat nichts mit Ihnen zu tun. Es geht um ihn, Ihren Bruder.« Und nach einer kurzen Pause: »Wohnen Sie bei ihm?«

»Ich wohne im Cottage, ja.«

»Wie meinen Sie das? Ist er nicht mehr da? Wo ist er?«

Ich zeigte auf den frisch aufgeworfenen Grabhügel. »Da«, sagte ich.

Es verschlug ihm die Sprache. Er war völlig überrascht, fassungslos. Schließlich sagte er leise:

»Ich hatte keine Ahnung. Mein Gott ...! Es tut mir leid. Ich hatte wirklich keine Ahnung.« Ungläubig schüttelte er den Kopf. »Ich habe von ... Helens Tod gehört, als ich ... im Ausland war. Ich bin erst vor kurzem nach England zurückgekommen.«

»Sie können nicht lange mit dem Anruf bei mir gewartet haben.«

»Es tut mir leid. Wirklich.« Er fuhr mit der Hand durch sein Haar. »Seit ich von ... ihrem Tod gehört habe, kann ich ... einfach nicht mehr klar denken.«

»Ich muß Sie das jetzt fragen«, sagte ich. »Denken Sie wirklich ... glauben Sie wirklich, daß mein Bruder für ... Helens Tod ... verantwortlich war?«

Er schaute zur Seite. »Was spielt es jetzt noch für eine Rolle, was ich denke und glaube?«

»Für *mich* ist es wichtig.«

»Ich wollte, ich wäre nicht hergekommen«, murmelte er. »Aber ich *mußte* kommen.« Er lächelte bitter. »Nach dem Besuch an ihrem Grab wollte ich zum Cottage geh'n ...«

»Zu meinem Bruder?«

»Ja.«

»Warum?«

»Das ist jetzt nicht mehr wichtig.«

»Wirklich nicht?«

»Bitte versteh'n Sie doch ... Plötzlich rauszufinden, daß ich einen toten Mann gehaßt habe, das ist ... O Gott, ich weiß nicht ...«

»Die Tatsache, daß er tot ist, ändert doch im Grunde nichts, oder? Es ändert nichts daran, was er getan hat ... Oder was er nicht getan hat.«

»Nein.« Und dann stieß er in einem schnellen Stakkato hervor: »Ich habe sie geliebt. Dann tauchte *er* auf. Mein Gott, war ich eifersüchtig! Und ich hab' ihm nicht über den Weg getraut. Alles ging so . . . so schnell. Von heute auf morgen waren sie verheiratet. Nicht daß sich auf längere Sicht für mich deshalb etwas geändert hätte – ich meine, sie liebte mich nicht, hat mich nie geliebt.«

»Kannten Sie sie denn überhaupt gut?«

»O ja.«

»Glauben Sie, daß sie . . . Colin geliebt hat?«

»Ja«, antwortete er widerstrebend. Und fügte giftig hinzu: »Um so schlimmer für sie . . .«

»Und Sie glauben tatsächlich, daß er sie umgebracht hat.«

»Sie hat mir einen Brief geschrieben. Kurz bevor sie . . . gestorben ist. Und daraus ging ganz klar hervor, wie unglücklich sie war. Aber das wußte ich auch schon vorher – ich hab's ja mit eigenen Augen gesehen. Ich bin mir ganz sicher, von dem Augenblick an, als Ihr Bruder aufgetaucht ist, war sie . . . in Gefahr. Ich weiß . . . ich bin sicher . . . sie würde noch leben, wenn sie ihn nicht getroffen hätte.«

»Das verstehe ich nicht . . .«

»Zuerst hab' ich nur so was gespürt, gefühlt . . . Es ist schwer zu erklären . . . Aber es hat auch ganz reale Ereignisse gegeben, die das Gefühl, daß da was nicht stimmt, immer mehr verstärkt haben . . . Es sah fast so aus, als ob er sie . . . um den Verstand bringen wollte. Schon bevor ich von den beiden wegging, hab' ich immer wieder Vorgänge beobachtet, die mich stutzig gemacht haben. Sie hat zum Beispiel oft Sachen verloren oder verlegt, aber ich hab' genau gewußt, daß es nicht ihre Schuld war. Und dann ist's mit all den *anderen* Sachen losgegangen, die ihr passiert sind . . . Die kleinen Verletzungen, die kleinen Unfälle . . . solche Sachen. Und als sie mir den Brief geschrieben hat . . .«

Ich unterbrach ihn schnell, nachdem seine Worte letztlich in mein Bewußtsein vorgedrungen waren:

»Sie sagten eben: ›Bevor ich von den beiden wegging . . .‹ Haben Sie denn bei den beiden gewohnt?«

»Ja.«

Ich starrte ihn an.

»Dann . . . dann sind Sie . . . Alan De Freyne . . .?«

»Ja.«

In meinem Kopf begann ein Feuerrad zu wirbeln. Ich hörte mich selbst unzusammenhängend stottern:

»Sie . . . Sie haben Ihre . . . Fahrradlampe in Gerrards Hill liegenlassen . . .« Durch meinen Kopf kreisten immer wieder dieselben Worte: *Alan De Freyne. Er lebt . . . Alan De Freyne. Er lebt . . .*

Wenn er am Leben war, wer lag dann in dem Grab im Dickicht?

»Ich war ein Narr, daß ich hergekommen bin«, sagte er. »Aber . . . jetzt ist alles vorbei.« Wir sahen uns einige Sekunden schweigend an. »Es tut mir leid«, sagte er dann. »Es tut mir aufrichtig leid.« Und dann drehte er sich um und ging, und ich schaute ihm nach, wie in einem Trancezustand, als er durch das Friedhofstor marschierte und aus meiner Sicht verschwand. Ich lief zur Mauer und kam gerade noch zurecht, um ihn auf seinem grellbunt bemalten Fahrrad davonstrampeln und um die Straßenbiegung verschwinden zu sehen. Ich wollte ihm nachschreien, er solle anhalten und zu mir zurückkommen, aber ich blieb stumm. Schließlich ging ich zurück zum Wagen.

»Alles okay?« fragte Shelagh, als ich mich auf den Sitz neben ihr fallen ließ. Ich vermied ihren Blick.

»Ja, alles in Ordnung.« Hätte es mir etwas gebracht, wenn ich De Freyne aufgehalten hätte? Wahrscheinlich wären nur weitere unbeantwortete Fragen zu dem Gewirr, das sowieso schon mein Gehirn in Aufruhr versetzte, dazugekommen. Und ich hatte doch endlich mit allem abgeschlossen. Es war endlich alles vorbei. Vorbei.

Ich startete den Wagen. »So, jetzt fahren wir zu Mr. Pitkin, dann zum Cottage, und dann . . .« Ich legte den ersten Gang ein und fuhr los.

Als ich vor Pitkins Laden anhielt, klopfte ich auf meine Taschen und sagte: »Ich habe meine Zigaretten im Cottage liegenlassen. Hast du noch eine für mich?«

»Ich habe die letzte geraucht, als ich vor dem Friedhof auf dich gewartet habe. Soll ich welche holen gehen?«

»Das wäre nett, danke.« Ich holte eine Handvoll Kleingeld aus der Hosentasche und gab ihr ein paar passende Münzen. Shelagh stieg aus und ging die Straße entlang auf das Tabakgeschäft zu. Ich wollte die restlichen Münzen schon wieder in die Tasche stecken, als ich sah, daß zwischen ihnen auch das runde Metallplättchen lag, das ich vor ein paar Tagen im Garten bei den Trümmern der Sonnenuhr gefunden hatte. Irgend etwas an ihm kam mir bekannt vor, aber ich wußte nicht, was es war.

Ich hielt es immer noch in der Hand, als ich in Pitkins Laden trat. Er kam freudestrahlend auf mich zu und begrüßte mich herzlich. Sein Hinken ließ mich wieder daran denken, daß er sein Leben lang von Schuldgefühlen geplagt worden war und daß er, in einer eigenen, ganz persönlichen Weise, auch ein Opfer von Gerrards Hill Cottage war.

Ich entschuldigte mich dafür, daß ich nicht da gewesen sei, als er vorbeigekommen war – wir hätten unvorhergesehen jemand besuchen müssen. »Macht aber nichts«, sagte ich, »setzen Sie sich mit Jean Timpson in Verbindung, sie wird Sie ins Haus lassen. Sie hat die Schlüssel. Ich werde ihr sagen, daß Sie kommen oder jemand schicken, um den Geschirrschrank abzuholen.«

»Verlassen Sie uns denn so kurzfristig?« fragte er.

»Wir verlassen Hillingham noch heute.«

»Und gehen zurück nach Amerika?«

»Ja, morgen. Wir übernachten in London.«

»Dann gebe ich Ihnen am besten gleich den Scheck. Sagen Sie mir bitte, wieviel Sie für . . ..«

»Nein«, sagte ich und schüttelte den Kopf. »Sie können den Schrank umsonst haben. Sie haben lange genug auf ihn gewartet.«

Der Ausdruck der strahlenden Freude und Dankbarkeit auf seinem Gesicht war fast peinlich. Er bestand darauf, ich müsse doch wenigstens irgend etwas für den Schrank annehmen, aber ich bestand noch unnachgiebiger auf der Ablehnung jeglicher Bezahlung. Als Shelagh einige Minuten später mit den Zigaretten kam, hatte er schließlich das Geschenk akzeptiert, versuchte uns aber zu überreden, doch wenigstens eine Tasse Tee mit ihm zu trinken, ehe wir davoneilten. Ich lehnte ab. »Vielen Dank, aber wir müssen schleunigst weg . . .« Schon allein das Aussprechen dieser Worte erleichterte mich zutiefst. In einer halben Stunde würden wir diesen Ort verlassen haben. Für immer . . .

Die ganze Zeit über hatte ich das runde Metallstück zwischen den Fingern gedreht – und plötzlich erkannte ich, was es war. Ich starrte es an, und Pitkins Stimme drang nur vage an mein Ohr. »Sie haben Ihre Rose verloren . . .« Ich riß den Blick von dem Metallplättchen und sah, daß Pitkin sich bückte und die weiße Rose aufhob, die mir aus dem Knopfloch gefallen war. Er richtete sich auf, hielt die Rose unter seine Nase und schloß die Augen, während er ihren Duft tief einsog. Er nickte erfreut. »Ein wundervolles Exemplar.« Ich dankte ihm und nahm die Rose aus seiner ausgestreckten Hand entgegen. Er sprach weiter, aber ich hörte nicht mehr aufmerksam zu. Erst auf dem Weg zur Tür drangen die Worte, die er gerade gesagt hatte, in mein Bewußtsein – und die Bedeutung, die sie hatten.

Ich blieb erstarrt stehen, drehte mich langsam zu ihm um. Sah ihn an.

»Entschuldigung . . . Was haben Sie gerade gesagt?«

Und er wiederholte, was er gesagt hatte, redete weiter, und ich stand da, bewegungslos, ließ die Worte in mich einsinken. Und dann rannte ich nach draußen, zum Wagen.

Shelagh kam hinter mir hergerannt. »Nein«, sagte ich zu ihr. »Bleib hier!« Ich öffnete die Fahrertür und stieg ein. Sie starrte mich verwirrt an, lief um den Wagen herum und riß die Beifahrertür auf. Ich schrie sie an. »Nein! Nein, Shelagh! Liebling – bitte bleib hier!« Ich langte zur Seite und schlug die Tür zu. Sie riß den Mund auf, schrie etwas, fassungslos, protestierend, konfus, aber ich konnte ihr jetzt keine langen Erklärungen mehr abgeben. Ich fuhr los. Im Rückspiegel erhaschte ich noch einen kurzen Blick auf sie, wie sie am Bordstein stand und mir nachschaute. Der Wind drückte den Rock an ihre Beine. Sie wurde zur Miniatur, eine Statue des erstaunten Nichtverstehens, eine Hand fragend nach mir ausgestreckt, wie gemeißelt, erstarrt.

32

Jetzt wußte ich die Wahrheit. Endlich.

Sie hatte die ganze Zeit ausgebreitet vor mir gelegen. Kein Stück des Puzzles hatte gefehlt. Ich hätte es erkennen müssen. Vor Tagen hatte ich akzeptiert, daß es im Cottage einen Geist gab, und das war im Hinblick auf die wissenschaftliche Logik des zwanzigsten Jahrhunderts ganz sicher der Schritt gewesen, der am schwierigsten zu vollziehen war. Warum war ich dann, nachdem ich diese schwere Hürde einmal genommen hatte, nicht einen Schritt weitergegangen? Es hätte nur ein wenig mehr Vorstellungskraft erfordert.

Aber jetzt hatte ich diesen weiteren Schritt vollzogen. Ich war darauf gestoßen worden; Pitkins Worte hämmerten immer wieder durch meinen Kopf, und mit jeder Wiederholung wurde ich sicherer, daß ich jetzt wußte, was wirklich geschehen war. Jetzt wußte ich die Wahrheit.

O Colin, wie hatte ich nur an dir zweifeln können? Aber das war jetzt vorbei. Ich zweifelte nicht mehr an Colins Unschuld. Und bald würde ich auch den Beweis dafür haben. Eigentlich brauchte ich diesen Beweis nicht mehr, um seinen Namen reinzuwaschen. Nein, Colin, der Beweis, den ich mit Sicherheit finden werde, wird eine Geschichte zu Ende bringen, die nicht nur deine ist . . .

Kies spritzte auf, als ich in die Einfahrt einbog und scharf bremste. Ich sprang aus dem Wagen und lief geradewegs zum Geräteschuppen. Und von dort zum Dickicht, zur Lichtung.

Im Unterbewußtsein registrierte ich, daß ich seit unserer Fahrt nach London keine Möglichkeit gehabt hatte, meinen Anzug gegen bequemere Kleidung zu tauschen. Für schwere körperliche Arbeit war ich keinesfalls richtig angezogen, aber nichts war im Moment unwichtiger als das. Ich zog die Jacke aus, krempelte die Arme hoch, nahm den Spaten und fing an zu graben. Ich arbeitete fieberhaft, und schon bald fing ich an zu schwitzen. Ich schwitzte nicht nur vor Anstrengung, sondern vor allem vor furchtsamer Erwartung und Aufregung.

Ich grub und grub, schaufelte methodisch die Erde aus der

Grube, weit mehr als beim ersten Mal. Bei diesem ersten Mal hatte ich zu früh aufgehört; hätte ich damals weitergegraben, dann wäre mir die Wahrheit längst bekannt ...

Aber diesmal würde ich die Antworten auf meine Fragen finden. Ich kniete in der trockenen, staubigen Erde, ohne Rücksicht auf meine Anzughose, und ich grub und scharrte mit den Händen, bis ich sicher war. Ganz sicher. Absolut sicher.

Und als ich wußte, daß kein Fehler möglich war, daß es keine andere Erklärung gab, da ordneten sich in meinem Kopf alle verwirrten Fäden, rückten zusammen, formten einen Gobelin, ein klares Bild, das mir endlich die ganze Geschichte offenlegte ...

Ich stand auf und schaufelte die Erde zurück in die Grube. Als ich fertig war, spürte ich meine Erschöpfung, aber gleichzeitig erfaßte mich auch ein Gefühl der Hochstimmung: Ich hatte den Beweis, den ich gesucht hatte, gefunden.

Aber noch waren nicht alle Fragen beantwortet. Eine Frage blieb offen: Wie hatte sie es geschafft, alle Spuren so vollständig zu verwischen?

Ich zog die Jacke an und brachte den Spaten zurück in den Schuppen. Ich mußte jetzt zu Pitkins Laden fahren und Shelagh abholen. Sie hielt mich sicher für verrückt, nachdem ich sie so rüde bei Pitkin stehengelassen hatte ...

Im Spülbecken in der Küche wusch ich mir die Erde von den Fingern und bürstete dann meine Hosenbeine ab. Aber auch bei diesen nüchternen Tätigkeiten ließ mich die Frage nicht los – wie hatte sie es geschafft, alle Anzeichen zu beseitigen, die so leicht ihre Schuld bewiesen hätten? Aber sie hatte es geschafft – das war eine Tatsache.

Als ich mit der Hose fertig war, kam Jean Timpson herein.

»Oh, ich wußte nicht, daß Sie zurück sind«, sagte sie. Ich lächelte sie an. »Ich muß noch mal ins Dorf, Shelagh abholen.«

»Es ist alles gepackt. Die Koffer sind fertig. Steh'n in der Diele.«

»Danke«, nickte ich abwesend. Mir ging durch den Kopf, daß die Antwort, nach der ich suchte, irgendwie auch mit ihr, Jean Timpson, zu tun hatte. Ich sah mich wieder hinter ihr herlaufen, durch den Obstgarten, durch die Lücke in der Hecke, durch das Dickicht zum Teich hinunter. Sah vor mir, wie ich ins Wasser getaucht war, um sie vom Boden des Teiches hochzuziehen ...

Ja ... Ja ...

Ich zögerte noch einen Augenblick, aber dann riß ich das Handtuch vom Haken und rannte hinaus.

Ich folgte demselben Weg wie damals, als ich hinter ihr und Reese hergelaufen war – durch das Tor in den Obstgarten, an der zerbrochenen Sonnenuhr vorbei, durch die Lücke in der Hecke am Ende des Obstgartens in den Wald. Früher einmal, überlegte ich, war die Lücke breiter gewesen, viel breiter. Inzwischen hatten sich die Brombeerhecken ausbreiten und die Lücke fast schließen können. Aber früher, damals, war sie breit genug gewesen. Und breit genug war auch die Spur, die durch das Gehölz hinunter zum Rand des Teiches führte.

Als ich dort ankam, verlor ich keine Zeit; ich streifte die Kleider ab, auch die Unterwäsche, und ließ mich nackt die Böschung hinab ins Wasser gleiten.

Dieses Mal war die Sicht unter Wasser besser – niemand hatte den Schlamm aufgewühlt. Und ich wußte, wonach ich suchte. Ich tauchte steil nach unten und riß die Augen weit auf, um in dem düsteren Halbdunkel besser sehen zu können. O ja, ich wußte, wonach ich suchte; ich hatte es beim ersten Mal bereits gesehen, aber ich hatte mir keine Gedanken darüber gemacht, was es bedeuten könnte ...

Es dauert länger, mein Tauchunternehmen zu schildern, als es in Wirklichkeit dauerte. Ich brauchte dazu nur wenige Sekunden, und in diesen Sekunden wurde auch meine letzte Frage beantwortet. Ich fand das Wagenrad wieder, halb unter dem Schlamm vergraben, in dessen Speichen sich Jean Timpson bei ihrem Selbstmordversuch verfangen hatte. Und ich fand auch den Rest des Wagens. Alles war noch da. Ich sah und spürte unter meinen Händen das zweite Rad des Einspänners, die Doppeldeichsel, den verrotteten Wagenkörper mit einem großen und einem kleinen Gepäckbehälter aus Metall. Aber nicht nur diese schweren Behälter hatten den Einspänner unter Wasser gehalten; große Steine auf dem Wagenboden hatten verhindert, daß er jemals an die Oberfläche aufsteigen konnte. Der

Schlamm und die dicht wuchernden Wasserpflanzen hatten im Laufe der Jahre ihren Teil dazu beigetragen, den Wagen versteckt zu halten.

Ich hatte genug gesehen. Ich tauchte auf und schwamm ans Ufer.

Ich trocknete mich mit dem Handtuch ab, zog mich an und ging zum Haus zurück. Diesmal nicht auf dem Weg, den ich gekommen war, durch den Obstgarten, sondern am Rand des Teiches entlang, bis der Obstgarten links hinter mir lag. Als ich zu der Lichtung im Dickicht kam, blieb ich an der Stelle stehen, an der Colin die Grundfläche für das Sommerhaus abgesteckt hatte, an der er begonnen hatte, das Fundament auszuheben – und an der ich vorhin noch gegraben und die gesuchte Antwort gefunden hatte. Ich hatte nicht sorgfältig genug gearbeitet, in meiner Hast nicht alles wieder in die Grube gescharrt: Deutlich sah ich unter einigen Steinen die kläglichen Reste von Effies Sonnenschirm hervorragen. Effies Sonnenschirm . . . Das arme Ding war so stolz auf ihn gewesen. Viel war nicht von ihm übrig geblieben – nur der verrostete eiserne Handgriff, ein paar geknickte Speichen und einige Fetzen des ausgebleichten Stoffes . . . Ich schob mit dem Fuß die Steine beiseite und drückte mit dem Absatz die Überbleibsel des Sonnenschirms tiefer in die Erde . . . In die Erde, unter der auch Rechte Hand Temple lag . . .

Wenn ich beim ersten Mal nicht so schnell in Panik verfallen und meinen Fund nur ein klein wenig sorgfältiger untersucht hätte, wäre mir damals schon alles klar geworden. Als ich De Freynes Fahrradlampe gefunden hatte, war ich wie selbstverständlich davon ausgegangen, daß die Leiche auch die von De Freyne sein müsse. Wenn ich mich aber auf meinen Schulunterricht besonnen hätte und auf das, was Timpson mir einmal gesagt hatte, dann wäre ich vielleicht nicht so vorschnell in meinem Urteil gewesen und hätte mich über die Identität der Leiche vergewissert. Die Rosen würden auf Gerrards Hill so gut gedeihen, hatte Timpson gesagt, weil der Boden »sehr sauer« sei. Und dieser hohe Säureanteil in der Erde hatte dafür gesorgt, daß die Bakterien, die sonst einen Körper sehr schnell verwesen lassen, ihr Werk nur langsam verrichten konnten. Gleichzeitig aber hatte die Säure die Lampe schnell verrosten lassen. An der Leiche, die ich damals entdeckt hatte, waren noch Haare und Spuren von Haut, Fleisch und auch noch Teile der Kleidung zu sehen gewesen, und das hatte mich annehmen lassen, daß sie noch nicht sehr lange dort liegen konnte. In Wirklichkeit hatte der hohe Säureanteil in der Erde sie über viele Jahre hinweg konserviert. Ja, so mußte es sein ... Und wenn ich mir jetzt Colins unzusammenhängenden Brief ins Gedächtnis rief, dann erkannte ich auch die Bedeutung dessen, was er mir hatte mitteilen wollen. Er hatte geschrieben, daß die Arbeit am Sommerhaus ihm alles klargemacht hätte. Ja, das hatte sie ... Er hatte die Leichen gefunden, als er mit den Ausschachtungsarbeiten für das Fundament des Sommerhauses begonnen hatte. Des Sommerhauses für Helen ... Und dann war er anscheinend, aus welchem Grund auch immer, nachts wieder zum Ort seines grausigen Fundes zurückgegangen und hatte De Freynes Fahrradlampe als Beleuchtung mitgenommen. Und er hatte in seiner Panik die Lampe versehentlich in der Grube liegenlassen und Erde darübergescharrt ... Aber er hatte, anders als ich, sofort die richtigen Schlüsse gezogen. Er hatte sofort erkannt, wer da vergraben lag. So wie ich heute hatte er damals die Überreste aller drei Körper gefunden: den Körper des Tieres, den Körper der Frau und den Körper des Mannes. Des Mannes, dem ein Teil seiner rechten Hand fehlte ...

Je mehr ich darüber nachdachte, um so deutlicher wurde, wie viele Hinweise auf das wahre Geschehen ich gehabt hatte – und wie viele wirre, unzusammenhängende Stückchen des Puzzles mir bekanntgeworden waren. Aber die Stücke hatten nicht zusammengepaßt, hatten kein Bild ergeben. Pitkin zum Beispiel hatte damals im Keller etwas gesagt, das mich erstaunt und verwirrt hatte, aber ich hatte es irgendwie vergessen und verdrängt. Jetzt fiel es mir wieder ein. Bronwen Temple, hatte Pitkin gesagt, war bekannt für ihre penible Sauberkeit und Korrektheit bis hin zum Exzentrischen – aber als man sie tot aufgefunden hatte, waren ihre Kleider nach der Aussage von Jean Timpson sehr schmutzig und voller Dreck und Blätter und Zweige und steif von eingetrocknetem Schlamm gewesen. Für all das gab es jetzt eine Erklärung. Und ich hatte sogar ein

Stück ihrer Brosche gefunden. Jetzt kannte ich *wirklich* die ganze Geschichte . . .

Und ich sah den Ablauf des Geschehens vor mir. Wie in einem Film. Sah die arme Effie mit ihrem Sonnenschirm und ihrer Blechdose Pitkins Farm verlassen und zu den Bäumen an der Straße gehen, wo sie sich mit Rechte Hand Temple verabredet hatte. Der Sturm kam auf; sie wartete und wartete, aber Temple kam nicht. Ihre Ungeduld wurde zur Unruhe, zur Sorge, und als Rechte Hand Temple lange nach der verabredeten Zeit noch nicht erschienen war, schließlich zu Angst.

Aber trotz ihrer Furcht war sie tapfer genug, loszugehen und nach ihm zu suchen. So muß es gewesen sein. Und Bronwen hatte ihr aufgelauert und sie getötet. Zu diesem Zeitpunkt war Temple wahrscheinlich schon tot. Bronwen hatte ihren Mann eher getötet als zuzulassen, daß er sie verließ . . .

Und dann mußte Bronwen alle Beweise für ihr mörderisches Wüten beseitigen und es so aussehen lassen, als ob ihr Mann tatsächlich mit Effie durchgebrannt wäre. Ein schwieriges Unterfangen! Am allerschwierigsten war es wohl, das Pferd und den Einspänner, mit denen Temple und Effie fliehen wollten, loszuwerden. Ich sah Bronwen vor mir, wie sie im strömenden Regen das Pferd mit dem Wagen durch den Obstgarten steuerte, durch die Lücke in der Hecke und über die Fahrspur hinunter zum Teich, wo sie das Pferd ausspannte, den Wagen mit Steinen beschwerte und es irgendwie schaffte, ihn über die Böschung ins tiefe Wasser zu stoßen. Danach hatte sie das Pferd durch das Dickicht zu der Lichtung geführt und dort während der verbleibenden Morgenstunden das große Grab in der Nähe des alten Sommerhauses geschaufelt. Sie mußte das Pferd in das Grab geführt und es dann erst getötet haben; eine andere Möglichkeit gab es nicht. Mit den Leichen von Effie und Temple konnte sie leichter fertig werden . . .

Und Bronwens Täuschungsmanöver war erfolgreich. Ihr grausiges Geheimnis war über all die Jahre nicht aufgedeckt worden. Bis zum heutigen Tage glaubte Pitkin, er sei schuld am Tod einer armen, von ihrem Mann erschlagenen Frau. Ich könnte ihm jetzt sagen, daß es anders war. Bronwen war nicht das Opfer eines Mörders geworden. Sie war die Mörderin.

Ich sah sie ganz deutlich vor meinem geistigen Auge. Sah sie hier im Dickicht, verzweifelt graben, schuften, schwitzen, während der Sturm um sie herum tobte. Ich sah sie vor mir, als sie die Arbeit schließlich vollendet hatte. Wie sie über dem Grab stand, die Kleider klatschnaß, dreckverschmiert, auf ihrem müden, angespannten Gesicht jedoch einen Ausdruck der Befriedigung und der Genugtuung.

Aber alle Befriedigung, die sie gefühlt haben mag, hatte letztlich nicht lange angedauert. Der umstürzende Baum hatte sie niedergestreckt, als sie auf dem Weg zurück zum Haus war – vielleicht, nachdem sie noch einmal zu einer letzten Überprüfung am Teich war. Ja, so mußte es gewesen sein. Der Baum war vom Sturm umgerissen worden. Er hatte die Sonnenuhr zerschlagen und Bronwens Schädel zertrümmert. Und dort, wo der Ast sie getroffen hatte, hatte sie auch ihre Brosche verloren. Aber das war noch nicht ihr Ende gewesen; sie hatte es noch geschafft, sich ins Haus zu schleppen …

Ich warf noch einen Blick auf die frisch umgeschaufelte Erde vor mir, dann verließ ich diesen Ort des Grauens. Wenn es nach mir ginge, dann würden Effie und Rechte Hand Temple nie mehr in ihrer Ruhe gestört werden …

Mein hauptsächlicher Fehler war es gewesen, so überlegte ich auf dem Weg zum Haus, daß ich angenommen hatte, Helen stecke hinter den Rosen auf meinem Kopfkissen und auf dem Gemälde, weil ihr erster Vorname Rose war. Aber so war es natürlich nicht. Ich hatte eine ganz falsche Verbindung hergestellt. Erst als Pitkin mir eben die heruntergefallene weiße Rose zurückgegeben hatte, war mir die Wahrheit klargeworden. Er hatte die Rose sanft angelächelt, als er sie mir übergab. »Wunderschön ….«, hatte er gemurmelt. »Wunderschön. Bill Gerrard hat zwei oder drei schöne Hybriden gezüchtet, aber keine von ihnen war auch nur annähernd so schön wie die, die er nach seiner Tochter benannte, Bronwen Denise …» In diesem Moment war mir sofort klargeworden, daß Bronwen der böse Geist im Cottage war. Die weiße Rose war *ihre* Rose, ihr ganz spezielles Kennzeichen, ihr Emblem. Mit diesem Wissen paßte plötzlich alles zusammen – und auch die Überreste ihrer Brosche, die ich neben der zerbrochenen Sonnenuhr gefunden hatte und die ich in Pitkins Laden gerade in der Hand hielt, paßten in das Puzzle.

Ich hatte blindlings alles Helen zugeschrieben. Aber es hatte Anzeichen dafür gegeben, daß sie es nicht war. Die Veränderung der Gemälde zum Beispiel. Die Übermalungen waren zu roh und ungeschliffen gewesen, um *ihr* Werk sein zu können. Aber ich hatte das damals nicht erkannt.

Arme Helen, dachte ich, ich habe dich als Täterin, als Verursacherin von soviel Bösem betrachtet, und dabei warst du nichts anderes als ein weiteres Opfer des Geistes von Bronwen Temple. Wie Colin. Und wie Margaret Lane. Mir fiel das Keats-Zitat auf der Stickerei der traurigen Margaret wieder ein:

Verschwunden sind sie, ach, vor langer Zeit.
Die Liebenden entflohen in den Sturm.

Margaret Lane hatte vielleicht gewußt, was wirklich geschehen war, und ihre Stickerei war spöttisch-herausfordernd gemeint gewesen. Sie hatte sie angefertigt, ehe Bronwen – Bronwens Geist – sich mit ihrem Haß auf sie gestürzt hatte. Und als Bronwen das dann tat, war es mit einer solchen Besessenheit geschehen, daß die arme Margaret keinerlei Abwehrchance hatte. Pitkin hatte mir gesagt, ich sähe John Lane ähnlich ... Alles paßte zusammen. Bronwen begehrte ihn, und sie scheute vor nichts zurück, ihn für sich alleine zu gewinnen. Hatte sie das Sommerhaus in Brand gesteckt, als Margaret sich darin aufhielt, oder hatte sie Margaret in den Wahnsinn oder in so hoffnungslose Verzweiflung getrieben, daß sie es selbst angezündet hatte? Es spielte jetzt keine Rolle mehr. Auf jeden Fall steckte Bronwen dahinter. Danach hatte sie John Lane für sich allein – bis die Pocken und erschöpfter Lebenswille ihn erlöst hatten.

Dann hatte Bronwen lange warten müssen – bis Colin ins Cottage kam. Und von diesem Moment an – De Freyne hatte es bestätigt – war Helen in Gefahr. De Freyne hatte es entsetzt beobachtet, und ich wußte jetzt, daß er recht gehabt hatte.

Aber nicht Colin steckte dahinter, wie er vermutet hatte, sondern Bronwen. Sie hatte Colin begehrt, ihm ihre verzehrende Liebe zugewandt, als er zu Helen ins Cottage zog, und von diesem Augenblick an war Helens Leben in Gefahr.

Ich ging unter dem Rosenbogen hindurch und kam vor das Haus. Am Steingarten zögerte ich einen Moment und schaute hoch zu dem steil abfallenden Dach. Ja, Bronwen war auch bei Helen mit ihrem finsteren Haß zum Ziel gekommen. Wahrscheinlich war es gar nicht so schwierig gewesen. Helen hatte schon so viel erlitten unter Bronwens Attacken – mir fiel ein, daß Reese gesagt hatte, er hätte Helen wegen verschiedener Verletzungen behandeln müssen, die sie sich bei ihrer Arbeit zugezogen hatte. Nein, Helen konnte nichts dafür – Bronwen steckte dahinter ... Und Helens schlaflose Nächte und ihre verstümmelten Selbstporträts und Fotografien ... Aber sie hatte sie wahrscheinlich gar nicht zu Gesicht bekommen; Colin hatte sie versteckt. Warum hatte er das getan? Wollte er nicht, daß Helen sie sah? Oder hatte er geglaubt, Helen hätte es selbst getan? In diesem Fall mußte er angenommen haben, Helen wäre dem Wahnsinn verfallen. Ja, Helen hatte entsetzlich gelitten, war in unvorstellbarer Weise gequält worden ... Seit wann, fragte ich mich, hatte Colin gewußt, daß Bronwen dahintersteckte? In dieser letzten Nacht – Helens letzter Nacht – muß er jedenfalls Bescheid gewußt haben. Und die arme Helen war zu diesem Zeitpunkt tatsächlich schon dem Wahnsinn nahe. Und Colin, außer sich vor Angst und Sorge um seine Frau, hatte Elizabeth Barton aus London zur Hilfe herbeigeholt. Im letzten Augenblick – zu spät – hatte er nach Hilfe gesucht. Und Helen war in dieser Nacht gestorben. Bronwen hatte auf eine günstige Gelegenheit gewartet und Helen irgendwie aus dem Haus gelockt – ihr wohl eingeflüstert, das Kätzchen sei auf dem Dach und käme nicht mehr runter. Helen in ihrer Verstörtheit hatte das geglaubt. Sie hatte die Leiter geholt und war auf das Dach geklettert. Und herabgestürzt. Oder vielleicht – wahrscheinlich – heruntergestoßen worden. Natürlich. Sie war ganz sicher vom Dach gestoßen worden, so sicher, wie Bronwen Colins Wagen gegen den Baum gelenkt hatte. Und so sicher, wie sie Colins Herz aus der Brust des Toten gerissen hatte. Ja, Bronwen hatte Helen vom Dach in den Tod gestoßen...

Ich wandte mich ab und ging zur Küchentür. Das Bild der blutüberströmten, toten Helen auf den blumenumwucherten Steinen machte mich krank.

Ich mußte mein Gepäck in den Wagen schaffen. Und wegfahren. Weg von den traurigen, grotesken Bildern der Zerstörung. Weg von der Erinnerung an all die Dinge, die so deutlich das Böse im Geist der Bronwen Temple aufzeigten. Ich öffnete die Tür. Blieb stehen.

In der Küche hatte sich etwas verändert.

Sie sah nicht anders aus als sonst, aber die Atmosphäre des Raumes hatte sich verändert. Die Atmosphäre des Willkommens, der Wärme, die ich so gut kannte und die ich so sehr fürchten gelernt hatte, schlug mir entgegen. Und dazu der schwere Duft von Rosen.

Sie war noch da.

Ich hatte gedacht, ich hätte sie vertrieben. Aber das stimmte nicht. Es konnte ja auch nicht anders sein – ich hatte versucht, den Geist *Helens* zu vertreiben...

Bronwen war noch da... Sie war nicht verschwunden, nicht für eine Minute. Sie hatte sich nur für kurze Zeit nicht bemerkbar gemacht, um mich zu beruhigen, *um mich in Sicherheit zu wiegen.* Und jetzt... jetzt wußte sie, daß ich... daß ich die Wahrheit wußte...

Der Wind war stärker geworden und ließ das Handtuch in meiner Hand flattern. Ich stand noch immer unter der Tür, die andere Hand auf der Klinke.

Laß dein Gepäck liegen, sagte eine Stimme in meinem Kopf. Geh nicht noch einmal ins Haus. Geh weg von diesem verfluchten Haus. Sofort. Für immer. *Und laß es sie nicht wissen, daß du für immer gehst...*

Ja, ja, ich mußte alles zurücklassen und gehen. Kein Wort sprechen. Auch nicht mit Jean Timpson. Einfach weggehen. Bronwen konnte meine Gedanken nicht lesen. Sie konnte hören, konnte sehen, o ja, aber sie konnte meine Gedanken nicht lesen...

Aber ich ging hinein. Ich ging in die Küche und hängte das

Handtuch an seinen Haken. *Bewege dich ganz gelassen,* befahl ich mir. *Nur keine Panik ...*

Jean Timpson kam aus dem Eßzimmer. Ich sah, daß sie dort alles für den Nachmittags-Tee gerichtet hatte.

»Ich habe einen Kuchen gebacken«, strahlte sie, und ich lächelte sie an und sagte, man könne es riechen. In Wirklichkeit roch ich keinen Kuchen – ich roch nur den Rosenduft. Er wurde immer stärker. Ich sagte ganz beiläufig:

»Ich fahre schnell ins Dorf und hole Shelagh ab ...« *Verhalte dich ganz ungezwungen, ganz normal. Zeig nicht, welche Angst du hast ...* Langsam ging ich zur Tür. »Bis gleich«, sagte ich und ging nach draußen.

Ohne den Schritt zu beschleunigen, ging ich zum Wagen, stieg ein und fuhr den Hügel hinunter. Ich wußte, was ich zu tun hatte. Ich mußte geradewegs mit Shelagh nach London fahren. Keine Rückkehr zum Haus. Unser Gepäck war unwichtig. Ja, so mußten wir das machen ... Unsere Pässe hatten wir im Hotel, ebenso die Flugkarten und unser Handgepäck. Und Geld hatte ich genug dabei. Shelagh würde sich ein wenig ärgern, weil sie ein paar Kleidungsstücke zurücklassen mußte – aber sie würde nicht mehr in Gefahr geraten, und ich würde meinen Seelenfrieden und meine Zurechnungsfähigkeit behalten ...

Ich würde Shelagh nicht einmal sagen, daß wir nicht noch einmal zum Cottage zurückfuhren. Nicht gleich. Ich würde ihr irgend etwas vorlügen, wir müßten zunächst noch woanders hinfahren. Nach Reading zum Beispiel. Erst wenn wir ganz sicher aus Bronwens Einflußsphäre heraus waren, würde ich ihr – vielleicht – die Wahrheit erzählen. Aber dieses Problem hatte Zeit. Ich würde mich ihm stellen, wenn es akut wurde.

Ich hielt vor Pitkins Laden und ging hinein. Er saß hinter seinem alten Schreibtisch, stand aber bei meinem Anblick auf und kam auf mich zu.

»Wo ist meine Frau?« fragte ich und schaute mich im Laden um.

Er hob die Hände. »Sie wollte nicht länger hier warten.«

»Ist sie zu Fuß weggegangen? Sie ist mir auf dem Weg vom Cottage hierher nicht begegnet.«

»Nein, Doktor Reese kam vorbei und hat ihr angeboten, sie

zum Cottage zu fahren. Er sagte aber, er müßte erst noch mal bei sich zu Hause reinschauen.« Er lächelte. »Sie sind gerade erst weggefahren. Sie holen sie wahrscheinlich noch ein . . .«

Ich rannte zu meinem Wagen.

33

Auf mein stürmisches Klingeln öffnete Frau Reese stirnrunzelnd die Tür. Als sie mich erkannte und die ängstliche Frage in meinem Gesicht sah, wußte sie sofort, warum ich gekommen war. Der Doktor sei gerade weggefahren, sagte sie, er hätte nur kurz angehalten, um seine Tasche zu holen.

»Meine Frau war bei ihm, nicht wahr?«

»Ja. Er wollte sie an Ihrem Haus absetzen.« Ein Fetzen Papier wurde vom Wind gegen ihre Beine geweht; sie nahm ihn hoch und zerknüllte ihn in der Hand. Sie hob die Stimme, um gegen das Heulen des Windes anzukommen: »Ist irgendwas nicht in Ordnung?«

»Nein, nein, alles klar, vielen Dank.«

Ich ließ sie stehen und rannte zum Wagen.

Ohne Rücksicht auf andere Verkehrsteilnehmer und auf die Enge der Straße raste ich durch das Dorf und den Hügel hinauf. Der Wind wurde zum Sturm. Die Wipfel der Bäume bogen sich unter seiner Gewalt, und als ich die Höhe erreicht hatte, rüttelte der Wind so stark am Wagen, daß ich das Steuer fest umklammern und ununterbrochen gegenlenken mußte.

Aber ich erreichte das Cottage noch rechtzeitig. Ich atmete erleichtert auf. Als ich um die letzte Kurve kam, sah ich den Wagen des Doktors am Eingangstor stehen, Shelagh stand daneben und beugte sich zum Fenster hinunter. Dann richtete sie sich auf, und Reeses Wagen fuhr langsam an. Shelagh ging auf das Haus zu. Ich drückte noch mehr auf das Gaspedal und hupte mehrmals.

Sie hatte die Hand schon auf der Türklinke, drehte sich aber jetzt um und sah mir entgegen. Der Wind fuhr durch ihr Haar und fegte es ihr ins Gesicht. Vor mir hielt Reese seinen Wagen wieder an. Ich bremste scharf ab und hielt gegenüber der Einfahrt. Dann drehte ich hastig die Scheibe herunter, steckte den Kopf aus dem Fenster und schrie Shelagh zu, sie solle zu mir kommen und einsteigen. Ich mußte laut schreien, um gegen das Tosen des Sturmes anzukommen. Aber sie blieb an der Einfahrt stehen und wartete darauf, daß ich ausstieg und zu ihr kam. Ich winkte ihr, zu mir zu kommen und stieß die Beifahrertür auf, aber der Wind schlug sie sofort wieder zu. Blätter und Zweige von den Bäumen und Hecken ringsum wirbelten um den Wagen wie dicke Flocken in einem Schneesturm. Shelagh hielt sich mit einer Hand die Haare aus dem Gesicht und stemmte sich gegen den Wind, als sie auf mich zukam. Sie schaute mich verwundert und verärgert an. Ihre Lippen bewegten sich, aber ich konnte nicht verstehen, was sie sagte.

»Was sagst du«, schrie ich ihr entgegen.

Sie schrie zurück: »Ich will endlich wissen, was mit dir los ist. Du hast vielleicht Nerven . . .« Der Sturm heulte so laut, daß ich sie kaum verstehen konnte. Ich lehnte mich weiter aus dem Fenster, hörte ihre Worte jetzt besser. »Du läßt mich einfach ohne jede Erklärung vor dem Laden stehen, und jetzt hupst du wie ein Irrer hinter mir her. Was ist eigentlich los?«

Ich hätte darauf vorbereitet sein müssen, ihr irgendeine Geschichte zu erzählen, um sie zu beschwichtigen. Sie und Bronwen. Bronwen vor allem. Aber ich war nicht dazu gekommen, mir etwas auszudenken.

»Ich muß noch mal ins Dorf zurück«, schrie ich. Mir fiel nichts Besseres ein.

»Aha. Und geruhst du diesmal, mich mitzunehmen?« Sie war noch nicht darüber hinweggekommen, daß ich sie so schnöde vor dem Laden stehengelassen hatte.

»Ja. Bitte steig ein.«

»Warum?«

». . . Das wirst du dann sehen.«

»Ach, komm . . .« Sie war nur schwer zu besänftigen.

»Bitte, Shelagh«, schrie ich und versuchte krampfhaft, ruhig zu bleiben, nicht durchzudrehen. Der jaulende Sturm machte es mir nicht leichter. »Bitte, tu, was ich sage.«

»Ich verstehe überhaupt nichts mehr . . .« Sie stand neben der Beifahrertür, die ich verzweifelt aufzuhalten versuchte. Aus den Augenwinkeln sah ich, daß Reese ausgestiegen war und auf uns zukam. Was ich im Moment am allerwenigsten gebrauchen konnte war, mit ihm in eine Unterhaltung verwickelt zu werden. Ich mußte Shelagh in den Wagen kriegen und davonfahren. Das war wichtig, sonst nichts. Ich zwang mich dazu, sie anzulächeln.

»Es tut mir leid, Darling, daß ich so unhöflich zu dir war.« Der heulende Wind zwang mich, jedes Wort einzeln auszustoßen. »Es ist etwas passiert. Ich erkläre es dir später.« Ich klopfte auf den Sitz neben mir. »Komm, steig ein. Bitte . . .«

Sie zögerte noch, aber als ein Schauer aus abgebrochenen Zweigen über das Wagendach fegte, stieg sie endlich ein. »Okay«, sagte sie und schlug die Tür zu, »wo fahren wir hin? Und was zum Teufel ist los?«

Ich gab ihr keine Antwort. Vor meinem Wagenfenster tauchte Reese auf. Er sagte irgend etwas, aber ich konnte ihn nicht verstehen. Er beugte sich vor, lächelte mich an und klopfte gegen die Scheibe. Ich schüttelte nur den Kopf, löste die Handbremse und fuhr ein Stück vorwärts. Im Rückspiegel sah ich, daß er mir verblüfft nachstarrte, aber ich kümmerte mich nicht darum. Ich stieß rückwärts in die Einfahrt, um zu wenden. Shelagh schaute nach hinten zu Reese, schüttelte verständnislos den Kopf und fuhr mich an:

»David, sag mal, was denkst du dir eigentlich dabei? Bist du blind? Hast du nicht gesehen, daß Doktor Reese mit dir sprechen wollte?«

Ich ignorierte ihren Einwand, bremste scharf ab, legte den ersten Gang ein und gab Gas. Es kümmerte mich in dieser Situation nicht, was Reese von mir dachte, und es war mir auch egal, wie Shelagh auf mein rücksichtsloses Verhalten reagierte. Ich wollte nichts anderes als weg von hier, wollte uns beide in Sicherheit bringen; alles andere war unwichtig. Mit scharf eingeschlagenem Lenkrad fuhr ich los, wollte in die Straße einbiegen . . . Und in diesem Augenblick rannte die Katze vor den Wagen.

Girlie sprang aus der dichten Hecke heraus direkt vor die

Räder. Shelagh schrie auf. Ich machte eine Vollbremsung und würgte den Motor ab. Mit bebenden Fingern versuchte ich ungeschickt, den Wagen wieder zu starten. Shelagh stieß die Wagentür auf und kämpfte sich gegen den Wind nach draußen. Ich lehnte mich zur Seite, wollte sie festhalten, aber sie war zu schnell. Ich stieß jetzt meine Tür auf und sprang aus dem Wagen, aber der Sturm erfaßte mich sofort, warf mich aus dem Gleichgewicht, und ich taumelte gegen die Motorhaube.

Die Katze war nicht tot. Als Shelagh auf sie zulief, rappelte sie sich auf, miaute erbärmlich und kroch, das zermalmte rechte Hinterbein nachziehend, auf die Rückseite des Hauses zu. Shelagh blieb erstarrt stehen, hob die Hände vor den Mund und sah der Katze entsetzt nach. Sie stand wie eine Statue in dem brausenden Wind; nur das Haar wirbelte wild um ihren Kopf, und der Rock flatterte knatternd um ihre Beine. Über sie hinweg sah ich Jean Timpson aus der Küchentür treten. Sie blieb auf dem Plattenweg stehen und hob eine Hand vor das Gesicht, um sich vor dem Wind zu schützen.

Shelaghs Augen folgten entsetzt dem qualvollen, herzzerreißenden Weg der Katze. Sie weinte. Die Tränen wurden vom Wind sofort weggewischt. Hysterisch schrie sie mir zu: »Tu doch was! Um Gottes willen, David, tu doch was!«

Ich tat gar nichts. Blieb einfach stehen. Sah zu, wie die kleine Katze in unhörbaren, qualvollen Schreien das Maul aufriß, sich durch das Gebüsch schleppte, durch die zerzausten Mohnsträucher, auf den Plattenweg, zur Küchentür. Shelagh machte einen Schritt nach vorn, wollte hinter ihr her, aber ich hielt sie am Arm fest.

»Bleib hier! Bleib hier!« brüllte ich.

Sie versuchte meinen Arm abzuschütteln. »David! Nein! laß mich los! Laß mich geh'n!« Aber ich hielt sie nur um so fester, und sie wirbelte herum, starrte mich mit ihren tränenfeuchten Augen an, entsetzt und ohne Verständnis für mein gefühlloses Verhalten. Aber ich mußte hart bleiben, durfte ihr nicht nachgeben. Ich krallte beide Hände in ihren Arm, zog sie näher an mich und schrie durch das Jaulen des Windes: »Bitte, Shelagh, steig wieder in den Wagen!« Und ich sah, daß das Kätzchen an Jean Timpsons Füßen vorbei durch die offene Tür in die Küche kroch. Reese hatte sich durch den Sturm gekämpft und stand plötzlich neben uns. Er fragte, was passiert sei. »Nichts«, rief ich und versuchte, Shelagh ins Auto zu zerren. Sie wehrte sich heftig und schrie Reese zu: »Das Kätzchen! Es ist verletzt!« Und mich fauchte sie an: »Hilf ihm, verdammt noch mal! Tu endlich was!«

Reese reagierte. »Man kann das arme Tier doch nicht einfach laufen lassen, wenn es . . .« Ich unterbrach ihn, warf ihm einen wütenden Blick zu: »Okay, Sie sind der Doktor, oder? Tun Sie doch was!«

Shelagh ließ nicht locker, wand sich unter meinem Griff, aber ich hielt sie fest. Sie schlug mit der freien Faust gegen meinen Arm, gegen meine Brust, und dann riß sie sich mit einem plötzlichen Ruck los und rannte zum Haus.

An der Küchentür trat ihr Jean Timpson in den Weg, streckte ihr die Hände entgegen, aber Shelagh wich aus, schob Jean zur Seite, ließ sich nicht aufhalten. Und schon war sie in der Küche verschwunden.

Ich rannte hinter ihr her, aber Jean Timpson krallte ihre Hände in meinen Arm, ließ nicht los.

»Bitte . . . Mr. David . . . Geh'n Sie nicht rein.«

»Ich muß da rein!«

»Geh'n Sie nicht! *Sie* ist drin!«

». . . *Sie*?«

»Die . . . andere.«

Ich starrte sie an. Schüttelte ihre Hand ab.

»Sie wissen von ihr?«

»Schon lange . . .«

»Warum haben Sie nichts gesagt?«

»Wer hätte mir geglaubt? Man hätte mich doch nur für . . . für verrückt gehalten.«

Reese tauchte hinter mir auf. »Was ist los? Was zum Teufel ist denn los?« schrie er. Ich gab keine Antwort. Jean Timpson ging mir nicht aus dem Weg, streckte wieder die Hand aus, wollte mich festhalten, aber ich fegte die Hand zu Seite. »Lassen Sie mich vorbei, Jean . . .«

Sie schüttelte heftig den Kopf. »Lassen Sie mich geh'n.«

»Sie?«

»Ja. Sie hat nichts gegen mich. Wenn sie mir was tun wollte, hätte sie 's schon längst gekonnt.«

»Sie waren bisher kein Hindernis für sie«, sagte ich. »Sie sind ihr bei dem, was sie haben wollte, nie in die Quere gekommen. Aber das ist jetzt anders.«

Sie schob sich in die Mitte des Türrahmens, blockierte den Eingang. »Lassen Sie mich gehen«, wiederholte sie. »Sie dürfen nicht da rein. Wenn Sie 's tun, kommen Sie vielleicht nie mehr raus.« Obwohl ich dicht vor ihr stand, mußte ich mich anstrengen, sie zu verstehen. Der Wind riß ihr die Worte vom Mund, trug sie davon in das wirbelnde Chaos. Jean drehte sich um und schrie in die Küche hinein:

»Ich komme jetzt rein! Ich komme und hole sie raus. Du ... du mußt sie geh'n lassen!«

Sie wandte sich wieder mir zu, stand wie ein Wächterengel am Himmelstor unter dem Türrahmen, mit flatternden Haaren und blitzenden Augen. Ihr rosafarbenes Haarband löste sich, streckte sich zur flatternden Schlange, flog davon, wand und drehte sich in dem Wirbel aus Blättern und Gras und Blumen, verschwand. Der Wind zerrte an ihrem Rock, machte ihre Form sichtbar. Drüben an der Vorderseite des Obstgartens gab der schwer mit Früchten behängte Ast eines Apfelbaumes den Kampf gegen den Sturm auf, wurde vom Stamm gerissen, krachte zu Boden. Auf dem Garagendach wurde eine von Timpsons neuen Ziegeln aus der Verankerung gerissen und zersplitterte auf dem Asphalt der Garageneinfahrt. Weitere folgten. Dann sah ich, wie ein Ziegel in die Luft geschleudert wurde, als sei er aus Papier. er geriet in eine Windhose aus Blättern und hochgerissenem Kies, die über den Rasen an uns vorbeiheulte, stieg hoch, zum Kamm des Wirbels, höher, immer höher, drehte sich um sich selbst, erst langsam, dann schneller, immer schneller, wie eine rasende Schallplatte, bis seine Form nicht mehr erkennbar war. Dann verschwand er über dem Haus aus meiner Sicht.

Jean Timpson schaute wieder zurück zum Haus, stemmte gleichzeitig eine Hand gegen meine Brust, ließ mich nicht durch. Wandte mir ihr Gesicht wieder zu.

»Bitte, Mr. David ... Mir wird schon nichts passieren. Sie

lächelte mich tapfer an, sah mir direkt in die Augen. »Ich geh' jetzt.«

Und während sie diese Worte sagte, kam der rasende, wirbelnde rötliche Blitz jaulend, den Wind übertönend, vom Dach herabgefegt.

Ich duckte mich instinktiv. Auch Jean Timpson hob abwehrend die Hand, streckte sie der Gefahr entgegen, wirbelte herum, wollte sich ins Haus retten. Aber ihr Angstschrei wurde von der scharfen Kante des Ziegels abgeschnitten, die in ihren Hinterkopf fuhr, ihn spaltete, wie ein Messer einen Apfel zerteilt.

34

Ein Blutstrahl spritzte aus ihrem Schädel. Ihr Oberkörper knickte nach vorn, Arme und Beine zuckten unkontrolliert wie bei einer aus der Kontrolle geratenen Marionette. Reflexartig streckte sie die Arme aus und klammerte sich an den Türrahmen. Sie stieß noch einen kurzen, gutturalen Laut aus, hing für den Bruchteil einer Sekunde wie eine groteske, unkoordinierte Puppe in der Tür, dann stürzte sie vornüber auf den Küchenboden.

Der Wind hatte den Blutstrahl erfaßt und in einer Sprühwolke gegen die Wand und auf Reeses Jacke geweht. Auch ich sah mit Entsetzen das Blut an meinen Händen, schmeckte es angeekelt auf meinen Lippen . . .

Ich stieg über ihren Körper und die schnell größer werdende Blutlache hinweg und rannte in die Küche, während Reese sich in dem hoffnungsvollen Versuch, ihr zu helfen, über sie beugte. Nein, er konnte ihr nicht helfen. Niemand konnte ihr mehr helfen, das sah man auf den ersten Blick. Sie war tot. Arme Jean. Sie hatte so tapfer versucht, mich davon abzuhalten, und nun war ich doch hier drinnen, im Haus.

Ich rannte durch das Eßzimmer, das Wohnzimmer, dann in die Diele. Keine Spur von Shelagh. Auch hier, im Inneren des

Hauses, übertönte das Toben des Sturmes alle Geräusche, und der Wind rüttelte mit solcher Wucht an den Fensterscheiben, daß ich fürchten mußte, sie würden im nächsten Augenblick eingedrückt. Als ich die Treppe hochlief, spürte ich Bronwens Anwesenheit deutlicher als je zuvor. Sie war da, ließ mich nicht aus den Augen ... Ich schaute in Colins und Helens Schlafzimmer – weiße Rosen lagen auf den Kopfkissen. O ja, Bronwen war da – sie war niemals weggewesen. Ich war ein Narr, daß ich geglaubt hatte, ich könnte ihren Geist vertreiben. Wenn ich denn einen Geist gebannt hatte, dann ganz sicher nicht ihren. Nein, sie hatte nichts anderes getan, als ihre List und ihre bösen Kräfte eingesetzt, um mich ins Haus zu locken. Nun denn, hier war ich, aber sie würde es nicht schaffen, mich hier zu halten. Und Shelagh auch nicht.

»Shelagh ...! Shelagh!«

Immer wieder rief ich ihren Namen, während ich von Zimmer zu Zimmer lief. Aber sie war nicht im Obergeschoß, also rannte ich wieder die Treppe hinunter. Überall hing der schwere Rosenduft, und ich hatte Angst, an ihm zu ersticken – und an meiner Furcht.

Als ich den Fuß der Treppe erreichte, kam Reese in die Diele. Er bot einen schrecklichen Anblick in seinen blutbesprühten Kleidern. Er sah benommen aus, verwirrt, als könne er nicht aufnehmen, was um ihn herum geschah.

»Ich habe versucht, einen Krankenwagen anzurufen, aber Ihr Telefon funktioniert nicht ...«

»Helfen Sie mir, Shelagh zu finden!« schrie ich ihn an. »Helfen Sie mir!« Und dann hörte ich in einem plötzlichen Nachlassen des Sturmes ganz schwach Shelaghs Stimme hinter der geschlossenen Kellertür.

Ich bewegte den Türgriff, aber die Tür ließ sich nicht öffnen. Sie war nicht zugeschlossen – sie klemmte. So fest, daß sie nicht aufzukriegen war. Bronwens Werk. Ich schrie Shelagh durch die Tür hindurch mit betont ruhiger Stimme zu: »Keine Angst, ich hole dich da raus!« Dann lief ich aus dem Haus, wieder hinaus in den heulenden Wind und den peitschenden Regen, der inzwischen eingesetzt hatte. Obwohl es erst später Nachmittag war, herrschte ein gespenstisches Dämmerlicht.

Tiefschwarze Wolken jagten wirbelnd über den Himmel, schoben sich übereinander, ineinander, änderten von Sekunde zu Sekunde ihre Form. Ich lief zum Werkzeugschuppen, so schnell ich konnte, kämpfte mich durch den Wind und den Regen, der wie Nadeln in mein Gesicht peitschte. Eine der Ulmen war umgestürzt, hatte den Zaun zum Obstgarten und einige kleinere Apfelbäume plattgedrückt. Ich dachte an jene andere Sturmnacht, in der die bedauernswerte Effie unter ihrem Sonnenschirm Schutz vor der Wut der Elemente gesucht und auf Rechte Hand Temple gewartet hatte. Aber Temple war nicht gekommen, und als Effie ihn gesucht hatte, war sie auf Bronwen gestoßen. Bronwen, die einige Stunden später wie nach göttlichem Richterspruch selbst dem Sturm zum Opfer gefallen war. Aber damals war es zu spät gewesen, Effie und Rechte Hand Temple konnten nicht mehr gerettet werden.

Nicht so Shelagh. Ich würde Shelagh retten. Ich mußte sie retten.

Als ich die Tür des Schuppens öffnete, riß der Wind sie mir aus der Hand und schlug sie gegen die Wand, so fest, daß die obere Angel mit einem lauten, splitternden Krachen aus der Verankerung brach und die Tür in wildem Rhythmus gegen die Mauer geschlagen wurde. Ich lief in den Schuppen, stolperte über den Spaten und die Tore des Krocketspieles zum Werkzeughalter an der gegenüberliegenden Wand und riß eine Axt und ein Brecheisen aus den Halterungen.

Ich hatte den Wind im Rücken, als ich über den Rasen zurückrannte, und die Windböen fegten mich in einem Wirbel aus Zweigen und Blättern auf das Haus zu. An der Küchentür zögerte ich den Bruchteil einer Sekunde, dann atmete ich tief durch und stieg erneut über Jean Timpsons Körper und die große Blutlache. Am Küchenschrank riß ich die Schublade auf, in der die Taschenlampe lag. Gott sei Dank – sie funktionierte. In der Diele rüttelte und zerrte Reese immer noch an der Kellertür. Ich schob ihn zur Seite, schrie Shelagh zu, sie solle von der Tür zurücktreten, und dann schwang ich die Axt.

Die Tür war sehr stabil, aber die Angst gab mir Kraft, und nach einigen wuchtigen Schlägen krachte sie auf.

Das Kellerlicht brannte – das Licht, das bisher nie funktioniert hatte. Es brannte. Wieder Bronwens Werk? Und im kalten Licht der nackten Glühbirne sah ich Shelagh am Fuß der Treppe kauern, das verletzte Kätzchen im Arm.

»David . . .!«

Ihr war nichts geschehen.

Völlig aufgelöst, kreidebleich und mit Tränen in den Augen kam sie die Treppe hochgestolpert.

»Die Tür . . . ist hinter mir zugeschlagen«, keuchte sie.

Ich streckte die Arme nach ihr aus und ging ein paar Stufen auf sie zu. *Du kannst ihr jetzt nichts Böses mehr antun, Bronwen. Du kannst mit ihr nicht dasselbe machen wie mit Effie . . . Und mit Margaret Lane . . . Und mit Helen . . . Und mit Colin . . .*

»Shelagh . . . Shelagh . . .« Ich streckte die Hände nach ihr aus, ergriff ihre Schultern, zog sie zu mir. In Sicherheit.

Ich habe mir vorgenommen, nicht eher von hier wegzugehen, bis die kleine Spinne den Weg, den sie eingeschlagen hat, auch zu Ende gekrabbelt ist. Wohin er auch führen mag. Sie hat inzwischen das H hinter sich, das E und das L. Dann ist sie wohl eingeschlafen. Das ist nicht gut. Ich muß nach Hause. Wenn ich nicht rechtzeitig zurück bin, wird sie sich über mich wundern. Aber ich kann noch nicht gehen. Nicht, solange die Spinne noch so reglos in der Vertiefung des L kauert.

Ich schaue mich suchend um und finde an meinen Füßen einen kleinen Zweig. Ganz sanft stoße ich damit die Spinne an. Sie bewegt sich, macht einen schnellen Kurzstreckenlauf über etwa fünf Zentimeter. Ich versuche, sie vorsichtig weiterzuführen. Sie muß jeden einzelnen Buchstaben berührt haben, eher kann ich nicht gehen . . . Noch ein kleiner Schubs . . . Ich bin zu ungeduldig und zu unvorsichtig – jetzt habe ich eines ihrer Beine verletzt. Aber ich kann darauf keine Rücksicht nehmen, schubse sie wieder an, und sie bewegt sich weiter, wenn auch langsamer als vorher. *Vorsichtig . . . vorsichtig* . . . Bei einem so schwierigen Unternehmen muß man sehr vorsichtig sein . . .

Die Spinne bewegt sich langsam, ganz langsam. Sie zieht das verletzte Bein nach . . .

Ich schaue mich um und sehe, daß sie auf der anderen Seite der Mauer auf mich wartet. Warum habe ich mir eigentlich Sorgen gemacht, zu spät zum Cottage zurückzukommen? Sie weiß ja, daß ich nicht weit sein kann...

In ihrem Lächeln liegt, wie ich sehe, eine Spur von Traurigkeit – und auch ein wenig Tadel. Ich weiß, sie mag es nicht, wenn ich hierher gehe. Aber in einer Minute bin ich sicherlich fertig. Ich will nur noch diese kleine Spinne ihren Weg machen lassen, dann gehen wir zusammen nach Hause. Nach Hause. Zusammen. Wir werden zusammen durchs Dorf nach Hause wandern. Ich weiß jetzt schon, wie das sein wird, wenn wir durch die Straßen gehen. Es wird sehr still sein. Niemand wird mit uns sprechen. Das tun die Leute nie. Wir haben keine Freunde mehr im Dorf. Keinen einzigen. Pitkin hat sich nicht mehr sehen lassen, und Timpson rührt sich anscheinend überhaupt nicht mehr aus seinem Haus. Und Reese? Er ist aus dem Dorf weggezogen, schon vor einiger Zeit.

Vielleicht hatte Shelagh die Katze ein wenig zu fest an sich gedrückt. Vielleicht hat sie auch bei ihrer plötzlichen Bewegung die Treppe hoch das zermalmte Bein der Katze gequetscht. Ich hatte gerade meine Hände um ihre Schultern gelegt, als die Katze ein durchdringendes, schmerzgepeinigtes Jaulen ausstieß und wie wild gegen Shelaghs beschützenden Griff ankämpfte, sich aus ihren Händen drehte, kratzte, fauchte, biß. Shelagh zögerte, machte die Schritte über die zwei Stufen, die uns noch trennten, nicht mehr, beugte mit einem besänftigenden »Pssst« den Kopf zu dem gequälten Tier – und die Katze fuhr mit ihren rasiermesserscharfen Krallen in Shelaghs Auge und zog sie dann nach unten über ihre Wange.

Shelagh schrie auf, ließ die Katze los und fuhr mit der Hand an ihr blutendes Auge. Aber Girlie krallte sich an ihrer Bluse fest, und als Shelagh schreiend versuchte, sie abzuschütteln, fauchte und kratzte sie wütend. Ich beugte mich vor und riß die Katze von ihr weg. Aber es war zu spät. Shelagh machte einen Schritt zur Seite, weg von dem wildgewordenen Tier. Einen zu großen Schritt.

Sie riß die Hand von der blutgefüllten Augenhöhle, streckte sie mir haltesuchend entgegen, und unsere Finger berührten sich noch – aber dann stürzte sie über den Rand der Treppe nach unten auf den Kellerboden.

Ich raste die Treppe hinunter, die Katze, ein fauchendes, kratzendes, sich windendes, schwarzglänzendes Bündel noch in der Hand. Ich holte weit mit dem Arm aus und schleuderte das widerliche Biest mit aller Kraft an die gegenüberliegende Wand. Es prallte mit einem dumpfen Geräusch auf und fiel auf einen Stapel alter Bücher.

Ich schwang mich über eine große Kiste, quetschte mich an dem Waliser Geschirrschrank vorbei und stürzte zu Shelagh hin. Sie lag, halb kniend, über einer offenstehenden alten Holzkiste. Ihr Gesicht war schmerzverzerrt, und bei diesem Anblick drangen sofort Tränen in meine Augen. Ich umklammerte ihre Schultern und hob sie hoch. Und in diesem Moment warf Shelagh den Kopf in den Nacken und stieß einen Schrei aus, der mich erstarren ließ.

»Neieiein!« kreischte sie. »O Gott . . .! Nein! Aufhören . . .! Aufhören . . .! Neieiein . . .!«

Irgendein Gegenstand, der in der Holzkiste gelegen hatte, bohrte sich von unten in ihre Brust. Ein Pfahl . . . Der buntgeringelte Endpfahl des Krocketspiels . . . Er bohrte sich mit dem spitzen Ende in Shelaghs Brust . . .

Reese kam die Treppe heruntergerannt. Ich schrie ihm zu: »Um Himmels willen, schnell! Helfen Sie mir! Schnell!« Ich konnte den Ausdruck der Todesangst in Shelaghs kreidebleichem Gesicht nicht mehr ertragen, wollte in Panik den Blick abwenden von der blutverschmierten Augenhöhle, der zerfleischten Wange. Ihre Knöchel auf dem hinteren Rand der Kiste waren weiß vor Anstrengung, den Körper abzustützen und ihn nicht noch tiefer in den todbringenden Pfahl sinken zu lassen. Die Farben des Pfahls veränderten sich, wurden rot, rot von ihrem Blut, und Shelaghs verzweifeltes, entsetztes Keuchen dröhnte wie der Sturmwind da draußen in meinen Ohren. Und ihre Stimme zitterte vor Schmerz und Todesangst, als sie herzzerreißend jammerte:

»O David . . . O David . . . bitte . . . hilf mir doch . . . hilf mir doch, David ... David ... David ... David ...« Wieder und wieder wimmerte sie meinen Namen. Und dann riß sie entsetzt die Augen auf und stammelte: »Ich ... ich habe sie gesehen. Ich habe sie ... gesehen. Sie ... sie war ... hier. Hier unten, im ... im Keller. Ich habe sie ... gesehen. O David, bitte ... laß es nicht zu, daß ... sie mich ... umbringt ... Bitte ... David ... David ... David ...«

»Es wird alles wieder gut, Darling«, flüsterte ich. Was konnte ich sonst sagen? Ich wußte nicht, was ich tun sollte. Brachte kaum einen Ton heraus.

Aber dann war Reese da. Kniete sich hin, beugte sich über sie. »Heben Sie ihren Oberkörper hoch!« bellte er mich an. »Halten Sie sie fest!« Dann beugte er sich noch tiefer über sie, untersuchte die Wunde. Hob den Kopf und sah mich über Shelaghs krampfhaft hochgezogene Schulter hinweg an. Sein Gesichtsausdruck ließ mich vor Erleichterung aufstöhnen. »Ich denke, das kommt wieder in Ordnung«, sagte er. »Der Stab ist anscheinend nicht sehr tief eingedrungen. Jedenfalls nicht tief genug, um einen schweren Schaden zu verursachen.« Seine Hände fuhren in die Holzkiste, tasteten, zerrten vorsichtig an dem Pfahl. »Das Ding ist irgendwie festgeklemmt. Wir müssen es freikriegen und sie dann bequemer hinlegen.« Er wandte sich an Shelagh: »Wir müssen Sie als allererstes von diesem Ding befreien. Es wird weh tun, aber Sie kommen wieder ganz in Ordnung.« Er lächelte sie unsicher an. »Okay?«

Sie nickte fast unmerklich. »Ja«, hauchte sie.

Und dann ging das Licht aus.

»Schnell!« rief ich Reese zu. »Holen Sie die Taschenlampe! Sie liegt oben auf der Treppe. Ich halte sie fest. Beeilen Sie sich!«

Pechschwarze Finsternis umgab uns. Ich hörte das Geräusch seiner Füße, als er sich durch das Gerümpel zur Treppe vortastete. Und in der Dunkelheit, während ich am Boden kniete und Shelagh eisern festhielt, roch ich plötzlich den Duft. Den Duft nach Rosen. Er erfüllte den Keller, war stärker als der Geruch der staubigen Bücher und Kleider. Bronwen war ganz in der Nähe. Dicht bei uns. Beobachtete uns. Wartete. Ich schrie Reese noch einmal nach:

»Schnell! Beeilen Sie sich!«

Und dann hörte ich plötzlich ein anderes Geräusch. Es war zuerst ganz leise, wurde lauter, lauter als Shelaghs Stöhnen, lauter als mein heftiger, stoßweiser Atem, lauter als die Füße des Doktors auf den Treppenstufen. Irgend etwas in meiner unmittelbaren Umgebung bewegte sich, schaukelte rhythmisch. Irgend etwas Schweres. Das Geräusch war direkt vor mir, kam von dort, wo der alte Waliser Schrank stand. Ja, der Schrank machte diese Laute. Ich hielt Shelagh mit der rechten Hand fest, streckte die linke aus, tastete, suchte. Der Schrank – er bewegte sich. Bewegte sich vor und zurück. Bronwens Waliser Schrank. Schaukelte wie von einer unsichtbaren Hand angestoßen hin und her.

»Schnell! Um Gottes willen, beeilen Sie sich!« schrie ich noch einmal in die Dunkelheit, Und Shelagh flüsterte ich zu: »Sei tapfer, Darling, halt dich einen Moment allein fest!« Ich nahm die rechte Hand, mit der ich sie bisher gestützt hatte, von ihr. Sofort stöhnte sie auf, ein Laut, der mir das Herz zusammenzog, aber ich mußte meine Ohren davor verschließen. Ich stand auf und stemmte in der pechschwarzen Dunkelheit meine Hände gegen die rechte Kante des schweren Möbelstückes. In diesem Augenblick streifte ein Lichtstrahl über die Kellerwand bei der Treppe, fuhr suchend durch den Raum, erfaßte mich, und dann kam Reese mit der Taschenlampe in der Hand die Treppe heruntergestürzt.

»Helfen Sie mir . . .!« Der Schrank schaukelte immer wilder, hin und her, hin und her, schneller im Rhythmus, größer im Schwung, und ich schaffte es nicht, ihn anzuhalten. Er war viel zu schwer. Ich schrie Reese noch einmal zu, mir zu helfen, und er kletterte über das Gerümpel zur anderen Kante des Schrankes und stemmte sich mit aller Kraft gegen das schaukelnde Ungetüm. Aber auch gemeinsam brachten wir es nicht zum Stehen, schafften es nicht einmal, seine Schaukelbewegung einzudämmen. Und dann rutschte Reese die Taschenlampe aus der angespannten Hand, fiel auf den Steinboden, ging aus . . .

Verzweifelt klammerten wir uns weiter an den Schrank, versuchten mit aller Kraft, seine tödliche Masse am Niederstürzen zu hindern. Aber wir schafften es nicht. Der Schrank schaukelte bis zum Rand des Gleichgewichtes auf uns zu, überschritt es mit einem Ruck und stürzte zwischen uns nach vorne um.

Als er auf Shelaghs Körper aufschlug, stieß sie einen so entsetzten, verzweifelten, gepeinigten Schrei aus, daß das Blut in meinen Adern erstarrte.

Wir schafften es nicht, den Schrank hochzuheben. Wir versuchten es mit aller Kraft, aber wir schafften es nicht.

Und dann, als wir uns in der von Rosenduft geschwängerten Luft immer noch verzweifelt bemühten, das Ungetüm von Shelaghs Körper zu heben, fuhr der Schrank plötzlich aus unseren zitternden Händen ein Stück in die Höhe, krachte wuchtig wieder nach unten, schlug mit einem entsetzlichen dumpfen Geräusch auf Shelaghs Körper. *Bumm. Bumm.* Und wieder und wieder. *Bumm . . . bumm . . . bumm . . . bumm . . .* Und wir konnten nichts dagegen tun. Gar nichts. Mit jedem Schlag hämmerte der Schrank Shelagh tiefer nach unten, rammte ihren Körper tiefer in den Pfahl, wollte ganz sichergehen, daß sie nie, nie mehr aufstehen konnte.

Das Licht ging wieder an, und plötzlich herrschte tiefe Stille im Raum. Nur in meinen Ohren kreischten noch Shelaghs entsetzliche Schreie. Aber es waren die Echos ihrer Schreie – sie selbst gab keinen Laut mehr von sich. Mein Atem ging keuchend, ebenso der des Doktors, und das waren die einzigen Geräusche, die zu hören waren.

Shelaghs Körper war vollständig unter dem Schrank begraben. Nur ihr Blut rann in einem breiten Strom unter der Kante des Schrankes hervor und sammelte sich in einer anwachsenden Lache auf dem Kellerboden.

Die kleine Spinne wird plötzlich sehr lebhaft. Sie krabbelt rückwärts über alle Buchstaben, wobei ich ihr Hilfestellung geben muß, die Richtung nicht zu verlieren. Ich halte sie mit meinem Stöckchen an, und sie startet wieder in die andere Richtung, vorwärts über die Buchstaben – und diesmal auch über den Anfang ihres Namens. Ich brauche kaum einzugreifen. In einem einzigen schnellen Lauf tippelt sie über den ganzen Namen: S – H – E – L –A – G, buchstabiert die kleine

Spinne, und dann kauert sie sich, anscheinend müde geworden, in die Vertiefung des letzten H.

Jetzt kann ich gehen. Ich stehe auf und klopfe ein paar Grashalme von den Ärmeln. Das Eingangstor lasse ich links liegen und schwinge mich auf die Mauer. Bleibe einen Moment auf der Krone sitzen, schaue zurück auf die Gräber. *Shelagh... Colin... Helen...* Sie sind alle tot...

Aber ich lebe noch, und ich bin nicht allein. Nein. Bronwen kommt auf mich zu. Bald wird sie bei mir sein und meinen Arm nehmen. Und wir werden zusammen nach Hause gehen. Nach Hause... Ich werde mir einen Drink machen. Und versuchen abzuschalten, zu entspannen. Wir werden beisammensein, und niemand wird uns stören. Darauf können wir uns verlassen...

Eine Frage beunruhigt mich, zerrt an mir. Ich muß etwas unternehmen – muß einen Plan für die Zukunft entwickeln. Aber wie kann er aussehen? Ich muß versuchen, irgendwo irgendeinen Job zu finden. Helens Geld wird nicht ewig reichen. Aber darüber kann ich mir ja noch Gedanken machen. Später. Später, bald einmal, muß ich ernsthaft darüber nachdenken. Es wird mir guttun, wenn ich meine Gedanken auf etwas Konkretes lenken kann. Ich muß unbedingt solche konkreten, zukunftsgerichteten Gedanken entwickeln, weil ich sonst an meinen Erinnerungen ersticke...

O Shelagh, Shelagh...

Ich darf nicht an dich denken, Shelagh. Ich darf dich nicht so in Erinnerung behalten, wie ich dich zum letzten Mal sah – als Reese und ich und die anderen Männer den Schrank schließlich hochstemmten. Ich muß meine Erinnerung an dich auf andere Bilder konzentrieren. Dich vor mir sehen, wie du in deinem gelben Kleid unter dem Rosenbogen stehst und darauf wartest, daß wir zu unserer Trauung aufbrechen. Dich vor mir sehen, wie du mir auf der Terrasse über dem Fluß gegenübersitzt und Bier trinkst. Dich vor mir sehen, wie du durch den Garten läufst und die Sonne dein wehendes Haar aufleuchten läßt. Dein Haar... Weißt du, daß es in der Sonne manchmal hellrot aufglänzte? Habe ich dir das jemals gesagt...? O Shelagh, ich bin nicht treulos in meinen Gedanken an dich. Ich werde es niemals sein. Ich habe nur dich geliebt.

Aber man hat dich von mir gerissen. Und jetzt ist nur noch Bronwen da.

Sie liebt mich.

Liebe ich sie auch?

Nein. Nein. Aber ich habe sonst niemand auf der Welt.

Mein Vater. Was ist mit meinem Vater?

ENDE

Band 13 384

Barbara Hambly

Jagd der Vampire

Deutsche Erstveröffentlichung

London zu Beginn des Jahrhunderts: die Stadt des Nebels, der Gaslaternen – und der Vampire. Seit über drei Jahrhunderten treiben sie in den dunklen Gassen unbehelligt ihr Unwesen, doch nun werden sie gejagt: Ein Unbekannter öffnet am Tag ihre Särge, damit das Sonnenlicht sie verbrennt.
Tatenlos müssen die Vampire zusehen, wie einer nach dem anderen ihrer Gefährten zu Asche zerfällt. Da beschließt Simon Ysidro, der älteste Blutsauger, zu handeln: Er zwingt den früheren Meisterspion James Asher den Vampiren zu helfen, indem er dessen Frau in einen Todesschlaf versetzt, aus dem nur er sie wieder erwecken kann. Asher weiß, daß er auf das gefährliche Spiel der Vampire eingehen muß – eine unheimliche Jagd durch die düsteren Gefilde Londons steht ihm bevor.

BASTEI LÜBBE

Sie erhalten diesen Band im Buchhandel, bei Ihrem Zeitschriftenhändler sowie im Bahnhofsbuchhandel.

Band 13 388

Christopher Fowler

Über den Dächern von London

Deutsche Erstveröffentlichung

Eigentlich will der Drehbuchautor Robert Linden nur für einen neuen Film recherchieren, doch dabei kommt er einer Geheimbande auf die Spur, die mit ihren Ritualmorden der Polizei Rätsel aufgibt. Auf den Dächern von London leben sonderbare junge Leute nach eigenen Gesetzen. Nachts fliegen sie an Nylonschnüren über die verhaßte, laute Metropole. Doch während die einen die Freiheit ihrer Schattenwelt bewahren wollen, haben die anderen der ganzen Stadt den Krieg erklärt.
Robert Linden gelingt es, einen Weg in jenes dunkle Reich auf Londons Dächern zu finden. Und bald steckt er mitten in einem Bandenkrieg, wie er grausamer nicht sein könnte.

BASTEI LÜBBE

Sie erhalten diesen Band im Buchhandel, bei Ihrem Zeitschriftenhändler sowie im Bahnhofsbuchhandel.

Band 13 373

Jeff Gelb/Michael Garrett

Heißes Blut

Deutsche Erstveröffentlichung

Die Liebe bringt das Blut in Wallung – und dies nicht immer auf die sanfte Art. Verlustängste, Eifersuchtsqualen oder schlicht und einfach die Leidenschaften treiben uns zu neuen Ufern. In solchen Momenten beginnen sich die Grenzen zwischen Realität und Phantasie aufzulösen, und die Ängste und Obsessionen finden einen idealen Nährboden. Und dann wird aus der Zeit der Liebe die Zeit des Horrors.

In dieses Zwischenreich zwischen Lust und Schrecken laden Sie vierundzwanzig der besten Horrorautoren ein, die das moderne Amerika zu bieten hat: Bekannte Meister wie Richard Laymon, Graham Masterton, Stephen Gresham, aber auch junge, hierzulande noch wenig bekannte Autoren, denen die Zukunft gehört, wie Grant Morrison und John L. Byrne. Lassen Sie sich von Ihnen die schönsten Seiten des Gruselns aufzeigen.

BASTEI LÜBBE

Sie erhalten diesen Band im Buchhandel, bei Ihrem Zeitschriftenhändler sowie im Bahnhofsbuchhandel.

Band 13 362

Graham Masterton

Der Horrorspiegel

Deutsche Erstveröffentlichung

Drehbuchautor Martin Williams hat einen großen Traum. Er will einen Film über Boolful, Hollywoods Schauspieler-Genie der 30er Jahre, in Szene setzen. Die Produzenten, bei denen er vorspricht, zögern noch. Martin jedoch zweifelt nicht eine Sekunde an seinem Erfolg. Ist es nicht ein gutes Omen, wenn er ausgerechnet jetzt aus dem Nachlaß einer alten Dame den Spiegel erwirbt, der in dem Haus seines großen Idols hing?
Dieser Spiegel aber hat das nackte Grauen gesehen. Vor diesem Spiegel fand Boolful sein tragisches Ende – ein brutaler Mord, dessen Umstände und Motive nie ganz aufgeklärt wurden. Jetzt hängt das kostbare Stück in Martins Wohnzimmer: golden gerahmt, barock verziert – und voller dunkler Geheimnisse. Denn was sich in dem Spiegel zeigt, ist nicht die Wirklichkeit. Eine beunruhigende Entdeckung, mit der für Martin ein Alptraum ohne Ende beginnt ...

BASTEI LÜBBE

Sie erhalten diesen Band im Buchhandel, bei Ihrem Zeitschriftenhändler sowie im Bahnhofsbuchhandel.

Band 13 411

Stephen King

THE STAND

Deutsche Erstveröffentlichung

In einem entvölkerten Amerika versucht eine Handvoll Überlebender, die Zivilisation zu retten. Ihr Gegenspieler ist eine mythische Gestalt, die man den Dunklen Mann nennt, eine Verkörperung des absolut Bösen. In der Wüste Nevada kommt es zum Entscheidungskampf um das Schicksal der Menschheit.

THE STAND, Stephen Kings Vision vom letzten Gefecht zwischen Gut und Böse, war bislang nur in einer stark gekürzten Version zugänglich. Die hier veröffentlichte Urfassung macht die Größe seines apokalyptischen Entwurfs neuen wie alten Lesern bekannt. Manche nennen diesen Roman sein Meisterwerk.

BASTEI LÜBBE

Sie erhalten diesen Band im Buchhandel, bei Ihrem Zeitschriftenhändler sowie im Bahnhofsbuchhandel.

Band 13 392

Burt Hirschfeld

Lupenrein/ Teure Sünden

Deutsche Erstveröffentlichung

Ellie Foxmann ist wie die Diamanten, die von ihrer Familie mit großem Gewinn gehandelt werden. LUPENREIN schön! Und sie hat den nötigen Ehrgeiz, sich in diesem von Männern beherrschten Geschäft durchzusetzen. Doch bald muß die atemberaubende Ellie sich entscheiden zwischen der Macht über die teuren Diamanten und der Macht über ihre Geliebten ...

Ort des Geschehens ist San Cristobal, eine Trauminsel in der Karibik. Doch das Paradies hat einen ›Schönheitsfehler‹: Ein Diktator und seine Schergen im Militär verbreiten Angst und Schrecken. Zwischen allen Fronten: der Söldner Luisi Burke, ein Draufgänger und Frauenheld. Sein Geschäft ist das Töten, seine Schwäche sind die Frauen.

BASTEI LÜBBE

Sie erhalten diesen Band im Buchhandel, bei Ihrem Zeitschriftenhändler sowie im Bahnhofsbuchhandel.